DE VROUWEN VAN HET BLOEMENEILAND

Tabea Bach

De vrouwen van het bloemeneiland

Het bloemeneiland 2

Uit het Duits vertaald door Bonella van Beusekom

oceaan

De vrouwen van het bloemeneiland is deel 2 van de serie
Het bloemeneiland

Oorspronkelijke titel *Die Frauen der Kamelieninsel*

Omslagontwerp bij Barbara
Omslagbeelden © Sandra Cunningham / Trevillion Images (prieeltje en omgeving); © MyStocks / Shutterstock (bloemenillustratie bovenin)
Foto auteur © Claudia Toman
NUR 302
ISBN 978 90 468 3050 5
www.oceaanboeken.nl
MIX
Papier van verantwoorde herkomst
FSC® C004472

1

Het feest

De klokken van Saint-Anne beierden en zetten de feestdag luister bij. Een zacht briesje droeg hun klanken ver de zee op naar het camelia-eiland, waar alles al in gereedheid was gebracht voor het grote huwelijksfeest.

Witte camelia's tooiden het altaar waarvoor Sylvia en Maël elkaar net het jawoord hadden gegeven. De priester sprak de laatste zegening uit en met een donderend akkoord zette het orgel het naspel in.

Er ging een golf van geluk door Sylvia heen. Nu hadden ze het dus echt gedaan, al had ze na de vreselijke scheiding van Holger gedacht dat ze nooit meer een man zou kunnen vertrouwen. Maar met Maël was alles anders. De diepe, vanzelfsprekende liefde tussen hen maakte alles zo gemakkelijk.

Ze voelde zijn blik en keek hem aan. Zijn stralende ogen lieten haar hart dansen, en helemaal toen hij haar zacht tegen zich aan trok en zoende. Het was alsof ruimte en tijd verdwenen en een moment lang, dat een eeuwigheid leek te duren, bestonden alleen Maël en zij. Daarna liep de tijd weer verder en keken ze hun gasten stralend van geluk aan.

De kerk was tot de laatste plek gevuld en achter de met witte linten en bloemen versierde banken verdrongen zich nog meer mensen. Ze hadden de kerkdeuren opengelaten, zodat degenen die er niet meer in konden de grote gebeurtenis buiten konden volgen.

Sylvia ving de glimlach op van haar beste vriendin Veronika, die haar getuige was. Op de eerste rij naast Veronika zat haar man Laurent, met in een draagdoek hun dochtertje Lilianne van tien weken oud. En ze zag dat Solenn, een nuchtere Bretonse die normaal gesproken niet zo snel van haar stuk gebracht werd, met een zakdoek haar ogen depte. Ze was Maëls pleegmoeder en de eigenaresse van het camelia-eiland. De partner van Sylvia's overleden tante Lucie was ondanks het leeftijdsverschil voor haar een echte hartsvriendin geworden.

Terwijl ze naar de uitgang schreed, keek ze omhoog naar het roosvenster van veelkleurig glas boven het portaal. Even moest ze er weer aan denken dat ze deze kerk ruim twee jaar geleden voor het eerst had bezocht. Toen was het eenvoudige gebouw met zijn machtige zuilen van grijs graniet voor haar een van de vele bezienswaardigheden geweest. Ze was gekomen als toerist, op zoek naar haar tante Lucie, het enige familielid dat ze nog over had, die op het eiland samen met Solenn Lambaol de kwekerij had gerund. Ze had niet kunnen vermoeden dat die reis haar hele leven op zijn kop zou zetten…

Maël drukte haar hand alsof hij haar gedachten kon lezen. De afgelopen twee jaar waren ze elkaar zo vertrouwd geworden dat de een vaak voelde wat de ander dacht en ook de kleinste verandering van stemming opmerkte. Glimlachend keek ze naar hem op. Ja, ze vond alles aan hem leuk: de manier waarop hij zijn dikke, donkere haar van zijn voorhoofd veegde, zijn energieke kin met het kuiltje erin en de fijne lachrimpeltjes in zijn altijd zongebruinde huid. Maar ze hield vooral van zijn ogen, die de kleuren van de zee en de lucht in zich verenigden en afhankelijk van zijn bui van nuance konden veranderen. Op dit moment waren ze groenblauw en stralend.

Hij beantwoordde haar blik. Ze begreep wat hij wilde zeggen. Dit was niet het moment om terug te denken aan alle moeilijkheden die op deze dag goddank ver achter hen lagen. Dit was het moment om feest te vieren en gelukkig te zijn.

Toen ze de kerk uit kwamen, werd ze even verblind en kneep ze haar ogen dicht, daarna was ze gewend aan het schelle zonlicht. Het plein was vol mensen. Het hele dorp was naar de bruiloft gekomen, het hoerageroep kwam hun tegemoet, bloemblaadjes regenden zacht op hen neer en vormden een wit-roze tapijt onder hun voeten.

De klank van het orgel stierf weg terwijl de afsluitende cadensen werden gespeeld, terwijl uit de Ruelle de la Mairie de onmiskenbaar nasale klanken van de *biniou*, een soort doedelzak, en de *bombarde*, de traditionele hobo, dichterbij kwamen. Dat duo mocht op geen enkel Bretons feest ontbreken. Een paar bruiloftsgasten zagen er in hun lokale dracht heel feestelijk uit: de mannen droegen een met goud versierd fluwelen jasje met een dubbele rij knoopjes op een wit overhemd en een ronde hoed, de vrouwen een rijkgeborduurde zwarte rok, een witte kanten kraag en een muts. Sommigen begonnen op de maat van de muziek te wiegen en steeds meer mensen zetten het oude bruiloftslied in het brezhoneg in, de voor haar nog steeds onverstaanbare, uit het Keltisch afkomstige taal van de Bretons.

Maël hielp haar de paar treden naar het kerkplein af, waar ze lachend door de haag van kinderen heen schreden, zodat iedereen zijn bloemenzegen over hen heen kon strooien. Ze voelde de vele goedkeurende blikken voor haar eenvoudige bruidsjurk, die als enige versiering een bovenstof van prachtige Bretonse kant had, waaraan veel vrouwen uit de streek hadden gewerkt. Haar halflange, donkerblonde haar had ze in een eenvoudige knot in haar nek, met één witte camelia erin, zodat niets afleidde van haar natuurlijke schoonheid, haar gave huid en vooral haar expressieve, korenbloemblauwe ogen.

Ja, ze was geland op dit stukje aarde. Hier op het uiterste puntje van Europa had ze niet alleen een vaderland gevonden, maar ook de liefde van haar leven. Toen de oudere vrouwen van het stadje op bezoek waren gekomen om haar te vragen of ze het leuk zou vinden om te trouwen in een jurk van Bretonse kant, was ze heel blij geweest met dat eervolle aanbod. Vol dankbaarheid had ze begrepen dat dat betekende dat ze haar, de vreemde, echt in hun midden hadden opgenomen. Pas later was haar ter ore gekomen dat een paar sceptische kustbewoners hadden gewed dat ze op haar huwelijksdag vast veel liever een elegante jurk uit Parijs zou willen dragen. Die sceptici waren hun inzet kwijtgeraakt, tot grote vreugde van de kantklosters, voor wie het daarna een erezaak was geworden om Sylvia een sprookjesjurk te bezorgen. Dus werd daar nu van alle kanten druk commentaar op geleverd.

Ten slotte week de menigte uiteen voor Sylvia en Maël, en naar oude traditie liep het bruidspaar aan de kop van een soort processie, gevolgd door de muzikanten, waar zich eerst de getuigen en de beste vrienden bij aansloten, tot iedereen die was gekomen zich in beweging zette en hen volgde naar beneden, naar de haven.

Daar aangekomen dacht ze dat ze haar ogen niet geloofde. Ze wist al dat ze vandaag niet zoals normaal per auto de smalle landbrug naar het eiland zouden nemen, maar zoals vroeger met de boot zouden gaan. Bij de aanblik van de prachtig met bloemen en linten versierde vloot van vissersboten kon ze echter geen woord uitbrengen.

Het rijkst versierd was echter niet een van de indrukwekkende schoeners, maar een eenvoudige viskotter: *La Brise*, de boot van de oude Pierrick, die altijd al op het camelia-eiland had gewoond en haar tante Lucie al had geholpen. Ze herkende hem haast niet in zijn feestkleding van zwart fluweel, helemaal versierd met goudkleurig borduursel. Pas toen hij zijn ronde hoed afdeed en ermee naar haar zwaaide en hij door zijn brede glimlach de vertrouwde rimpels in zijn gezicht kreeg, had ze door wie haar als kersverse getrouwde vrouw naar het eiland zou brengen.

'*Gourc'hemmenoù!*' riep hij uit en hij stak zijn hand uit om haar in de boot te helpen.

'Weet je nog, die keer dat je me naar het vasteland bracht?' vroeg Sylvia hem, terwijl ze zijn hand vastpakte en met haar andere hand de lange rok van haar jurk optilde en kordaat aan boord van de twaalf meter lange kotter sprong.

'Gelukkig is het vandaag niet zo stormachtig,' grijnsde Pierrick. 'Maar jou kennende zou je zelfs in je trouwjurk met het slechtste weer naar het eiland varen, toch?'

'O ja,' bevestigde Solenn, die bij hen in de kotter was geklommen en nu helemaal achterin, bij het roer ging zitten. 'Ik weet niet waar ze dat vandaan heeft. Lucie kreeg je alleen in een boot als het echt niet anders kon.'

Sylvia glimlachte. Ze had allang een vaarbewijs en bereidde zich nu met de hulp van Pierrick voor op haar stuurmansdiploma. Als de landbrug naar het camelia-eiland bij vloed onbegaanbaar werd, was het voor haar geen probleem om met een van de boten van de kwekerij naar het vasteland te varen. Maar vandaag stond ze stralend met Maël aan de boeg en liet ze het roer over aan Pierrick, die *La Brise* onder groot gejuich de haven uit voer.

De versierde boten die een voor een hun aanlegplaats verlieten en koers zetten naar open zee, was een prachtig gezicht. Vrolijk geroep ging heen en weer, de zeelieden vuurden elkaar aan. Ze ontdekte Veronika met Laurent en de kleine Lili in een schoener rechts naast hen. De boot van Morgane, de lerares van de dorpsschool, met haar speciaal uit Parijs overgekomen broer Éric en de havenmeester Brioc kwam aan de andere kant op snelheid.

Het was een schitterende dag in augustus, zacht en vrolijk. De zee was zo glad als een spiegel, de hemel wolkeloos, hoog boven hen cirkelden een paar meeuwen, terwijl aan de horizon het eiland langzaam uit het water leek op te stijgen en vorm aannam tot ten slotte het fraaie herenhuis en de hoge muur van de Jardin aux Camélias, de cameliatuin, steeds duidelijker te zien waren. Door deze heerlijke dag kon je je niet indenken welke hevige stormen er soms woedden aan deze kust, waardoor metershoge golven zich als uit het niets op het eiland stortten. Op haar huwelijksdag liet Bretagne zich van zijn zachtste kant zien, waarvoor ze heel dankbaar was.

Bij de aanlegsteiger werden ze al opgewacht. Rozenn, de zus van Solenn, had er samen met Coco en de andere medewerkers van de kwekerij voor gezorgd dat alles gereed was voor de ontvangst.

Onder de oude cameliabomen, beschut tegen de wind achter de muren, waren enorme tafels feestelijk gedekt. Maël en Sylvia hadden het hele stadje uitgenodigd, niemand uitgezonderd, en het zag ernaar uit dat er geen enkele boot in de haven was achtergebleven.

Rozenn sloot Sylvia stevig in haar armen om haar te feliciteren. De vriendelijke, rossige vrouw van midden in de vijftig had op het vasteland een pottenbakkerij en verhuurde daarnaast een paar kamers aan zomergasten. Ze had zich bereid verklaard om voor een soepel verloop van het feest te zorgen en ze zou de speciaal voor deze gelegenheid ingehuurde kok en de oudere leerlingen van Morgane, die zouden helpen serveren en afruimen, aansturen. Daarbij kreeg ze de voortvarende steun van Sylvia's assistente Gwen.

De tafelkleden waren stralend wit onder het dak van donkergroen glanzend camelialoof en ook de bloemstukjes op de tafels waren wit met groen. Over de twee stoelen waar het bruidspaar zou gaan zitten, stond een boog van takken en bloemen.

'En nu wil ik je omarmen, Sylvia,' riep Veronika uit, die met haar man ook aan land was gegaan. Vlug legde ze de kleine Lili in Maëls armen. Daarna trok ze haar vriendin tegen zich aan en hield haar een paar seconden heel innig vast. 'Ik wens jullie allebei alle geluk van de wereld.'

Sylvia zag ontroerd dat er tranen in Veronika's ogen glommen. 'Dank je, Vero,' zei ze en ze keek haar vriendin glimlachend aan. 'Het is zo fijn dat jullie konden komen!'

'Ja, hállo.' Veronika schudde onstuimig haar rode lokken. 'Dacht je dat ik jou liet trouwen zonder een oogje in het zeil te houden?'

Ze lachten allebei. Toen Sylvia de moeilijkste tijd van haar leven had doorgemaakt, was Veronika haar rots in de branding geweest. Dat had hun band, ze waren al sinds hun studie met elkaar bevriend, nog sterker gemaakt.

'Kijk die man van je eens,' zei Veronika verrast toen ze zag dat Maël de kleine Lili liefdevol wiegde, zodat het kleintje kraaide van verrukking. 'Zeg, Maël, hoe weet je eigenlijk hoe je een baby moet vasthouden?'

'Wanneer je met camelia's kunt omgaan, weet je ook hoe je een prinsesje moet vasthouden. Toch, Lili?' antwoordde Maël vrolijk.

Het kleintje begon te juichen en roeide enthousiast met haar armpjes.

'Met Laurent moest ik dat eerst oefenen toen Lili net geboren was. Ja toch, Laurent?'

'Dat moet je allemaal leren.' Laurent nam het kind voorzichtig van Maël over. 'Kom maar weer bij je papa met zijn grove motoriek, Lili.' Het kleintje kraaide van genoegen toen Laurent haar een paar zoentjes op de zijkant van haar hals gaf.

Een uur lang namen Sylvia en Maël gelukwensen in ontvangst, terwijl er champagne en hapjes werden geserveerd: met zalm gevulde pannenkoekenrolletjes, gegratineerde artisjokkenbodems met ansjovisvulling en kaaskoekjes, zo uit de oven.

Ten slotte ging iedereen aan tafel. Naar oud Bretons gebruik moest een 'grijsaard' een toespraak houden en na veel grapjes over zijn werkelijke leeftijd, die niemand exact wist, stond de oude Pierrick op. Iedereen werd stil.

'*Ma chère* Sylvie, *mon cher* Maël,' begon hij. 'Ik ben geen man van veel woorden. Bovendien kent iedereen hier jullie verhaal. Maar één ding moet luid en duidelijk gezegd worden: het lot heeft jullie samengebracht. Vele jaren geleden ben je op het eiland gekomen, Maël, als een hondje zonder baas. Twaalf jaar was je en je ging doelbewust je neus achterna, naar de plek waar je bestemming op je wachtte: naar de camelia's. In Solenn en Lucie heb je twee moeders gevonden, die je gaven wat je het hardst nodig had: liefde en een thuis.

Toen Lucie stierf, leek het alsof het geluk zich van het cameliaeiland had afgewend. De kwekerij stond op de rand van het faillissement. Maar toen heeft uitgerekend de vrouw van wie we allemaal dachten dat de ellende haar schuld was, uiteindelijk de redding gebracht. Nu ben je een van ons geworden, Sylvia. Je hebt je luxe bestaan opgegeven om ons eenvoudige leven te delen, want je bent een verstandige vrouw die weet dat het kostbaarste in een mensenleven maar één ding kan zijn: oprechte, ware liefde. En daarom willen we vandaag allemaal het glas op jullie beiden heffen, op Sylvia, op Maël en op de liefde die jullie voor altijd moge verbinden. Op het feit dat jullie één zullen blijven en niemand jullie kan scheiden. Dat er nog geen haar tussen jullie tweeën komt!'

Onder groot applaus hieven de gasten hun glazen op de gezondheid van het bruidspaar. Niemand bleef op zijn stoel zitten, iedereen wilde een glimp opvangen van de oude Pierrick en het stel. En ze zouden het nog lang hebben over Sylvia's ogen die glommen van de tranen en over het stralende gezicht van de bruidegom.

Daarna werd het eten opgediend en naar oud gebruik speelden de muzikanten tussen elke gang een andere dansmelodie.

Als voorgerecht was er *coquilles Saint-Jacques à la nage*, sintjakobsschelpen in hun eigen vocht, en een *godaille*, Bretonse vissoep. Sylvia had die eenvoudige vissersmaaltijd gewild, omdat dat ook het gerecht was dat ze samen met Maël die eerste avond na haar verrassende aankomst op het eiland had gegeten. Het hoofdgerecht was lamsbout met artisjokken en als dessert de obligate Bretonse boterkoek *kouign amann* en natuurlijk Maëls lievelingsgerecht *far breton*, een soort soufflé, gevuld met in rum geweekte bakpruimen, lauwwarm geserveerd. Wie daarna nog plek in zijn maag had, tastte stevig toe bij de kaas of snoepte van de beroemde aardbeien uit Plougastel.

De zon stond al laag toen de allerlaatste borden werden afgeruimd. Een aantal oudere dorpsbewoners pakte elkaar op de klanken van de doedelzak en de hobo bij de handen om te gaan dansen.

'Wat zou je zeggen van een *lambig*?' Brioc zette een dienblad met flinterdunne tulpenglaasjes en een fles zonder etiket op de bruidstafel.

'O, graag,' zei Sylvia. 'Die komt precies op het juiste moment. Vero, dat is de beste appeljenever die er bestaat. Geen enkele brandt zo in je keel als deze. Maar denk je dat Brioc iemand zijn geheim zou verklappen?'

'Het geheim is geduld hebben, lieve Sylvie.' De door weer en wind gebruinde havenmeester lachte ondeugend. 'Hoe langer de lambig in het vat mag liggen, hoe beter hij wordt.'

'En het ligt natuurlijk ook aan het vat,' vulde Solenn aan. 'Van welke houtsoort dat is, hoe oud het is en wat er daarvoor in heeft gezeten, toch? Ze zeggen dat Brioc zijn vaten beter bewaakt dan de haven.'

Iedereen moest lachen en Brioc schudde geheimzinnig zijn hoofd, terwijl hij verderging met inschenken.

'Dit zijn vast wel driehonderd gasten, toch?' Veronika was onder de indruk.

De kleine Lili was ingeslapen op haar arm, voldaan en uitgeput, Veronika had haar net de borst gegeven.

'Vierhonderddertig,' zei Rozenn tevreden en ze plofte met een zucht neer op een stoel. 'En er was nog genoeg eten ook, er is zelfs heel veel taart over, toch Gwen? Waar zit Maël eigenlijk?'

'Ik heb hem daarginds met Coco en die andere tuinman met het groene haar gezien,' antwoordde Veronika.

‘Dat is mijn neef Gurvan,’ legde Gwen trots uit. ‘Ze bouwen samen een installatie op voor straks, als die oude doedelzak eindelijk ophoudt.’

‘O, fijn,’ zei Morgane kreunend. Ze was ook bij hen komen staan. ‘Werkt-ie jullie ook zo op de zenuwen? *Merci beaucoup*, Brioc, ja, een borrel kan ik nu wel gebruiken.’

‘Ze spelen nog tot de zon ondergaat,’ zei Solenn gnuivend. ‘Dan keren de oudere mensen terug naar het vasteland en is de tuin voor de jeugd.’

Solenn kreeg gelijk. De schemering viel nog maar net over het eiland of de doedelzak en de hobo werden ingepakt en verschillende gasten aanvaardden de terugtocht. Zaklampen in allerlei kleuren licht vlamden op en de Jardin aux Camélias veranderde steeds meer in een geheimzinnig sprookjesrijk.

Gurvan betoonde zich inderdaad een supergoede deejay. Onvermoeibaar zette de jonge tuinman aanstekelijke muziek op, die exact paste bij de stemming, zodat de bruiloftsgasten niet merkten dat de uren voorbijvlogen, tot ten slotte de ochtend begon aan te breken. Toen de zon in het oosten aan de horizon omhoogkroop en de nieuwe dag in een roze licht dompelde, bewogen alleen Sylvia en Maël nog op de dansvloer, langzaam en innig omstrengeld op de klanken van een oud Frans liefdeslied: de spetterende opname, vol ruis van het chanson ‘L’Hymne à l’amour’, die Gurvan ter afsluiting op de draaitafel had gelegd.

Edith Piaf zong: … *Zolang de liefde mijn ochtenden nog overspoelt, zolang mijn lichaam nog trilt onder jouw handen, kunnen de problemen me weinig schelen, mijn lief, omdat jij van me houdt…*

Hoe hoger de zon aan de hemel klom, des te intenser verdichtten zijn stralen zich tot puur goud en verlichtten eerst de kronen van de cameliabomen en ten slotte Sylvia’s haar. Ze toverden een aureool om Maëls hoofd. En iedereen die zijn ogen nog open kon houden, zag vol verbazing hoe het vroege licht de twee geliefden omhulde als een schitterende mantel.

… *Als op een dag het leven je echter van mij wegneemt*, zong Piaf, *als je overlijdt of als je ver weg bent, maakt dat niet uit, zolang jij van mij houdt… We hebben de eeuwigheid voor ons, in het onmetelijke blauw, in de hemel… God herenigt hen die van elkaar houden.*

De laatste maten stierven weg.

Ineens was het stil na al die uren vol muziek, en de geluiden van de ochtend kwamen tevoorschijn. In de verte hoorde je de golven ruisen. Boven in een boom begon een vogel te zingen. Uit de keuken kwam het zachte gerammel van servies en Sylvia ademde de geur van versgezette koffie in.

'Ik kan het haast niet geloven,' fluisterde ze in Maëls oor. 'Het is al ochtend. Waar is de nacht gebleven?'

'Dit is de eerste zonsopgang die we als man en vrouw meemaken,' fluisterde hij terug.

Ze kroop nog een keer tegen hem aan, verdoofd van geluk en duizelig van de hele nacht dansen. Daarna maakten ze zich los van elkaar, keken elkaar glimlachend in de ogen en verlieten de dansvloer.

Solenn kwam met in elke hand een grote kan van het huis naar hen toe en haar zus droeg een dienblad vol *bols*, de typische Franse porseleinen kommen waaruit ze hier koffiedronken. Ze zetten alles op de bruidstafel en begonnen voor iedereen een bol te vullen.

'Wie heeft er zin in boterkoek?' vroeg Morgane. Ze stond op en rekte zich uit. 'Daar is vast nog veel van over. En ook van de far breton, Maël, daar ben jij toch zo dol op? Wie komt er mee om me te helpen dragen?'

'Ik geloof dat jullie het heel goed zonder ons kunnen redden,' zei Maël, en met een tedere blik naar zijn vrouw voegde hij eraan toe: 'Wij trekken ons namelijk eventjes terug. *N'est-ce pas*, Sylvie?'

Ten antwoord pakte ze zijn hand en trok hem lachend mee.

Bij de grindweg aangekomen die door de tuin naar hun huis liep, trok ze haar elegante sandalen uit, ze tilde haar jurk wat op zodat ze niet op de zoom trapte en zonder een woord te zeggen renden ze er uitgelaten vandoor.

Buiten adem stopten ze voor het huis. Maël deed de deur open, waarna hij haar vastberaden optilde en haar behoedzaam over de drempel droeg. Hij bracht haar tot in de slaapkamer, waar hij haar voorzichtig op het bed legde.

'Voor eeuwig en altijd,' zei hij toen hij haar uit haar jurk hielp.

'Voor eeuwig en altijd.' En ze vlijde zich tegen hem aan.

's Middags gaf Sylvia Veronika en Laurent een rondleiding over de kwekerij, die een paar kilometer verderop lag, in een natuurlijke, door de rotsen tegen de wind beschermde laagte, waar de camelia's voor de verkoop groeiden.

'Ik wil jullie iets heel bijzonders laten zien,' zei Sylvia toen ze de motor van de terreinwagen uitschakelde en haar vrienden meenam langs de velden naar de kassen. 'Jullie weten toch dat Maël hier de nieuwe soorten kweekt waar we beroemd om zijn. Jaren geleden, hij was toen nog een puber, is het hem gelukt om een heel mooie te kweken. Tante Lucie heeft die *Sylviana* gedoopt en mij de rechten voor het in de handel brengen nagelaten.'

Ze waren bij een van de oudere kassen aangekomen en uit de dikke bos zocht ze de passende sleutel.

'Is dat een speciaal slot?' informeerde Laurent geïnteresseerd. 'Deze kas lijkt wel beter beveiligd dan mijn werkplaats.'

'Met reden,' legde ze ernstig uit. 'Deze boom is een vermogen waard. Kom zelf maar kijken.'

Ze kwamen bij een tweede afgesloten deur. Daarachter rees een kas op met een koepeldak van zeker vijf meter hoog. Midden in het ronde gebouw stond een slanke boom met een zilvergrijs glanzende bast. Hij had een compacte kroon en smalle, donkergroene blaadjes die glansden alsof er een laklaagje overheen zat.

'Kijk,' zei Sylvia trots en ze wees op een paar spectaculaire bloemen die zo groot waren als haar handpalm, stralend tussen het nachtgroene loof. De amethistkleurige, dicht gevulde bloemen rustten op een krans van witte bloemblaadjes, het leken wel kanten kragen. Helemaal in het binnenste glansden zilverwitte meeldraden als sterren aan een nachthemel.

'Een droom,' fluisterde Veronika. 'Ik moet van het voorjaar terugkomen als hij in volle bloei staat.'

'Dan is hij er niet meer,' legde Sylvia zuchtend uit. 'We gaan hem namelijk verkopen. Van de opbrengst willen we het bezoekerscentrum bouwen, waarover ik jullie verteld heb. De *Sylviana* is ons kapitaal. Dit najaar nog begint er een in de hele geschiedenis van de camelia nog nooit vertoonde veiling. Op de wereld is er alleen dit volgroeide exemplaar. Ik ben benieuwd wat de boom opbrengt.'

Ze liet haar gasten nog meer fascinerend mooie cultivars zien, maar geen enkele was zo mooi als de *Sylviana*.

'Vind je het niet zonde om die prachtige boom te verkopen?' vroeg Veronika toen ze weer terugreden naar het hoofdgebouw. 'Het is nota bene een herinnering aan je tante.'

Sylvia zweeg even, daarna schudde ze vastberaden haar hoofd. 'Lucie was heel praktisch aangelegd,' zei ze. 'Ik weet zeker dat ze enthousiast zou zijn geweest over het idee van het bezoekerscentrum. Ik zie het al helemaal voor me. De bistro waar de klanten een hapje kunnen eten, want ze komen allemaal van heinde en verre naar het einde van de wereld. De winkel met producten met de camelia als thema: theesoorten, cosmetica, boeken en allerlei geschenkartikelen. En het informatiecentrum waar je alles over de geschiedenis van de camelia te weten kunt komen – hoe die uit Azië naar Europa is gekomen, welke verzorging die nodig heeft en nog veel meer. Moeten we daarvan afzien om de boom te behouden? Nee, ik denk dat het de juiste beslissing is.'

'Het is echt een mooi idee,' vervolgde Veronika peinzend, 'om een bijzondere plant op te dragen aan iemand. Kennelijk mocht je tante je heel graag.'

Sylvia knikte verdrietig. Het deed haar nog steeds pijn dat ze toen Lucie nog leefde nooit de tijd had genomen haar hier in haar domein te bezoeken. Als succesvolle bedrijfsadviseur had ze indertijd een hectisch leven geleid en ze had alles op de lange baan geschoven wat niets met haar werk te maken had. Tot het te laat was en haar tante in de bloei van haar leven aan een hersentumor was gestorven...

Ze waren weer bij het hoofdgebouw aangekomen en ze schrok op uit haar gedachten doordat Veronika zei: 'We wilden jou en Maël iets vragen. Misschien hebben we nog even wat tijd met elkaar voordat we zo vertrekken.' Haar stem klonk heel anders dan normaal, een beetje ernstig.

'Natuurlijk,' antwoordde Sylvia verbaasd. 'Altijd. Moet Maël erbij zijn? Kijk, hij staat daarginds.'

Kort daarna zaten ze in de gezellige keuken van Solenn. Lili lag alweer in Maëls armen en blies met getuite lipjes kleine glanzende spuugbelletjes.

'We wilden jullie vragen of jullie het leuk zouden vinden om peettante en peetoom van Lili te worden,' vroeg Veronika. 'Ik weet dat jullie niet veel tijd hebben,' voegde ze eraan toe. 'Alleen kan ik me voor mijn Lili geen betere peettante en peetoom voorstellen...'

'Maar Vero,' onderbrak Sylvia haar stralend. 'Natuurlijk willen we dat. Ja toch, Maël? Ik zou het in elk geval superleuk vinden!'

'Uiteraard,' stemde Maël ermee in. 'Dat vinden we een grote eer. Ik zat de hele tijd al te denken wat ik kon verzinnen om Lili hier te houden zonder dat jullie het zouden merken.'

Veronika en Laurent lachten hartelijk. Ook Sylvia lachte mee, terwijl ze Maël een steelse, verbaasde blik toewierp. Over kinderen hadden ze het nooit gehad, dat was nog geen onderwerp voor hen geweest.

'Daar zullen jullie zelf moeite voor moeten doen,' merkte Veronika op en ze stak haar handen uit naar haar dochter. 'Maar moeilijk is het niet. Mochten jullie tips nodig hebben, dan mogen jullie ons altijd vragen.'

Toen werd het tijd om afscheid te nemen. Het was dik twee uur rijden naar Le Mans, waar Veronika en Laurent woonden.

'We zien elkaar bij de doop,' riep Veronika haar vriendin goedgemutst uit het open raampje toe. 'Ik neem contact op, zodra ik de datum weet. Ach, ik verheug me er zo op. Het was een fantastisch feest, Sylvia. Maar nu moet ik eerst een week slapen.'

Lang zwaaiden Sylvia en Maël de déesse – de godin – na, de legendarische Citroën DS uit de jaren zeventig die Laurent met veel liefde telkens weer had gerestaureerd.

'Kleine Lili is zo schattig,' zei ze peinzend.

'Zou het niet mooi zijn...' Maël trok haar tegen zich aan, 'als wij ook een kind hadden?'

Haar adem stokte. Ze was zevenendertig en in haar levensplanning was een kind tot nog toe niet voorgekomen. Ze had altijd alleen maar haar carrière voor ogen gehad. Ook nu ze de commerciële leiding over het camelia-eiland had, werkte ze dag en nacht.

'Daar heb ik nog nooit over nagedacht,' bekende ze.

'Dat weet ik.' Maël glimlachte. 'Ik eerlijk gezegd ook niet. Als je opgroeit zoals ik, vind je het waarschijnlijk niet zo'n goed idee om kinderen op de wereld te zetten.'

Hij zweeg peinzend en keek naar de lucht in het westen, waar zich enorme pluizige wolkenformaties vormden.

'Maar nu heb je Lili op je arm gehad,' zei ze liefdevol en ze nestelde zich tegen hem aan. 'En die heeft je betoverd.'

Hij keek haar strak aan. 'Jij bent de eerste en enige vrouw met wie ik me dat zou kunnen voorstellen,' zei hij en hij ging met zijn wijsvinger teder langs de lijn van haar hals. 'En dat niet alleen. Ik zou het prachtig vinden.'

Ze deed haar ogen dicht. Het duizelde haar bij de gedachte aan een kind van henzelf. Zou daardoor niet alles veranderen?

De volgende dagen had ze zo veel omhanden, dat het haar heel goed lukte om de verontrustende, maar ook aantrekkelijke gedachte aan een kind van henzelf opzij te schuiven, in elk geval overdag. Terwijl Maël bezig was met het werk dat op de kwekerij was blijven liggen, beantwoordde zij de vele schriftelijke felicitaties en schreef ze bedankjes voor de cadeaus. Bovendien was het de hoogste tijd om de internationale veiling van de *Sylviana* voor te bereiden, waar zo veel van afhing. De afgelopen twee jaar was gebleken dat Sylvia het bij het juiste eind had met haar toekomstplannen. Nu moesten ze dringend gerealiseerd worden.

Lange tijd was de Jardin aux Camélias – waar Solenn en Lucie en vooral de begenadigde kweker Maël oude cameliasoorten kweekten die elders allang waren uitgestorven en nieuwe kruisingen tot stand brachten – slechts bij een handjevol kenners en verzamelaars bekend geweest. Dat kwam door de afgelegen ligging van het eiland, voor de Bretonse kust. Je moest al weten dat daar in de buurt een kwekerij was en ernaar op zoek gaan om die te kunnen vinden.

Toen tante Lucie nog leefde, die de kwekerij samen met Solenn met veel geduld en liefde had opgebouwd, had dat de beide vrouwen niets kunnen schelen. En dat gold vooral voor Lucie, die voor haar familieleden in Duitsland was gevlucht, toen ze niet accepteerden dat ze van een vrouw hield en gelukkig met haar was. En toch had haar tante al voor haar veel te vroege dood geweten dat die idyllische tijd voorbij was. In een brief bij haar testament had ze Sylvia gevraagd Solenn te helpen bij de bedrijfseconomische kant van het bedrijf. Ook al had de familieruzie ervoor gezorgd dat het contact met de toen nog jonge

Sylvia was verbroken, Lucie had de carrière van haar geliefde nichtje op afstand gevolgd en ze was ervan op de hoogte geweest dat ze een uitstekende zakenvrouw was.

'De Jardin aux Camélias moet bezoekersvriendelijker worden,' had Sylvia al geadviseerd toen ze naar het eiland was verhuisd. Dat af en toe een verzamelaar een bijzondere camelia kocht, was niet voldoende om het bedrijf rendabel te maken. Maar het schandaal rond de erfenis, de dreigende verkoop aan een Britse investeerder, die het eiland wilde veranderen in een golfresort en het feit dat Sylvia dat op het laatste nippertje had voorkomen, hadden de kwekerij in het nieuws gebracht. Het camelia-eiland werd sindsdien gezien als symbool van succesvol verzet. De beelden van de Bretonse vrouwen en mannen, kinderen en oude mensen die zich moedig hadden verzet tegen de bouwmachines van de speculant Sir James Ashton-Davenport waren over de hele wereld gegaan.

Maar Solenn en haar kleine groepje tuinmannen en -vrouwen konden de vele bezoekers die het eiland vervolgens hadden overspoeld bijna niet aan. Lange rijen auto's zorgden vooral in de weekenden in het kustplaatsje en op de dam naar het eiland voor files.

Al sinds onheuglijke tijden was het eiland door een smalle landtong met het vasteland verbonden, en de zee had er zo lang aan geknaagd dat er nog maar een smalle dam van over was gebleven, waar je bij eb met de auto overheen kon. Intussen was die verbreed en beter verhard. Toch bleven de getijden en vooral de winterstormen aan het fundament vreten. Elk voorjaar werd hij gerepareerd en aangepast aan de veranderende stroming. Pierrick zorgde er al tientallen jaren voor en beweerde dat hij hem kende als zijn broekzak.

De kleine haven en de parkeerplaats waren inmiddels eveneens vergroot en Briocs oudste zoon Yann had een florerend watertaxibedrijf opgericht om bezoekers ook bij vloed naar de overkant te kunnen brengen als het weer het toeliet.

Maar eenmaal op het eiland wilden de gasten graag een tijdje blijven en omdat de systematisch in rijen aangelegde velden van de kwekerij voor leken geen echte bezienswaardigheid waren (de meeste planten kregen pas na een paar jaar prachtige bloemen), verbleven de bezoekers het liefst in de Jardin aux Camélias. In het enorme park bij het herenhuis waren de eerste camelia's al meer dan honderd jaar geleden geplant, en al generatieslang toonden ze daar hun pracht. Alleen mensen die echt iets wilden kopen, werden naar de planten en de kassen in de verderop gelegen laagte gebracht.

Het camelia-eiland was tot een attractie in deze omgeving geworden, de hotels aan de kust waren nog nooit zo snel volgeboekt geweest. Diverse families in het kustplaatsje veranderden leegstaande kinderkamers in gastenkamers of bouwden oude geitenstallen om tot leuke vakantiehuisjes. Ook de restaurants, *salons de thé* en crêperies waren blij met de grote toeloop. Waarom zouden ze dus niet op het eiland zelf een kleine bistro openen en van alle mensen profiteren die niet per se een camelia wilden kopen, maar gekomen waren om het prachtige park met de oude bomen bij het grote huis te bewonderen?

Telkens weer werd er naar souvenirs gevraagd en ze had in de loop van de tijd een uitgebreide lijst met producten opgesteld die pasten bij het thema camelia. Het werd zo langzamerhand tijd om haar plannen te gaan realiseren.

'Heb je erover nagedacht?' vroeg Maël op een avond, nadat ze elkaar vol overgave hadden bemind en ze gelukkig en ontspannen in zijn armen lag.

'Waarover?' vroeg ze slaapdronken.

'Je weet precies wat ik bedoel.' Hij gaf een zoen op haar kin. 'Of we gaan proberen om een kind te krijgen.'

Ze was ineens weer klaarwakker. 'Ik ben al achter in de dertig,' bracht ze er zacht tegen in.

'Daarom juist,' luidde zijn antwoord. 'We moeten dus geen

tijd verspillen.' Ze bekeek de gelaatstrekken waar ze zo van hield, zijn volle lippen, die zo fluweelzacht aanvoelden, zijn door weer en wind getekende gezicht en vooral zijn ogen waarin ze zijn gevoelens kon lezen, hij was voor haar een open boek. Ze streek met haar vingers zacht door zijn haar en ineens betrapte ze zich op de gedachte hoe hun kind eruit zou zien. Het zou mooi zijn als het zijn ogen had. En de vorm van zijn lippen. En... 'Ik weet dat je er bang voor bent,' vervolgde Maël. 'En heel eerlijk gezegd ben ik dat ook. Misschien nog wel meer dan jij. En toch. Natuurlijk ben ik bang dat ons leven volledig zal veranderen. Maar ik ben eigenlijk nog banger dat we iets belangrijks zouden kunnen missen. Iets waar we later spijt van zouden krijgen.'

'Hoe stel je je dat voor?' vroeg ze aarzelend. 'Ik bedoel concreet. Alle moeders die ik ken zijn een paar jaar uit de running. Ze nemen zich voor dat hun werk echt niet zal lijden onder hun kind. Dat ze dat op de een of andere manier wel voor elkaar krijgen. Maar als het kind er eenmaal is, is het andere koek.'

'Ik heb het er met Solenn over gehad,' biechtte hij op. 'Ik wilde haar mening horen. Ze zegt dat ze totaal geen problemen ziet als het om de verzorging gaat. Ze wil dolgraag helpen onze kinderen groot te brengen. Ze zou er toch al niet mee zitten om zich meer uit het bedrijf terug te kunnen trekken. Ik denk dat Solenn een geweldige oma zou zijn. Denk je niet? En desnoods nemen we een kindermeisje.'

... onze kinderen, echode het in haar hoofd. Nu heeft hij het al over kinderen...

'Misschien moet jij ook een keer met haar praten,' voegde hij eraan toe. 'Of met Veronika, van vrouw tot vrouw.' Nu grijnsde hij en hij drukte haar tegen zich aan. Daarna werd hij weer serieus. 'Maar één ding moet je weten: als je nee zegt, ga ik je echt niet overhalen. Dat beloof ik je.'

'De bal ligt nu dus bij mij?' Het voelde een beetje ongemakkelijk.

Maël schudde zijn hoofd en keek haar in de ogen. 'Nee, zo bedoel ik dat niet. We kunnen dat alleen samen beslissen. Het moet toch mogelijk zijn om daarover te praten, het te overleggen, *n'est-ce pas*?'

Ze knikte en kroop nog dichter tegen hem aan. Wat hield ze veel van hem. Ze zou in Frankrijk eindelijk op zoek gaan naar een gynaecoloog en informeren wat de risico's op haar leeftijd waren. Dat stond al langer op de planning, en toch kwam er altijd iets tussen wat belangrijker was. En ze zou wat cijfers raadplegen. Met Veronika praten, haar om raad vragen. Haar vriendin was iets jonger dan zij. Was dat bepalend op hun leeftijd?

Hoewel haar geest nog druk in de weer was en steeds weer probeerde een verstandige strategie uit te werken, wist ze nu al dat iets diep in haar in vuur en vlam was gezet. Iets in haar binnenste trok en sjorde aan haar, er was een wens gewekt waarvan ze het bestaan nooit had vermoed. Ineens dacht ze die betoverende geuren van vanille en bittere amandelen en nog veel andere weer te ruiken, die ze had opgesnoven op het hoofdje van Lili, ze voelde de piepkleine handjes weer, het lichte gewicht op haar arm en herinnerde zich haar innerlijke neiging om dat wezentje tegen zich aan te drukken en te beschermen...

Naast haar ademde Maël rustig en gelijkmatig. In zijn slaap leek hij altijd nog een beetje een grote jongen. Er welde tederheid in haar op. Ze voelde de warmte die uitging van zijn lichaam, de fluwelen aanraking van zijn huid.

Waarom niet? vroeg een zacht stemmetje in haar. Waarom zou je je niet met hem versmelten en nieuw leven schenken?

Toen wist ze dat ze geen advies meer nodig had. Ja, ze wilde een kind van en met Maël. Het maakte niet uit hoe het verder zou lopen. En met die opwindende, betoverende en ook verontrustende gedachte viel ze ten slotte in slaap.

2
De veiling

'Wat denk je dat de verkoop van de *Sylviana* zal opleveren?'

Buiten woedde een novemberstorm, maar de hoge muren om de Jardin aux Camélias boden beschutting. Het enige wat binnendrong was het huilen van de wind en het gebulder van de golven die krachtig tegen het eiland sloegen.

Zorgvuldig rolde Sylvia de tekeningen op, die ze zoals op veel avonden samen op de tafel in de keuken van het grote huis hadden uitgerold. Er moesten zo veel details worden ingevuld. De nieuwe gebouwen werden gebouwd van natuursteen, net als de huizen die er allang stonden, en de architectuur werd aangepast aan de rest van het eiland. De daken werden voorzien van lokale grijze leisteen, zodat ze onopvallend opgingen in de natuurlijke omgeving. De instanties hadden weliswaar ingestemd met de bouwplannen, maar een plaatselijke natuurbeschermingsorganisatie, en vooral een zekere Kilian Nuz, had laatst bezwaar gemaakt.

Ze nam de bedenkingen serieus, omdat ze wist dat ze absoluut geen vijanden mochten maken. Dus had ze voor volgend weekend een bijeenkomst op het eiland belegd, om te discussiëren over de verschillende standpunten, die te toetsen aan de algemene milieuregels en zo nodig een compromis te zoeken. Ze had zelfs een vertegenwoordiger van bouw- en woningtoezicht kunnen overhalen om daarbij aanwezig te zijn.

'Wat de *Sylviana* zal opbrengen? Lastig te zeggen,' zei Sylvia. 'Mijn doel zou tweehonderdduizend zijn. Dan hebben we geen problemen met de lening.'

Ze noteerde nog een paar punten op haar laptop, zette hem uit en leunde moe achterover.

'Je werkt weer te veel,' merkte Solenn op met een blik naar de donkere kringen onder Sylvia's ogen. 'Dat is helaas niets nieuws.'

Ze zuchtte. 'Lieve Solenn, zou je me een lambig willen inschenken?'

Solenn fronste haar wenkbrauwen. 'Maar ben je niet stiekem...'

'Nee,' onderbrak Sylvia haar snel. 'Ik ben vanochtend weer ongesteld geworden.' Er klonk berusting in haar stem.

'Dat is normaal, *ma fille*,' zei Solenn troostend en ze haalde een fles appelbrandewijn uit de kast. 'Je hebt jarenlang de pil geslikt. Nu heeft je lichaam tijd nodig.'

'Dat weet ik. En toch. Misschien lukt het ook wel helemaal niet. Misschien ben ik gewoon te oud. Misschien...'

'*Arrête!*' onderbrak Solenn haar streng. 'Zo mag je niet denken. Je moet geduld hebben. Het gaat vast lukken, dat voel ik.'

Ze keek haar vriendin liefdevol aan. Solenn was in de zestig en had veel meegemaakt. Als lesbische vrouw, opgegroeid op het platteland, was ze in haar jeugd niet geaccepteerd. Haar opleiding tot landschapsarchitect had ze in Normandië gedaan, waar ze een eeltlaag had gekweekt. Daar was ze voor het eerst in contact gekomen met camelia's. Pas toen ze Lucie had leren kennen, verliefd op haar was geworden en met haar op het eiland was gaan wonen, had haar leven een gelukkige wending genomen. Lucie had er met haar innemende persoonlijkheid uiteindelijk voor gezorgd dat ze hier in de kuststreek als paar werden geaccepteerd en gerespecteerd.

Toen Lucie was overleden, was Solenn bijna de grond onder haar voeten verloren, en wel letterlijk. Lucies testament, waarmee ze het eiland aan haar partner naliet, was namelijk verdwenen. De autoriteiten hadden Sylvia als wettige erfgename aangewezen en door intriges van haar toenmalige man Holger waren ze het eiland bijna kwijtgeraakt. Telkens weer had Solenn grote moed getoond.

Ze heeft gelijk, dacht Sylvia, terwijl ze nipte van de aromatische lambig, de Bretonse versie van de Normandische calvados. Eigenlijk heb ik echt geen reden om neerslachtig te zijn.

En ineens begon ze zich bijna aan zichzelf te ergeren. Hoe was het mogelijk dat zoiets banaals als ongesteld worden haar zo van haar stuk bracht? Zo kende ze zichzelf helemaal niet. Elk zakelijk probleem, hoe groot het ook was, zag ze als welkome uitdaging om een oplossing voor te vinden. Maar dat was nu juist het punt. Problemen konden opgelost of uit de weg geruimd worden. Zo werkte dat alleen niet met haar lichaam, dat kon ze niet het bevel geven om zwanger te worden…

'Ik heb erover gedroomd,' zei Solenn waardoor ze uit haar gedachten werd gehaald. 'Ik heb Maël met een zoon gezien,' ging ze verder. 'Vertrouw dus op je lichaam en geef het de tijd dat het nodig heeft.' Sylvia kreeg er tranen van in de ogen. Solenn pakte haar hand en drukte die. Het was eigenlijk niets voor de Bretonse om overdreven sentimenteel te worden. 'Goedenacht, Sylvie,' zei ze en ze knikte nog één keer naar haar.

'Goedenacht, Solenn,' antwoordde ze zacht.

In gedachten voegde ze eraan toe: slaap lekker en droom nog maar vaker van zulke mooie dingen. Ze haalde diep adem en voelde dat haar neerslachtigheid helemaal oploste. Zij en Maël zouden een zoon krijgen. Ze moest alleen geduld hebben.

Tijdens de bijeenkomst met de natuurbeschermers was Sylvia weer eens in topvorm. Ze had niet voor niets jarenlang succesvol als bedrijfsadviseur en conflictmanager gewerkt. Ze wist dat elke deelnemer uiteindelijk het gevoel moest hebben dat hij erop vooruit was gegaan. De uitdaging was om dat niet ten koste van het project te laten gaan, want vaak hield een compromis in dat juist het unieke van een idee moest worden opgeofferd. En ze wilde beslist niet met de planning weer helemaal van voren af aan beginnen, het had tenslotte maanden gekost voordat ze alle vergunningen had gekregen.

Gelukkig bleek al snel dat de tegenstanders over veel details verkeerd geïnformeerd waren geweest en dat ze de meeste van hun argumenten met feiten kon weerleggen. Uiteindelijk vonden ze een oplossing die in Sylvia's ogen zelfs een verbetering betekende. Ook zij vond het immers heel belangrijk dat het bezoekerscentrum de betovering en de eenvoud van het eiland niet zou verstoren. En zoals ze had verwacht waren Kilian Nuz en zijn medestrijders juist heel enthousiast over haar voorstel om een permanente expositie, met informatie over de zeldzame vogelsoorten die jaarlijks op het eiland broedden, te integreren in het bezoekerscentrum. Ze had het uitgezocht en was erachter gekomen dat ze voor een dergelijk project zelfs subsidie bij de Franse overheid en bij de EU kon aanvragen. Op die manier sloegen ze twee vliegen in één klap: ze kon rekenen op Kilians steun en tegelijkertijd werden de bouwkosten een stuk lager. Bovendien zou het vogelstation een extra attractie voor toeristen zijn.

Opgelucht nam ze afscheid van de delegatie en keerde moe maar tevreden terug in Ti Bag, zoals Maëls huis in het Bretons werd genoemd en dat inmiddels ook al een hele tijd van haar was.

De storm was gaan liggen en af en toe was dat weekend zelfs de zon tussen de dichte wolken tevoorschijn gekomen. Ti Bag, wat zoveel betekende als botenhuis, lag aan de buitenrand van het park en was van oorsprong een groot, van natuursteen opgetrokken botenhuis, waar de vissersfamilie in wier bezit het eiland generatieslang was geweest, hun kotters hadden onderhouden. De Kerguénnecs hadden een kleine visserijvloot bezeten en heel wat mannen van de kuststreek werk verschaft, onder wie de vader van Solenn.

Toen Maël na zijn studie plantkunde was teruggekeerd naar het eiland in plaats van een positie als hoogleraar aan een van de internationale universiteiten aan te nemen – dat soort banen werden hem nog steeds af en toe aangeboden – had hij de half vervallen loods in een paar jaar samen met Pierrick liefdevol gerestaureerd. Het resultaat was een eigenwijs huis, met als middelpunt 'de grote hal', zoals Maël de vroegere werkplaats noemde. Het had een open keuken, een eetgedeelte en een gezellig woongedeelte met fauteuils en een open haard. Boven de haard had het schilderij van tante Lucie, dat Solenn aan Sylvia had gegeven, een waardige plek gevonden. Alleen de slaap- en badkamer waren gescheiden vertrekken. Op een kleine gaanderij had ze een kantoortje ingericht, want ze nam telkens weer werk mee naar huis, al zag Maël dat niet graag.

In een opwelling liep ze naar de zolder, die door Maël ook voor een deel was uitgebouwd. Twee ovale ramen in de puntgevels gaven je het gevoel dat je op een schip zat, omringd door golven. Er stond een comfortabele bank, die in een handomdraai kon worden veranderd in een lekker logeerbed en tegen de schuine wanden waren boekenkasten getimmerd: met een goed gesorteerde bibliotheek over camelia's van Maël en een steeds groeiende collectie over management van Sylvia. Zo was de zolder een prettige plek geworden om je terug te trekken, en ook Veronika en haar gezinnetje overnachtten er als ze kwamen logeren.

Net als elke keer genoot ze ook die avond van het uitzicht uit het raam op het westen, waardoorheen nog een bleek restje van de zonsondergang aan de horizon zichtbaar was. Wolkenbergen in verschillende tinten grijs joegen naar het vasteland, het zeewater kwam met onverbiddelijke brekers aanrollen. Aan de overkant weerkaatste de kustlijn het mauvekleurige avondlicht, de vuurtoren zond zijn ronddraaiende lichtsignaal al in een onverstoorbaar tempo over land en zee.

Hier zou hun gezamenlijke kind ooit slapen als het groter was, hadden ze besloten. In haar hoofd was ze al bezig de kamer voor een kind in te richten. In plaats van Maëls boeken en die van haar zouden de kasten vol staan met kinderboeken, spelletjes, tekenspullen… De eerste jaren zou het kind natuurlijk nog bij hen beneden slapen. Naast hun slaapkamer was nog een kamertje, dat ze niet gebruikten, met een klein raam, precies groot genoeg voor een baby. Dat zouden ze in zachte pasteltinten schilderen. Als het kind veilig alleen de trap op en af kon, werd het tijd voor zijn of haar eigen domein hierboven. En als er nog een broertje of zusje kwam, dan konden ze de dakconstructie vergroten…

Ze haalde diep adem en ging naar beneden naar de keuken om het avondeten klaar te maken: kaas, tomaten en kippenpastei met brood. Voor zichzelf sneed ze een stuk volkorenbrood af dat Solenn soms volgens Duits recept voor haar bakte, een bewijs van liefde en het enige uit haar vaderland waar ze maar moeilijk afstand van kon doen. Maël was kennelijk nog drukdoende in de kassen. Hij was weer eens bezig met de kruising tussen twee zeldzame camelia's, nog niemand was erin geslaagd die te kruisen. Gurvan, zijn rechterhand, hielp hem daar meestal bij.

Ze nam haar bord mee naar de gaanderij en zette haar computer aan. Voor de laatste keer controleerde ze de teksten op de website voor de veiling van de *Sylviana*, ze klikte op de foto's die de boom in al zijn prachtige details in de verschillende seizoenen liet zien, las nog een keer de tekst met zijn botanisch juiste beschrijving. Daarna controleerde ze voor de zoveelste keer de voorwaarden voor de veiling.

Een belangrijk onderdeel was een clausule die ze extra benadrukte: de *Sylviana* was een unicaat, van de Jardin aux Camélias zou er de komende tien jaar niet nog een exemplaar van die soort op de markt komen. 'De rechtenbezitter Sylvia Riwall en de kweker Maël Riwall verplichten zich daartoe uitdrukkelijk en zijn bij overtreding daarvan aansprakelijk voor een contractuele boete van het dubbele van de aan het eind van de veiling vastgelegde verkoopprijs.'

'Hoe hoog is het risico dat een identieke plant uit jullie kwekerij op de markt komt?' had haar advocaat Millet gevraagd.

'Dat risico is er niet,' had ze geantwoord.

Natuurlijk waren er een paar kleine stekken van de *Sylviana*, geen bomen maar kniehoge struiken die nog nooit hadden gebloeid. Ze bevonden zich in de dubbel beveiligde kas, waarvan behalve Maël alleen Gurvan een sleutel had. Ze wilde die als herinnering aan haar tante bewaren. De struiken waren haar privé-eigendom en zouden nooit verkocht worden.

Om middernacht ging de presentatie online en zou de veiling beginnen. Sylvia had een duur van twee weken vastgesteld. Als er dan nog concurrerende biedingen zouden zijn, konden de geïnteresseerden hun laatste bod doen. Het hoogste bod zou winnen.

Ze hoorde de deur opengaan. Maël kwam binnen.

'Zit je nog steeds achter de computer?' riep hij naar boven.

Snel zette ze de pc uit. Het was de hoogste tijd om te ontspannen. Ze had twee spannende weken voor de boeg.

Tot haar teleurstelling kwam de veiling maar traag op gang. De startprijs werd door een geïnteresseerde weliswaar een klein beetje overboden, maar daarna gebeurde er drie dagen lang helemaal niets. Dat was een klap in haar gezicht. Nog maar een maand geleden had een Higo-bonsai bij een veiling een exorbitante prijs opgeleverd, en dat was nota bene een camelia die allang bekend was en die veel verzamelaars in hun bezit hadden. Het enige speciale was zijn bijzondere groeivorm geweest. Ze kon het gebrek aan belangstelling in de *Sylviana* niet verklaren.

Een hele gefrustreerde dag lang zocht ze naar nog meer fora om de veiling kenbaar te maken en probeerde ze wanhopig meer mensen te bereiken die geïnteresseerd zouden kunnen zijn in de koop van zo'n bijzondere cameliaboom. In gedachten was ze al bezig de kosten voor het bezoekerscentrum lager te ramen, in haar hoofd werd het met het uur kleiner en ze werd steeds ongelukkiger bij de gedachte dat ze misschien veel zou moeten schrappen.

Eindelijk, op de vrijdag van de eerste week, kwam er een beetje beweging in de veiling. Een verzamelaar uit Koeweit was mee gaan doen en concurreerde een tijdje met een bieder uit de Verenigde Staten. Daarna kwamen er in rap tempo biedingen uit Rusland bij en begon het ten slotte te lopen. Op de woensdag van de tweede week stond het bod al op honderdvijftienduizend en was ze zo opgewonden dat ze zich haast niet kon losmaken van het beeldscherm. Wat hoopte ze dat ze haar doel, een twee met vijf nullen erachter, zouden bereiken. Maar ineens leek het alsof zowel de bieders uit de Verenigde Staten als uit Rusland ermee opgehouden waren. Weer staarde ze naar een beeldscherm waar geen beweging in zat.

De donderdag bleef rustig, alsof de strijd al beslist was. Toen ze vrijdagochtend haar pc aanzette, kon ze haar ogen echter haast niet geloven. Er was een nieuwe bieder ten tonele verschenen, die de afgelopen nacht met de Koeweiti verbitterd om de *Sylviana* had gestreden. Het was weliswaar een duel met kleine stapjes, maar de onbekende verzamelaar had inmiddels bijna honderdzeventigduizend euro geboden. Ze haalde opgelucht adem; ze was er bijna. Met een beetje geluk haalde ze haar doel. Of ze kwam er in elk geval dichtbij.

Op zaterdagochtend stapte ze gewapend met haar geopende laptop afwezig bij Maël in de auto.

'Ga je nu het hele weekend naar je beeldscherm zitten staren?' vroeg hij verbaasd. 'We gaan nota bene naar Lili's doop!'

Ze keek naar hem, klapte vastberaden haar laptop dicht en stopte die in haar tas.

'Je hebt gelijk,' zei ze.

Hij lachte om haar schuldbewuste gezicht. 'Ik denk dat het je goed zal doen om even een pauze in te lassen. Als we morgenavond weer thuiskomen, zie je het resultaat. Je hebt er immers toch geen invloed op.'

'Je hebt helemaal gelijk,' zei ze nog een keer en opgelucht voelde ze de spanning van zich afvallen.

'O mijn god,' riep ze uit toen Maël de motor al had gestart. 'Nu was ik bijna de *dragées* vergeten.'

Snel sprong ze uit de auto en rende het huis van Solenn in. Haar vriendin had voor haar amandelen met een wit suikerlaagje gekocht. Zoals afgesproken trof ze op de keukentafel een mand aan met drieënveertig zakjes van tule met elk zeven van die dragées, die zij als peettante aan de andere doopgasten zou geven.

'Heb je het cadeau?' vroeg Maël toen ze de mand in de kofferbak zette.

'Het hangertje? Ja, dat heb ik.'

Voorzichtig tastte ze naar het doosje. Bij een zilversmid hadden ze voor Lilianne een hangertje in de vorm van een camelia laten maken, met op de achterkant haar naam en geboortedatum gegraveerd.

'Dan kunnen we dus,' zei Maël glimlachend, terwijl ze de poort van de Jardin aux Camélias passeerden.

Toen ze aankwamen bij Veronika en Laurent was ze de veiling en alles wat ermee samenhing zo goed als vergeten. Al na tien minuten lag de baby in Maëls armen en ze kraaide zo blij alsof ze hem herkende.

'Ik vrees echt dat je man eraan toe is om vader te worden,' zei Veronika toen ze haar vriendin in de kinderkamer het doopjurkje liet zien.

'Klopt,' antwoordde ze vrolijk. 'En we zijn ijverig aan het oefenen. Het is tot nog toe alleen helaas nog niet gelukt.'

Veronika liet het met ruches afgewerkte jurkje zakken en staarde haar verrast aan.

'Jíj wilt zwanger worden?'

'Ja,' zei ze enigszins verwonderd. 'Waarom niet? Je zegt het alsof je dat nooit van mij had verwacht.'

'Maar... jij wilde toch nooit kinderen,' flapte Veronika eruit. 'Weet je zeker dat je je niet laat meeslepen in iets waar je later spijt van krijgt? We kennen elkaar al een eeuwigheid. En je hebt nog nooit gezegd dat je graag moeder zou willen worden.'

Sylvia liet zich op de zachtblauwe stoel zakken die in een hoek van de kinderkamer stond. Over een van zijn gestoffeerde leuningen lag een keurig opgevouwen stoffen luier. Ze stelde zich voor dat haar vriendin hier zat en haar dochtertje de borst gaf. Alles rook zo ongelooflijk overweldigend naar baby. Ineens begonnen haar ogen te branden en snoerde haar keel toe. Wanhopig perste ze haar trillende lippen op elkaar. Zelfs haar beste vriendin kon zich niet voorstellen dat ze zwanger zou kunnen worden.

'Sylvie, wat is er met je?' vroeg Veronika geschrokken. Ze knielde voor haar neer en pakte haar handen vast. 'Je huilt toch niet? O mijn god, ik wilde je niet kwetsen! Ik wil alleen niet dat je, uit pure overmoed of omdat Maël nu zo verliefd is op Lili, een vergissing begaat. Niet iedere vrouw moet per se kinderen krijgen. Je hoeft niets te bewijzen, Sylvia. Dat wilde ik eigenlijk zeggen.'

Ze pakte de zachte stoffen luier en depte voorzichtig Sylvia's ogen, voordat haar mascara ging uitlopen.

'Waarschijnlijk lukt het toch niet,' zei ze met trillende stem. 'We proberen het nu al voor de derde maand. Waarschijnlijk ben ik te oud...'

'Onzin,' onderbrak haar vriendin haar liefdevol. 'Drie maanden zijn helemaal niks. En de leeftijd is tegenwoordig echt geen punt meer, in elk geval niet zolang je onder de veertig bent. Kijk me eens aan! Ik heb niet zoveel stress als jij. Misschien moet je het wat kalmer aan gaan doen, je op de een of andere manier ontspannen...'

'Duidelijk,' antwoordde ze toen ze zich weer had vermand. 'Als de *Sylviana* verkocht is, wordt het allemaal beter.'

'Ach, ik weet het niet,' bracht Veronika er sceptisch tegen in. 'Dan beginnen ze met bouwen. Dat lijkt me ook niet echt relaxed. Jullie moeten eindelijk eens met elkaar op stap, Maël en jij. Sinds je op het eiland woont, zijn jullie nog niet één keer met vakantie geweest. Afgezien van een weekend bij ons dan, maar dat is geen vakantie.'

'Maar...'

'Geen gemaar,' viel Veronika haar streng in de rede. 'Als je zwanger wilt worden, dan raad ik jullie aan eindelijk rust te nemen. Waarom gaan jullie niet alsnog op huwelijksreis? Kijk me nou niet aan alsof ik Chinees spreek. Dat noemen ze *honeymoon*. Je gelooft het misschien niet, maar andere mensen gunnen zichzelf zoiets. Wij zijn naar de Zuidzee geweest, zoals je je vast nog wel herinnert.'

Sylvia verfrommelde de stoffen luier met haar handen en merkte het niet eens. Ze wist dat haar vriendin gelijk had. Veronika had bijna altijd gelijk. En ze meende het goed met haar.

Beneden kon je de kleine Lili horen huilen. Het klinkt als het jammeren van een klein katje, dacht ze en haar hart ging open. Meteen daarna riep Laurent zijn vrouw.

'Er moet weer gevoed worden...' Veronika stond zuchtend op. 'Blijf hier maar om te kijken hoe het is als je eigen kind je bijna opeet. En denk er dan nog maar eens over na of je dat echt wel wilt.'

Met een lachje ging ze de kamer uit en rende de trap af om haar dochter te halen.

In de kerk, tijdens de doopdienst, met de baby op haar arm, drong tot Sylvia door dat ze voor het eerst in haar leven zo'n grote verantwoordelijkheid voor iemand anders op zich nam. Natuurlijk voelde ze zich ook verantwoordelijk voor Maël, maar hij was volwassen en kon voor zichzelf zorgen. In tegenstelling tot het kleine mensje, dat aandachtig uit de kanten ruches van de doopjurk naar haar opkeek en telkens weer klokgeluidjes maakte alsof er niemand was die ze liever bekeek dan haar peettante. Lilianne verloor haar goede humeur de hele plechtigheid niet, ze staarde gefascineerd naar de vlam van de dikke kaars bij het doopvont en op het moment dat ze het wijwater op haar voorhoofd kreeg en tijdens de zalving was ze even als betoverd. Pas toen de priester naar Sylvia's oordeel wat te luid de zegen uitsprak en zo de plechtige sfeer verbrak, begon Lilianne luidkeels te protesteren.

Na het eten verdeelden Sylvia en Maël de doopamandelen.

'Ken je de betekenis achter dat gebruik, Sylvie?' vroeg Laurent goedgemutst.

'Nee, ik dacht dat het was omdat jullie Fransen graag snoepen.'

'Dat klopt,' zei Laurent lachend en hij sloeg zijn arm om Veronika's schouder. 'Maar er is een leuk verhaal over. In de zeventiende eeuw beweerde een commercieel ingestelde apotheker uit Verdun dat amandelen met een suikerlaagje eromheen het mannelijke zaad zouden versterken. Een slimme verkooptruc zou je tegenwoordig zeggen, die zich heeft weten te handhaven.'

'Ik had eerder gedacht dat het een verzinsel van een tandarts was,' merkte Veronika op. 'Ik weet nooit of ik erin kan bijten zonder een stuk van een tand af te breken. Die suikerlaag is bikkelhard.'

'Vroeger lieten mensen van adel door hun zilversmid speciale doosjes voor die suikeramandelen maken,' mengde Laurents vader zich in het gesprek. 'Die werden *drageoirs* genoemd. Een soort bonbonnières...'

'Wisten jullie dat Lodewijk X overleed na het eten van een dragée? Zijn boze schoonmoeder had er vergif in gedaan,' deed een oudere heer met een gezicht vol lachrimpels een duit in het zakje. Het was Sylvia niet duidelijk op welke manier hij verwant was met Laurent.

'Ach, allemaal onzin,' beweerde zijn resolute vrouw. 'Jullie brengen die arme Sylvie helemaal in de war met die verhalen. Eigenlijk zit het zo: de zeven amandelen symboliseren liefde, gezondheid, een lang leven, vruchtbaarheid, welstand, succes en geluk. Daarom mogen ze bij geen enkele doop ontbreken.'

Zoals altijd in Frankrijk duurde het middageten tot de vroege avond. Daarna namen de gasten langzaam afscheid en werd het ook voor Sylvia en Maël tijd om te gaan.

'Doe het een beetje langzamer aan,' zei Veronika en ze gaf haar vriendin een stevige knuffel. 'Plan die vakantie nou in, anders komt het er nooit van. Er is altijd wel iets wat belangrijker is. Als je een kind hebt, remt dat je sowieso af, zo gaat dat nu eenmaal. Beloof me dat je goed op jezelf past!'

'Maak je geen zorgen,' stelde ze haar vriendin gerust. 'Dat beloof ik je.'

'Je weet dat ik ertoe in staat ben om te komen controleren of je je eraan houdt.'

'Dat is me duidelijk,' zei Sylvia gnuivend. 'Dat is helaas niet alleen een dreigement! Kom zo gauw mogelijk en neem mijn petekind mee!'

Ze gaf Lilianne een zachte kust op haar pluizige hoofdje en snoof nog één keer diep de betoverende babygeur in. Daarna stapte ze bij Maël in de auto.

Door het weekend was ze zo onthaast dat ze thuis zelfs even aarzelde of ze wel zou kijken hoe de veiling was afgelopen en zich afvroeg of het niet tot maandagochtend kon wachten. Als het resultaat slecht was, zou dat misschien de avond verpesten. Maar haar nieuwsgierigheid was sterker.

Zelfs Maël boog zich geïnteresseerd over haar schouder toen ze de website aanklikte.

'Wanneer we de twee ton niet gehaald hebben, is het oké,' zei ze en ze wist zelf niet of ze dat tegen Maël zei of tegen zichzelf, om haar verwachtingen te temperen.

Het was een van die avonden met een slechte internetontvangst en ze was er nog steeds niet achter waar dat aan lag. Het duurde een eeuwigheid voor het laatste bod eindelijk was geladen.

Ze zag de cijfers op het beeldscherm en was ervan overtuigd dat ze een fout had gemaakt. Dat ze op een verkeerde website zat. Maar nee, het was haar veiling en dit getal gaf het laatste bod aan. Het was drie uur daarvoor gedaan. Daarna waren alle andere bieders gestaakt.

Sylvia keek haar man onthutst aan. Maël keek met gefronst voorhoofd geconcentreerd naar het getal.

'Is dat...' hij kneep zijn ogen tot spleetjes, '... is dat echt... een half miljoen?'

Ze knikte zwijgend. Haar hart klopte in haar keel en ze was heel bleek geworden. Ze scrolde naar beneden om te zien wat er tijdens haar afwezigheid was gebeurd. Kennelijk had ze heel wat gemist.

'Er is een nieuwe bieder gekomen,' zei ze en ze moest haar keel schrapen. 'Kijk maar, gistermiddag heeft hij zijn eerste bod gedaan.' Ze scrolde langs een hele rij getallen. 'Dat is een enorme strijd geweest,' ging ze verder. 'Vanmiddag heeft de sjeik de handdoek in de ring geworpen, twee uur later de Amerikaan. En de Rus was er gisteravond al mee opgehouden. Moet je zien hoe ze elkaar opgejut hebben...'

'En wie is die omineuze bieder?'

'Het is een Portugees account.' Ze klikte verder tot ze bij de gegevens van de aanmelding was aangekomen. 'Geen particulier, maar een firma op Madeira, en dat hoort bij Portugal. Sociedade Jardim Botânico Quinta Princesa,' las ze voor en ze draaide zich op haar bureaustoel om naar Maël. 'Dat vind ik leuk,' riep ze uit. 'Als alles klopt, komt de *Sylviana* in een openbaar toegankelijk park en kunnen veel mensen ervan genieten!'

Maël keek haar nog steeds verwonderd aan alsof hij het niet kon geloven.

'Een botanische vereniging die zo veel geld heeft?' vroeg hij twijfelend. 'Ik ken veel exploitanten van openbare parken en ze zijn allemaal blij als ze hun planten behoorlijk in leven kunnen houden. Een half miljoen voor één boom...?'

Daar was ze het mee eens. 'Dat is inderdaad eigenaardig. Toch lijkt het allemaal te kloppen. Kijk maar. Er is een bankgarantie afgegeven.'

'Als je het goedvindt, ga ik het eens navragen bij mijn collega's. Ik heb de naam van die vereniging nog nooit gehoord. Maar dat hoeft niets te betekenen.'

Even zaten ze zwijgend voor het beeldscherm naar het ongelooflijke getal te staren. Als het waar was, zou het veel eenvoudiger zijn, dacht ze. Dan hoefde de lening niet zo hoog te zijn als ze had geraamd. Dan hadden ze lucht voor dingen die dringend moesten worden aangeschaft. Dan konden de oude kassen gemoderniseerd worden en kon er misschien zelfs een nieuwe bron worden geslagen...

'Waarschijnlijk ben ik gewoon te sceptisch,' zei Maël, terwijl hij opstond. 'Eigenlijk hebben we een reden om het te vieren, toch?'

'Niet voordat de deal echt in kannen en kruiken is,' antwoordde ze beslist en ze zette de pc uit.

Ze stond op en kroop tegen Maëls borst. Het was allemaal veel te mooi om waar te zijn. Als goede zakenvrouw wist ze dat ze eerst nog een aantal dingen moest ophelderen, voordat ze ervan uit kon gaan dat alles in orde was. Maar daar wilde ze vanavond niet meer aan denken.

'Laten we gaan slapen,' zei Maël zacht en liefdevol veegde hij het haar uit haar gezicht. 'Het is een lange dag geweest.'

3

De tuin van de prinses

Uit Maëls naspeuringen bleek dat de geschiedenis van de Jardim Botânico Quinta Princesa ver terugging. Een Portugese edelman had het park in de achttiende eeuw voor zijn dochter Sílvia laten aanleggen, die van bloemen en vooral magnolia's hield. Aan die naamsovereenkomst was het te danken dat de veiling de aandacht van de huidige directeur van de botanische tuin had getrokken. Toen Sylvia contact opnam met João Alves Moreira bleek hij deskundig en betrouwbaar. Ook over het feit dat de botanische tuin over zulke ruime financiële middelen beschikte, kon hij snel opheldering verschaffen.

'We hebben ongelooflijk veel geluk dat we genereus worden gesteund door onze *sociedade*, de vrienden van onze botanische tuin.'

En toen ze beleefd doorvroeg, kwam ze erachter dat een van de nakomelingen van de *princesa*, een schatrijke ondernemer die anoniem wilde blijven, de middelen voor de verwerving van deze bijzondere cameliaboom ter beschikking had gesteld.

'Deze meneer heeft zich in het hoofd gezet dat hij voor zijn voormoeder met de *Sylviana* een soort levend monument wil oprichten,' legde de directeur uit. 'Wij zijn natuurlijk heel blij dat het ons gelukt is het winnende bod uit te brengen. Vooral omdat we nog niet veel camelia's in ons bestand hebben. We staan nog helemaal aan het begin van het opbouwen van een echte verzameling.'

Dat verklaarde ook waarom Maël nog nooit van het park had

gehoord. De Jardim Botânico Quinta Princesa stond namelijk vooral bekend om de talrijke magnolia's die de prinses indertijd naar haar tuin had gehaald en daarnaast om het feit dat hij de grootste proteaverzameling buiten Zuid-Afrika herbergde.

Er ging een maand voorbij, daarna waren alle formaliteiten afgehandeld en kon het rechtsgeldige contract worden gesloten. Het aankoopbedrag werd overgemaakt naar een derdenrekening en was in twee termijnen voor en na de levering van de plant opeisbaar. Omdat alles nu in kannen en kruiken was en er geen twijfel meer bestond aan de serieuze bedoelingen van de koper, nodigde Sylvia haar medewerkers uit voor een etentje om het fenomenale resultaat van de veiling te vieren.

Ti Bag vibreerde van uitgelatenheid en vreugde. Solenn had een enorme met versgevangen tonijn gevulde pastei van bladerdeeg gebakken en Gurvan sjouwde een heel krat cider naar binnen. Sylvia had de bouwtekeningen met punaises op de muur geprikt, en hoewel het personeel ze al eerder had gezien, leek het project voor iedereen pas concrete vormen aan te nemen nu de financiering was veiliggesteld en was besloten dat de bouw volgend voorjaar zou beginnen.

'We hebben meer mensen nodig als alles klaar is,' merkte Gwen op, die het langst van iedereen op het eiland werkte, afgezien van Pierrick die er altijd al was geweest.

'Dat klopt,' zei Sylvia. 'Voor de bistro zijn we al in gesprek met Iwa. Haar crêperie aan de haven loopt als een trein en haar dochter Maylis, die in Nantes stage heeft gelopen bij Ker Breizh, wil graag terugkomen en haar zakenpartner worden.'

'Je bedoelt dat Maylis hier het café zou kunnen runnen?' vroeg Coco blij. 'Dat zou geweldig zijn! We hebben nog samen op school gezeten. Maylis is leuk, we hadden altijd veel lol samen.'

'Voor de winkel zoeken we ook nog iemand,' zei Solenn. 'Als jullie ideeën hebben, zeg het maar.'

'Wat vinden jullie van Moana?' vroeg Gwen. 'De dochter van Quéméneur. Werkt die niet in een theewinkel in Quimper?'

'We hebben Moana al gevraagd,' antwoordde Solenn. 'Ze krijgt een baby en wil voorlopig niet werken.'

Het verloop van het gesprek volgde Sylvia als door een soort sluier. Weer was er een cyclus voorbij en ze was nog steeds niet zwanger. Ze wist dat ze geduld moest hebben en toch vond ze het ongelooflijk moeilijk. Elke keer dat Veronika haar een foto van de kleine Lili stuurde, die zich elke dag verder ontwikkelde, was dat – naast de tederheid en vreugde die ze voelde als ze haar petekind zag – een steek in haar hart.

Maar ze was ermee opgehouden om te praten over die stemmingswisselingen en vlagen van treurigheid die haar tot voor kort volkomen vreemd waren geweest. Alles wat over dit onderwerp te zeggen viel, was allang gezegd en ze hadden natuurlijk allemaal gelijk: er was geen rationele reden voor haar paniek. Als het zo mocht zijn, werd ze gewoon ooit een keer zwanger.

Dat wist ze zelf ook wel, haar verstand zei het elke dag opnieuw tegen haar. En toch spraken haar gevoelens een andere taal. Zonder rekening te houden met alle verstandige argumenten leidden ze een eigen leven. Ze vond het vreselijk als ze zo tegenstrijdig was en verborg al die zinloze gedachten in haar hart.

Dit jaar kwamen de winterstormen vroeger en heftiger dan anders. Vlak voor kerst, toen de *Sylviana* in volle bloei stond, bracht Alves Moreira een bezoek aan het eiland om de camelia te bekijken. De directeur van de botanische tuin was een vriendelijke, gezette man met een zilveren krans om zijn kale schedel. Hij begreep meteen dat de boom pas na de bloei getransporteerd mocht worden. Wanneer de sapstroom zich vervolgens terugtrok in de stam en de wortels, kon je de kostbare plant zonder gevaar verplanten naar een nieuwe standplaats. Alves Moreira moest tot minstens eind februari geduld hebben.

Geïnteresseerd liet de Portugees, die net tot Maëls borst kwam, zich een rondleiding door de kassen geven en bracht uren met hem op de kwekerij door.

'We zouden ons cameliabestand graag uitbreiden,' legde hij 's avonds tijdens het eten uit. 'Ze gedijen goed bij ons, we hebben er het ideale klimaat voor. Wilt u ons niet een keer komen bezoeken?'

'Heel graag,' antwoordde Sylvia. 'Mijn man zal de *Sylviana* sowieso vergezellen naar Madeira en u advies geven bij de keuze van de standplaats als u dat goedvindt. Ik vind het heel belangrijk dat de boom zich in zijn nieuwe vaderland prettig voelt. Mijn overleden tante heeft hem naar mij vernoemd.'

'We zullen goed voor de boom zorgen,' verzekerde de directeur haar naarstig. 'Hij zal zich bij ons vast prettig voelen. Aardig, dat uw man ons wil helpen, dat waarderen we zeer. Ik begrijp dat u het niet gemakkelijk vindt om afstand te doen van de camelia. Maar weet u wat? U kunt haar bezoeken wanneer u maar wilt, madame Riwall. Waarom komt u niet mee met uw man om een beetje vakantie te vieren op ons mooie eiland?'

Ze keek Maël aan, hij beantwoordde haar blik.

'Dat is een uitstekend idee,' zei hij stralend. 'In februari zijn we een half jaar getrouwd. Dat is een mooie gelegenheid om onze huwelijksreis alsnog te maken.'

Ze bloosde van vreugde. Dat hij aan zoiets dacht! Haar eerste man Holger had koppig geweigerd hun trouwdatum zelfs maar te onthouden. Volgens hem was dat sentimentele onzin. Tja, Holger was altijd een aparte gast geweest. Gelukkig lag dat allemaal ver achter haar.

'Wat vind je ervan?' vroeg Maël na afloop van het gesprek toen Alves Moreira door de tuin naar het grote huis liep, waar hij in een van de gastenkamers zou logeren. 'Wil je met me mee?

Je zou natuurlijk ook met het vliegtuig kunnen gaan, het is niet nodig dat je met de vrachtboot...'

'Waarom niet?' vroeg ze enthousiast. 'Dat lijkt me heel romantisch. Wij met z'n tweetjes op een vrachtschip...'

'Ach ja,' bracht hij er gnuivend tegen in. 'Jij hebt een bijzondere voorstelling van romantiek. Maar ook daarin hebben we weer iets gemeen: ik vind het heerlijk om op kleine vrachtschepen te varen. Dat doet me denken aan...'

Ineens zweeg hij en zijn gezicht werd ontoegankelijk. Sylvia zag het met ontzetting.

'Waar doet het je aan denken?' vroeg ze voorzichtig.

Hij wierp haar een korte, bijna onderzoekende blik toe en daarna ademde hij zuchtend uit.

'Aan mijn vader,' zei hij terneergeslagen en hij plofte neer op de rand van het bed. Ineens maakte hij een uitgeputte indruk. Even hield ze haar adem in van verbazing. Hij had het nog nooit over zijn vader gehad en voor zover ze wist, had hij zelfs tegenover Solenn nooit over hem gesproken. Ze zweeg en wachtte af. In plaats van hem te bestoken met vragen, trok ze haar schoenen uit, knielde achter hem op het bed en masseerde zacht zijn schouders. Ze wist dat hij dat prettig vond en voelde dat zijn spanning wat afnam. 'Mijn vader is gaan varen op zee,' ging hij na een eeuwigheid verder. 'En één keer nam hij me mee aan boord. Ik was toen nog heel klein. Heel goed kan ik het me niet herinneren.'

Weer zweeg hij. Ze ging verder met masseren en liet haar handen naar boven gaan, naar zijn hals. Maël genoot van de aanraking en begon zacht te zuchten. En net toen ze dacht dat hij niet meer zou vertellen, praatte hij verder.

'Ik heb nog maar een paar beelden in mijn hoofd, weet je. Wazige fragmenten. De aanleiding weet ik niet meer, misschien was het een open dag of zo. Ik zat bij mijn vader op de schouders en hij liep met me over het vrachtschip. Zijn vrachtschip. Ik zie zijn witte pet nog voor me, hij moet dus officier zijn geweest of misschien zelfs kapitein. Ik weet het niet. Het was onmogelijk om later met mijn moeder over hem te praten.' Hij veegde met zijn hand over zijn ogen. 'Hij maakte me aan het lachen,' zei hij ten slotte. 'En aan land kocht hij een zak *moules-frites* voor me.'

Ze sloeg haar armen van achteren om de man heen van wie ze zo veel hield en zoende zijn nek. 'Daar hou je nu nog zo van,' zei ze en er ging een golf van tederheid door haar heen.

Hij leek haar niet te horen.

'Verder heb ik nauwelijks herinneringen aan hem,' zei hij. 'Kun je je dat voorstellen? Ik vraag me af hoe dat mogelijk is. Hij was het grootste deel van de tijd op zee. En toch... Hij moet ook vakantie hebben gehad. Ik heb alleen simpelweg geen beelden. Vreemd, hè?' Ze keek in zijn geliefde ogen, die ze nog nooit zo vol pijn had gezien, zo verdrietig en vertwijfeld. Ze knikte, boog zich voorover en kuste die ogen vol verdriet waarvan haar hart brak. 'Ik was zeven toen het ongeluk gebeurde. De schepen werden niet behoorlijk onderhouden, het waren halve wrakken: drijvende doodskisten. Ze liepen averij op bij Cuba. Geen overlevenden. En dat was het.'

Een moment lang lag hij heel stil in haar armen, maar ze betwijfelde of hij wel wist wie hem omhelsde. Tot hij haar na een tijdje aankeek, glimlachte en haar wangen streelde.

'Dat heb ik nog nooit aan iemand verteld,' zei hij en even deed hij zijn ogen dicht. 'Mocht ik ooit een zoon krijgen,' vervolgde hij ten slotte, zo zacht dat het haar moeite kostte om hem te verstaan, 'dan wil ik altijd bij hem zijn. Ik zal een vader voor hem zijn, Sylvia, wat er ook gebeurt.'

Het was dat kleine zinnetje dat erachteraan kwam, dat ervoor zorgde dat ze die nacht moeilijk in slaap kon komen. Terwijl Maël naast haar diep en regelmatig lag te ademen, alsof hij na lange tijd bevrijd was van een last, staarde zij in het donker en luisterde naar het huilen van de wind.

'... wat er ook gebeurt?'

Wat bedoelde hij daar in vredesnaam mee?

Met kerst genoot ze ervan dat ze zich voor één keer nergens druk om hoefde te maken. Op kerstavond kwamen ze allemaal bij elkaar in Ti Bag, waar Pierrick een grote spar van het vasteland had neergezet. Zoals elk jaar had Rozenn een grote doos vol kleurige kerstversieringen uit haar pottenbakkerij meegebracht: engeltjes, sterren, vogels, vissen en ook allerlei raadselachtige Keltische symbolen, die allemaal een plekje in de kerstboom vonden, tussen de lampjes van het lichtsnoer ronddraaiden en telkens weer geheimzinnig oplichtten.

Maël had een *cotriade* gemaakt, de heerlijke Bretonse soep, die met zijn zoet-kruidige geur van makreel, zeewolf, goudbrasem en zeepaling alle hoeken en gaten van het huis vulde. Rozenn had een schotel met noordzeekrabben meegebracht en iedereen tastte enthousiast toe.

Na het eten gaf Sylvia een grote met sterren versierde trommel door: peperkoek, hazelnootmakronen, Hildabrötchen met hun felrode hart van rodebessenjam en roomboterkoekjes met kleurig suikerstrooisel. Duitse kerstkoekjes die Veronika had gebakken. En ze had zich zelfs aan kaneelsterren gewaagd, iets waarvoor ze tot dusverre nooit het geduld had kunnen opbrengen. 'Als je moeder bent,' had ze aan de telefoon lachend gezegd, 'doe je ineens de gekste dingen, die je vroeger nooit voor mogelijk had gehouden. Ineens zit de keuken onder het deeg en zit het zelfs in je haar. Wat je vroeger tijdverspilling vond, is ineens het leukste wat er is met zo'n hummeltje naast je in haar kinderstoel, dat juicht van enthousiasme.'

Terwijl ze een van die zachte sterren oppeuzelde, vroeg ze zich af of dat met haar ook zo zou gaan als ze moeder was. Ze kon het zich met de beste wil van de wereld niet voorstellen.

Voor het kerstdiner op 25 december kwam iedereen die niet

naar huis naar familie was gegaan bij elkaar in de gezellige keuken van Solenn. Traditioneel maakte de eigenaresse van het camelia-eiland op die dag versgevangen vis klaar en dit jaar had ze er met geen woord over gerept welke dat zou zijn.

'Dat ruikt lekker,' merkte Sylvia op toen ze de keuken binnenkwamen. Het was fijn om de warmte weer binnen te gaan. Zelfs op het korte stukje van hun huis naar dat van Solenn zouden ze tot op hun huid nat zijn geworden als ze zichzelf niet van top tot teen in oliekleding hadden gehuld.

Maël hief zijn neus omhoog en rook. 'Ik geloof,' zei hij daarna ondeugend, 'dat ik weet wat je in de oven hebt, Solenn. Heeft Brioc je weer een heel bijzondere lekkernij gestuurd?'

Solenn glimlachte geheimzinnig. 'Niet alleen mij, maar ons allemaal. Ja, dit jaar is het een bijzonder feest.'

Toen ze er allemaal waren en samen hadden geproost op een *nedeleg laouen* (zalig kerstfeest) haalde Solenn eindelijk een enorme, jaren geleden door haar zus gebakken schaal uit de oven, die ze midden op tafel zette. Er klonken allemaal kreten van verbazing bij het zien van de prachtige vis, die naar Sylvia's schatting minstens vijf kilo woog. Hij was bijna rond en midden op zijn zilvergrijze zijkant prijkte een grote, zwarte vlek.

'Het is een petrusvis,' legde Maël uit. 'Hij wordt ook wel haringkoning genoemd. Je kunt hem niet gemakkelijk vangen, normaal gesproken bevindt hij zich op een diepte van zeker tweehonderd meter.'

'*Mince alors!* Dat is een knoeperd,' zei Rozenn.

'*N'est-ce pas?*' Haar zus straalde, terwijl ze de vis voorzichtig begon te verdelen en op ieders bord een stuk legde. 'Zo'n joekel heb ik nog nooit gezien. Ik hoop dat hij lekker is.'

En of hij smaakte! Er was ook genoeg, zodat ze allemaal een tweede portie konden nemen.

Nadat ten slotte de tafel was afgeruimd en opnieuw was gedekt, serveerde Rozenn haar zelfgemaakte gigantische *bûche de Noël*, die bijna van de ene kant van de tafel tot de andere reikte.

'Hij is toch niet van klei?' vroeg Gurvan gekscherend.

'*Mais tu parles*,' zei de keramiste verontwaardigd. 'Zit toch niet zo te kletsen, Gurvan!'

Iedereen lachte. Dit spelletje speelden de twee elk jaar. Rozenns klassieke kersttaart, een biscuitrol gevuld met chocoladecrème in de vorm van een boomstam, was zo mooi gemaakt met zijn bast die wel echt leek en de kleine knoestgaten waaruit paddenstoelen van marsepein groeiden, dat hij regelrecht uit haar keramiekoven leek te komen.

'Aan deze kant is hij gevuld met chocoladecrème,' legde Rozenn met rode wangen uit. 'En van deze paddenstoel tot aan het eind met mokkacrème. *Alors, les enfants!* Wie wil van welke kant?'

Sylvia koos de mokkavariant, ook al zat ze helemaal vol. Maar Rozenns bûche de Noël kon je echt niet laten staan, die hoorde er gewoon bij en de mensen van hier waren ervan overtuigd dat het geluk bracht om een stukje van de traditionele kersttaart te nemen.

'Waarom heet de taart eigenlijk "boomstam"?' vroeg ze in de stilte die er was gevallen nu iedereen aandachtig genoot van zijn portie.

Gurvan en Coco haalden hun schouders op, maar Solenn legde haar taartvorkje neer.

'Dat stamt van een oud, voorchristelijk gebruik,' legde ze uit. 'Toen hadden ze de gewoonte om bij de winterzonnewende een eik of es te kappen. De stam werd bewaard en het jaar daarop kreeg iedereen in het dorp er een stuk van. Je legde het stuk hout in de haard en hield het gedurende de rooknachten brandend.'

'Wat zijn rooknachten?' vroeg Coco.

'Dat zijn de nachten tussen 21 december en 6 januari, er werd gezegd dat er dan wilde machten over het land trokken. Die konden zegen, maar ook onheil brengen, afhankelijk van hoe je je gedroeg. Er zijn toen veel rituelen ontstaan en daaruit ontstonden later de kerstdagen, oudejaarsavond en Driekoningen.'

'Bijna alle christelijke feestdagen,' merkte Rozenn op, 'hebben een heidense oorsprong.'

'Tijdens die rooknachten was het belangrijk dat het geluk werd bezworen,' vervolgde Solenn, 'en dat deden ze onder andere met het bijzondere brandhout in de haard, de bûche. Zolang die brandde, spaarden de wilde machten het huis. De as van het houtblok werd zorgvuldig bewaard en in het voorjaar over de velden gestrooid. Die beschouwde men als extra vruchtbaar.'

'De bûche werd op een gegeven moment de "bûche de Noël" en toen hebben ze er een taart van gemaakt,' vulde Rozenn aan, die haar mond met haar servet afveegde. 'Waarschijnlijk omdat men niet overal meer het huis met een open haard verwarmde.'

'Wij Fransen maken van alles iets om op te eten.' Maël gniufde en stond op. 'Wie wil er een lambig?'

Ze zaten nog lang bij elkaar in de warme keuken van het grote huis en Sylvia werd rozig. Slaperig hoorde ze Maël met Coco en Gurvan over een van hun nieuwe cultivars praten: een camelia met gele bloemblaadjes met oranje randen. Daarna kwam het transport van de *Sylviana* naar Madeira ter sprake, hoe ze de wortelkluiten zouden verpakken en de kruin konden beschermen.

'We hebben nog tijd,' merkte Maël op, en hij leunde achterover. 'Als je ziet hoe de boom nu bloeit, moeten we met het vervoer wachten tot maart.'

Inmiddels hadden ze besloten de camelia per vliegtuig te transporteren. Maël had er geen goed gevoel bij om de *Sylviana* in een scheepscontainer te laten vervoeren. Bovendien zou de overtocht met tussenstop in Lissabon bijna twee weken duren, wat veel te lang was voor zo'n gevoelige plant.

'Ze bloeit alsof ze ons het vertrek moeilijk wil maken.' Coco zuchtte. En Sylvia was verbaasd, zo sentimenteel was de jongensachtige hovenierster met haar peenrood geverfde haar en haar neus- en lippiercings anders nooit. 'Ze bloeit maar door, je hart gaat ervan open. Heb je haar de laatste dagen weleens gezien, Sylvia? Nee? Je moet echt komen kijken. En er foto's van maken.'

'Doe ik,' antwoordde Sylvia. 'Morgen kom ik meteen naar jullie toe.'

En opnieuw vroeg ze zich af wat Lucie ervan gezegd zou hebben om de *Sylviana* naar het buitenland te brengen.

'Lucie zou dolgelukkig zijn,' zei Solenn, en Sylvia verbaasde zich er weer eens over hoe goed de partner van haar overleden tante zich in haar kon verplaatsen. 'Die zou zeggen: bravo, meisje! Dat heb je fantastisch gedaan!'

'We gaan immers binnenkort met eigen ogen bekijken of ze het goed zal hebben op Madeira,' voegde Maël eraan toe en hij sloeg zijn arm om Sylvia's schouders. 'Ik kan er echt nog niet bij dat we op reis gaan. Twee weken!' Hij lachte.

'Op jullie huwelijksreis,' riep Solenn uit, en ze hief het glas. 'En op een voorspoedige terugkomst!'

4

De huwelijksreis

Eerst was Sylvia te druk bezig met de voorbereidingen voor de reis en drong het niet tot haar door. Bovendien werd ze helemaal in beslag genomen door de besprekingen met Solenn en de bouwopzichter.

Maar toen ze haar koffers begon in te pakken, besefte ze ineens dat ze al tien dagen over tijd was. Ze werd er helemaal warm van. Ze staarde naar de blouses die ze hier op het camelia-eiland zo weinig kon dragen, naar de voorjaarsjurk die ze zonet had opgevouwen. Het liefst had ze alles neergesmeten en was ze naar Maël gerend om het hem te vertellen. Daarna besloot ze het hem pas op Madeira te vertellen, als ze intussen niet ongesteld was geworden, zoals de vorige keren. Het was beter dat ze er nog een paar dagen overheen liet gaan en er niet te veel op hoopte.

Ze moest er niet aan denken dat ze zo'n vrouw zou worden die helemaal gefixeerd was op haar baby en nergens anders meer over kon praten. Dat paste niet bij haar, vond ze. Het werd tijd om weer verstandig te worden. En had Maël laatst niet gezegd: 'Ons geluk hangt niet af van een kind. Het komt of het komt gewoon niet.'

Maar was er niet toch iets in zijn blik geweest waar ze zich zorgen om had gemaakt, iets verlangends, iets verdrietigs? Sinds hij haar over zijn jeugd had verteld, over de weinige herinneringen aan zijn vader, voelde ze duidelijk dat er iets los begon te komen dat hij jarenlang had weggestopt. En was het niet prachtig dat hij zich opende als een van zijn camelia's, die al in november als ronde knoppen aan de takken zaten, maar pas veel later aarzelend opengingen?

Ze dwong zich aan de reis te denken. 'Het is veel te vroeg om je over te geven aan allerlei verwachtingen,' zei ze tegen haar spiegelbeeld en ze wierp zichzelf een strenge blik toe. En toch kon ze er niet omheen om stil en stiekem te luisteren of ze in haar lichaam al iets opving van een nieuw leven.

Tevergeefs.

Natuurlijk. Als ze echt zwanger was, was het daarvoor nog veel te vroeg.

Funchal ontving hen met aangename lenteachtige temperaturen en op het vliegveld trok ze haar warme vest uit.

'Ga jij maar vast naar het hotel,' had Maël gezegd. Hij moest zich bezighouden met de douaneformaliteiten en het transport van het enorme speciale krat, waarin de *Sylviana* als Sneeuwwitje in een wit bedje in haar kist rustte, om zo snel mogelijk op haar nieuwe standplaats uit haar slaap te ontwaken. Omdat zij hem daarbij niet kon helpen liet ze zich door de luchthavenbus naar het hotel brengen, dat hun was aangeraden door de directeur van de botanische tuin.

Het voormalige zomerpaleis had tot een paar decennia geleden toebehoord aan een Britse familie die de afgelopen eeuw haar fortuin had gemaakt met de likeurwijn die genoemd was naar het eiland Madeira en veel op port leek. Een attractie waren nog steeds de imposante wijnkelders, waar je de enorme vaten kon bewonderen en de verschillende kwaliteiten (droog, halfdroog, zoet of zacht) madeira kon proeven en kopen.

Het hotelcomplex bevond zich boven de hoofdstad van het eiland op een heuvel. En op aandringen van Solenn hadden ze er een suite met fenomenaal uitzicht op de baai geboekt. 'Een huwelijksreis maak je maar één keer,' had ze gezegd. En nu was Sylvia inderdaad zo blij als een kind dat ze zich weer een keer de luxe kon permitteren die in haar vroegere leven zo vanzelfsprekend voor haar was geweest.

Ze had nooit spijt gehad van haar beslissing voor een leven met Maël. Allerminst. Elke dag opnieuw bleek haar besluit om haar verleden zonder aarzelen achter zich te laten om de stem van haar hart te volgen, absoluut juist te zijn geweest. Maar dat betekende nog niet dat ze zichzelf nooit meer iets moois mocht gunnen en dus genoot ze met volle teugen van het smaakvolle interieur van het hotel en helemaal van de ruime suite met het grote balkon op het zuiden.

Snel borg ze de inhoud van haar twee koffers op in de kasten. Daarna liep ze het balkon op, ze wist nog niet wat ze nu met haar vrije tijd aan moest. Ze had al lang geen echte vakantie meer gehad en stelde vast dat ze eigenlijk niet wist hoe je dat deed: vakantie vieren. Ze dacht aan haar vriendin Veronika, die haar tijdens hun studie en alle jaren dat ze in München had gewoond vaak had proberen over te halen met haar op stap te gaan. Maar ze had er nooit tijd voor gevonden. Toen andere mensen nog helemaal druk waren geweest met hun studie, had zij haar studie bedrijfseconomie al afgerond en tegelijkertijd een vertaalopleiding Engels, Frans en Italiaans afgesloten. Daarnaast had ze nooit allerlei baantjes gehad om haar studie te bekostigen. Haar moeder had er na het vroege overlijden van haar vader alleen voor gestaan en van kleins af aan had Sylvia hun strijd om het overleven als heel belastend ervaren. In die tijd was haar wens ontstaan om er alles aan te doen om succesvol te zijn en nooit geldzorgen te hoeven hebben, zoals haar moeder. Dat had geleid tot een leven vol onrust. De gedachte om een keer een paar dagen of zelfs weken helemaal niets te doen, had ze vreselijk gevonden.

Nu hadden ze twee weken vrijgenomen en als ze er goed over nadacht, was dat sinds haar jeugd haar allereerste vakantie die die naam echt verdiende. Terwijl haar blik over de heuvels naar beneden naar de stad en via de haven naar de zee dwaalde, was ze er nog niet van overtuigd of ze er wel van zou kunnen genieten.

De telefoon naast het queensize bed in hun suite ging en ze schrok op uit haar gedachten.

'Met mij,' zei Maël. Aan de klank van zijn stem hoorde ze dat alles in orde was. 'De *Sylviana* is goed aangekomen in de botanische tuin,' zei hij opgelucht. 'Ik heb de container opengemaakt, de boom heeft de reis zonder problemen doorstaan. Vanmiddag kan ik de standplaats bekijken, er is een graafmachine besteld om het plantgat te graven. Hoe is het bij jou? Bevalt het hotel je?'

'Het is prachtig,' antwoordde Sylvia. 'Zelfs vanuit bed hebben we een fantastisch uitzicht over de baai!'

'*Écoute*, Sylvie,' vervolgde hij, 'Alves Moreira wil ons uitnodigen voor het eten. Vind je dat wat? Neem dan een taxi, ik geef je nu zijn secretaresse, dan kan die je het adres geven.'

En zo begon deze vakantie helemaal naar haar smaak met een etentje. Daarna liet Alves Moreira hun het park zien. De magnolia's stonden in volle bloei en ze was onder de indruk van de schoonheid van de planten en van het feit dat het er zoveel waren.

'Sommige zien eruit als camelia's,' merkte ze op en Maël knikte.

'En daarom vind ik ze hier goed passen,' zei de directeur van de tuin. 'Als de bloeitijd van de camelia's aan het eind van de winter ophoudt, beginnen de magnolia's.'

'Sommige soorten bloeien zelfs langer,' voegde Maël eraan toe. 'De *Sylviana* bijvoorbeeld, als ze zich hier prettig voelt.'

'O, dat hoop ik heel erg,' zei Alves Moreira en hij bracht hen naar de plek die hij voor de cameliaboom op het oog had.

Het was een goede standplaats, zonnig en toch niet te heet, omdat hij voldoende beschut was tegen de wind. Vanaf hier hadden ze een spectaculair uitzicht op het zuidelijke gedeelte van de kust.

'Wat een mooie plek,' zei ze opgelucht. 'Echt een plek om even te blijven.'

Alves Moreira straalde van tevredenheid. 'Waarom neemt u hier niet plaats?' Hij wees op een bank met smeedijzeren leuningen in art-decostijl. 'Dan kunt u op uw gemak zien hoe wij de camelia planten.'

En dat gebeurde.

Lucie zou tevreden zijn, dacht ze, terwijl ze toekeek hoe een kleine graafmachine het voorbereide plantgat op wens van Maël nog wat groter maakte. Ook haar zou het hier bevallen hebben.

Hoewel de pH-waarde van het grondmonster dat Alves Moreira had laten onderzoeken in orde was, liet Maël voor alle zekerheid nog een kuub speciaal substraat in het plantgat storten, dat hij al weken geleden per schip had verstuurd. Ten slotte werd de boom die op het camelia-eiland al terug was gesnoeid zorgvuldig met houten steunpalen gezekerd, zodat de wind er geen vat op zou krijgen tot zijn wortels zich diep in de aarde verankerd hadden.

'Mag ik u naar uw hotel brengen?' bood Alves Moreira aan, nadat Maël de boom nog persoonlijk water had gegeven en met de verantwoordelijke tuinman over de verzorging ervan had gesproken. 'U bent vast moe na de reis.'

Dat waren ze inderdaad.

'En? Hoe vind je het?'

Maar Maël had geen oog voor de verfijnde inrichting van de suite of voor het panorama. In een paar passen was hij bij haar en sloot haar in zijn armen.

'Ik heb geen idee,' mompelde hij in haar oor, 'wat je eigenlijk op vakantie doet. Jij wel?' Glimlachend schudde ze haar hoofd en kroop tegen hem aan. 'Misschien moeten we dit maar eens proberen?' fluisterde hij en hij begon de ritssluiting van haar rok open te maken.

'Wat een goed idee,' zei ze zacht, terwijl ze hem hielp zich uit te kleden.

Dat ook Maël geen ervaring op vakantiegebied had, bezorgde haar een giechelbui en helemaal toen hij met zijn lippen langs haar hals ging, daarna haar borsten zoende, haar optilde en naar het bed droeg, waar hij doorging met het verkennen van haar lichaam, over haar buik naar beneden naar haar schaambeen, kalm haar benen uit elkaar schoof en de zachte binnenkant van haar dijen liefkoosde.

'Wat hou ik toch veel van je,' fluisterde hij toen hij op haar ging liggen, zijn huid zacht tegen de hare wreef, haar heupen omsluitend met zijn handen en ze zich voor hem opende.

Ze verlangde heel erg naar hem en toch vond ze het heerlijk dat hij de samenkomst steeds meer uitstelde, tot ze zich tegen hem aan wreef en niet meer kon wachten om hem in zich op te nemen.

Buiten was het al nacht geworden toen ze uitgeput en gelukkig in zijn armen lag, met haar rug tegen zijn borst. Ze voelde zijn adem in haar nek, die steeds rustiger, dieper en regelmatiger werd en terwijl hij insluimerde, keek ze naar buiten naar de door de lichtjes van de stad rood verlichte lucht.

Wie weet, dacht ze, terwijl er een warm geluk door haar heen stroomde, misschien zijn we al met z'n drieën.

De *Sylviana* was geplant en nadat ze drie dagen achter elkaar naar de boom waren wezen kijken om vast te stellen dat alles prima in orde was, brachten ze de rest van hun vakantie op hun dooie gemak door. Ze maakten uitstapjes in de omgeving en bezochten hier en daar over het hele eiland verstrooide oude, eerbiedwaardige cameliabomen, waarover Alves Moreira had verteld. Maar het grootste deel van de tijd bleven ze in hun suite, gearmd in het enorme bed, en vertelden ze elkaar, tijdens het liefkozen, over voorvallen in hun jeugd waarvan ze hadden gedacht dat ze die allang vergeten waren. Ze bespraken zelfs fundamentele kwesties over de kwekerij, waarvoor ze in het normale leven geen tijd hadden. In het notitieblok dat altijd klaarlag op haar nachtkastje, schreef ze zelfs een paar bladzijdes vol met nieuwe ideeën.

Toen de tweede vakantieweek aanbrak, betrapte ze zich erop dat ze probeerde na te rekenen in welke week ze was, mocht ze inderdaad zwanger zijn. Maar ze kwam tot de conclusie dat ze niet wist vanaf wanneer ze moest tellen. Toen Maël haar op een avond vroeg waarom ze tijdens de vakantie eigenlijk geen wijn dronk, vertelde ze het hem.

'Ik weet echt niet,' zei ze, terwijl ze het bloed naar haar wangen voelde stijgen, 'of er al reden is om ons te verheugen. Maar... ik ben al bijna drie weken over tijd.'

Maël zei niets, hij sloot haar simpelweg stevig in zijn armen. Maar ze had zijn ogen zien oplichten en grote vreugde op zijn gezicht gezien.

'Wat er ook gebeurt,' zei hij na een tijdje, terwijl hij zacht een sliert haar uit haar gezicht veegde, 'ik hou van je. Hoe dan ook.'

Hij kuste haar lang en aan de manier waarop hij haar liefkoosde, voelde ze zijn blije onrust.

Ze gingen zelden naar de eetzaal van het hotel, maar lieten het eten liever op hun kamer komen, omdat Maël er een hekel aan had om zich netjes te kleden voor het eten en dat hij zelfs een das om moest. Als je je op vakantie wilde ontspannen, zei hij, dan zeker niet in jacket en met stropdas. En al vond Sylvia dat het pak dat hij droeg wanneer hij naar congressen of symposia ging hem voortreffelijk stond, ze was het er volkomen mee eens. De formele sfeer onder de deftige hotelgasten deed haar te veel aan haar werk als bedrijfsadviseur denken. Ze werkte nog steeds voor veel van haar oude klanten, omdat de kwekerij de extra inkomsten goed kon gebruiken. Toch vond ze het steeds vervelender om het Bretonse eiland te moeten verlaten.

Ze had het zich nooit kunnen voorstellen, maar ze was honkvast geworden. Kennelijk had ze na alle jaren van een zelfgekozen leven als moderne nomade haar bestemming eindelijk gevonden.

Maël had gelijk. Het was veel comfortabeler om met een hele berg kussens in je rug en het heerlijke uitzicht in bed te eten dan in het restaurant van het hotel. Dat was iets wat ze zichzelf vroeger nooit had gepermitteerd, maar daardoor genoot ze er nu des te meer van.

'We zouden samen maar één koffer nodig hebben gehad,' merkte Maël op toen hij op hun laatste avond, een zaterdag, zuchtend zijn stropdas knoopte. 'Al die leuke jurken van je! Je had ze moeten dragen.'

'Maar wanneer dan?' Ze stond voor de spiegel en dacht erover na of ze haar witte linnen jurk naar het afscheidsetentje met Alves Moreira zou dragen of liever de katoenen met het blauwe patroon. 'Welke vind je leuker?'

Maël wierp een blik op beide jurken. Ze moest lachen, ze wist dat haar man niets met mode had.

'Ze zijn allebei mooi,' merkte Maël op. 'Neem gewoon de jurk waarin je je het prettigst voelt. Wat je ook draagt, je bent altijd overweldigend, Sylvie.'

Hij naderde haar van achteren en legde zijn wang tegen de hare. Zijn armen omsloten haar taille en trokken haar lichaam stevig tegen het zijne aan. Meteen kroop ze tegen hem aan, ze kon niet eens anders.

'Maël,' fluisterde ze. 'Als we nu doorgaan, moet Alves Moreira alleen eten.'

‘Dan eet hij maar alleen,’ zei hij en hij schoof haar haar opzij en beet teder in haar hals.

Op de een of andere manier slaagden ze er toch in om enigszins op tijd het restaurant te bereiken, om er daar achter te komen dat Alves Moreira er als rechtgeaard Portugees nog niet was. De ober kwam net mineraalwater brengen toen twee mannen het restaurant betraden, de ene klein en gedrongen, de andere een rijzige en indrukwekkende verschijning, waarin ze zonder veel moeite de Engelsman herkende. Ze kon haar ogen niet geloven.

‘Het is me een groot genoegen,’ hoorde ze Alves Moreira als door een mist heen zeggen, ‘om u eindelijk onze sponsor te kunnen voorstellen, die het ons met een buitengewone donatie mogelijk heeft gemaakt om de *Sylviana* aan te kopen. Sir James Ashton-Davenport, een nazaat van onze princesa Sílvia.’

5

De Engelsman

'Leuk u weer te zien, mevrouw Von Gaden,' zei Sir James en hij pakte haar hand en maakte iets van een knicks. 'Gaat het goed met u? U ziet er in elk geval fantastisch uit.'

De rijzige Brit met de zilveren draden in zijn verder dichte, donkere haar, was heel elegant, slank en sportief. Zijn barnsteenkleurige ogen namen haar aandachtig op.

Het lukte Sylvia om haar zelfbeheersing te bewaren. En toch kreeg ze het koud bij het besef dat uitgerekend Sir James achter de koop van de *Sylviana* stak, de investeerder die indertijd had geprobeerd het camelia-eiland in handen te krijgen met de bedoeling het in een golfresort te veranderen.

'Inmiddels Sylvia Riwall. Wat een verrassing,' lukte het haar over haar lippen te krijgen. 'Mag ik u mijn man voorstellen? Professor doctor Maël Riwall.'

Het leek wel alsof Sir James pas nu Maëls aanwezigheid opmerkte en ze zag dat de diepe rimpel tussen zijn markante wenkbrauwen een moment lang nog dieper werd. Terwijl de mannen onder het uitwisselen van beleefdheden plaatsnamen en Alves Moreira ijverig met de ober in conclaaf ging over het bijzondere menu waarvoor Sir James hen allemaal wilde uitnodigen, moest ze weer denken aan haar bezoek aan het extravagante landgoed van de Brit, die avond bijna drie jaar geleden, toen het lot van het camelia-eiland werd bezegeld.

De rillingen liepen over haar rug. Ze hoopte van ganser harte nooit in haar leven weer in zo'n uitzichtloze situatie terecht te komen. Holger had het camelia-eiland tegen haar wil aan Sir James verkocht. Hoewel ze uiteindelijk bij toeval het verdwenen testament van haar tante vond, waarin Lucie haar partner Solenn als erfgename aanwees, leek de zaak op dat moment verloren en wist Sir James dat hij het recht aan zijn kant had. Het onbuigzame verzet van de Bretons en Sylvia's vastberaden optreden hadden er echter voor gezorgd dat de investeerder afzag van de koop van het eiland en toestemde in de ontbinding van het koopcontract. Maar de daarmee verbonden voorwaarden en de scheiding van haar man hadden haar haar gehele vermogen gekost.

Ze had maar al te graag afstand gedaan van alles wat ze daarvoor zo belangrijk had gevonden en was met Maël een nieuw leven begonnen. Inmiddels dacht ze bijna nooit meer aan die nare weken en maanden die als een nachtmerrie waren geweest. En ze had er nooit rekening mee gehouden dat ze Sir James weer zou ontmoeten en al helemaal niet hier op Madeira. Het was onvoorstelbaar dat hij achter de koop van de *Sylviana* zat.

Het eten duurde eindeloos. De terughoudende en Bretons hoffelijke Maël, die tijdens de vorige ontmoeting met de directeur van de botanische tuin opgewekt had geconverseerd, was stil geworden. Ook Sir James was behoorlijk zwijgzaam nadat hij een paar beleefdheidsvragen naar de situatie in de Jardin aux Camélias had gesteld. De enige die kennelijk niets merkte van de algehele verlegenheid was Alves Moreira en zijn onophoudelijke woordenvloed gaf haar de kans om de situatie waarin ze verzeild was geraakt helder op haar netvlies te krijgen.

Ze hadden gedacht dat ze hun geliefde *Sylviana* aan een normale botanische tuin hadden verkocht. Nu ze wist dat Sir James achter alles zat, voelde ze zich bedrogen en toch kon ze Alves Moreira geen verwijten maken. Kennelijk had de gezette directeur er geen idee van gehad welke precaire voorgeschiedenis ze hadden.

Ze had Sir James op zijn landgoed in Cornwall leren kennen en het was haar duidelijk dat hij geen enkele investering, hoe klein ook, zonder strategische bijbedoeling deed. En een half miljoen voor één camelia, al was die nog zo uniek, was geen kattenpis. Wat voerde hij in zijn schild?

Voor het dessert raapte ze al haar moed bij elkaar en stelde de beslissende vraag.

'Mag ik weten wat u ertoe heeft bewogen om de koop van de *Sylviana* te financieren?'

Even was het heel stil aan tafel. Alves Moreira sperde geërgerd zijn ogen open. Sir James richtte zijn doordringende blik op haar en glimlachte alsof hij de hele avond op die vraag had gewacht.

'Nou, dat ligt voor de hand, toch,' antwoordde hij en ze had het gevoel alsof zijn ogen vonkjes spuwden. 'Mijn overgrootmoeder, de prinses aan wie de tuin is gewijd, had dezelfde naam als u, madame. En de plant is naar u genoemd. Zijn er nog meer redenen nodig? Ik denk van niet.'

Ze wist niet wat ze van die toelichting moest denken en keek naar Maël, die er met een onbewogen gezicht bij zat en geen enkele emotie vertoonde. Je zag zelfs niet aan hem of hij de wonderlijke verklaring van de Engelsman wel had gehoord. Na een tijdje verontschuldigde hij zich echter en verdween in de richting van de toiletten. Hun gastheren schonken geen aandacht aan hem. Sir James richtte zijn koele blik vorsend op haar en ineens werd ze weer herinnerd aan dat gedenkwaardige moment op het landgoed in Cornwall toen hij haar ook zo had opgenomen.

Sir James had haar toen uitgenodigd om samen met hem in een soort Amazone-kas het diner te gebruiken, waar tropische vogels en vlinders om hen heen vlogen. Op een gegeven moment was er een enorme, felblauwe vlinder op haar hand gaan zitten. Ze had er opgetogen naar gekeken, maar toen had de prachtige vlinder zich in de kaarsvlam gestort en was tot Sylvia's ontzetting dood op het tafelkleed gevallen. Sir James had haar met zijn gedistantieerde en toch geïnteresseerde blik het gevoel gegeven dat ze deel uitmaakte van een proefopstelling.

Wat wilde hij ontdekken? Welk spelletje speelde hij nu met haar?

Maëls warme handen op de hare haalden haar terug in het hier en nu. Ze had niet eens gemerkt dat hij weer terug was. 'Zullen we gaan?' vroeg hij liefdevol.

'Ja,' zei ze opgelucht. 'Het is al laat. Het was een zeer interessante avond, heel erg bedankt. Maar aangezien we morgen een vermoeiende reis voor ons hebben, zult u ons vast verontschuldigen.'

'Natuurlijk,' zei Sir James en hij gaf de ober een teken.

'Meneer heeft de rekening al voldaan, Sir,' verklaarde de hoofdkelner die aangesneld kwam en hij wees naar Maël, die haar net in haar zomerjas hielp.

Sir James maakte een geërgerde indruk. De rimpel tussen zijn wenkbrauwen werd zo diep, dat die zijn gezicht in twee helften leek te delen. Maar haar man zag ze glimlachen – voor het eerst sinds de investeerder bij hen aan tafel was gaan zitten.

'Zou je de camelia aan deze botanische tuin verkocht hebben als je had geweten wie erachter zat?' vroeg Maël in de taxi.

'Nee, en ik hoop dat we daar nooit spijt van zullen krijgen.'

Peinzend keek ze naar de lichtjes van Funchal beneden hen, terwijl de auto de heuvel op reed, naar het hotel.

'Wat bedoel je daarmee? Wat zou hij kunnen doen?'

Even zwegen ze, in gedachten verzonken. Daarna haalde Sylvia haar schouders op.

'Dat weet ik niet. Alleen... ik heb er geen goed gevoel bij. Ik mag hem niet, weet je.'

'Maar hij ziet jou juist helemaal zitten.'

Ze keek hem verbaasd aan. 'Mij? Nee, joh. Hij heeft een hekel aan me. Ik heb het eiland van hem afgepakt. Hoe kom je daarbij?'

‘Hij zat zo naar je te kijken. En dat er ineens een echtgenoot naast je zat, beviel hem totaal niet,’ zei Maël. Hij lachte zacht en sloeg zijn arm om haar heen. Daarna werd hij weer serieus. ‘Overigens heb jij het eiland niet van hem afgepakt. Hij heeft ervan afgezien.’

‘Omdat hij zijn hotelproject met al die protesten nooit had kunnen doorzetten.’

‘Ik denk wel dat het hem gelukt zou zijn. Maar jij hebt hem ervan overtuigd afstand te doen van het eiland.’

De rest van de rit zwegen ze. Klopte dat? Zou Sir James zijn plannen destijds hebben kunnen doorzetten? De juridische gevechten zouden in dat geval jaren in beslag hebben genomen en de negatieve krantenkoppen zouden voor hem als investeerder veel schadelijker zijn geweest dan afzien van het eiland. Sir James was een strateeg, ze kende dat soort ondernemers wel, ze adviseerde dat soort mannen al jaren. En als zodanig had hij bij alles wat hij deed een bepaald doel. Zelfs bij de koop van een camelia.

Hun laatste vakantienacht sliep ze slecht. Ze werd telkens weer wakker uit verwarde dromen. En ook al kon ze zich de details niet meer herinneren, ze was ervan overtuigd dat de Engelsman er een rol in had gespeeld.

Toen ze de volgende ochtend na het opstijgen het eiland Madeira onder een wolkensluier zag verdwijnen, lukte het haar om de spoken van de nacht te verdrijven. De *Sylviana* had een prachtige plek gevonden. En als de extravagante vreugde om iets te bezitten dat van haar was geweest en haar naam droeg, Sir James een half miljoen waard was, dan vond ze dat best. Misschien klopte het wat Maël had gezegd en was Sir James helemaal niet zo’n onmens als zij dacht. Misschien speet het hem zelfs dat ze er zo’n hoge prijs voor had moeten betalen om het eiland van hem terug te krijgen. De halve nacht had ze alles helemaal doordacht en toch niets kunnen ontdekken waardoor de Engelsman hun schade zou kunnen berokkenen. En als Maël gelijk had dat Sir James een oogje op haar had, dan wist hij nu dat ze getrouwd was.

Maël pakte haar hand vast en drukte die teder. 'Gaat alles goed met je?' Hij keek haar onderzoekend aan.

'Ja, hoor.' Ze schonk hem een dankbare glimlach. Wat kende hij haar toch goed! Ze leunde achterover en sloot gerustgesteld haar ogen.

Het was goed om weer thuis te zijn, vooral omdat het ook in Bretagne lente was geworden. Op het vasteland stond een zacht briesje, ze deed het raampje naar beneden en terwijl ze van Brest naar het zuiden reden ademde ze diep de geuren in van ontwakende velden, in bloei staande weilanden en bossen. Toen ze de dam overstaken, brak de zon door en dompelde alles in een onwerkelijk gouden licht.

'Zo slecht was het niet, toch?' doorbrak Maël het stilzwijgen en van opzij wierp hij haar glimlachend een blik toe.

'Hoe bedoel je? Wat was niet slecht?'

'Op vakantie gaan!'

Ze gaf hem een tedere duw in zijn zij en lachte. 'Daar zou je heel goed aan kunnen wennen,' zei ze en daarna verzonk ze in gedachten. Ze dacht eraan hoe mooi het zou zijn om elke seconde samen door te brengen, zonder dat een van hen ervandoor moest om iets dringends af te handelen. Niet één keer hadden ze een meningsverschil gehad. 'Misschien moeten we proberen om onszelf af en toe een dag te gunnen,' zei ze dromerig. 'Een dag die van ons tweetjes is.'

'Je bedoelt dat we gewoon een bordje op de deur hangen met NIET STOREN S.V.P., net als in het hotel?'

'Ja, precies. We hadden er eentje mee moeten nemen!' Ze lachten allebei bij het idee wat de anderen ervan zouden zeggen. 'Solenn zou het begrijpen,' zei ze.

'Ze zouden het allemaal begrijpen,' zei Maël vol overtuiging.

'Als we het niet voor elkaar krijgen, dan ligt dat alleen aan onszelf, Sylvie. Ik ben dus voor het bordje. En dat hangen we elke zondag op onze deur. Helemaal als ons kind er is.'

Hij hield het stuur in zijn linkerhand, pakte met zijn andere hand de hare en drukte die teder. Zo reden ze zwijgend, intens gelukkig, tot ze bij het eind van de dam waren gekomen, en vervolgens de weg op naar het grote huis. Er stonden een paar auto's op de parkeerplaats voor bezoekers buiten de hoge muren. Maël reed niet door de grote poort naar de binnenplaats van het herenhuis, maar volgde een smaller, onopvallend weggetje langs de muur, dat naar het laagste gedeelte van het complex met een onopvallende ijzeren deur leidde, waar het voormalige boothuis achter lag.

Zonder dat ze het erover hoefden te hebben, waren ze het erover eens dat ze in alle rust wilde aankomen, voordat ze zich weer onderdompelden in het dagelijks leven op het eiland. Ze gingen eerst hun koffers uitpakken en een beetje uitrusten en pas voor het avondeten liepen ze naar boven, naar het grote huis.

Op hun eettafel stond haar lievelingsvaas, die Rozenn had gemaakt. Er stonden een paar verse cameliatakken van de *Santarelli*-soort in met knalrode bloemen die net opengingen. Tegen de vaas stond een kaartje waarop stond:

WELKOM THUIS!
Zoals altijd is er om zeven uur avondeten.
Solenn

'Kom,' zei Maël en hij pakte haar hand. 'We laten de koffers lekker staan en maken een wandeling naar de kliffen.'

Ze wist precies welk pad hij bedoelde. Het liep over een rotsige heuvelrug naar een landtong, waar in elk jaargetijde, hoe rustig het weer ook was, enorme golven tegenaan beukten. Vandaar leidde een paadje, dat alleen mensen die er de weg wisten konden herkennen, naar een plek met een natuurlijk rotsbekken, een paar meter boven de bruisende golven. Maël had haar er ooit mee naartoe genomen toen ze voor de eerste keer op het eiland was geweest en ze hadden daar voor het eerst de liefde bedreven. Sindsdien was het een bijzondere plek voor hen beiden en daarom weerstond ze de neiging om te gaan liggen zodat ze wat kon bijslapen. Snel trok ze stevige schoenen aan en volgde Maël naar buiten, de wereld van het camelia-eiland in.

Al na een paar momenten in de energieke zeelucht voelde ze zich verkwikt. De wind waaide de vermoeidheid uit haar ledematen en ze werd weer eens betoverd door de stralende kleuren van de zee en de lucht. In de beschutte kuilen rook het intens naar kruiden en aarde. De gaspeldoornstruiken die net begonnen te bloeien zorgden voor gele stipjes in het zachtpaarse tapijt van heide. Meeuwen schoten als pijlen door de lucht, stortten zich halsoverkop honderd meter naar beneden in de golven, op jacht naar prooien.

Het leek alsof al haar zorgen van haar afvielen. Madeira was haar goed bevallen. Maar was er een mooiere plek dan het camelia-eiland? Voor haar niet.

Op het hoogste punt van het eiland stond Maël te wachten, hij was vooruitgegaan en keek om naar haar. Toen ze hem zag, begon haar hart nog harder te kloppen, zo gelukkig was ze.

Kun je zo veel van iemand houden? vroeg ze zich af en even kreeg ze knikkende knieën. Kun je zo veel geluk wel aan?

Maël stak haar zijn hand toe en trok haar het laatste stukje omhoog, sloot haar in zijn armen en hield haar lang vast. En ze zou wel willen dat ze voor eeuwig en altijd zo konden blijven staan. Maar op een gegeven moment maakten ze zich weer los. In Maëls ogen weerspiegelde zich de lucht, zijn gezicht was een beetje rood geworden, zijn gelaatstrekken waren ontspannen. Weer pakte hij haar hand en hij trok haar verder.

Na een paar honderd meter bleef hij ineens staan. De greep

van zijn hand werd sterker. Ze keek hem vragend aan. Hij keek gespannen in de richting van de kliffen. Zijn ogen werden smalle spleetjes, zijn adem stokte.

Daarginds, nog ver bij hen vandaan, stond een eenzame gestalte. Een vrouw, voor zover ze kon zien. Ze droeg een voor dit terrein volkomen misplaatste korte rok en laarzen met hoge hakken, haar sjaal fladderde achter haar aan als een vlag in de wind.

'Iemand die verdwaald is,' zei ze. 'Een bezoeker. Kom, we gaan haar vertellen hoe ze de weg terug kan vinden. Ze moet niet van de klif vallen.'

Maar Maël reageerde niet. Hij staarde nog steeds met gefronste wenkbrauwen naar de vreemde vrouw en hij kneep zo hard in haar hand dat het bijna pijn deed. Daarna keerde hij zich abrupt om.

'Kom,' zei hij en hij trok haar mee, de weg terug.

Ze was zo verrast dat ze niet meteen vroeg wat er in vredesnaam met hem aan de hand was. Zo kende ze Maël helemaal niet. Iets aan die vrouw had hem kennelijk geërgerd. Maar wat?

Toen ze het hoogste punt van het eiland achter zich hadden gelaten en de eenzame gestalte niet meer konden zien, bleef ze staan.

'Maël,' zei ze. 'Wat is er met je? Ken je die vrouw soms?'

Ze had nog helemaal niet aan die mogelijkheid gedacht en was verbaasd toen ze het zichzelf hoorde vragen.

'Ik hoop van niet.' Hij wendde zich af en liep snel terug naar de Jardin aux Camélias, alsof hij op de vlucht was.

Toen Sylvia tegen half zes het grindpad op liep naar het huis van Solenn om haar te helpen met koken, trof ze een vreemde vrouw aan, die besluiteloos op de binnenplaats naast een zwarte Peugeot met getint glas stond. Hoewel diverse borden bezoekers verzochten om buiten de muren op de parkeerplaats voor bezoekers te parkeren, was ze tot bijna voor de keukendeur van Solenn gereden. De vrouw was nog jong, Sylvia schatte haar eind twintig. Ze droeg een mantelpakje dat op het eerste gezicht nonchalant overkwam, maar van een chique stof was en vast heel duur was geweest. Ze had haar armen om haar lichaam geslagen alsof ze het koud had en maakte een verloren indruk.

'Kan ik u helpen?' vroeg Sylvia hartelijk. De vrouw keerde zich om. Ze had een gave, heel lichte huid en prachtige ogen, amandelvormig en warmbruin. Als een ree, dacht ze. En ze maakte een even schuwe indruk. 'Komt u toch binnen,' zei ze en ze wees op Solenns keukendeur. 'Het is al laat en de kwekerij sluit over een half uur. Zeg maar hoe ik u kan helpen...'

De vrouw veegde met een bruusk gebaar een sliert van haar lange kastanjebruine haar uit haar gezicht en wendde zich af.

'Ik vrees dat ik hier niet echt welkom ben,' zei ze met trillende stem.

'Maar nee, madame,' haastte Sylvia zich te zeggen en ze liep vriendelijk op de vreemde vrouw af. 'Alle gasten zijn bij ons welkom. Waarvoor komt u?'

Ze had het vage gevoel dat deze vrouw niet vanwege de camelia's gekomen was. Maar... waarom dan wel?

'Wie bent u?' De vreemde vrouw nam haar geringschattend op. 'Werkt u hier?'

Sylvia fronste verwonderd haar voorhoofd. Zou het niet aan haarzelf zijn geweest om dat te vragen? Maar ze bleef beleefd.

'Ik ben Sylvia Riwall.'

'De zus van Maël?'

'Nee, zijn vrouw. En met wie heb ik het genoegen?'

De vrouw antwoordde niet. Even sperde ze haar ogen open en als Sylvia zich niet vergiste, werd ze nog bleker dan ze al was.

Daarna wendde de vrouw haar blik af. Besluiteloos staarde ze naar haar auto, alsof ze daar een geheim verborg. En ineens drong tot Sylvia door dat dit de vreemde vrouw moest zijn die ze eerder op de klif hadden zien staan. De vrouw door wie Maël ervandoor was gegaan alsof een geest hem op de hielen zat.

'Ik ben Chloé,' zei de vrouw, alsof dat alles verklaarde. 'En ik moet Maël spreken. Zegt u dat alstublieft tegen hem.'

Ze wroette met haar hak in het grind en vermeed het haar aan te kijken. Deze vreemde vrouw wachtte er kennelijk op dat zij Maël ging halen. En ineens bekroop haar een benauwd gevoel, het onbestemde voorgevoel van een dreiging.

'Wat wil je?'

Maël kwam uit de avondlijke schaduw van de cameliabomen en het drong pijnlijk tot haar door dat ze precies op de plek waar de vreemde vrouw stond de ochtend na hun huwelijk innig omstrengeld hadden gedanst, terwijl de zon opging. Nu schemerde het op de binnenplaats en de avondwolken stonden zo dreigend aan de hemel dat de rillingen haar over de rug liepen.

'*Salut*, Maël.' Sylvia kreeg de indruk dat Chloé vocht tegen het trillen van haar stem. 'Ik moet je iets belangrijks vertellen. Alleen.'

'Het verbaast me,' zei Maël koud, 'dat je hier na al die jaren weer durft te verschijnen. Je bent niet welkom, Chloé. Is dat niet duidelijk?'

De jonge vrouw begon verbitterd te lachen.

'Dat heb ik ook al tegen haar gezegd.' Solenn was het huis uit gekomen met haar vuisten in haar zij geplant.

'Dan moet je naar Solenn luisteren en ophoepelen,' voegde Maël eraan toe. 'Net als toen. Ga nou maar. En kom nooit meer terug.'

Chloé kromp ineen onder zijn woorden, het was slechts een kleine onopvallende beweging. Sylvia voelde die eigenlijk meer dan dat ze die zag. Ze had medelijden met de jonge vrouw.

'Maël,' zei ze zacht tegen haar man. 'Wat is er dan...'

'Laat maar zitten,' antwoordde hij. 'Deze mevrouw heeft je vriendelijkheid niet verdiend.'

Chloé wendde zich af en zette een paar stappen in de richting van de Peugeot. Daarna bleef ze staan en alsof ze een innerlijke strijd leverde, keerde ze zich nog een keer om naar Maël.

'Je zou me goed genoeg moeten kennen om te weten dat ik hier niet voor mijn lol ben gekomen,' zei ze en Sylvia zag geschrokken dat ze kennelijk vocht tegen haar tranen. 'Ik smeek het je! Kunnen we elkaar onder vier ogen spreken?'

Maël sloeg zijn arm om Sylvia heen. 'Wat het ook is, je kunt het gerust zeggen waar mijn vrouw bij is.'

Chloé keek van hem naar Sylvia alsof ze met zichzelf worstelde. Maar toen ging er een schok door de tengere vrouw heen. 'Ik wil je graag aan iemand voorstellen, Maël. Hij zit te wachten in de auto.'

'Dan kan hij lang wachten,' bracht Maël ertegen in. 'Ik ben niet geïnteresseerd in je partner.'

Chloé perste haar lippen op elkaar en deed even haar ogen dicht. Daarna liep ze naar de donkere Peugeot en opende het portier.

'Kom, Noah,' riep ze naar binnen.

Er klauterde een jochie uit. Hij was amper acht. In zijn handen hield hij een smartphone, kennelijk zat hij net een film te kijken of een computerspelletje te doen. Met zijn grote groenblauwe ogen keek hij verschrikt rond.

'Dat is Noah,' zei Chloé. Ze legde haar beide handen op de schouders van de jongen en duwde hem zacht naar Maël toe. 'Je zoon.'

6

De zoon

Even had Sylvia het gevoel dat haar hart stilstond. Ze keek naar de jongen en al verzette alles in haar zich ertegen om te geloven wat ze zojuist had gehoord, het uiterlijk van het kind sprak voor zich: Noah had dezelfde groenblauwe ogen als Maël, hetzelfde onwillige haar, hetzelfde kuiltje in de eigenwijze kin en dezelfde mond. Die hij nu ontzet opensperde, terwijl hij zich losrukte uit de greep van zijn moeder en er bliksemsnel door de poort vandoor rende.

Maël reageerde als eerste, hij had de tegenwoordigheid van geest om hem achterna te gaan en Solenn liep op Chloé af alsof ze haar wilde slaan. Kennelijk bedacht ze zich op het laatste moment en wendde zich heftig ademend af.

'Dat gaat je niet lukken,' siste de Bretonse door haar tanden. 'Als jij denkt dat je hem na alles wat je hem hebt aangedaan nu nog een kind in de schoenen kunt schuiven, dan ken je me slecht.'

'Hij komt niet onder zijn plicht uit,' zei Chloé koppig. 'Al ga je op je kop staan, Solenn.'

Op dat moment kwam Maël terug met de jongen. Hij had hem stevig vast om zijn middel, want Noah verzette zich wanhopig, schopte met zijn benen en probeerde Maël een trap te verkopen. Kennelijk was hij in paniek. Had Chloé hem dan helemaal niet voorbereid op de ontmoeting?

Maël zette de voeten van het jongetje voorzichtig op de grond, legde zijn linkerhand in zijn nek en zijn rechterhand op zijn buik. Hij praatte op hem in om hem gerust te stellen. En Noah werd inderdaad meteen helemaal stil.

'Wil je weer in de auto zitten?' vroeg Maël zacht.

De jongen knikte en draaide zijn hoofd weg. Maël opende het portier van de auto en het jochie kroop naar binnen. Voordat hij het portier dichttrok, draaide hij zich nog één keer om naar Maël.

'U bent niet mijn vader,' zei hij vijandig.

'Als jij dat zegt,' antwoordde Maël zacht.

'Nee!' riep het joch harder, kennelijk was hij niet tevreden over Maëls reactie. 'Dat bent u niet. Mijn *papa* is in Parijs!' Daarna trok hij het portier dicht en deed het van binnenuit op slot.

Maël stond er even met hangende armen bij en staarde naar de getinte autoruit. Sylvia vond het hartverscheurend om hem daar zo te zien, volkomen in verwarring gebracht. Ze wilde naar hem toe snellen en hem in haar armen nemen, maar de weinige meters die hen van elkaar scheidden leken werelden uit elkaar te liggen en steeds verder uit te dijen.

'Waarom hoor ik dat nu pas?' vroeg Maël op een toon die ze nog nooit van hem had gehoord. Zo gekwetst, zo vertwijfeld, ten diepste gekrenkt. 'Hoe oud is Noah? Zeven? Acht jaar geleden heb je me laten zitten en mijn zoon in je buik meegenomen? En nu kom je daarmee aanzetten? Nu? Ik ben al zeven jaar vader zonder het te weten?'

Hij was naar Chloé toe gelopen en steeds harder gaan praten, de laatste zin schreeuwde hij in haar gezicht. Ze deinsde achteruit en draaide haar hoofd opzij. Weer sloeg ze haar armen om haar bovenlichaam, alsof ze zichzelf wilde beschermen.

'Dat is een lang verhaal. Ik heb het koud. Kunnen we niet naar binnen gaan en daar verder praten?'

'Niet binnen,' zei Maël ijzig. 'Hier en nu. Waarom heb je me er niets van verteld?'

Maar Sylvia kon de situatie niet langer aanzien. Snel liep ze op Maël af en legde sussend haar hand op zijn arm.

'Maël,' zei ze zacht, verbaasd over haar eigen kalmte. 'Kom, laten we naar binnen gaan. We moeten dat allemaal in alle rust bespreken. Het gaat hier tenslotte om...'

Haar stem brak. Ja, waar ging het eigenlijk om? Instinctief legde ze haar andere hand op haar onderbuik. Was Noah echt... Ze durfde de gedachte niet af te maken en sloot even haar ogen, dwong zichzelf diep in en uit te ademen en de draagwijdte van wat er nu gebeurde voorlopig van zich af te zetten. Eerst moest je de situatie analyseren, hield ze haar klanten voor. Paniek, overhaaste conclusies en op basis daarvan handelen, leidden tot niets goeds. En zo probeerde ze iets van een professioneel automatisme op te roepen en de crisis naar het volgende stadium te brengen, want in de auto met het getinte glas zat een kind, geschrokken en helemaal van streek door wat de volwassenen hier nu aanrichtten.

'Chloé, wil je alsjeblieft je zoon uit de auto halen? Hij kan daar echt niet alleen in het donker blijven zitten. We gaan nu naar de vergaderruimte,' hoorde ze zichzelf als op de automatische piloot zeggen. 'En daar gaan we... deze kwestie in alle rust bespreken.'

Ze ving Solenns blik op en haperde even. Ben je gek geworden, leek die te zeggen. Maar wat moesten ze anders? Zou Chloé alleen zijn gekomen, dan had je haar inderdaad weg kunnen sturen. Maar Noah was er. En ineens kon ze het verpletterende besef niet meer van zich afzetten. Maël had al een kind. De zoon naar wie hij zo verlangde, was er al. En zij stond daar helemaal buiten.

Noah weigerde de auto uit te komen, alsof die een beschermende burcht was. Hij had zijn gordel omgedaan en klampte zich daaraan vast alsof zijn leven ervan afhing. Chloé sprak kalmerend op hem in, en toch hoorde Sylvia hem alleen maar roepen: 'Ik wil naar huis! Alsjeblieft, *maman*, waarom gaan we niet naar huis? Ik wil hier niet zijn!'

'Laat hem maar,' bemoeide Maël zich er ten slotte mee. 'Solenn, zou jij een wollen deken voor hem willen halen? Ik zou eerlijk gezegd ook niet uitstappen als ik hem was.'

In het vertrek naast het verkoopkantoor was het ongewoon koud en ze huiverde. Het tl-licht van de plafondlamp onthulde ongenadig de dikke oogpotloodlijnen onder Chloés ogen. Sylvia zag een verzorgde Parisienne voor zich: de beschaafde, maar perfecte make-up, de nonchalante, maar toch chique merkkleding, de zelfverzekerde houding die de vrouw zelfs in deze situatie liet zien. Ze nam op het puntje van de stoel plaats die Sylvia haar aanbood, terwijl Maël met zijn rug tegen de deur geleund stond en zijn armen over elkaar sloeg.

'Het zou wel netjes zijn,' nam ze het woord, 'als je je aan mij zou voorstellen, Chloé. Want als ik het me goed herinner, hebben wij elkaar nog nooit ontmoet.'

'Er valt niet veel voor te stellen,' antwoordde Maël in Chloés plaats. 'Chloé en ik hebben jaren geleden drie maanden iets gehad. Daarna is ze verdwenen. Dat is alles.'

'Dat was acht jaar geleden,' voegde Chloé eraan toe. 'En ik kan er niets aan doen dat jij er kennelijk meer in zag dan een vakantieliefde. Ik had in elk geval niet gedacht dat we elkaar op een dag weer... Ik bedoel dat we weer iets met elkaar te maken zouden krijgen. Maar... zoals het nu zit...'

'En hoe zit het nu dan?' mengde Sylvia zich weer in het gesprek om de vastgelopen situatie helder voor ogen te krijgen. 'Noah zegt dat hij al een vader heeft.'

Chloé perste haar lippen op elkaar en keek naar haar handen die ze op tafel had gevouwen.

'Ik dacht altijd dat Alain Noahs vader was,' zei ze ten slotte. 'Toen ik merkte dat ik zwanger was, kwam ik niet eens op het idee dat het anders zou kunnen zitten. Ik was allang weer terug in Parijs en… dacht natuurlijk dat het kind van mijn verloofde was…'

'Je was indertijd verloofd en had dat mij niet verteld?' onderbrak Maël haar en Sylvia schrok van de verbittering in zijn stem.

Was het mogelijk dat hem dat nu nog kwaad maakte? Het was toch al zo lang geleden. Had hij soms nog steeds gevoelens voor Chloé?

'*Écoute*, Maël,' zei de vrouw nu, alsof hij iets doms had gezegd. 'Waarom had ik je dat moeten vertellen? We hebben een avontuurtje gehad en je zou liegen als je zou beweren dat je er niet van had genoten.' Ze lachte iets te zelfverzekerd, vond Sylvia, iets te zelfvoldaan en haar maag kromp samen.

'Jij hebt je verloofde mijn kind in de maag gesplitst.' Maël balde zijn vuisten.

'Ik had echt geen idee dat…'

'Lieg niet,' viel Maël haar in de rede. 'Ik ken je, al waren het maar tien weken. Ik weet precies wanneer je liegt.'

'*Je m'en fou.*' Vechtlustig stak ze haar kin naar voren. 'Geloof wat je wilt. Dat speelt totaal geen rol, want Noah is jouw kind. En jij moet instaan voor de gevolgen.' Dit was de eerste keer dat ze Sylvia recht in de ogen keek. Haar blik was niet zozeer vijandig, eerder nieuwsgierig naar het effect van haar woorden. Sylvia bezweek niet onder haar blik, ook al voelde ze zich ellendig. Ze had ineens kramp in haar buik. Ze verlangde zo naar een kind met Maël. En nu kwam die vrouw als een boze geest uit het verleden met Maëls zoon aanzetten. 'Tja.' Chloé wendde zich weer tot Maël en ging verder. 'Het spijt me als dat nu niet goed in jouw plan past. *C'est la vie, n'est-ce pas?* Zo is het leven.'

'Maar waarom nu?' vroeg Maël onverbiddelijk door. 'Waarom kom je er pas nu mee? Is het soms uit met Alain, of wat is er gebeurd waardoor je je mij weer herinnert?'

Ineens leek het alsof Chloé een klap in haar gezicht had gehad. Ze liet haar oogleden zakken en kwam vermoeid over.

'Hij wilde per se een tweede,' zei ze ten slotte gelaten. 'Noah moest niet als enig kind opgroeien, zei hij altijd. Maar het wilde steeds maar niet lukken. En toen is Alain op het fantastische idee gekomen om zich te laten onderzoeken.' Chloés blik dwaalde over de muur, waarop de bouwplannen voor het bezoekerscentrum hingen, maar Sylvia was ervan overtuigd dat ze niets van dat alles zag. 'En toen was de uitslag dat hij onvruchtbaar is. Tja, zo kan een gedeeld leven ineens stuklopen.'

In de stilte die volgde, kon je de tl-balk horen zoemen. De wind was opgestoken en huilde om het grote huis. Sylvia dacht aan de jongen in de auto en ze kreeg medelijden, medelijden met dit kind, wiens wereld aan diggelen lag, omdat het een moeder had die zich onverantwoordelijk gedroeg. Die voor de weg van de minste weerstand had gekozen en zichzelf en iedereen had bedrogen.

'We zullen een vaderschapstest doen,' zei Maël ijzig. 'En als die positief is, neem ik Noah van je af. Dat zweer ik je.'

Chloé keek hem met een fijn, spottend glimlachje aan. Daarna haalde ze haar schouders op.

'Het ís jouw zoon,' zei ze, terwijl ze opstond. 'En ik ben zijn moeder. De rest zien we dan nog wel.' Ze wierp Sylvia een lastig te duiden blik toe en daarna zei ze: 'Ik heb echt geen behoefte aan ruzie. En ik had liever gehad dat ik hier niet naartoe had hoeven komen. Maar het is nu eenmaal niet anders.' Daarna liep ze op Maël af en keek hem aan. Hoewel hij veel langer was dan zij kwam ze totaal niet verlegen over, maar juist sterk en heel zelfverzekerd.

'Waar ga je naartoe?' vroeg hij geïrriteerd.

Ze haalde een visitekaartje uit haar handtas en gaf het hem. 'Hier is mijn nummer. We zitten op het vasteland in mijn vaders huis, net als toen. Je weet de weg vast nog wel. En nu moet je me erlangs laten. Je zoon moet naar bed.'

Later was het Sylvia een raadsel hoe ze het avondeten door haar keel had gekregen. Coco, Gurvan en de andere medewerkers waren gelukkig al vertrokken toen Maël en zij eindelijk in de keuken kwamen, waar het geruststellend naar galettes en ragout rook. Behalve de gastvrouw was alleen Pierrick er nog, met een glas door hemzelf gestookte kruidenlikeur voor zich, waarvan hij vandaag een fles had geopend om de dag van hun terugkeer uit hun wittebroodsweken te vieren.

Wittebroodsweken. Ze zuchtte toen tot haar doordrong dat ze nog maar een paar uur geleden onbekommerd waren teruggekeerd van Madeira en hun grootste zorg was geweest dat ze Sir James zo onverwachts weer hadden ontmoet. Nu deze vreselijke vrouw in hun leven was gekomen, leek dat totaal onbelangrijk.

'Ik heb je vanaf het begin gezegd dat het een loeder is,' zei Solenn, terwijl ze de ragout voor hen opwarmde.

Sylvia wilde dat ze Maël met rust zou laten. Die zei na Chloés vertrek geen woord meer. Ze had vergeefs geprobeerd met hem over de situatie te praten voordat ze naar het huis waren gelopen. Maar nu stond hij ook nog op en verliet zonder te groeten de keuken, hij smeet zelfs de deur achter zich dicht.

'Laat hem maar,' adviseerde Solenn toen Sylvia overeind wilde springen en hem snel achterna wilde gaan. 'Je kunt hem beter even alleen laten. Vertel me liever van de *Sylviana*. Is alles goed gegaan? Waar staat ze nu?'

Aarzelend ging Sylvia weer zitten. Zo had ze Maël nog nooit meegemaakt. Was het echt wel goed om hem alleen te laten? Ze hoorde zichzelf vertellen over de botanische tuin, de prachtige plek waar de *Sylviana* nu stond, over de oude cameliaboom die ze toevallig tijdens een tripje naar het dorpje Prazeres achter de kerk hadden ontdekt. Het was alsof ze naast zichzelf stond en gewoon niet kon begrijpen wat er het laatste uur was gebeurd. En er was nog iets wat ze als door een sluier waarnam. Een zacht trekkend gevoel in haar buik dat een paar minuten sterker werd, wegebde en na een tijdje opnieuw begon.

Toen ze ten slotte Ti Bag binnenkwam, lag Maël al in bed. Ze luisterde naar zijn ademhaling, fluisterde zijn naam, maar hij antwoordde niet, ook al had ze het gevoel dat hij nog wakker was. Zo zachtjes mogelijk kleedde ze zich uit en ging naar de badkamer, waar ze douchte en opgelucht vaststelde dat het trekkende gevoel in haar buik tot bedaren was gekomen. Maakte het nog wel iets uit of ze zwanger was, nu Noah ineens bleek te bestaan?

Ze riep zichzelf tot de orde. Zo mocht ze niet denken. Als Noah Maëls zoon was, was hij welkom. Maar ze wist ook dat je een kind niet zomaar van zijn moeder af mocht nemen. Wat dacht Maël wel? Dat Chloé haar zoon hier bij hem zou laten? Zoiets kon ze zich met de beste wil van de wereld niet voorstellen. Als die Alain haar had verstoten, had ze waarschijnlijk geld nodig. Was dat alles? Wat wilde ze nog meer?

Ze deed de kraan uit en droogde zichzelf stevig af met haar zachte badhanddoek. Ten slotte trok ze haar nachthemd aan en sloop op haar tenen terug naar de slaapkamer. De gelijkmatige ademhaling waardoor je wist dat Maël sliep, was niet te horen. Weer fluisterde ze zijn naam in het donker zonder antwoord te krijgen.

Midden in de nacht schoot ze badend in het zweet overeind, ze had naar gedroomd, maar ze was nog maar net wakker of de beelden die haar zo veel schrik hadden aangejaagd waren verdwenen. Het enige wat overbleef, waren krampen in haar buik. Toen ze slaapdronken op de tast de badkamer in liep, zag ze vol ontzetting dat haar nachthemd vol bloed zat.

De tranen liepen over haar gezicht toen ze zichzelf onder de douche schoonmaakte, een schoon slaapshirt aantrok en een pijnstiller tegen de vertrouwde menstruatiepijn naar binnen werkte. In de spiegel keek een bleke Sylvia haar met grote verdrietige ogen aan. Haar lichaam had haar weer eens voor de gek gehouden. Ze was niet zwanger. Zou ze ooit een kind krijgen?

Ze lag nog lang in het donker te staren en voelde de hormonen door haar lijf gieren. Wat was het leven oneerlijk. Een vrouw als Chloé werd het moederschap gewoon in de schoot geworpen, of ze nu een kind wilde of niet. En zijzelf tobde zich nu al maanden af. Toch was ze veel te verstandig om het zichzelf toe te staan om over te lopen van zelfmedelijden. Ze probeerde zichzelf weer onder controle te krijgen en de verstandige Sylvia te zijn die ze altijd was. Maël hield van haar, dat wist ze toch. Ze zouden elke situatie samen de baas worden, hoe moeilijk die ook mocht zijn.

Maar ze kon de slaap niet meer vatten en op een gegeven moment stond ze zachtjes op. Ze bracht water aan de kook voor een kruik, nam een tweede pijnstiller en zette van het water ook nog een kruidenthee van vrouwenmantel en frambozenblaadjes. Ze maakte het vuur aan in de open haard, sloeg de wollen deken om zich heen en ging ervoor zitten.

De warmte deed haar goed. Eindelijk begon het middel te werken, haar buikkrampen ebden langzaam weg. De vlammen wierpen eigenaardige licht- en schaduwvlekken op het portret van Lucie boven de haard, ze leek daardoor jong en vertrouwd, zoals ze zich haar herinnerde toen ze ooit een heerlijke zomervakantie samen aan de Noordzee hadden doorgebracht. Zelf was ze toen een jaar of vijf, zes geweest en ze had Lucie een soort elfje gevonden, slank, heel beweeglijk, met haar gouden haar dat zacht om haar gezicht golfde. Terwijl haar moeder elke dag alleen maar in haar strandstoel zat, was Lucie met haar over het oneindig uitgestrekte strand gelopen, had haar in de lucht getild en door de plassen heen gedragen. Ze had verhalen verteld waarvan Sylvia indertijd had gedacht dat het sprookjes waren. Pas veel later, toen ze ouder was geworden en Lucies naam in de familie niet meer genoemd mocht worden, was haar duidelijk geworden dat Lucie die verhaaltjes speciaal voor haar had verzonnen. Een zomer lang had ze Lucie zo gemist dat het pijn deed en ten slotte was ze haar in de stormen van de puberteit vergeten.

Wilde jij eigenlijk nooit kinderen? vroeg ze in gedachten aan het portret.

Maël werd me immers toevertrouwd, leek ze te antwoorden. Pas goed op hem.

Toen werd Sylvia ineens rustig. Was dat misschien ook haar lot? Was zij voorbestemd om voor Noah te worden wat Chloé niet voor hem wilde of kon zijn? Was haar een soortgelijke rol toebedacht als Lucie op zich had genomen voor de twaalfjarige Maël, in plaats van zijn biologische moeder Fabienne? Jammer genoeg had Maël haar tot dusverre nooit verteld wat er in zijn jeugd was gebeurd en waarom hij was weggelopen. Ze had de indruk dat de herinneringen daaraan nog veel te pijnlijk voor hem waren. Bij Lucie en Solenn had hij tederheid en geborgenheid gevonden, met Fabienne was alle contact verbroken. Hij had haar niet eens voor hun huwelijk willen uitnodigen. Zo ver zou het tussen Noah en Chloé hopelijk nooit komen...

Ze dacht aan de gesloten jongen, aan zijn afwijzing, zijn woede. Wie wás ze eigenlijk voor hem? Een onbelangrijke figuur in het drama dat zijn moeder ervan maakte? De vrouw van de man van wie nu werd beweerd dat hij Noahs vader was, terwijl de jongen allang een vader had? Een vreemde die hij vast nog een hele tijd zou afwijzen, maar op een dag misschien kon accepteren? Veel zou afhangen van Chloé, uitgerekend van de vrouw van wie men zei dat ze ooit Maëls grote liefde was geweest.

Onder Lucies vorsende blik herinnerde ze zichzelf eraan dat ook zij niet eerlijk was geweest tegen Maël toen ze elkaar voor het eerst hadden ontmoet. Ze had aanvankelijk voor hem verzwegen dat ze gebonden was, en ze was niet alleen verloofd geweest, zoals Chloé indertijd, maar zelfs getrouwd. Had ze het recht Noahs moeder te veroordelen? Nee. En zelfs al mocht datgene wat Solenn beweerde kloppen, namelijk dat de Parisienne een opvliegend karakter had, dan moest zij, Sylvia, Maël helpen zo goed mogelijk met deze lastige situatie om te gaan.

Maar bedroog ze zichzelf niet? Hadden ze haar nog wel nodig? Misschien kwam alles tussen Maël en Chloé weer goed. Vader, moeder, kind... Zou het niet het simpelst zijn als ze weer bij elkaar kwamen?

Het vuur was opgebrand, de gloeiende blokken zakten in elkaar. Het water in de kruik was afgekoeld en ze had het koud. Door het raam drong het eerste ochtendlicht naar binnen. Lucies blik die zonet nog zo levendig was geweest, leek te vervagen en daarmee verdween ook Sylvia's optimisme. Was Maël niet waanzinnig verliefd geweest op Chloé? Kon zo'n liefde echt verdwijnen? Was die blijven smeulen, omdat zij zich van hem had losgemaakt?

En als dat allemaal klopte, wat was zijzelf dan? Een vervangster? Een surrogaat? Omdat hij die andere niet had kunnen krijgen? Maar nu was Chloé teruggekomen, samen met de zoon waar Maël zo naar verlangde...

De deur ging open en ze kromp ineen.

'Hier ben je,' zei Maël zichtbaar opgelucht. 'Wat is er aan de hand, Sylvia? Waarom zit je in het donker?'

Ze stak haar armen naar hem uit en hij kwam naar haar toe, trok haar tegen zich aan.

'Ik ben vannacht ongesteld geworden,' zei ze en ze moest haar keel schrapen, haar stem kraakte en klonk klaaglijk.

'O schat,' fluisterde Maël in haar oor. 'Til er niet zo zwaar aan. Het hindert toch niets.'

Omdat jij al een kind hebt, ja, fluisterde een boos stemmetje in haar hoofd. Daarom is het voor jou niet zo erg...

'Ik ga koffie voor ons zetten,' zei Maël liefdevol. 'Je zult zien dat dat je goeddoet.'

Ze knikte en keek hoe hij in het keukengedeelte de vertrouwde handelingen uitvoerde, luisterde naar de geluiden waar ze aan gewend was, rook de versgemalen koffie, hoorde het borrelen van de waterkoker. Alles was zoals altijd. En toch was niets zoals het was geweest.

'Maël?' vroeg ze hem toen hij haar de stomende beker gaf.

'Ja, wat is er?'

'Mag ik je iets vragen?'

'Alles, *chérie*!'

'Voel je nog iets voor Chloé?'

Zijn glimlach verdween. Knorrig wendde hij zich van haar af. 'Ach, Sylvia,' zei hij alleen. Hij stond op en liep naar de badkamer.

Daar hoorde ze al snel water ruisen. Ze had zichzelf wel een klap voor haar kop kunnen geven. En toch. Mocht ze zo'n vraag soms niet stellen? En waarom gaf hij geen antwoord?

7

Zware zee

Die ochtend nam Sylvia er bij wijze van uitzondering de tijd voor, ook al was het maandag en lag er na de vakantie veel werk op haar te wachten. Ze voelde zich verslagen en oververmoeid en moest haar innerlijke balans hervinden voordat ze weer aan het werk kon.

Ze liet de badkuip vollopen en legde een van de gazen zakjes met de lavendel en rozemarijn uit Rozenns tuin in het warme water, die ze afgelopen kerst van haar had gekregen. Terwijl haar lichaam ontspande, vroeg ze zich af hoe ze er eigenlijk bij kwam om 's ochtends een bad te nemen, dat had ze nog nooit gedaan. Maar Maël was ook nog nooit naar de kwekerij gegaan zonder afscheid van haar te nemen. En haar onbehaaglijke gevoel over de situatie nam met het moment toe.

Ze dwong zich nog vijf minuten heel rustig te blijven liggen en haar spieren te ontspannen, daarna joeg haar onrust haar het bad uit.

Allereerst wilde ze haar man zoeken en zich met hem verzoenen, maar voor de poort werd ze opgewacht door hun architect, die stond te praten met de bouwopzichter over de drainage van de fundamenten.

'Goed dat u komt,' zei hij en hij legde haar uit wat ze hadden besproken. Ze lieten haar zien hoe de bouw vorderde, ze moest hier en daar een beslissing nemen en voor ze het doorhad was het al middag geworden. Pas toen ze afscheid nam van de architect merkte ze hoeveel trek ze had. Toen ze de keuken van Solenn binnenkwam zat iedereen er al: Gwen, Coco, Gurvan, de nieuwe stagiair en Pierrick. Maar de plek naast de hare was leeg.

'Waar is Maël?' vroeg ze.

Pierrick keek even op en richtte zijn aandacht daarna weer op zijn eten. Coco en Gurvan waren druk in gesprek, of deden in elk geval alsof. Ze keek Solenn aan, die een stuk dampende quiche op haar bord legde.

'Hij is op het vasteland,' zei Solenn en met haar verstandige ogen nam ze Sylvia aandachtig op. Ze had donkere kringen onder haar ogen, alsof ook zij niet goed had geslapen.

Sylvia besloot niet verder door te vragen, zolang de anderen ook nog aan tafel zaten. Normaal gesproken was ze op de hoogte van Maëls plannen, ze vond het pijnlijk om te moeten vragen wat hij op het vasteland moest doen. En ineens had ze een vermoeden. 'We zitten op het vasteland in *papa's* huis, net als toen,' had Chloé gezegd. 'Je weet de weg vast nog wel.'

Ze kreeg opnieuw kramp in haar buik toen ze eraan dacht hoe Chloé op dat moment naar Maël had gekeken. Kennelijk werkte de pijnstiller niet meer. Wat goed dat ze Solenn niets van haar hoop had verteld, nu bleef het haar tenminste bespaard dat ze moest vertellen dat het toch weer een teleurstelling was.

'Zullen we naderhand samen doorlopen wat ik de afgelopen twee weken heb gemist?' vroeg ze.

Solenn knikte.

Het meeste had Solenn tijdens haar afwezigheid zelf kunnen afhandelen. Maar met een aantal offertes van vaklieden moest ze zelf aan de slag. Bovendien was er uit Parijs een brief van het ministerie van Milieu gekomen. Goed nieuws, het zag ernaar uit dat ze inderdaad subsidie voor het vogelbeschermingscentrum konden aanvragen. Nu moest ze zich nog door de vele pagina's met bepalingen en regels heen zien te werken en een uitgebreid aanvraagformulier invullen om aan te tonen dat ze ook echt aan de voorwaarden voldeden.

Toen ze alles hadden besproken, vroeg Solenn ineens: 'Wat ga je nu doen?'

Ze keek op van de papieren. 'Wat bedoel je?'

'Wat ga je doen aan die kwestie met Chloé en het kind?'

Ze schrok van Solenns harde blik.

'Tja.' Sylvia legde de papieren opzij. 'Dat is in de eerste plaats Maëls beslissing. Als Noah zijn zoon is, dan...'

'Als je het mij vraagt, dan beweert die vrouw dat maar,' onderbrak Solenn haar fel. 'Dat zij dat zegt, betekent nog lang niet dat die jongen echt van Maël is.'

'Solenn, ik...'

'Die vrouw is tot alles in staat, Sylvie,' flapte Solenn eruit. 'Een moeder weet toch wie de vader van haar kind is. Ik zeg je dat die Parisienne dat vanaf het begin heeft geweten. Maar pas nu, nu die ander kennelijk genoeg van haar heeft, komt ze er hier mee aanzetten. Omdat ze weet wat voor een goed hart Maël heeft.' Solenn zweeg uitgeput. De kwestie greep haar kennelijk behoorlijk aan.

'Ik denk wel dat het goed is om een vaderschapstest te doen,' zei Sylvia zo rustig mogelijk. Solenns woede maakte het voor haar nog lastiger dan het al was. 'Maar als je naar Noah kijkt,' merkte ze op, 'vind je dan niet dat hij ongelooflijk veel op Maël lijkt?'

'En wat dan nog!' antwoordde Solenn boos. 'Weet je wat dat zou betekenen?' Sylvia ademde diep in en uit en dwong zichzelf rustig te blijven. 'Je weet immers niet hoe het met Maël ging toen Chloé indertijd van de ene dag op de andere verdween. Ze heeft niet eens afscheid van hem genomen. Wekenlang waren ze onafscheidelijk. En op een dag, toen hij met verse croissants voor het huis van haar familie stond, was het afgesloten en waren de luiken dicht. Alsof ze er nooit was geweest.' Solenn schudde verbijsterd haar hoofd. ‘Ze was zomaar weg. En Maël heeft meer dan een jaar lang geen woord gezegd,’ zei ze vervolgens zacht. ‘Je kunt je niet voorstellen hoe vreselijk dat was.’

Sylvia voelde dat ze kippenvel in haar nek kreeg, dat zich langzaam langs haar rug naar beneden verspreidde.

‘Waar is Maël eigenlijk naartoe?’

Solenn keek haar in de ogen en Sylvia begreep dat ze het antwoord al kende. ‘Naar haar toe,’ zei Solenn. ‘Hij heeft gezegd dat hij het met haar wil oplossen. Wat dat ook mag betekenen. Tja. Dat oplossen duurt nu al een paar uur.’

Zo snel als de ochtend voorbij was gevlogen, zo traag sleepte de middag zich voort. Sylvia concentreerde zich op de kwestie met het ministerie van Milieu, maar telkens weer dwaalde haar blik uit het raam de binnenplaats op, en met de minuut verlangde ze meer naar het moment waarop de gedeukte pick-up van haar man eindelijk door de poort naar binnen zou rijden.

Voor waarschijnlijk wel de honderdste keer had ze spijt van haar vraag die ochtend of hij nog iets voor Chloé voelde. Ze had hem daarmee duidelijk geërgerd. Het was al erg genoeg als hij teleurgesteld was dat ze zoiets in twijfel trok. Maar stel dat ze hem er met haar vraag op had geattendeerd dat het gevoel er inderdaad nog was? Ze keek op haar horloge. Het was al bijna vijf uur. Hoe moest ze weten wat er de afgelopen uren in het vakantiehuis van Chloé was voorgevallen?

Ze stond op en liep naar buiten, keek naar boven, naar de lucht. Die was dreigend. Met snelle passen liep ze de poort door. Inmiddels was ze voorbereid op de sterke windvlagen die je kon verwachten als je de beschutte omheining verliet. Een straffe wind duwde de golven tegen de dam. Het water stond op het punt te stijgen. Als Maël niet snel kwam, moest hij vannacht op het vasteland blijven.

Ze stak de parkeerplaats voor bezoekers over tot de markante rots, misschien was het een menhir, waar het voetpad afboog naar de natuurlijke haven, waar de boten vastgemeerd lagen. Van daaruit kon je de hele dam overzien, als het weer het toeliet. Geen licht van koplampen doorkliefde de schemering, geen enkele auto naderde het eiland. Bij dit weer maakten ook de paar toeristen die in april in Bretagne verzeild waren geraakt, andere plannen. Iedereen met gezond verstand bleef thuis of ging naar een van de gezellige restaurants om bij de open haard thee te drinken met galettes of een portie *moules-frites* die in dit jaargetijde heel lekker waren.

Een wel heel heftige windstoot deed haar huiveren. Het had geen zin om hier te blijven wachten tot haar man eindelijk thuiskwam. Ze kreeg het warm van schaamte bij die gedachte en draaide zich haastig om naar de poort. Toen ze langs het grote huis liep en het licht in Solenns keuken zag, bleef ze besluiteloos staan. Moest ze haar vriendin vragen waar dat vakantiehuis lag en er zelf naartoe rijden, zolang het tij dat toeliet? Maar waarom? Om Maël bij te staan? Hoe moest ze dat voor zich zien? Zou hij dan niet het gevoel hebben dat ze hem controleerde en zich nog meer ergeren?

Achter de vitrage zag ze een bedrijvige schaduw. Dat was Solenn, die het avondeten klaarmaakte. Ze zou op haar wachten, zoals elke avond. Maar Sylvia moest er niet aan denken om tegenover de bezorgde Solenn te zitten. Bovendien had ze geen trek. Ze trok haar vest dichter om haar lichaam en besloot naar huis te gaan.

In de grote hal was het ijskoud. Met klamme vingers stapelde ze blokken hout in de open haard op elkaar en met een klein harshoudend stukje grenenhout maakte ze vuur. Terwijl ze daarmee bezig was moest ze eraan denken hoe onhandig ze was geweest toen ze op het eiland aankwam. Alles was nieuw voor haar geweest: de getijden, het veranderlijke weer, de haard aanmaken, de camelia's. En de liefde voor Maël.

Haar blik dwaalde naar boven, naar het portret van Lucie. Haar tante keek afwezig. Wat vreemd, dacht ze. Op sommige dagen vond ze het levenloos en stijf en dan weer zo levendig en expressief dat het op haar overkwam als een meesterwerk. Die avond had Lucie haar kennelijk niets te zeggen.

Ze keerde de open haard de rug toe. Bij het zien van de bloedrode camelia's op de eettafel, Solenns welkomstgroet, werd ze weemoedig. Ze moest denken aan de *dame aux camélias*, de betoverende courtisane. Marie Duplessis heette ze, een vrouw die in de negentiende eeuw had geleefd en van wie werd gezegd dat ze altijd een witte camelia op haar jurk droeg, behalve wanneer ze haar maandstonden had, dan was het een rode…

Sylvia keek om zich heen in de grote ruimte en dacht, voor het eerst sinds ze met Maël in het voormalige botenhuis woonde, wat ze zou doen als hij hier op een keer niet meer zou zijn. Hoe was de tekst van het chanson ook alweer, waarop ze hadden gedanst op de ochtend na hun huwelijk? … *Als op een dag het leven je echter van mij wegneemt, als je overlijdt of als je ver weg bent, maakt dat niet uit, zolang jij van mij houdt…*

Het kon toch niet zo zijn dat ze uit elkaar gerukt werden? Maar waar zat hij nu dan? Ze voelde de wanhoop in zich bovenkomen en dwong zichzelf verstandig te blijven. Er was geen reden voor deze irrationele gevoelens. En toch lag diep in haar die angst op de loer, dat ze nog een keer teleurgesteld zou kunnen worden, zoals toen door Holger. Ook bij hem had ze zich absoluut veilig gevoeld en toch was ze belogen en bedrogen, al haar levensplannen waren van de ene dag op de andere in diggelen gevallen. Kon zoiets haar weer overkomen? Ze was ervan overtuigd dat ze dat niet nog een keer aan zou kunnen.

De telefoon ging en ze kromp ineen. Al voor ze opnam, wist ze dat het Maël was.

'Ik ben bij Noah, Sylvie,' zei hij en zijn stem klonk gelukkig. 'En nu wordt het te krap. Ik red het niet meer voor de vloed, de meteorologische dienst voorspelt zware zee. Ik overnacht hier. Dat wilde ik je alleen zeggen. Zodat je je geen zorgen maakt.'

In haar hoofd buitelde al die nieuwe informatie over elkaar heen, ze kon er geen chocola van maken.

'Bij Noah?' vroeg ze. 'En waar is Chloé dan?'

Op de achtergrond was een kinderstem te horen. En er klonk muziek.

'Chloé? Die is natuurlijk hier,' antwoordde Maël, alsof dat een onnozele vraag was. Daarna leek hij te begrijpen wat ze bedoelde. '*Écoute*, Sylvie, het is een groot huis. Ik slaap natuurlijk in de logeerkamer. Ik wil alleen... Het is een kans, begrijp je? Ik wil dat Noah... Ik bedoel dat hij niet meer bang voor me is.'

'Natuurlijk,' zei ze en ze had zichzelf een klap kunnen geven.

Natuurlijk? Hij moest natuurlijk zo snel mogelijk weer thuiskomen! Ze zou vannacht geen oog dichtdoen. Haar man onder één dak met die vrouw...

'Dank je,' zei hij opgelucht. 'Ik wist dat je het zou begrijpen. Je bent geweldig. *À demain, chérie*.'

De kiestoon klonk. Hij had opgehangen. Ze stond daar met de hoorn in haar hand en het liefst had ze het uitgeschreeuwd.

De twee grote glazen van Briocs lambig die ze achteroversloeg, hielpen niets. Integendeel. Ze was niet gewend aan die hoeveelheid alcohol: sinds ze probeerde zwanger te worden, dronk ze bijna geen druppel meer. Alleen was ze niet in verwachting, wat kon het schelen. Maar ze wist dat het haar geen goeddeed, dat ze er de volgende ochtend spijt van zou hebben, en dus gooide ze het laatste restje weg en nam een slaappil. Ze ging in bed liggen en trok het kussen half over haar hoofd.

Toch kon ze de slaap niet vatten. Dat was elke keer een probleem voor haar als Maël zonder haar op stap was, naar een klant of naar een lezing, altijd voelde ze zijn afwezigheid naast zich in bed als een lichamelijke pijn. Hij beweerde dat het hem net zo verging, dat hij de nachten dat ze er niet was doorwerkte, een van zijn artikelen voor vaktijdschriften afmaakte of in zijn laboratorium nadacht over nieuwe kruisingen, alleen maar om niet alleen in bed te liggen en haar te missen.

Misschien is dat helemaal niet waar, maalde het haar door het hoofd. Misschien zei hij dat alleen maar. Hoe kon hij anders nu in die logeerkamer liggen. Was het echt uitsluitend vanwege het kind?

Ze wierp zich op haar andere zijde en kreunde. Haar hoofd bonsde. Het was geen goed idee geweest om na de alcohol een slaappil te nemen. En zo verstreken de uren als koud, vloeibaar lood, taai en moeilijk. Telkens weer zakte ze weg in vermoeiende dromen, als in drijfzand, dromen waarin ze bleef hangen en niet verder kwam, een trein, een afspraak, de laatste bus miste. Om op een gegeven moment ergens aan te komen waar ze nooit naartoe had gewild: op kliffen waar de wind omheen gierde, op smeltende ijsschotsen, in een lekgeslagen boot.

En toen was ze in één klap klaarwakker. Ze had de voordeur gehoord. Hij was thuisgekomen. Alles was goed. De opluchting was als een balsem die haar verkrampte ledematen ontspande en haar gedachten klaarden op.

Ze luisterde. Ze kende het aantal passen door de grote hal uit haar hoofd, kende elke knarsende plank. Nu zou hij zo de deur van de slaapkamer opendoen. Haar hart klopte vol vreugde. Ze zou hem om de hals vallen, tegen hem aan kruipen, hem zeggen hoeveel ze van hem hield. Nog maar een paar tellen, dan was hij er.

In de stilte hield ze haar adem in. Maar er kwam niemand. Het huis dat anders zo vol geluiden was, liet niets horen. In haar hoofd ruiste het bloed zo luid, zo allesoverheersend, dat ze zich afvroeg hoe ze het uithield, elke dag opnieuw.

Misschien was hij nog even de badkamer in gegaan. Hij dacht natuurlijk dat ze sliep en wilde haar niet wakker maken. Dus stond ze op, trok haar ochtendjas aan en deed de slaapkamerdeur open. Alles was donker. De badkamer was leeg. Ze liep de hal door, in de open haard lag nog een gloeiend restje van het vuur, verder niets. Ze kon het niet geloven, deed zelfs de voordeur open, liet zich doorwaaien en keek omhoog naar de nachthemel, alsof ze haar geliefde daarboven zou kunnen vinden. Er glinsterden en fonkelden miljoenen sterren. De lucht was zuiver. Van de stormwolken was geen spoor meer te bekennen. En ook niet van Maël. Natuurlijk niet, die was bij zijn zoon. En bij die vrouw.

Ze ging het huis weer in. Het was bijna vijf uur. Ze rekende uit wanneer het eb en vloed was, keek voor de zekerheid op haar getijdenkalender naast haar badkamerspiegel. De dam moest weer begaanbaar zijn. Zonder er verder over na te denken, kleedde ze zich aan en pakte een kleine weekendtas in. Daarna opende ze de poort achter hun huis, nam plaats in haar auto en reed ervandoor. Voor het ontbijt zou ze in Le Mans zijn.

'Als er iets is,' had Veronika op een dag tegen haar gezegd, 'dan kun je altijd bij mij logeren.' Ze had haar aanbod al een keer moeten aannemen. Vannacht was het weer zover.

8

Ongenode gasten

'Ben je gek geworden!'

Sylvia staarde haar vriendin geschrokken aan. Ze had Veronika immers net het hele verhaal verteld, vanaf het begin van Chloés verschijnen tot en met Maëls telefoontje?

'M... maar,' stamelde ze, 'hoezo dan?'

'Je kunt hem in deze situatie toch niet alleen laten?' Veronika veegde de mond af van de kleine Lili, die onder de vruchtenmoes zat, en staarde haar vriendin met gefronste wenkbrauwen aan. 'Sylvia! Ik ben altijd blij dat je komt. Maar vandaag zou je hier niet moeten zijn, je moet hem bijstaan.'

Ze slikte. 'Vero, hij is bij Chloé,' wierp ze tegen. 'Hij is daar de hele nacht geweest.'

'Dat is het juist.' Veronika deed haar dochter het slabbetje af. 'Hij heeft je nodig als hij thuiskomt. Dringender dan ooit waarschijnlijk.' Daarna stopte ze en ze wierp Sylvia een onderzoekende blik toe. 'Je denkt toch niet... Nee! Dat zou Maël nooit doen. Hij houdt van je, Sylvia. Dat weet je heel goed.'

'Solenn zegt...'

'Ach wat, Solenn heeft haar eigen besognes met die Chloé. Ze is als een moeder voor Maël. Natuurlijk heeft ze een afkeer van de vrouw die hem toen heeft laten zitten, dat is logisch. Maar in dit geval moet je misschien bij wijze van uitzondering een keer niet naar Solenn luisteren. Luister naar wat je hart je ingeeft. Dat is bepalend.'

Sylvia sloeg haar handen voor haar gezicht en kreunde.

'Je bent weer ongesteld geworden, klopt dat?' voegde Veronika er meelevend aan toe en ze legde haar hand op de hare. 'O jee, wat spijt me dat! Maar ja, je weet hoe ik erover denk: op een maandje meer of minder komt het niet aan.' Ze gaf een kneepje in Sylvia's hand en tilde daarna de kleine Lili uit haar kinderstoel. 'Onder deze omstandigheden is het waarschijnlijk ook niet het juiste moment, toch?'

'Het juiste moment? En wanneer is het dan wel het juiste moment? Het ziet ernaar uit dat dat voor mij nooit meer zal aanbreken.'

Ze stond op. Ze had gehoopt op troost en bemoedigende woorden van haar vriendin. Of op zijn minst begrip. Maar dat was waarschijnlijk te veel gevraagd van een gelukkige moeder met een vaste relatie, waarin het uitgesloten leek dat er ex-liefjes opdoken, met een kind aan hun hand...

'Ga alsjeblieft weer zitten,' zei Veronika. Ze trok Sylvia zacht aan haar arm weer op haar stoel. 'Hier, kun jij Lili even op schoot nemen totdat ze een boertje heeft gedaan? Wees niet boos. Ik ben nu eenmaal altijd eerlijk tegenover je, omdat ik vind dat vriendschap niets waard is wanneer je elkaar alleen maar naar de mond praat. Laten we iets eten. Wil je een omelet?'

Uitgeput liet ze haar vriendin haar gang gaan, wiegde haar petekind, dronk koffie en at wat Veronika haar voorzette. En ineens voelde ze een golf van vermoeidheid, die haar dreigde te overmannen.

'En nu ga je even liggen,' hoorde ze Veronika als door een muur van watten zeggen. Zonder zich te verzetten, liet ze zich naar de bank brengen, een deken over zich heen leggen. Toen was ze al in slaap gevallen.

Ze werd wakker toen iemand zei: 'Nee, alles is goed, ze is hier. Geen reden om je zorgen te maken... Nee, ze ligt net zo lekker te slapen.'

‘Wie is dat?’ vroeg Sylvia hoopvol en ze richtte zich op.

Dat kon alleen Maël zijn. Hij zocht haar, had haar gemist.

‘Solenn,’ antwoordde Veronika. ‘Ze is wakker geworden,’ zei ze in de hoorn. ‘Wil je haar spreken? Nee? Ja, prima. Ik geef het door. *Salut*.’

Sylvia liet zich teleurgesteld weer op het kussen van de bank vallen.

‘Solenn maakt zich zorgen,’ legde Veronika uit en ze ging bij haar vriendin zitten, op de rand van de bank. ‘Maël is kennelijk nog steeds niet teruggekomen.’ Peinzend plukte ze een pluisje van de wollen deken waar Sylvia zich in genesteld had.

‘Hoe laat is het?’ vroeg ze zacht.

‘Bijna tien uur.’ Het leek alsof ook Veronika iets van haar optimisme was kwijtgeraakt.

‘Dan moet ik er maar eens vandoor,’ zei ze.

Veronika keek haar bezorgd aan. ‘Zullen Lili en ik met je meegaan?’

Ze schudde haar hoofd en sloeg de deken open. Veronika stond op om plaats voor haar te maken.

‘Denk je echt dat er niets is tussen…’ Ze kon de zin niet afmaken.

Veronika schudde fel haar hoofd. ‘Je moet meer vertrouwen in hem hebben,’ zei ze liefdevol. ‘Jullie zijn net terug van jullie wittebroodsweken. Was alles tussen jullie toen in orde? Of is er iets wat ik nog niet weet? Een serieuze reden om aan Maël te twijfelen?’

‘Nee,’ zei Sylvia. ‘Het was een prachtige vakantie. Waarschijnlijk gedraag ik me alleen maar hysterisch.’ Ze probeerde te lachen, maar het klonk gekweld. ‘Wie had dat ooit van mij gedacht?’

‘Dat is toch logisch,’ verzekerde Veronika haar. ‘Dat met Noah is echt shit. Maar die vakantieflirt is acht jaar geleden. Toen kenden jullie elkaar nog niet eens. En jij was zelfs getrouwd, vergeet dat niet. Je kunt hem daarom dus echt geen verwijten maken.’

'Natuurlijk niet...' Ze zuchtte.

'Denk je dat ze hem terug wil?'

Sylvia haalde haar schouders op en liet ze weer vallen. 'Geen idee. Misschien weet Chloé op dit moment zelf niet eens precies wat ze wil. Ze heeft een man die dacht dat hij Noahs vader was. Het moet een schok voor hem zijn geweest om er na al die jaren achter te komen dat hij onvruchtbaar is. Ik ga ervan uit dat hij haar eruit heeft gegooid.'

Even zwegen ze allebei, daarna stond Sylvia vastberaden op.

'Weet je wat?' Veronika stond ook op en pakte met haar beide handen de hare vast. 'Je gaat daar nu naartoe en je laat die vrouw zien met wie ze te maken heeft. Vécht voor je liefde!'

Ze knikte. 'Dat is precies wat ik ga doen. Mag ik je badkamer gebruiken?'

'Dat wilde ik net voorstellen,' zei Veronika lachend en ze legde een handdoek voor haar klaar.

Toen ze in de spiegel keek, begreep ze wat Veronika bedoelde. Ze zag er verschrikkelijk uit. Het werd tijd dat ze zich herpakte.

Een half uur later had ze een metamorfose ondergaan. Haar haar glansde, haar gezicht was zorgvuldig opgemaakt.

'Bedankt, Vero,' zei ze toen ze in de hal afscheid namen. 'Heb je misschien nog goede raad die je me mee wilt geven?' vroeg ze grijnzend.

'Zeker.' Veronika lachte. 'Geen jaloerse scène trappen,' vervolgde ze daarna serieus. 'Sta hem bij. Hij heeft alle steun nodig die je hem kunt geven.'

Ze wist dat Veronika gelijk had. Alleen moest ze hopen dat ze was opgewassen tegen de problemen die haar te wachten stonden. Het liefst had ze Veronika meegenomen, maar het was absurd zich te verschuilen achter haar vriendin als ze terugkeerde op het eiland. Ze moest dit alleen doen. Dat was ze hun liefde verschuldigd.

Toen ze tegen de middag thuiskwam, kon ze nog net de dam oversteken voordat de vloed weer opkwam. Tot haar geruststelling stond Maëls pick-up op de plek waar hij hoorde, de binnenplaats. Hemzelf vond ze bij de kassen, waar hij met Gurvan stekjes onderzocht. Toen hij haar zag, vloog er een glimlach over zijn gezicht.

'Goed dat je er bent,' zei hij en hij kwam haar tegemoet. Zijn omarming voelde als een enorme opluchting. 'Is het niet geweldig? We hebben inderdaad een zoon.'

Het was een zuiver lichamelijke reactie toen Sylvia in zijn armen verstijfde. Wie bedoelde hij met 'we'? Hoorde zij daarbij? Dat zou prachtig zijn, dacht ze. Maar waarom ben ik dan niet blij?

'Je bent helemaal niet blij,' zei Maël verbaasd en teleurgesteld tegelijk. Het was een vaststelling, geen vraag.

'Het is allemaal zo... zo... onverwachts,' wist ze met moeite uit te brengen.

Maël knikte. 'Ja, dat klopt.'

'En waardoor weet je zo zeker dat Noah echt jouw zoon is?' bracht ze met moeite uit.

Hij keek haar vorsend in de ogen, alsof hij daarin de Sylvia zocht die hij kende. 'Dat weet ik gewoon,' zei hij ten slotte en hij ging weer aan het werk.

'Maël.'

Hij draaide zich glimlachend om. 'Ja?'

'Kunnen we... ik bedoel... kunnen we even met elkaar praten?'

Maël wierp een verlangende blik op de stekjes en dat begreep ze wel. Twee weken lang had hij ze aan hun lot overgelaten. Onder normale omstandigheden zou hij er allang naar omgekeken hebben.

'Ja, natuurlijk,' zei hij. 'Kom. Zullen we even naar buiten gaan?'

Ze knikte dankbaar en probeerde de brok in haar keel door te slikken. Hoe moest ze beginnen? Waar wilde ze het over hebben en waarover niet?

'Hoe is het met Noah?' Ze liepen naast elkaar over de plantage. 'Gisteren was hij zo van streek. Is hij een beetje gekalmeerd?'

'Het was niet gemakkelijk,' antwoordde Maël. 'Hij is heel wantrouwig tegenover mij. Het is allemaal een beetje veel voor het jochie.'

Ze luisterde gespannen, maar hij was gestopt met praten.

'Denk je dat hij snapt dat jij...?'

'Nee, ik vrees van niet,' onderbrak Maël haar. 'Dat zou ook te veel gevraagd zijn. Hij heeft me over zijn vader in Parijs verteld, oftewel over de man die hij als zodanig beschouwt. Hij heeft me speelgoed laten zien dat hij van hem heeft gekregen. En uiteindelijk hebben we met elkaar gespeeld.' Hij bleef staan en keek haar aan. 'Sylvie, dit is allemaal zo ongelooflijk nieuw voor me. Voor ons allemaal, ben ik bang. We hebben tijd nodig. Vooral tijd samen.'

Sylvia knikte. Ze bleef staan, leunde tegen hem aan en vlijde haar wang tegen zijn borst. Daar hoorde ze zijn hart kloppen, zo'n vertrouwd geluid, een ritme dat haar al vaak in slaap had gewiegd. Ze voelde zijn hand op haar rug, ademde diep in en weer uit, zo ongelooflijk goed deed zijn aanraking haar.

'Ik ben blij dat je er begrip voor kunt opbrengen, Sylvie,' zei hij zacht. 'Dat ik daar moest blijven. Dat is toch zo? Je begrijpt me toch? Je bent bij Vero geweest, hè? Waarom? Heb ik je pijn gedaan?'

Er welden tranen op, ze wist niet of ze van opluchting of van schaamte waren. 'Nee,' loog ze. 'Ik wilde gewoon... ik wilde Lili zien. En...'

'Ja?' vroeg hij zacht en nu sloeg hij ook zijn andere arm om haar heen. 'Wat wilde je nog meer?'

Ze kon een snikken niet meer onderdrukken. Daarna liet ze haar tranen de vrije loop. Laat me alsjeblieft niet los, zei ze zwijgend, wees niet boos dat ik huil. En hij hield haar inderdaad vast tot ze weer rustig kon ademhalen.

'Solenn zegt,' vervolgde ze toen ze haar stem weer onder controle had, 'dat je heel veel van Chloé hebt gehouden.'

Maël luisterde alsof hij verwachtte dat ze nog meer ging zeggen. Daarna knikte hij. 'Ja, ze heeft gelijk,' zei hij. 'Ik heb waanzinnig veel van haar gehouden. Maar dat is voorbij, Sylvie. Ik ben toen door een hel gegaan en dat heeft me eens en voor altijd van die vrouw genezen. Ik zou willen dat ik haar nooit meer hoefde te zien. Maar nu is Noah er ineens. Dat verandert alles.' Hij pakte haar voorzichtig bij haar schouders en duwde haar een beetje van zich af, zodat hij haar gezicht kon zien. Hij glimlachte en kuste haar zacht op haar ogen. Ze wist dat haar zorgvuldig aangebrachte mascara alweer helemaal was uitgelopen. Maar voor Maël, die haar al in alle denkbare situaties had gezien, schaamde ze zich niet. 'Ze zullen van nu af aan hier bij ons wonen,' legde hij ten slotte uit.

Eerst begreep ze niet wie hij bedoelde. 'Wie?'

'Noah en Chloé. Zo kan ik bij hem in de buurt zijn. Dat is toch beter dan wanneer ik altijd naar dat vakantiehuis moet, vind je niet?'

Ze keek hem sprakeloos aan. 'Wat bedoel je?' vroeg ze ongelovig. 'Waar gaan ze wonen?'

'Ik dacht in het grote huis.' Maël liet haar schouders los. 'In de twee gastenkamers op de eerste verdieping is plek genoeg. Ik denk dat het de beste oplossing is. Misschien kunnen we later een huis voor hen aanbouwen. Voorlopig is er bij Solenn voldoende ruimte.'

Even wist ze niet wat ze moest zeggen. Wat vond Solenn daar eigenlijk van?

'Zijn ze al… ik bedoel… Wanneer komen ze?'

'Dat hebben we nog niet exact afgesproken. Waarschijnlijk morgen. En... eh... zou jij dat tegen Solenn willen zeggen? Zonet was ze er niet. Tot straks, *chérie*.'

En hij ging weer terug naar zijn werk.

'Nooit ofte nimmer,' riep Solenn uit en haar donkere ogen fonkelden. 'Daar stem ik niet mee in. Die vrouw komt niet in mijn huis!' Met een klets zette ze de oude theeketel op het fornuis. Het water klotste uit de tuit en de gasvlam doofde met een luide sis.

Sylvia stond ontdaan bij de keukentafel. Ze kon zich maar al te goed in Solenn verplaatsen.

'Dat uitgerekend jij daarmee bij mij aankomt,' schold Solenn verder. 'Wil je me dat echt aandoen? Je bent niet goed snik, Sylvia, echt.'

'Solenn,' probeerde ze de woedende Bretonse te kalmeren. 'Het is niet mijn idee. Maël heeft me gevraagd om het tegen je te zeggen. Hij wil de jongen graag altijd om zich heen hebben.'

'Dan heeft hij zijn verstand verloren,' luidde Solenns conclusie. Haar handen trilden zo van verontwaardiging, dat ze het vuur pas bij de derde poging weer aan kreeg. 'Precies zoals toen. Die vrouw is een gevaar voor hem. Dan is hij zichzelf niet meer.'

'Maar als Noah toch zijn zoon is,' bracht ze ertegen in, ook al was ze bijna weer in tranen. 'Ik wil ook niet dat hij elke dag naar het vasteland gaat. Het alternatief zou zijn dat wij tweeën daar in de buurt een huis zouden zoeken. Ik laat niet meer toe dat hij alleen bij haar...'

'Wil je het eiland verlaten?' Solenn richtte zich op en al was ze best klein, op dit moment kwam ze haast bedreigend over.

'Nee, Solenn, dat wil ik niet.' Ineens voelde ze zich ontzettend moe. 'Ik probeer alleen een oplossing te vinden!'

'De oplossing is heel simpel,' zei Solenn, die de aardewerken pot van de plank haalde en zo wild op tafel zette dat Sylvia haar hart vasthield om de oude pot. 'Maël moet een eind maken aan deze schijnvertoning.'

En hoe moet hij dat doen? wilde ze vragen, maar ze zweeg. Als Solenn zo boos was kon je niet fatsoenlijk met haar praten.

Sylvia zei dat ze naar het bouwterrein moest en keek een tijdje toe hoe de bouwvakkers grind in de sleuven om de fundamenten heen schepten en buizen legden, zodat het hemelwater optimaal werd afgevoerd en zich langs de buitenmuren geen vocht ophoopte. Ze wisselde een paar woorden met de voorman, daarna liep ze naar het kantoor van Gwen om met haar de personeelsplanning voor de voorjaarsvakantie te bespreken. Net als elk jaar verwachtten ze die twee weken een grote stroom bezoekers en Gwen had een lijst met vrouwen van het vasteland, die regelmatig kwamen helpen om de klanten een rondleiding door de cameliatuin te geven. De mensen die echt iets wilden kopen, werden geholpen door Sylvia, Solenn en Gwen en een paar losse krachten met een specialistische opleiding.

'Elinor en Marie-Noëlle hebben helaas afgezegd,' meldde Gwen. 'De ene heeft binnenkort examens en de andere wil op reis met haar vriend.'

'Dan vragen we Rozenn,' besliste Sylvia. 'En misschien heeft zij nog een idee wie we zouden kunnen vragen.'

'Maylis heeft gebeld,' voegde Gwen eraan toe. 'Ze zou de bistro best voor haar rekening willen nemen. Heb je in het weekend tijd voor een gesprek met haar? Dan logeert ze namelijk bij haar moeder.'

Sylvia keek op de wandkalender, ze had geen idee welke dag het vandaag was. O ja, dinsdag. Pas eergisteren waren ze teruggekomen van Madeira. Ze had het gevoel alsof het al maanden geleden was.

Ze vroeg Gwen Maylis zondagmiddag uit te nodigen op de thee, keek de post door en beantwoordde de dringendste mails. Op hun zakelijke rekening zag ze dat de tweede termijn voor de *Sylviana* was binnengekomen. De rijzige gestalte van Sir James stond ineens weer voor haar geestesoog, de eigenaardige blik waarmee hij Maël had opgenomen, de diepe rimpel tussen zijn wenkbrauwen. Wat voerde die man in godsnaam in zijn schild? Maar voordat ze verder over hem kon nadenken, ging de telefoon. De volgende ochtend zou het cement voor de fundamenten worden geleverd.

Ze informeerde de opzichter en controleerde voor de zekerheid de weersvoorspelling voor de komende dagen. Het zou droog blijven, het zag ernaar uit dat ze geluk hadden. Maar ze zou het ook nog aan Pierrick vragen, die had als oude zeeman zijn eigen bronnen om te bepalen wat voor weer het werd.

Sylvia was er net mee bezig in haar agenda naar een gaatje voor een driedaagse coaching te zoeken die een van haar oude zakelijke klanten in Duitsland bij haar wilde boeken, toen ze vanaf de binnenplaats luide stemmen hoorde. Ze stond op om te kijken wat er aan de hand was. Misschien waren het klanten die Maël wilden spreken. Maar toen herkende ze de woedende stem van Solenn en had ze een vermoeden.

Op de binnenplaats stond Chloé. Met haar ene hand trok ze een enorme rolkoffer, aan haar andere had ze Noah. De jongen droeg een felgekleurde rugzak waar een pluchen aap uit hing. Het beeld had iets ontroerends, alsof het twee ontheemden waren die asiel vroegen. Misschien was het ook echt zo.

Solenn was er niet van onder de indruk. Met haar handen in haar zij sprak ze op Chloé in.

‘Maakt me niet uit,’ zei ze, ‘wat Maël heeft gezegd, dit is nog altijd mijn huis en dat kan hij niet bepalen. Hier is geen plek voor jullie.’

Chloé keurde haar geen blik waardig, maar was vastberaden op haar smartphone aan het typen. Sylvia liep op het drietal af. Maar wat moest ze zeggen? Solenn had in wezen gelijk. Al had dat tot nog toe geen rol gespeeld, zij was de eigenaresse van het camelia-eiland. Wat zou er gebeuren als Noahs moeder er nu al in slaagde om hun hechte gemeenschap te splijten?

'*Maman*,' jengelde Noah en hij ging koppig op de koffer zitten. 'Ik wil naar huis.'

'Dit ís nu ons huis, *chérie*.' Chloé stopte haar mobieltje weg, waarop Solenn haar de rug toekeerde, de keuken in verdween en de deur achter zich dichtsloeg.

Sylvia dacht koortsachtig na wat ze het beste kon doen toen Maëls terreinwagen de binnenplaats op reed. Chloé had hem kennelijk een berichtje gestuurd. Alleen zo viel te verklaren dat hij hier op dit tijdstip verscheen. Het stak haar hoeveel macht die vrouw over haar man had. Maar ze vermande zich.

'*Salut*, Noah,' zei Maël. De jongen wendde abrupt zijn hoofd af en schopte met zijn hakken tegen de koffer. 'Wat is er aan de hand?' vroeg hij Chloé.

'Solenn zegt dat we hier niet mogen wonen,' meldde de vrouw schijnbaar onaangedaan. Ze verplaatste haar gewicht naar haar andere been en sloeg haar armen over elkaar.

Maël was verbaasd. 'Hadden we niet morgen gezegd?'

Ze haalde haar schouders op. 'Vandaag of morgen, wat maakt dat nou uit?'

Solenn verscheen weer op de drempel, kennelijk hield ze het niet uit in huis. 'Sinds wanneer bepaal jij wat er in mijn huis gebeurt?' Ze keek naar Maël.

Sylvia kromp ineen. Ze zouden toch geen ruzie krijgen waar deze vrouw bij was?

'Je hebt gelijk,' zei Maël vriendelijk als altijd en Sylvia haalde opgelucht adem. 'Sorry, Solenn, ik had niet gedacht dat je het onprettig zou vinden.' Hij leek even na te denken. 'Dan moeten Noah en zijn moeder maar bij ons in Ti Bag wonen. Dat is wat krap, maar het gaat. Toch, Sylvie? Volgens mij is er op zolder genoeg plek. We kunnen immers boven een tweede badkamer laten maken, dat was ik toch al lang van plan.'

Ze was als verlamd. Dit kon hij niet menen. Maar Maël pakte Chloés koffer al.

'*Attends*, Maël,' zei Solenn met tegenwoordigheid van geest. 'Geen sprake van. Jullie hebben echt geen ruimte voor gasten daar. Als je er echt op staat, stel ik de gastenkamers voorlopig ter beschikking. Voorlopig, hoor je? Niet voor permanent. Heb je me gehoord, Chloé?'

'Je spreekt luid en duidelijk, Solenn,' antwoordde Chloé met een poezige glimlach. 'Hoe zou iemand je niet horen?'

Sylvia haalde opgelucht adem. Toch had ze de schrik in de benen. Zo serieus bedoelde Maël het dus? En hij had het haar niet eens gevraagd.

Het was haar heel duidelijk welk offer haar Bretonse vriendin nu voor haar bracht. Ze ving een samenzweerderige blik op van Solenn, vol bezorgdheid en tegenzin. Ik zei het toch, leek die te zeggen: Maël heeft zijn verstand verloren. En ze begon zich af te vragen of daar toch niet iets van waar was.

Die avond zaten er dus twee nieuwe gasten aan Solenns keukentafel. Coco, Gurvan en Iven, de nieuwe stagiair, namen verder geen notitie van hen. Ze waren allemaal te jong om Chloé te kennen. Maar Gwen en vooral de oude Pierrick keken alsof Solenn gif door het eten had gedaan.

Maël merkte van dat alles schijnbaar niets. Tevergeefs probeerde hij een gesprekje met Noah aan te knopen. Het jochie weigerde koppig iets te eten en zat met zijn armen over elkaar op zijn stoel, zijn blik naar beneden gericht. Haar hart brak bijna gezien de liefdevolle pogingen van haar man om het kind op te beuren. Maar ze kon ook Noah begrijpen. De jongen moest het gevoel hebben dat hij nu met vreemde mensen zat opgescheept. Wie wist wat Chloé hem allemaal verteld had?

Toen Chloé eindelijk opstond om haar zoon naar bed te brengen, hoorden ze allemaal hoe Noah zijn moeder wanhopig smeekte om hem mee terug te nemen naar Parijs.

'Ik wil hier niet slapen,' riep hij telkens weer en kennelijk zette hij zich schrap tegen de traptreden. 'Ik wil terug naar *papa*. Waarom heb je me hiernaartoe gebracht, *maman*? Waarom mag ik niet naar huis?'

Ontzet luisterde Sylvia naar de zich verwijderende stem die overgegaan was in een jammerend gesnik, terwijl Chloé de jongen de trap op sjorde.

'Wat een kreng,' flapte Solenn eruit. Daarna keek ze Maël, die duidelijk luisterde naar het gehuil van de jongen en heel bleek was geworden, scherp aan. 'We moeten praten, Maël. Jij, Sylvie en ik. En wel meteen. Maar niet hier. Je hebt de vijand in mijn huis gehaald, mijn jongen, en daarom moet je me nu uitnodigen in Ti Bag voor een lambig. *Compris*?'

9

De vlucht

'Ik begrijp je niet,' zei Maël. Hij maakte een gekrenkte en verwarde indruk. 'Toen ik hier indertijd kwam, heb je mij toch ook opgenomen. Wat is het probleem?'

'Chloé is het probleem.' Solenns donkere ogen fonkelden.

Maël ging achterover zitten op zijn stoel en keek peinzend naar de camelia's van haar welkomstboeket. 'Ik zou ook liever hebben dat zij er niet bij betrokken was,' zei hij ten slotte. 'Maar ze is nu eenmaal Noahs moeder. Ik heb het volgende bedacht: eerst moet Noah mij en Sylvia gaan vertrouwen. En dan stel ik Chloé voor dat hij bij ons blijft.'

'Je bedoelt,' vroeg Sylvia voorzichtig, 'zonder haar?'

Maël knikte opgewekt. 'Ja. Chloé zit er echt niet op te wachten om hier op het eiland te wonen. Ze is een grotestadsmens. Ze wil vast weer terug.'

'En je denkt dat ze hem bij ons zal laten?'

'Ja, waarom niet? Waarom is ze anders hier gekomen? Dat zal natuurlijk niet van vandaag op morgen gebeuren...'

'Hebben jullie het al over een dergelijke oplossing gehad?' onderbrak ze hem. Ze kon zich niet voorstellen dat een moeder haar kind zomaar weggaf. 'Ik bedoel gisteravond?'

Maël schudde zijn hoofd. 'Ik heb helemaal niet veel met Chloé gepraat. Ik heb me beziggehouden met Noah, ik was daar vanwege hem.'

'En jij denkt echt,' wilde Solenn nu ook weten, 'dat ze op een dag verdwijnt en Noah bij jou laat?'

'Wat zou ze anders willen dan?'

Solenn snoof. 'Geld bijvoorbeeld. Ze zal je dwingen voor het levensonderhoud van de jongen te betalen...'

'Dat is haar goed recht,' onderbrak Maël haar. Hij begon zich te ergeren. 'Dacht je dat ik niet voor mijn eigen zoon zou zorgen?'

'Misschien wil ze nog wel meer,' zei Solenn onaangedaan. Sylvia zou willen dat ze er niet zo op doorging. Ze voelde heel duidelijk dat Maël op het punt stond zijn geduld te verliezen. Maar Solenn peinsde er niet over om zich in te houden. 'Ze zou kunnen proberen om je terug te winnen,' voegde ze eraan toe.

Sylvia hield haar adem in. Maël leek als door de bliksem getroffen.

'Maar dat is absurd,' barstte hij los. 'Zij is degene die me toen heeft verlaten. Ze wil me niet. En dat is prima. Ik ben niet meer in haar geïnteresseerd. Jezus, moet ik dat nu om de vijf minuten gaan uitleggen?' Solenn en Sylvia zwegen. 'Sylvia, denk jij dat soms ook?'

Ze aarzelde. Kon ze openlijk zeggen wat ze dacht. Ja, zei ze tegen zichzelf. Dat moet ik doen. Die vrouw moet niet de reden zijn dat wij dingen voor elkaar gaan achterhouden.

'Ach,' begon ze voorzichtig, 'het lijkt me niet ondenkbaar dat ze...'

Ze kromp ineen, Maël sprong zo plotseling op dat zijn stoel met een klap omviel.

'Zou je mij daartoe in staat achten?' riep hij buiten zichzelf van woede en hij begon te ijsberen.

'Nee, Maël, dat heb ik niet gezegd,' probeerde ze hem gerust te stellen. 'Ik denk alleen dat ze dat van plan zou kunnen zijn.'

Maël bleef voor haar staan en staarde haar boos aan. 'Zo veel vertrouwen heb je dus in mij,' zei hij teleurgesteld. 'We zijn nog geen jaar getrouwd en jij denkt dat ik zou kunnen bezwijken voor de charmes van de eerste de beste vrouw?'

'Nee, Maël, hoe kun je dat nou zeggen…'

'Jawel,' onderbrak hij haar. 'Je bent jaloers, geef het maar toe. En dat is… dat is gewoon belachelijk.'

'*Arrête*,' onderbrak Solenn hem scherp. '*Cela suffit!* Nu is het echt genoeg. Weet je eigenlijk wel wat je Sylvia aandoet? En mij? Nee, nu hou je je mond en luister je naar mij! Sylvia en ik, wij staan achter je, en dat weet je maar al te goed. Toch moeten we nu een paar regels opstellen, want zo gaat het niet verder. Jij neemt beslissingen zonder ons iets te vragen. Bijvoorbeeld dat die twee hier op het eiland kunnen wonen. Dat kun je niet maken. En als je je vrouw er niet bij wilt betrekken, dan moet je het verdorie op zijn minst aan mij vragen. Ik ben nog steeds de eigenaresse van het eiland, ik hoop dat je dat niet bent vergeten. En zo ja, dan herinner ik je daar nu aan.'

Na deze uitbarsting werd het zo stil in Ti Bag dat Sylvia de wind aan de andere kant van de muur kon horen huilen. Onwillekeurig had ze haar adem ingehouden. Maar hoe je het ook bekeek: Solenn had gelijk. Het had maar een haar gescheeld of Chloé had vanaf vandaag elke avond hier bij hen in de hal gegeten. Het was alleen aan het alerte optreden van Solenn te danken dat dat niet zo was. En dat terwijl Solenn niet echt kon opschieten met Chloé. Sylvia wist hoe groot het offer was dat haar vriendin voor haar bracht, maar dat leek Maël volledig te ontgaan.

'Je hebt gelijk,' zei Maël ten slotte. 'Ik dacht gewoon dat jullie wisten hoe belangrijk het allemaal voor ons is. Niet alleen voor mij, Sylvie, we verlangen toch allebei erg naar een kind.'

Sylvia knikte. Ze kreeg tranen in haar ogen en dacht aan wat Vero had gezegd. Ze mocht nu niet egoïstisch zijn. Natuurlijk wilde ze graag een kind van zichzelf. Maar nu was Noah er ineens en als ze de kans kreeg, zou ze proberen een goede moeder voor hem te zijn. Toch leek Maëls plan haar niet bijster realistisch. Chloé moest wel echt een ontaarde moeder zijn als ze op Maëls voorstel inging.

'Pas op met die vrouw,' zei Solenn zacht, maar nadrukkelijk. 'Ze heeft je al een keer pijn gedaan. Laat niet toe dat ze tussen jullie komt. Je hebt een goed hart, Maël, maar soms ben je te goed van vertrouwen.' Ze ging staan en rechtte haar rug. Haar blik viel op Lucies portret boven de haard en werd zacht. 'Wil je weten wat Lucie indertijd over Chloé zei?' Maël zweeg en wendde zijn hoofd af, maar Solenn schonk geen aandacht aan hem. 'Ze zei: "Er zijn mensen die het als hun roeping zien om anderen gelukkig te maken. En mensen bij wie het tegendeel het geval is."' Ze pakte haar wollen omslagdoek van de stoelleuning, die Sylvia haar had gegeven, en sloeg hem om. 'En vanaf nu geldt: wat er ook besloten moet worden in deze kwestie, we doen het met z'n drieën. *D'accord*?'

'*D'accord*.' Maël stond op. 'Ik ga met je mee naar boven,' voegde hij eraan toe.

Solenn schudde haar hoofd. 'In mijn eigen tuin verdwaal ik echt niet. Blijf bij je vrouw en wees aardig tegen haar. Ze heeft heel wat doorstaan sinds jullie terug zijn.'

Nadat Solenn was vertrokken, bleef het lang stil in huis. Het werd koel in de grote hal en Sylvia had graag de haard aangestoken, maar iets weerhield haar ervan om simpelweg over te gaan tot de orde van de dag. Bezorgd keek ze naar de mimiek van haar man, die met zichzelf leek te worstelen.

Ten slotte keek hij op en hij zei: 'Ik probeer toch alleen te doen wat juist is, Sylvie.'

Ze had hem nog nooit zo aangedaan meegemaakt, zo in verwarring gebracht. Het deed haar denken aan de avond toen hij haar voor het eerst over zijn vader had verteld.

'Dat weet ik,' zei ze ontroerd en ze stak haar hand uit en legde die op de zijne.

Hij pakte hem meteen vast alsof ze niet in de hal zaten, maar in een boot op hoge zee. 'Daar moet je me bij helpen,' zei hij en hij keek haar wanhopig aan. Maël zag er moe uit en ze begreep dat ook hij de afgelopen nacht amper had geslapen. 'Echt hoor!' Hij drukte haar hand nog vaster.

'Ja,' zei ze, 'dat zal ik doen, lieverd.'

Tot haar ontzetting barstte Maël ineens in tranen uit. Ze had hem nog nooit zien huilen en de aanblik was hartverscheurend. Snel stond ze op, liep om de tafel, ging naast hem zitten, sloeg haar armen om zijn bovenlichaam en kroop tegen hem aan. Hij draaide zich naar haar toe en legde zijn hoofd op haar schouders. Ze voelde zijn lichaam beven.

'Ze zei,' fluisterde hij toen hij zich weer had vermand, 'dat ze elk moment kan vertrekken. Ze wil me haar adres in Parijs niet geven.' Hij maakte zich los uit haar omarming en veegde met zijn hand over zijn ogen. 'Dan zou ik Noah weer kwijt zijn, begrijp je?' voegde hij er wanhopig aan toe. 'Ik zou hem nooit kunnen vinden.'

Er steeg een tomeloze woede in haar op. Bijna had ze medelijden met Chloé gehad. Het drong tot haar door hoe goed de vrouw de gevoelens van anderen kon bespelen. Met het dreigement dat ze zijn zoon meteen weer van hem weg zou nemen, dacht ze kennelijk controle over Maël te kunnen uitoefenen.

Vandaag, dacht ze, terwijl ze haar man kuste en geruststelde, heeft Noahs moeder bevestigd dat ze daar heel goed in is. Solenn had gelijk, ze moesten per se één front vormen. Alleen dan hadden ze een kans.

'Ik probeer erachter te komen wie Chloé werkelijk is,' zei ze zacht maar beslist. 'En vooral waar haar man woont. Zo simpel als zij zich dat voorstelt, gaat dat allemaal niet. Dan kan ze je verder niet onder druk zetten, schat. Daar zorg ik voor.'

Maël trok haar abrupt tegen zich aan. Ze voelde dat er een last van hem afviel.

'Dank je, Sylvie,' fluisterde hij. 'Ik had zo gehoopt dat je me zou begrijpen.'

Die avond gingen ze vroeg naar bed. De vermoeidheid legde zich over hen tweeën heen als een warme doek en toch konden ze niet anders dan heel dicht tegen elkaar aan liggen. Ze dacht aan datgene wat Pierrick tijdens zijn toespraak op hun bruiloft had gezegd: dat er nog geen haar tussen hen zou komen. Van hun tenen tot hun lippen vlijden ze zich tegen elkaar aan, tot er bijna geen stukje huid meer was waar ze elkaar niet aanraakten. Iets in haar liet gewoon los en het deed haar oneindig goed om de lang ingehouden spanning te laten gaan en zich over te geven aan het andere lichaam waar ze zo van hield. Om nog dichter bij hem te komen, sloeg ze haar been om Maëls lichaam heen, ze kwamen nog dichter bij elkaar en verenigden zich uiteindelijk met een zucht, zo vanzelfsprekend op het gezamenlijke ritme van hun ademhaling, zo innig en vol tederheid, dat geen van beiden meer kon zeggen waar de een eindigde en de ander begon.

'Ik hou zoveel van je,' fluisterde Maël in haar oor.

En ze probeerde dit moment zo diep mogelijk in haar hart te sluiten en het daar voor eeuwig te bewaren, voor moeilijke momenten, stormachtige tijden en uren van twijfel. Als een talisman in een sprookje, die de heldin tegen alle gevaren kan beschermen. Als een sterke toverformule, die alles kan overwinnen als je er maar in gelooft.

Het was nog donker toen ze de volgende ochtend koffiezette en aandachtig naar het weerbericht op de radio luisterde. Ondanks de goede voorspelling hadden zich 's nachts dichte wolken samengepakt en nu plensde het. Ze kon alleen maar hopen dat het kort zou duren en later zou opklaren, als het beton in de bekistingen van de fundamenten gestort moest worden.

Ze schonk ook voor Maël een kom in en bracht die naar hem in de slaapkamer.

'Ben je al op?' vroeg hij slaapdronken. 'Hoe laat is het dan?'

'Bijna zeven uur.' Ze zette de kom op het nachtkastje. 'Vandaag worden de fundamenten gestort. En er is nog veel te doen op kantoor.'

Maël ging rechtop zitten en trok haar bij zich in bed. 'Weet je nog van Madeira?' fluisterde hij in haar oor, terwijl hij zijn arm om haar middel sloeg.

'Hoe zou ik dat kunnen vergeten?' fluisterde ze terug en ze zoende hem teder.

'Het is haast niet te geloven dat we daar nog maar een paar dagen geleden waren en in bed ontbeten,' zei Maël en hij kroop tegen haar aan. Ze gaf zich over aan zijn omhelzing, voelde door haar kleren heen zijn lichaam dat nog warm was van de slaap en genoot van de vertrouwdheid tussen hen beiden. Daarna maakte ze zich voorzichtig van hem los.

'Ik moet ervandoor,' zei ze en ze gaf hem nog één kus op het puntje van zijn neus. 'Wat ga jij vandaag doen?'

Zuchtend pakte Maël de koffiekom. 'Gurvan heeft in kas vier plaagorganismen ontdekt. Eens kijken hoe we daarvan af kunnen komen. Misschien moeten we de kas leeghalen. Duim maar voor ons dat het niet zo erg is.' Hij sloeg de deken terug en stond op. 'Lukt het om de leiding van de bouw alleen te doen?' vroeg hij toen ze al bij de deur stond.

'Daar zit ik niet mee, maar ik zou wel willen dat het ophield met regenen,' antwoordde ze. 'En het zou goed zijn als we Solenn niet helemaal alleen zouden laten met Chloé.'

'Bel me maar als je me nodig hebt.' Nu stond Maël bij de deur van de badkamer. 'Ik vind sowieso dat Gurvan meer verantwoordelijkheden over kan nemen. Hij is echt goed geworden. Ik ben blij dat we hem hebben.'

Ze trok stevige schoenen aan, schoot haar gewatteerde jas aan en verliet het huis. De plensbui had plaatsgemaakt voor fijne motregen en opgelucht trok ze haar capuchon over haar hoofd. Hoewel het eb was, beukte de branding aan de andere kant van de muur krachtig tegen de rotsen. Snel liep ze door het park en verliet de Jardin aux Camélias via de grote houten poort. Bij de menhir aangekomen, kon ze de landbrug overzien. Donkere wolken, paars oplichtend in het eerste ochtendlicht, joegen vanuit het westen in de richting van het vasteland. De door de sterke wind veroorzaakte zeegang smeet hoge golven tegen de rotsen, maar de dam was begaanbaar. De motregen stopte en ze slaakte een zucht van verlichting.

Het duurde niet lang of ze kon de koplampen van een enorme vrachtwagen onderscheiden, die het eiland naderde. Dat moest de cementmixer zijn, erachter volgde het busje van de hoofdopzichter met de bouwvakkers. Ineens zag ze dat de vrachtwagen stopte. Wat was er aan de hand? Hopelijk was er niets met de dam. Pierrick had haar verzekerd dat de landbrug sterk genoeg was om de zware bouwmachines te dragen. Tot haar opluchting zette de colonne zich weer in beweging.

Het begon steeds lichter te worden en ze zag Pierrick uit de cameliatuin komen. Hij ging naast haar staan.

'Jij hoeft hier niet buiten te wachten,' zei hij. 'Dat doe ik wel. De hoofdopzichter is er immers ook nog.'

'*Bonjour*, Pierrick.' Ze gaf hem ter begroeting een zoen op beide wangen. 'Je kent me toch. Ik ben er graag bij. Zo'n complex bouw je niet elke dag, *n'est-ce pas*?'

Zwijgend liepen ze het konvooi tegemoet tot het van de dam het eiland op reed en ten slotte naast hen tot stilstand kwam. Het passagiersportier ging open en ze dacht dat ze haar ogen niet geloofde. Twee sterke armen reikten haar een trappelende jongen aan. De man in de vrachtwagen was verschrikkelijk aan het tieren.

'Als je nu niet meteen rustig bent,' brulde hij, 'dan laat ik je vallen, hoor je me?'

Met een plof viel Noah in Sylvia's armen. Zijn windjack was volledig doorweekt. Net als op de dag dat hij aankwam, droeg hij zijn felgekleurde rugzak waar de kop van het pluchen aapje uit stak.

'Wat is er gebeurd?' riep Sylvia naar boven naar de vrachtwagencabine. Het lukte haar amper om de spartelende Noah vast te houden. 'Hoe kom jij in vredesnaam in die vrachtwagen?' zei ze tegen de jongen.

Er verscheen een groot hoofd met kort stoppelhaar in het bijrijdersportier. 'Die dreumes hebben we op de dam opgepikt, madame,' legde de man uit. 'Hij kwam ons tegemoet. Beweerde dat hij naar Parijs wilde. Als we hem niet hadden meegenomen, was hij daar nu al.' Er klonk bulderend gelach uit de cabine. 'En waar moet het cement naartoe?'

'Dat doe ik,' zei Pierrick snel. 'Breng jij het weglopertje maar op het droge, Sylvie!'

Dat was gemakkelijker gezegd dan gedaan. Noah trapte met zijn rubberlaarzen tegen haar schenen, hij krabde en beet haar. Bovendien probeerde hij zich uit alle macht los te rukken. Hij was buiten zichzelf. Omdat ze bang was dat hij zich blindelings in zee zou storten als ze hem losliet, hield ze hem vast aan zijn windjack.

'Hou op,' riep ze en ze probeerde tevergeefs zijn schoppen te ontwijken. 'Nu ga je mee de keuken van Solenn in! Daar maken we chocolademelk voor je klaar.'

'Dat wil ik niet,' brulde de jongen en hij trok aan zijn windjack om zich te bevrijden.

Ten slotte zat er niets anders op dan dat ze hem om zijn middel pakte en als een pakketje terugsjouwde naar het grote huis. Halverwege voelde ze haar onderarm zeer doen, hij had haar gebeten.

'*Arrête!*' snauwde ze hem toe. 'Laat dat! Je doet me pijn!'

'Ik wil niet terug naar *maman*,' riep Noah uit.

Even staarden ze elkaar woedend aan.

'Dan kom je met mij mee,' zei ze. 'Maar je kunt niet zomaar

weglopen, Noah. Als je terug wilt naar Parijs, moeten we een andere manier zien te vinden.'

In één klap gaf de jongen zijn verzet op en hij keek haar doordringend aan met zijn groenblauwe ogen, die haar zo deden denken aan die van Maël.

'Waar woon je?'

'Daarginds, aan het eind van het park.'

'En ga je me helpen?'

'We zullen zien wat ik kan doen.'

'Je moet het beloven!'

'Ik beloof niets wat ik niet kan nakomen. Ik zal het proberen. Dát beloof ik je.'

Noah leek na te denken. Zijn blik dwaalde naar het huis van Solenn. In de keuken op de benedenverdieping brandde licht. Maar op de eerste verdieping bij de gastenkamers was alles nog donker.

'Goed,' zei hij en ineens kwam hij heel volwassen over. 'Hoe komen we daar?'

Ze wilde hem bij de hand nemen, maar Noah schudde haar van zich af. In zijn doorweekte windjack met het druipende aapje in zijn rugzak wist hij een waardigheid te bewaren die indruk op haar maakte en haar opnieuw aan Maël deed denken. In Ti Bag aangekomen, kon ze hem overhalen niet alleen zijn rubberlaarzen – het water stond erin – uit te trekken, maar ook zijn windjack en zijn kletsnatte broek. Ze pakte een van haar eigen bermudashorts en samen sjorden ze zijn riem door de lusjes aan de band. Daarna gaf ze hem nog een paar door Rozenn gebreide felgekleurde streepjessokken, stak de open haard aan en zette melk op.

Heimelijk hield ze de jongen in de gaten, die geen woord meer had gezegd sinds ze binnen waren. Lange tijd stond hij voor het model van een zeilboot, een pietepeuterig werkje, met veel liefde gemaakt door Pierrick, die hij hun voor hun huwelijk had gegeven. Noah bekeek hem van alle kanten. Toen ze hem de dampende beker bracht, keek hij amper op.

'Mijn *papa* heeft ook een zeilboot,' verbrak hij uiteindelijk het zwijgen. 'Een tweemaster,' voegde hij er trots aan toe.

'En jij?' informeerde ze. 'Kun jij al zeilen?'

'Natuurlijk,' antwoordde Noah, alsof dat vanzelf sprak. '*Papa* heeft me met kerst een jol gegeven. In juni, als ik jarig ben, gaat hij me laten zien hoe ik daarmee helemaal alleen kan zeilen. Dat heeft hij beloofd.'

Voorzichtig pakte hij de beker en rook aan het dampende vocht.

'Is het met echte melk?' vroeg hij sceptisch.

Ze knikte en Noah proefde ervan. Daarna dronk hij de beker in één teug leeg.

'Heb je honger?' In haar hoofd nam ze de inhoud van de koelkast door. Sinds hun vakantie was ze er nog niet aan toegekomen om boodschappen te doen, bovendien aten ze meestal bij Solenn. Ze liep naar de koelkast en vond een zak met madeleines. Ze had hem nog maar net opengemaakt of Noah nam er al een van.

'*Merci*,' zei hij. 'Mag ik nog wat chocolademelk?'

Ze schonk hem in en nu nam ze zelf ook een halve beker en een madeleine. Een moment lang zaten ze zwijgend aan tafel en vermeden oogcontact. Haar arm brandde op de plek waar hij haar had gebeten, maar ze wilde haar mouw niet opstropen om hem te confronteren met een blauwe plek of wat hij haar ook maar had aangedaan. Ze was opgelucht dat hij nu zo rustig was. En toch was ze bang dat de rust van korte duur zou zijn.

Ten slotte nam hij de laatste slok uit zijn beker en schoof de kruimels op tafel met zijn beide handen bij elkaar.

'Ik wil terug naar Parijs,' zei hij.

'Naar wie wil je toe?'

'Naar mijn vader natuurlijk.' Hij perste zijn mooi gewelfde

lippen op elkaar en keek haar uitdagend aan. 'En zeg nou niet dat die... die tuinman mijn vader is. Dat is een leugen.'

'Waar is je vader dan? Waar woont hij?'

'Dat zei ik toch al,' zei hij kribbig. 'In Parijs.'

Ze dacht aan het dreigement van Chloé dat ze Maël de jongen weer af zou nemen. Het kon geen kwaad om te weten waar Noahs vader woonde.

'Weet hij waar je bent?' vroeg ze.

Noah staarde voor zich op de tafel, daarna haalde hij zijn schouders op en liet ze weer vallen. 'Geen idee,' zei hij en hij veegde met zijn vuisten over zijn ogen. Ontzet begreep ze dat hij tegen zijn tranen vocht.

'Moet je horen, Noah,' zei ze vriendelijk. 'Wat vind je ervan als we je vader opbellen? Dan kun je tegen hem zeggen dat je naar huis wilt. Dan kan hij het oplossen met je moeder en... Nou ja, dan komt hij je misschien ophalen. Wat vind je daarvan?'

Met zijn wijsvinger tekende hij patronen in de kruimels op tafel. Hij leek diep na te denken. Daarna keek hij op.

'Kun je me niet naar hem toe brengen?'

Het was meer een smeken dan een eisen en ineens kreeg ze enorm medelijden met het jochie. Wat was er toch gebeurd voor Chloé met haar zoon in de auto was gestapt en ervandoor was gereden?

'Het is best ver naar Parijs,' zei ze. 'En ik wil die reis niet graag maken als ik niet weet of we wel welkom zijn bij je vader.' Ze wachtte even en observeerde zijn gelaatsuitdrukking. Hij tuitte zijn lippen en trok een pruilend gezicht. Het kwam niet echt over alsof hij ervan overtuigd was dat zijn vader blij zou zijn als hij ineens voor de deur stond.

'*Papa* was heel boos,' vertelde hij na een tijdje aarzelend. 'Maar... ik weet helemaal niet waarom. Ik heb niets gedaan en ineens...'

Hij wendde zich af, nog steeds vechtend tegen de tranen. Ze

hield haar adem in. Dacht Noah soms dat híj de reden voor de ruzie was geweest? In zekere zin was hij dat inderdaad. Alleen dacht de jongen kennelijk dat hijzelf iets verkeerd had gedaan en peinsde hij zich suf wat. En hoe hij dat weer goed kon maken.

'Weet je wat?' zei ze. 'We gaan hem gewoon opbellen. Misschien is hij inmiddels gekalmeerd en maakt hij zich zorgen om je. Wat vind je daarvan?'

Hij snotterde en onopvallend legde ze een papieren zakdoekje voor hem neer. Hij snoot zijn neus uitgebreid en leek te worstelen met zichzelf.

'Ik heb hem al zo vaak gebeld,' fluisterde hij ten slotte wanhopig. 'Hij neemt gewoon niet op.'

'Met je mobieltje?' vroeg ze en hij knikte somber. 'Laat ik het dan eens met mijn telefoon proberen,' stelde ze voor en ze pakte haar eigen toestel. 'Lees jij het nummer op?'

Tot haar opluchting zei Noah de cijfers op en zij typte ze in. Haar hart begon te bonzen toen de kiestoon klonk.

'Hoe heet je vader eigenlijk?' vroeg ze.

'Alain Dufèvre,' fluisterde hij.

Na drie keer overgaan nam een mannelijke stem op met een kort '*Allô?*'

'Spreek ik met monsieur Alain Dufèvre?'

'Ja,' luidde het ongeduldige antwoord. 'Wat kan ik voor u doen?'

'Uw zoon wil u graag spreken,' zei ze, terwijl ze Noah aankeek, die haar met grote ogen gefascineerd aanstaarde. Alain aarzelde even en ze vond dat ze daar gebruik van moest maken. 'Ik ben Sylvia Riwall. Noah is hier bij ons in Bretagne. Hij heeft me gevraagd u op te bellen. Wilt u hem spreken? Ik denk dat het echt goed zou zijn om...'

'Dat is niet nodig, madame,' onderbrak de man haar. 'Ik weet niet hoe Noah uitgerekend bij u terecht is gekomen, maar... feit is dat ik geen zoon heb. *Au revoir...*'

'Een moment, monsieur,' drong ze aan. 'Hangt u alstublieft niet op. Wat ook uw relatie is met Chloé... het gaat hier om een jongen en die is heel ongelukkig. Dat zal u toch niet koud...'

Ze dacht te horen dat de man aan de andere kant van de lijn diep in- en uitademde.

'Hoe eerder hij het begrijpt, hoe beter,' zei hij ten slotte. 'Ik ga niet met hem praten. Dat maakt het allemaal alleen nog maar erger. Tot ziens, madame. En belt u me alstublieft niet meer op.'

Hij had opgehangen. Noah keek haar met grote ogen verwachtingsvol aan en ze wist niet hoe ze het hem moest vertellen.

'Wat zei hij?' vroeg de jongen ademloos.

Ze slikte. Haar mond was kurkdroog. Daarna besloot ze eerlijk te zijn. Noah was al veel te lang voorgelogen.

'Hij wil niet met je praten,' zei ze en vol medelijden zag ze hoe het gezicht van het kind vertrok.

'Ik moet naar huis,' jammerde hij. 'Ik moet het hem zelf uitleggen, van man tot man. Dat heeft hij altijd gezegd. Er is niets wat twee verstandige mannen niet samen kunnen oplossen. Ik moet naar Parijs, dat moet gewoon!'

Noah legde zijn onderarmen op de tafel, ging er met zijn hoofd op liggen en begon te snikken. Er werd stevig op de deur gebonsd en omdat Sylvia en Maël die nooit op slot deden, stormde Chloé al binnen. Noah veranderde op slag. Hij veegde zijn tranen af en ging kaarsrecht zitten. Op Sylvia kwam het over alsof hij zijn verdriet verborg achter een vijandige, maar beheerste façade.

'Hier ben je,' riep zijn moeder opgelucht uit. 'Ik was je verdomme op het hele eiland aan het zoeken en...' Ze keek Sylvia aan. 'Waar heb je hem gevonden? En wat heeft hij eigenlijk voor kleren aan?' Ze nam haar zoon van top tot teen op.

'Noah was een beetje verregend,' legde Sylvia uit, een snelle blik op Noah werpend. 'Zijn kleren waren nat. Ik heb ze opgehangen om te drogen, hier zijn ze.'

Chloés blik dwaalde van de kletsnatte broek naar haar zoon

en daarna keek ze om zich heen in de hal. Haar ogen werden groot van verbazing, alsof ze zo'n bijzondere, smaakvolle sfeer hier, in het verste hoekje van de cameliatuin, nooit had verwacht.

'Ga toch zitten, Chloé,' stelde Sylvia beleefd voor, maar Noah was al van zijn stoel gegleden.

'Laten we gaan, *maman*,' zei hij op zijn eigenaardig volwassen manier en hij wierp Sylvia daarbij een blik toe waaraan ze van alles meende te kunnen aflezen: onmetelijk diep verdriet, maar ook dankbaarheid en iets samenzweerderigs. Kennelijk waren ze het er stilzwijgend over eens dat ze het telefoontje naar Parijs of Noahs vluchtpoging tegenover Chloé niet zouden noemen. En Pierrick zou vast niets verklappen.

De jongen liep nog een keer naar het model van de zeilboot en aaide zacht over de masten.

'Hoe ben je toch zo nat geworden?' informeerde Chloé verwijtend.

'Geen idee hoe dat gebeurd is.' Noah trok zijn rubberlaarzen aan. 'Ik ben wat gaan wandelen en toen ging het regenen.' Daarna wendde hij zich tot Sylvia en zei beleefd: 'Bedankt voor de chocolademelk.'

'Graag gedaan,' zei ze glimlachend. 'Kom gerust weer eens langs als je zin hebt.'

De deur viel achter de twee in het slot. Sylvia zat nog een hele tijd aan de grote tafel van scheepsplanken na te denken. Ten slotte sloeg ze het telefoonnummer van Alain Dufèvre op. Ze moest erachter zien te komen wat er tussen hem en Chloé was voorgevallen. Het loste niets op om de jongen tegen zijn wil op het eiland vast te houden. Hij had opheldering nodig van de man die hij zijn hele leven als zijn vader had beschouwd. Een kind verandert van kleding en desnoods ook van omgeving, dacht ze. Maar niet van vader.

Ze zuchtte. Dat moest Maël begrijpen. Hoe moeilijk het voor hem ook mocht zijn.

10

De slang

Nog drie vrachtauto's met cement staken de dam over en stortten hun lading in de bekisting van de fundamenten. Gelukkig bleef het droog. Tot haar opluchting stelde Sylvia vast dat de hoofdopzichter alles onder controle had en dat ze haar voorlopig niet nodig hadden. Op kantoor lag genoeg werk te wachten om haar de komende dagen bezig te houden en zo werd het middag voordat ze de keuken van Solenn binnenging.

Haar resolute Bretonse vriendin was bezig achter het oude fornuis en Sylvia kon aan het gerammel met de pannen horen hoe woedend ze was. Chloé zat aan de keukentafel en leek te wachten tot haar een bord met eten werd voorgezet, terwijl Noah bleek en in zichzelf gekeerd naast haar zat, gebogen over zijn smartphone.

'*Salut*,' begroette Sylvia Solenn, ze gaf haar *bisous* op haar wangen en voelde hoe gespannen ze waren. '*Ça va?*' Solenn snoof, rolde met haar ogen en wierp een veelzeggende blik op hun gasten. 'Alles goed met jullie?' vroeg Sylvia nadrukkelijk beleefd aan de twee aan tafel. 'Dan gaan we nu Solenn helpen met tafeldekken. Noah, breng jij je smartphone naar je kamer? Dat hebben we liever niet aan tafel. En daarna help je mij met het bestek, oké? Chloé, het servies staat daarboven in de vitrinekast. Eten we vandaag soep, Solenn? We hebben dus diepe en platte borden nodig.'

Tot haar opluchting stond Noah nog op ook en hij liep naar de deur.

'Jullie internetverbinding is echt ruk,' zei hij nog verwijtend in de richting van Sylvia, daarna liep hij de deur uit. Je hoorde hem de trap op stampen.

Zijn moeder maakte geen aanstalten om in beweging te komen.

'Dit is geen hotel, Chloé. Het zou aardig van je zijn als je meehielp,' zei Sylvia vriendelijk maar beslist, terwijl ze servetten uit een la haalde. Iedereen aan tafel had zijn eigen zilveren servetring, nog iets uit Lucies tijd, met een stoffen servet erin. Ze hadden allemaal verschillende ingegraveerde motieven: die van Pierrick bijvoorbeeld een boot en die van de tuinmannen verschillende bloemen. Ze zocht in de la naar twee ringen die nog niet in gebruik waren. Zou Noah die met de meeuw leuk vinden? Als de jongen vleugels had, was hij vast allang weggevlogen… Haar blik viel op Chloé, die nog steeds aan tafel zat alsof dit haar allemaal niet aanging. 'Als je hier wilt wonen, verwachten we van je dat je meehelpt en je niet door Solenn laat bedienen.'

Er vloog een geamuseerd glimlachje over Chloés verzorgde en zoals altijd zorgvuldig opgemaakte gezicht. Ze ging nadrukkelijk langzaam staan.

'*Eh bien*,' zei ze ironisch. 'Ik zie dat je een typisch Duits regime hebt ingevoerd…'

'Hou je kop,' snauwde Solenn haar toe. 'Doe wat Sylvia zegt. Anders krijg je met de Bretonse zeden te maken. En geloof me, die zijn heel wat minder beleefd.'

Chloé liet een schel lachje horen, liep naar de vitrinekast en haalde de borden eruit. 'Waar ben ik terechtgekomen,' merkte ze geamuseerd op, terwijl ze de tafel begon te dekken. 'Thuis had ik daar een huishoudster voor.'

'Ga dan weer terug,' zei Solenn boos. 'Niemand die je tegenhoudt!'

Chloé glimlachte poezig. 'Jij misschien niet,' snorde ze. 'Maar Maël heeft me gesmeekt om te blijven. Alleen om die reden…'

Pas nu merkte Sylvia dat Noah was teruggekomen.

'*Maman*,' zei hij en hij trok aan Chloés mouw. 'Die mevrouw heeft gelijk! Waarom gaan we niet naar huis? Wat moeten we hier? Ik moet naar school. Ik krijg grote problemen als...'

'Jij gaat hier naar school, *mon petit lapin*,' legde Chloé uit. Geschrokken zag Sylvia het gezicht van de jongen veranderen.

'Hier?' riep hij ontzet uit. 'Maar hier is toch helemaal geen school. Hier is helemaal niets! Ben je niet goed wijs...'

'Stil!' onderbrak Chloé hem streng. 'Waar zijn je manieren gebleven?'

Noah zag eruit alsof hij de borden het liefst van tafel zou vegen, hij balde zijn vuisten, stak zijn kin vooruit en zweeg. Zijn blik dwaalde door de keuken en bleef bij Sylvia hangen, daarna stormde hij de keuken uit en denderde de trap op. Met een knal viel de deur boven in het slot.

'Wat is hier aan de hand?' vroeg Maël die net binnenkwam, zijn werkjas uittrok en hem aan het haakje naast de deur hing.

'Je zoon heeft een woedeaanvalletje, verder niets,' zei Chloé luchtig en ze rammelde met de borden.

'Ik denk dat we met elkaar moeten praten,' zei Sylvia beslist. 'Meteen na het eten. Wij vieren: mijn man, Solenn, jij en ik. Zo gaat het niet verder. Als je hier met Noah echt permanent wilt gaan wonen, ben je ons een paar verklaringen schuldig, madame Dufèvre.'

Chloé keek geïrriteerd op. Kennelijk had ze niet verwacht dat Sylvia haar achternaam kende.

'Goed idee,' luidde Maëls bevestiging van haar voorstel. 'En Noah moet er ook bij zijn, toch?'

Chloé leek er iets tegen in te willen brengen, en ook Sylvia wist niet zeker of het wel een goed idee was als de jongen op die manier te weten zou komen dat zijn leven in puin lag. Maar toen ging de deur naar de binnenplaats open en de voorjaarswind waaide de vrolijke stemmen en het gelach van het personeel de keuken binnen. De nieuwe leerling Iven had zijn haar in navolging van Coco en Gurvan laten verven: het was feloranje.

'Mijn hemel,' riep Solenn gespeeld ontzet uit. 'Rood, oranje en groen. Ik denk dat ik maar eens een hartig woordje met Fleurette moet wisselen.'

'Misschien gaat ze jouw haar ook wel verven, als je de volgende keer naar haar toe gaat,' zei Coco spottend en ze veegde over haar rode haarstoppels.

'Waar het jou nog aan ontbreekt,' zei Pierrick tegen Iven, 'dat zijn die metalen dingen in je gezicht.'

'Wacht maar,' zei Gurvan grijnzend terug. 'Dat komt nog wel.'

Terwijl ze schoven met hun stoelen en plaatsnamen, vroeg Sylvia Chloé om Noah te halen. Alleen zij en Solenn leken op te merken dat hij pas na de soep met behuilde ogen aan de hand van zijn moeder weer de keuken binnenkwam.

Sylvia's hart kromp ineen toen ze zag dat de jongen dapper tussen Chloé en Pierrick ging zitten, al zag je aan hem dat hij zou willen dat hij ver weg was. Zo hoorde ze maar met een half oor wat Maël haar over de plaagorganismen in kas vier vertelde.

'Dat is me al een eeuwigheid niet meer overkomen,' zei hij. 'Ik ben bang dat we de hele kas moeten ruimen en maatregelen moeten treffen. Ik hoop dat het zonder gif lukt.'

'Hoeveel planten zijn er eigenlijk aangetast?' informeerde ze. Ze zag dat Pierrick Noah aansprak, die zijn voorhoofd fronste en zichtbaar stuurs reageerde. Ze verstond alleen niet wat de oude man tegen het jochie zei. En misschien verstond Noah ook niet alles, want Pierrick had een sterk Bretons accent.

'Tegen de honderd,' zei Maël. 'Maar zit er niet over in. Dat gaat lukken.'

De borden werden al op elkaar gestapeld en Solenn zette een groot bakblik met boterkoek op tafel.

'Als je wilt,' hoorde ze Pierrick zeggen, 'kun je meekomen en helpen.' Noah maakte een weifelende indruk toen Pierrick zijn stoel achteruitschoof en opstond. 'Wat zeg je, *petit copain?*' vroeg hij de jongen. 'Zullen we de koek meenemen naar de werkplaats?'

'Goed,' antwoordde Noah en hij gleed van zijn stoel.

Nu wendde Pierrick zich tot de vrouw des huizes: 'Solenn, zou jij zo lief willen zijn en twee flinke stukken voor ons willen inpakken?'

'Waar gaan jullie naartoe?' vroeg Chloé geërgerd.

'We zijn bezig met het repareren van een boot,' legde Noah uit.

'Zo is het, madame,' luidde Pierricks bevestiging, terwijl hij de koek die Solenn in een theedoek had gewikkeld in de diepe zak van zijn jas stopte. 'Wat goed dat ik nu een hulpje heb. Kom, Noah!'

'Maar ik ben geen hulpje,' zei Noah koppig toen ze al bij de deur waren.

'Niet?' vroeg Pierrick ernstig. 'Wat jammer. Dat is namelijk heel belangrijk werk, een hulpje weet altijd precies welk gereedschap hij moet aangeven, zo iemand heb je niet zomaar gevonden. Jammer, ik had gedacht dat jij zo'n jongen was.'

Noahs ogen begonnen te twinkelen. Vastberaden pakte hij zijn windjack van het haakje.

'Natuurlijk kan ik dat,' verzekerde hij. Daarna trok hij de deur met een klap achter hen dicht.

Coco, Gurvan, Gwen en Iven dronken hun koffie op en gingen weer aan het werk. Aan tafel bleven Solenn, Maël, Sylvia en Chloé zitten.

'Nog meer koffie?' Solenn wilde al opstaan, maar Sylvia legde haar hand op haar arm en trok haar terug op haar stoel.

'Ik denk dat we allemaal genoeg hebben gehad, dank je wel,' zei ze zacht. 'Wat we nu nodig hebben is duidelijkheid.' Ze keek Chloé aan, de oogleden van de vrouw trilden even voordat ze haar ogen neersloeg. 'Het zou fijn zijn,' vervolgde ze, 'als je ons zou kunnen vertellen hoe jij jullie toekomst voorstelt.'

Chloé keek naar Maël om steun, maar die maakte geen aanstalten om haar bij te springen. Ze beet op haar onderlip.

'Ik weet het niet,' gaf ze toe, en ze wierp Maël een week makende blik toe. 'Ik... Het kwam allemaal als zo'n... complete verrassing.' Er glommen tranen in Chloés grote ogen. 'Ik ben het zelf immers pas een paar dagen geleden te weten gekomen.'

'Dat Noah niet de zoon van je man is?' vroeg Sylvia. 'Heb je dan echt nooit... ik bedoel zelfs niet het geringste vermoeden gehad?'

Chloé schudde heftig haar hoofd en haalde een spierwitte zakdoek uit haar zak. Gracieus snoot ze haar neus en depte haar ogen.

'Dat kan ik haast niet geloven,' mompelde Solenn en misprijzend sloeg ze haar armen over elkaar.

'Wat weet Noah eigenlijk van dit alles? Wat heb je hem verteld?' vroeg Sylvia voorzichtig.

Chloé zette een pruilmondje op en stak haar kin vechtlustig in haar richting. 'De manier waarop je me verhoort, vind ik niet prettig...'

Nu mengde Maël zich in het gesprek. 'Niemand verhoort je,' zei hij. 'Net als Sylvie ben ik van mening dat...'

'Sylvie, Sylvie, Sylvie,' barstte Chloé los. 'Alles draait hier om Sylvie. Heb je zelf nog wel een mening?'

Ineens werd het heel stil in de keuken. Alleen het druppen van de kraan en het zoemen van de koelkast waren te horen. Sylvia's hart bonsde zo dat het bijna explodeerde. Ze had niet gedacht dat het zo snel tot een machtsstrijd zou komen. Maar beter nu dan later. Alles hing nu van Maëls antwoord af.

'Weet je, Chloé,' zei hij na een tijd en ze schrok van de kilheid in zijn stem. 'Het liefst had ik je allang van het eiland gejaagd. De enige reden dat je hier mag zijn is Noah. Jij vindt andere dingen misschien belangrijker, maar Sylvia en mij gaat het om het welzijn van de jongen. Geef dus antwoord op onze vragen, zodat we je kunnen helpen om een oplossing voor je problemen te vinden.'

Chloés bleke gelaatskleur werd nog doorschijnender en ineens zag ze er weer heel gevoelig uit. 'Ik heb Noah de waarheid verteld,' legde ze met trillende stem uit. 'Dat zijn vader... ik bedoel Alain... niets meer met hem te maken wil hebben. Dat ik voor ons huwelijk een andere man heb gekend die in werkelijkheid zijn vader is. En dat we naar hem toe zouden gaan.'

Sylvia hield van schrik haar adem in. 'Je hebt tegen Noah gezegd dat zijn vader niets meer van hem wil weten?'

'Dat is de waarheid,' zei Chloé fel. Dikke tranen rolden uit haar bruine ogen, vervaagden het perfecte lijntje om haar ogen en spoelden de mascara uit haar wimpers. 'Dat heeft hij gezegd. Dat hij ons allebei niet meer wil zien. Dat hij geen zoon meer heeft.'

Chloé huilde ongeremd in haar zakdoek en Sylvia wist niet zeker wat gespeeld was en wat echt. Natuurlijk, deze situatie moest vreselijk zijn voor een vrouw. Maar had ze dat een jongen van zeven niet wat tactischer bij kunnen brengen? Ze zag Noahs vertwijfelde blik weer voor zich, terwijl ze met Alain had gebeld.

'Heeft de jongen de ruzie gehoord?' vroeg ze met doffe stem.

Chloé schudde haar hoofd. 'Hij zat op zijn kamer,' antwoordde ze snikkend. 'De dag daarna heb ik hem van school opgehaald en toen... zijn we hiernaartoe gereden. In de auto heb ik hem alles uitgelegd.'

Sylvia wisselde een blik met Maël. Hoe moest Noah dat in vredesnaam begrijpen?

'Dat betekent,' informeerde ze voorzichtig, 'dat Noah dus helemaal geen kans heeft gehad om afscheid te nemen van de man die hij zijn hele leven als zijn vader heeft beschouwd?'

Ze zag dat er bij Maël iets veranderde. Hij was heel bleek geworden, alsof hij nog helemaal niet aan die mogelijkheid had gedacht. De gedachte een zoon te hebben, had hem kennelijk zo in beslag genomen, dat hij alle andere dingen die ermee samenhingen volledig had uitgeschakeld. Nu werd hem echter duidelijk wat dat voor Noah moest betekenen.

'Hij zal er wel aan wennen,' merkte Chloé op.

Ze was weer gekalmeerd, haalde een spiegeltje uit haar tas en veegde met haar zakdoek de zwarte sporen om haar ogen weg, terwijl Solenn haar vol afschuw aanstaarde.

'Ik kan begrijpen dat Alain zo... woedend reageerde,' zei Sylvia. 'Maar is het niet mogelijk of zelfs waarschijnlijk dat hij op een gegeven moment kalmeert en er dan anders over gaat denken? Hij koestert toch vast ook vaderlijke gevoelens voor Noah...'

'Alain wil alleen maar de baas spelen,' onderbrak Chloé haar. Ze stiftte haar lippen bij en stopte vervolgens alles weer in haar handtas. 'Als hij iets heeft besloten, dan kan niets hem meer tot andere gedachten brengen. En mocht hij echt spijt hebben van zijn gedrag... tja, dan ben ik de laatste die medelijden met hem heeft, gezien de manier waarop hij mij heeft behandeld.'

Maël maakte een onthutste indruk. Misschien, dacht Sylvia, stelde hij zichzelf zonet voor hoe híj zich zou voelen als zijn zoon na zeven jaar bij hem werd weggehaald. Als híj moest horen dat hij helemaal niet de vader was. En de jongen van de ene dag op de andere zou verdwijnen.

'Het gaat ons immers in eerste instantie helemaal niet om je man,' stelde Sylvia. 'Het gaat om Noah. Hoe moet hij Maël in vredesnaam accepteren als hij volgens hem al een vader heeft?'

Een paar tellen zei niemand iets. Daarna verbrak Solenn het stilzwijgen.

'Wat er is gebeurd, is nu eenmaal gebeurd,' zei ze. 'Veel belangrijker is hoe het nu verder moet. Wil je met de jongen hier op het eiland blijven? Moet hij echt hier naar school, heb je daar goed over nagedacht? En jijzelf dan? Je kunt hier niet eeuwig bij mij in de keuken zitten te niksen. Je zult werk moeten zoeken. Wat voor opleiding heb je?'

Chloé staarde Solenn aan alsof ze Chinees sprak. Daarna wendde ze zich tot Maël.

'Jij gaat voor ons zorgen,' stelde ze alsof dat een uitgemaakte zaak was.

'Voor Noah wil ik met alle liefde zorgen,' zei Maël. 'Maar je eigen levensonderhoud zul je zelf moeten verdienen. Of de man met wie je getrouwd bent. Zo is dat wettelijk nu eenmaal geregeld.'

Nu was het aan Sylvia om verbaasd te zijn. Had Maël dat allemaal al doordacht? Chloé keek hem aan alsof ze een steen wilde vermurwen. Hij bleef haar aankijken, zonder ook maar een spier te vertrekken.

'Kom op, Chloé,' zei hij nu zelfs meesmuilend. 'Je zult toch wel iets geleerd hebben. Was je toen niet aan het studeren?'

'Met een kind?' vroeg ze verwijtend terug, alsof het allemaal alleen Maëls schuld was. 'Zie je dat voor je? We zijn zo snel mogelijk getrouwd.'

'Hoe dan ook, jij gaat je bijdrage aan het huishoudgeld leveren, Chloé,' zei Sylvia. 'Hoeveel, dat moeten Solenn en ik nog uitrekenen. En wat werk betreft... Misschien kun je op het vasteland iets vinden, op de tijden dat Noah op school zit. Er zijn daar een paar hotels die misschien een receptioniste nodig hebben...'

'En het bezoekerscentrum?' vroeg Maël alsof dat het verlossende idee was. Tevergeefs probeerde Sylvia hem met haar ogen duidelijk te maken dat ze liever niet wilde dat hij doorging op dat onderwerp. Wilde hij zo'n verantwoordelijke taak, in het hart van hun gezamenlijke bedrijf, echt aan die vrouw overdragen? Maar hij leek haar hint niet op te merken. 'We zoeken nog iemand die dat zou kunnen leiden, toch?'

'Dat zien we dan nog wel.' Sylvia stond op. 'Het duurt immers nog even. Eerst moet het bezoekerscentrum nog gebouwd worden. En tot die tijd hebben we vast de gelegenheid elkaar beter te leren kennen om te kijken of dat geschikt werk voor je zou zijn.'

Chloé keek haar aan met de blik van een kat die een lekker hapje op een gemakkelijk te bereiken tak had ontdekt en er alleen nog over nadacht van welke kant ze het beste kon aanvallen.

Die middag belde een klant uit Parijs, die al vaker camelia's als bijzonder cadeau voor zakelijke contacten had besteld.

'Hebt u iets heel speciaals voor mij?' vroeg hij Sylvia. 'Ditmaal betreft het de verloving van mijn dochter, zij wilde graag zo'n boompje. Het moet echt iets unieks zijn.'

Ze beloofde dat ze zich er persoonlijk over zou ontfermen en omdat de verloving al volgend weekend was, besloot ze achter haar bureau weg te gaan en zelf naar de velden met de camelia's te rijden. Bij de kassen zocht ze Maël echter tevergeefs.

'Hij is op het vasteland,' vertelde Gurvan die er net mee klaar was om de geruimde kas met hogedruk af te spuiten. 'We hebben nematoden nodig en die kun je alleen in Brest krijgen.'

'Wat zijn nematoden?' vroeg ze verbaasd.

'Draadwormen.' Zoals altijd was de tuinman kort van stof. Hij trok zijn beschermende kleding uit en schoot het oude legervest aan dat hij meestal droeg. 'Die vreten de larven van die beestjes op. Dan heb je geen gif nodig.'

'En dat werkt echt?'

'De *patron* zegt het, dus dan is het zo.'

Gurvans stem klonk respectvol, hij vereerde Maël, wat haar altijd voor hem had ingenomen. Ze vroeg hem om advies met betrekking tot een bijzondere cameliaboom en hij nam haar mee naar kas twee, waar de kleinere hoogstambomen ondergebracht waren.

'*Esme Spence*,' zei hij en hij wees op een mooi uitgegroeide boom. 'Die hebben we niet vaak in die groeivorm. Is sterk geurend.'

Peinzend bekeek ze de camelia. Die was mooi, daar was geen twijfel over. Maar zou de klant het bijzondere ervan inzien? Iets opvallenders was misschien beter.

'Wat hebben we van Maëls cultivars in die grootte?' vroeg ze. Gurvan krabde aan een van zijn piercings, haalde uit een van de vele zakjes van zijn vest een kauwgumpje en fronste zijn voorhoofd.

'Ken je de *Feu Breton*?' vroeg hij en ze beaamde dat enthousiast.

Natuurlijk kende ze die. Dat was de camelia die Maël haar tijdens haar allereerste bezoek aan de kwekerij, jaren geleden, had laten zien. Toen had de plant zijn eerste crèmekleurige bloem geopend, met een hart dat karmozijnrood gloeide als vuur. Daarna had Maël haar voor het eerst gezoend en ook al had ze de turbulente ontwikkelingen die op die eerste zoen waren gevolgd graag overgeslagen, haar hart bonsde nog altijd van opwinding als ze terugdacht aan die dag.

'O, dat klinkt goed,' zei ze geestdriftig. 'Die zal de klant vast mooi vinden. Waar staat die?'

'Hiernaast.' Gurvan liep voorop. 'Moet je kijken, je kleine *Sylviana's*.' De tuinman was bij een tafel in de buurt van de uitgang blijven staan en wees op vijf compacte planten. 'Een ervan heeft zelfs al een knop.'

'Maar Gurvan,' riep ze geschrokken uit. 'Waarom staan die niet in de dubbel beveiligde kas, achter bij het kantoor?'

'Vanwege het licht hier,' legde hij uit. 'Dat doet ze goed. Je ziet immers dat ze al...'

'Dat is veel te gevaarlijk. Je weet hoe streng onze contractvoorwaarden zijn. Als ooit een van de planten het eiland verlaat...'

'Dat gebeurt niet,' probeerde Gurvan haar gerust te stellen. 'Ik ben er immers. Coco en ik passen erop. Maak je geen zorgen. Bovendien...'

Hij stopte en leek naar woorden te zoeken.

'Wat bedoel je, Gurvan?' vroeg ze ongeduldig.

'Nou ja, het is best… Ik bedoel… is het niet interessant… Ik heb nog nooit…' Weer stopte hij en hij zat opnieuw aan het metalen ringetje door zijn lip. Kennelijk was het daar ontstoken.

'Breng ze alsjeblieft weer terug naar de oude kas,' zei ze. De omstandige manier waarop hij het uitlegde, begon haar op de zenuwen te werken.

'Komt goed,' verzekerde de tuinman haar haast een beetje beledigd.

Maar echt gerustgesteld was ze niet. Ze besloot diezelfde avond Maël nog te spreken. De planten, allemaal stekken van de grote boom die ze net aan Madeira hadden verkocht, moesten absoluut veilig worden ondergebracht. Eigenlijk hadden ze allemaal vernietigd moeten worden, maar dat had niemand van hen over zijn hart kunnen verkrijgen.

Bij de aanblik van het perfect uitgegroeide cameliaboompje dat Gurvan haar in de kas ernaast liet zien, viel echter alle bezorgdheid van haar af. Hoewel het seizoen zo langzamerhand bijna voorbij was, prijkten er in het nachtgroene loof nog veel prachtige bloemen.

'Die is precies goed,' zei ze tegen Gurvan. 'Kun je de plant meteen klaarmaken voor transport en meenemen als je vanavond komt eten? Dan bestel ik voor morgenvroeg de expresboot.'

De aanblik van de *Feu Breton* had bij haar oude herinneringen gewekt. Ineens was alles er weer: haar verwarring toen ze bij haar aankomst een vervallen bedrijf had verwacht en in plaats daarvan een betoverende cameliakwekerij had aangetroffen. En dat was niet het enige. Te midden van die heerlijke planten had ze de man van haar leven ontmoet en ze was op slag verliefd geworden.

Toen ze op de terugweg bij de splitsing kwam die je als je hier niet bekend was niet snel opmerkte waar de door weer en wind glad gepolijste rotsweg naar het zuiden liep, reed ze die spontaan af tot aan het eind van de in de kolkende zee stekende landtong. Hier had Maël haar indertijd mee naartoe genomen en hier hadden ze voor het eerst de liefde bedreven.

Toen ze uitstapte greep de wind haar met volle kracht en al woonde ze nu al zo lang op het Atlantische eiland, de heftigheid daarvan verraste haar steeds opnieuw. Hij kwam uit het westen en joeg bolle wolkjes voor zich uit. Op de plekken waar het zonlicht op het opstuivende schuim van de brekende golven viel, was hier en daar even een vage regenboog te zien. Op de naar het vasteland gerichte flank van de rots was een pad naar beneden. Dat volgde ze en al na een paar meter bevond ze zich in de luwte. Ze had al lang niet meer de tijd genomen om hiernaartoe te gaan, al helemaal niet samen met Maël. De laatste keer was kort na hun huwelijk afgelopen zomer geweest.

Ze kende elke stap en algauw had ze de beschutte plek bereikt waar zich achter rotsen een door de golven uitgespoeld, natuurzeebad verborg. Afhankelijk van de luimen van de getijden bedekte een laag ragfijn zand hier de rotsige bodem om het bassin, dat in de winter door de vloed werd weggenomen en in het voorjaar als bij toverslag weer terugkwam.

De zee geeft en de zee neemt, zei Maël altijd en dat jaar had de zee zijn glinsterende geschenk alweer over de scherpe rotsbodem aangespoeld. Maar iets klopte er niet.

Ze keek om zich heen en ineens wist ze wat het was: in het fijne zand waren sporen.

'*Salut*, Sylvie,' klonk ineens een vrouwelijke stem. Ze schrok zich bijna dood. Tegen een rots geleund, half aan het zicht onttrokken, zat Chloé op een handdoek. Ze grijnsde vanonder haar zonnebril. 'Hier ben je ook nergens veilig voor jou, *mon Dieu!* Je laat me schrikken.' Daarna lachte ze en klopte met haar hand op het vrije stuk handdoek naast zich. 'Kom,' zei ze bemoedigend. 'Ga bij me zitten. Misschien moet het ook wel zo zijn. Zullen we de strijdbijl begraven?'

Sylvia ging iets bij haar vandaan in het warme zand zitten.

'Hoe ben je hier beneden gekomen?' Ze verkeerde nog steeds in verwarring.

'Tja, via dezelfde weg als jij,' antwoordde Chloé geamuseerd. Sylvia voelde dat ze door de donkere glazen nauwlettend werd opgenomen. Nooit van haar leven had ze Chloé uitgerekend op deze verscholen plek verwacht. Ze kon net zo goed het omgekeerde zeggen: sinds kort was zíj nergens meer veilig voor Chloé.

Daarna vermande ze zich. Chloé had gelijk. Ze hoefden… ach, misschien niet meteen vriendinnen te worden, maar moesten elkaar wel beter leren kennen. In de toekomst zouden ze op de een of andere manier met elkaar moeten kunnen opschieten, dat was onvermijdelijk. Ze zocht net naar een onschuldig onderwerp, toen Chloé met een verdrietige glimlach tegen haar zei: 'Heeft hij je ook hier mee naartoe genomen, meteen de eerste keer?' En ze begon hard te lachen bij het zien van Sylvia's beduusde gezicht. '*Tiens*! Veel fantasie heeft Maël kennelijk niet. Tja, zo'n grote keus aan liefdesnestjes heb je hier op het eiland ook niet, toch?'

Zonder haar gesprekspartner uit het oog te verliezen, zakte Chloé weer achterover in het zand, trok haar ene been omhoog en sloeg het andere eroverheen. Sylvia zat er als versteend bij. Al die herinneringen… was het mogelijk dat ze die deelde met Chloé?

'Ik ben eigenlijk niet zo graag buiten,' kletste Chloé vrolijk verder. 'Alles zit dan altijd vol zand. En dat is hier zo fijn, het kruipt overal in, *n'est-ce pas*? Maar romantisch is het wel, vooral 's nachts bij vollemaan. Hebben jullie dat ook al uitgeprobeerd?' Ze wierp Sylvia een ondoorgrondelijke blik toe, daarna wendde ze zich af. 'Misschien is Noah hier wel verwekt,' vervolgde ze, maar toen had Sylvia er genoeg van. Ze stond op '*Mais attends*... waar wil je naartoe?' riep Chloé uit.

Sylvia klopte het zand van haar broek. Dit kon ze geen minuut langer aanhoren. 'Ik moet ervandoor,' zei ze toonloos en ze ergerde zich aan zichzelf.

Chloé was weer rechtop gaan zitten en sloeg haar nauwlettend gade. 'Jij hebt geen kinderen, hè?' vroeg ze ineens bijna inlevend en het ergste was dat het zelfs gemeend overkwam. 'Had je die soms graag gehad?'

Sylvia wendde zich bruusk af. Ze wilde iets zeggen, maar wist niet wat. Ten slotte mompelde ze 'Tot straks,' en liep zo snel het rotspaadje op als ze maar kon. Het was haar duidelijk dat dat overkwam als een vlucht. En dat was het ook. Ze had Chloés aanwezigheid geen seconde langer verdragen.

Toen ze boven bij haar auto was, had ze steken in haar zij, ze haalde stotend adem. Ze voelde zich gekrenkt en toch zei haar verstand dat er geen reden toe was. Chloé was gewoon een brutale vrouw, die haarfijn de zwakke kanten van de ander aanvoelde. Aan de andere kant schreeuwde alles in haar: hoe kon je dat doen, Maël!

Ze probeerde haar ademhaling onder controle te krijgen en te denken aan wat Veronika gezegd had. Dat het zinloos was om jaloers te zijn op het verleden. Maël had haar toen immers nog helemaal niet gekend. Hij had daar iedereen die hij wilde mee naartoe mogen nemen. En toch, absurd genoeg was ze jaloers. Jaloers en woedend dat die prachtige herinneringen van nu af aan voor altijd verpest waren. Alleen al de gedachte dat hij op dezelfde plek waar zij voor het eerst in zijn armen had gelegen bij Chloé misschien een kind had verwekt, vond ze ondraaglijk.

Ze stapte in en moest twee pogingen doen om de auto te starten, zo boos was ze. Uit voorzorg, misschien kwam Chloé haar immers achterna, reed ze eerst terug tot naar de plek waar het paadje weer uitkwam op de weg. Daarna zette ze de motor af en probeerde te kalmeren. Ze draaide de spiegel naar zich toe en staarde zichzelf aan.

'Je was toen zelf nog getrouwd met Holger,' fluisterde ze naar haar spiegelbeeld. 'Je hebt geen enkele reden om nu door het lint te gaan!'

Toch moest ze hulpeloos toezien hoe haar ogen zich vulden met tranen. Er bruiste zelfmedelijden in haar op en het verstikte haar bijna. Waarom moest deze vreselijke vrouw uit Maëls verleden opduiken? Wat had ze misdaan dat deze last haar werd opgelegd? Waar had ze dit aan verdiend?

Even liet ze haar tranen de vrije loop en ze voelde dat het haar goeddeed. Wie zei er eigenlijk dat ze eeuwig en altijd de verstandigste moest zijn? Langzamerhand werd haar hart weer lichter en haar ademhaling rustiger, haar gedachten klaarden op. Ze stapte uit, deed haar ogen dicht en liet de wind in haar gezicht waaien. Zoals ze vroeger als kind aan de stormachtige Noordzee had gedaan, strekte ze haar armen uit en probeerde tegen de wind te leunen, zich erdoor te laten dragen.

'We houden van elkaar,' riep ze. 'Dat is het enige wat telt.'

De heftige wind rukte elk woord van haar lippen en tilde het op, de lucht in. In dit moment dat losgemaakt leek van de tijd, was hij als een vriend die haar vasthield en begreep.

Ineens werd het haar duidelijk dat het niet nodig was om plekken te hebben waar herinneringen aan vastzaten. Voor Chloé misschien, die Maëls liefde lichtvaardig had weggegooid en nu voor altijd was kwijtgeraakt, voor haar was het misschien belangrijk om de plekken op te zoeken waarop ze nog zeker de zijne had kunnen zijn. Maar zij, Sylvia, had dat niet nodig.

Of toch wel?

Toen ze terugreed, de grote poort passeerde en voor Solenns huis de pick-up van haar man zag staan, voelde ze dat er van de steek een dunne angel achterbleef. Een pijnlijke echo van de woorden van de vrouw die Maëls kind had gedragen en ter wereld had gebracht.

Misschien hoorde dat er gewoon bij, dacht ze en ze zag dat Maël uit haar kantoor kwam en straalde toen hij haar zag, alsof hij haar al overal had gezocht. Er werd van haar gehouden zoals er van weinig vrouwen werd gehouden en ze mocht hier met hem in deze paradijselijke omgeving wonen. In elk paradijs verstopte zich waarschijnlijk wel ergens een kleine, valse slang. En die van hen luisterde naar de naam Chloé.

11

Verdriet

'In het dorp ben ik Morgane tegengekomen,' vertelde Maël toen ze snel staand koffiedronken in Solenns keuken. 'Ze wil vanavond langskomen en Noah leren kennen. In verband met school. Waar is hij eigenlijk?'

'Geen idee,' antwoordde Sylvia. 'Misschien nog bij Pierrick in de werkplaats?'

Maël nam haar aandachtig op. 'Heb je gehuild?' vroeg hij bezorgd.

Ze probeerde vrolijk te lachen en keek opzij. 'Een beetje.'

Maël legde zijn hand op haar wang en draaide haar gezicht weer naar hem toe. 'Maar waarom?'

Ze zette een dappere glimlach op en gaf hem een kus. 'Het is alweer over,' zei ze. Het laatste wat ze wilde was Maël over haar ontmoeting met Chloé vertellen. Ze was te bang om weer overmand te worden door irrationele gevoelens. 'Zullen we gaan kijken waar Noah zit? Ik heb overigens een *Feu Breton*-boompje verkocht. Wat zeg je daarvan?'

Samen verlieten ze het grote huis en namen de weg naar de loods van natuursteen, dicht bij de aanlegplaats, waar Pierrick de boten onderhield.

'Dat Noah zich uitgerekend voor boten interesseert...' merkte Maël op toen ze over de binnenplaats liepen.

'Zijn vader... hij heet Alain Dufèvre... heeft hem leren zeilen,' legde ze uit.

Maël bleef staan en keek haar verbaasd aan. 'Hoe weet jíj dat?'

Ze moest lachen. 'Tja,' zei ze. 'Eigenlijk is het een geheimpje tussen Noah en mij. Als je belooft het aan niemand te vertellen, vooral niet aan zijn moeder, dan verklap ik het je.'

Snel vertelde ze over Noahs vluchtpoging, over dat de vrachtwagenchauffeur hem op de dam had onderschept en over hun gesprek in Ti Bag.

'Hij wil per se terug naar huis,' besloot ze haar verslag. 'Ik heb zelfs Alain opgebeld, omdat Noah hem met alle geweld wilde spreken.'

'Je hebt...' riep Maël verbaasd uit. 'En wat zei hij?'

Ze las opwinding in zijn ogen en ook de vrees dat hij Noah zou verliezen. 'Dat hij geen zoon heeft,' zei ze. 'Moet je je voorstellen, hij wilde niet eens met de jongen praten. Hij zei dat dat alles nog erger zou maken. Hij wil niet dat ik nog een keer bel.'

Maël keek haar ontroerd aan. Daarna keek hij naar de kust. 'Dat arme joch,' zei hij ten slotte. 'Hoe kun je zo hard zijn.' Ontdaan schudde hij zijn hoofd. Toen leek hem iets te binnen te schieten. 'Maar dat betekent... Je hebt zijn nummer?'

Ze knikte. 'En zijn naam. Je hoeft dus niet bang te zijn dat Chloé voorgoed zou kunnen verdwijnen, als je niet doet wat ze wil.'

'Tenzij ze ergens anders met hem naartoe gaat,' bracht Maël er bezorgd tegen in.

Maar ze schudde haar hoofd en pakte liefdevol zijn hand. 'Dat doet ze niet,' zei ze. 'Chloé klampt zich vast aan de mensen van wie ze meent dat ze haar iets verschuldigd zijn. Hoe zit het eigenlijk met haar familie?'

Maël fronste zijn voorhoofd. 'Haar vader moet behoorlijk vermogend zijn,' zei hij. 'Haar ouders zijn al lang gescheiden, toen was Chloé nog een puber. Ik geloof dat haar moeder ergens in het Caraïbisch gebied woont, op Martinique of zo. Ze hebben geen contact met elkaar. In elk geval is dat wat ze me toen verteld heeft. Ik had de indruk dat Chloé haar moeder echt haatte.' Hij haalde zijn schouders op. 'Wat weet ik ervan. Je kent me. Hoe rijke mensen leven... dat is niets voor mij.'

Ze kon een glimlach niet onderdrukken. 'Gaan we nu kijken waar Noah uithangt?' vroeg ze teder en Maëls gezicht klaarde weer op.

'Wat weet je verder nog over mijn zoon?' vroeg hij, terwijl ze verder liepen.

'Dat die Alain hem met kerst een jol heeft gegeven. En dat hij hem heeft beloofd dat hij hem op zijn verjaardag zou leren hoe hij daarmee helemaal in zijn eentje kan zeilen.' Ze liepen de in de rots uitgehouwen trap naar de aanlegplaats af.

Een tijdlang zei Maël niets, alsof hij het allemaal eerst moest verwerken. Pas toen ze beneden aangekomen waren, barstte hij los.

'Ik weet niet eens wanneer hij jarig is. Is dat niet...'

Hij wendde zich af, maar Sylvia liet zijn hand niet los en hield die stevig vast.

'Ergens in juni zei hij. Daar komen we nog wel achter. Je moet geduld hebben, het heeft allemaal zijn tijd nodig.' Dat zei ze ook een beetje tegen zichzelf.

Ze troffen Noah met rode wangen aan, met een zware houtvijl in zijn beide handen bewerkte hij de kiel van een oude afgedankte boot. Toen hij hen zag, liet hij het gereedschap echter zakken en zette een stap achteruit.

'Wat is er?' Argwanend keek hij van Sylvia naar Maël.

'Niets,' antwoordde ze. 'We wilden alleen kijken of je het leuk had.'

Noah trok zijn wenkbrauwen tegen elkaar en schoof zijn onderlip naar voren. De gelijkenis met Maël was zo groot, dat ze even naar lucht hapte.

'We zijn aan het werk,' legde Pierrick uit en hij gaf Maël onopvallend een knipoog. 'Ja, toch, Noah?'

'Heeft mijn moeder jullie gestuurd?' informeerde Noah.

'Nee,' zei Maël. 'Ik weet niet eens waar ze is.'

Sylvia was ervan overtuigd dat ze stoorden. Uitgerekend nu Noah onbekommerd bezig was, haalden ze de jongen terug naar de orde van de dag.

'Ze is toch niet vertrokken?' vroeg hij geschrokken en hij legde de vijl neer.

'Nee, echt niet,' antwoordde ze snel. 'Ik ben haar zonet nog tegengekomen, ik geloof dat ze een wandeling over het eiland maakt. Voor het avondeten is ze vast weer terug.'

Noah was echter allesbehalve gerustgesteld. '*Maman* maakt nooit wandelingen,' bracht hij er bezorgd tegen in. 'Wanneer heb je haar gezien?'

'Nog geen uur geleden,' zei ze. 'Ze zat in de zon op een mooie, windstille plek bij de kliffen. Als je wilt, gaan we er een keer samen heen. Daar is een soort natuurzeebad, dat vind je vast leuk.'

Ze voelde Maëls verwonderde blik op zich rusten. Die beantwoordde ze niet, haar ogen waren gericht op Noah, die een zucht van verlichting leek te slaken.

'Is dat er echt?' vroeg hij. '*Maman* heeft me ervan verteld. Maar hoe ziet zo'n natuurzeebad er dan uit? Ik heb nog nooit van zoiets gehoord.'

'Dan laten we het je zien,' beloofde ze. 'En nu storen we je niet langer.' Ze keek op haar horloge. 'Om zeven uur is het avondeten.'

'*Mais oui*,' onderbrak Pierrick haar en hij rolde met zijn ogen. 'Er wordt al dertig jaar om zeven uur gegeten, Sylvie. Dacht je dat ik dat ineens vergeten was?'

'Je had me helemaal niet verteld dat je...' Maël stopte en ze wierp hem een korte blik toe. Achter hen sloegen de golven zacht tegen de aanlegsteiger. De vloed had rond de lunch zijn hoogste punt bereikt en nu kwam de dam langzaam weer tevoorschijn vanonder de golven. 'Moest je daarom huilen?' Hij pakte haar zacht vast bij haar bovenarm. 'Hebben jullie ruzie gehad?'

Ze aarzelde. Zou ze het zeggen? Zou dat hun allebei niet alleen maar ongelukkig maken?

'We hebben geen ruzie gehad,' zei ze ten slotte. 'Chloé heeft me alleen ongevraagd verteld dat ze daar toen ook met jou geweest is.'

Toen ze zich wilde afwenden, hield Maël haar vast en keek haar in de ogen. 'Dat heeft je pijn gedaan,' stelde hij vast. Ze haalde haar schouders op. Al had ze zich vast voorgenomen dat ze niet zou laten merken dat het haar iets deed, het lukte haar niet om te doen alsof. Maël fronste zijn wenkbrauwen en ze moest aan Noah denken. Met die gezichtsuitdrukking had hij 's ochtends bij haar aan tafel gezeten. 'Maar dat is toch al zo lang geleden,' vervolgde hij. 'Toen kende ik jou nog niet eens. Hoe kan dat je dan pijn doen, Sylvie?'

Ze opende haar mond om er iets op te zeggen, maar deed het toch liever niet. Hij had immers gelijk. En aan de andere kant ook niet. Waarom nam hij haar niet gewoon in zijn armen en troostte hij haar?

'Is al goed,' zei ze. 'Ik wen er wel aan.'

'Dat ik een verleden heb?' ging Maël erop door en hij klonk nog geïrriteerder dan daarvoor. 'We hebben allemaal een verleden, Sylvie. Ook jij!'

'Dat is me volkomen duidelijk,' zei ze snel. Lieve hemel, was ze er maar niet over begonnen. Maar had hij het haar niet zelf gevraagd? 'Ik verwijt jou ook helemaal niets...'

'En of je dat doet!' barstte hij los, heftiger dan ze van hem gewend was. 'Jullie maken mij allemaal verwijten, zelfs als jullie niets zeggen. Jij. Solenn. En Chloé helemaal! Jullie blijven maar aan me trekken en verwachten van alles van me en ik heb geen idee wat ik moet doen om jullie eindelijk tevreden te stellen, zodat jullie me simpelweg met rust laten met deze... deze situatie! Ach Sylvie...'

Hij wendde zich abrupt af. Even stond ze daar maar te staan.

Ze was als versteend, snapte niets van deze emotionele uitbarsting. Onthutst liep ze naar haar man toe, legde haar hoofd tegen zijn borst en sloeg haar armen om zijn rug.

'Maël,' zei ze zacht. 'Zo bedoelde ik dat helemaal niet. Ik verwijt je toch niets... ik hou toch van je!'

'Help me dan, Sylvie!' antwoordde hij met zo veel wanhoop in zijn stem dat haar hart ervan samentrok. 'En wees niet zo overgevoelig!' Hij pakte haar bij haar schouders, duwde haar iets van zich af en keek haar in de ogen. 'Jij bent de vrouw van wie ik hou!' zei hij met nadruk. 'Met jóú ben ik getrouwd, omdat ik met jóú samen wil leven. Nu heb ik ineens een zoon en die wil ik ook in mijn leven hebben. Begrijp je dat?'

Ze knikte. 'Natuurlijk,' zei ze zacht.

Was ze echt te gevoelig? Deed ze al niet de hele tijd wat ze maar kon om hem te helpen? Maar ze begreep dat haar gevoelens op dit moment moesten wijken, wilde ze de situatie niet nog gecompliceerder maken dan die al was. Ze moest hem bijstaan – in goede en in slechte tijden.

Terwijl ze terugliepen naar de Jardin aux Camélias ging ze op een ander onderwerp over en informeerde ze naar de draadwormen en of het klopte wat Gurvan had gezegd.

'Dat is natuurlijke insectenbestrijding,' legde Maël uit. Ze waren aangekomen bij de binnenplaats en hij haalde een in doorzichtig plastic geseald pakje met een brokkelige substantie uit de pick-up. 'De nematoden zijn piepklein, met het blote oog zijn ze niet te zien. Alleen in dit pakje zitten er al vijfhonderd miljoen. We lossen de inhoud op in water en doordrenken de wortelkluiten ermee.'

'Beginnen jullie daar vandaag al mee?'

Maël keek op zijn horloge en knikte. 'Als iedereen meehelpt, lukt het ons nog.'

Hij gaf haar een vluchtige zoen, stapte in zijn auto en reed weg. Ze bleef nog even onder de oude cameliabomen staan. De zon was verdwenen achter een dikke wolkenformatie en het was merkbaar frisser geworden. Ze trok haar mohairen vest dichter om zich heen en dacht na over Maëls woorden. Vroeger had hij niets gezegd en had hij zijn gevoelens diep in zichzelf verborgen. Was het geen goed teken dat hij zijn misnoegen tegenover haar uitte, ook al was het niet prettig om te horen?

We dragen allemaal ons verdriet met ons mee, dacht ze en ze liep naar het kantoor. Niemand van ons is een onbeschreven blad. In mijn leven is er geen lastige schoonmoeder, zoals in dat van andere getrouwde vrouwen.

Maar ik heb Chloé.

Kort voor zevenen verliet Sylvia het kantoor en stapte de grote poort uit. Een prachtige zonsondergang waardoor de wolkenflarden in allerlei kleuren oranje oplichtten, had haar naar buiten gelokt.

Over de dam naderde een auto en ze herkende de Dyane van Morgane, een allang uitgestorven model Citroën waarmee je alleen nog de weg op kon doordat Veronika's man hem onderhield. Laurent sleutelde graag en nam de auto van de directrice van de basisschool geregeld onder handen. Laurent was een kenner van die oude modellen, zelf reed hij in een Citroën DS, de auto waarmee hij indertijd Veronika en Sylvia van Le Mans naar Quimper had gebracht, waar ze de verkoop van het eiland hadden proberen te verhinderen. Ze waren toen te laat gekomen, wat niet aan Laurent of de Citroën had gelegen, maar aan de woedende demonstranten die de weg geblokkeerd hadden. Een wonder dat de redding toch nog was gelukt, dacht ze.

Morgane bracht haar auto tot stilstand en stapte uit. 'Ben ik te vroeg?' zei ze vrolijk en ze zoende haar vriendin op beide wangen. 'Waar is die prachtjongen?'

'Aan het werk.' Sylvia glimlachte en wees naar beneden, naar de botenloods. 'Pierrick heeft hem onder zijn hoede genomen.'

Morgane lachte. 'Nou, in betere handen kun je niet zijn.' Daarna zei ze peinzend: 'Solenn vertelde ooit dat het met Maël indertijd net zo ging, toen hij op het eiland kwam. Hij sloot zich allereerst aan bij de oude Pierrick en liep hem overal achterna.'

'Ja...' zei Sylvia zuchtend. 'Ze lijken inderdaad veel op elkaar.'

Morgane nam haar nieuwsgierig op. 'Is het heel moeilijk voor je?' vroeg ze meelevend.

Ze haalde haar schouders op en liet ze weer vallen. 'Dat Maël een zoon heeft? Nee! Ik mag Noah graag. Hij is zo... Wat hij in zijn kop heeft, heeft hij niet in zijn kont, dat bevalt me wel.'

'En met Chloé?' vroeg Morgane door. 'We zijn er allemaal ontzet over dat ze hier weer durft te verschijnen. Niemand van ons heeft ooit begrepen waarom hij haar leuk vond.' Morgane keek haar onderzoekend aan, daarna voegde ze eraan toe: 'Tegenwoordig willen al die vrouwen niet meer toegeven dat ze allemaal achter hem aan zaten, weet je. Niet dat hij dat doorhad...' De lerares rolde met haar ogen.

'Jij soms ook?' plaagde Sylvia haar vriendin.

'Ik studeerde in Nantes,' antwoordde Morgane, 'maar geloof het of niet, uitgerekend die zomer toen dat kreng hier opdook, was ook ik vreselijk verliefd op je man. Wees niet bang, dat is lang geleden,' zei ze bij het zien van Sylvia's geschrokken gezicht. 'Maël en ik zijn al heel lang alleen maar goede vrienden. Waar zit hij eigenlijk?'

'Op de kwekerij.' Ze deed de deur naar Solenns keuken open. 'Hij komt zo.'

De verleidelijke geur van tijm en gegratineerde kaas kwam hun tegemoet.

'Mmh,' kwam uit Morganes mond. 'Jullie weten echt niet hoe jullie boffen dat Solenn elke dag voor jullie kookt!'

'Echt wel, hoor,' ging Sylvia ertegen in. 'Dat weten we maar al te goed!'

De deur ging open en de tuinmannen kwamen zoals elke avond binnenstampen, moe, vrolijk en goedgehumeurd. Inmiddels begon het te schemeren boven de binnenplaats. Maël en Chloé en ook Pierrick en Noah ontbraken nog.

'Zijn jullie lekker opgeschoten met de nematoden?' informeerde Sylvia bij Coco.

'Alle wormen zijn waar ze moeten zijn,' grijnsde de jonge tuinvrouw. Haar piercings glommen in het licht van de lamp. 'Morgen doen we het voor de zekerheid nog een keer. Uiterlijk rond de vakantie zijn de planten weer toonbaar.'

'Je bedoelt dat we ze met een gerust hart kunnen verkopen?'

Coco haalde haar schouders op en veegde door haar korte stekelhaar. 'Dat moet de *patron* beslissen. Maar ik denk van wel. Ze hebben de perfecte grootte. En het zijn de soorten die het geliefdst zijn. Wat eten we vanavond, Solenn?'

Pierrick kwam de keuken binnen, op de voet gevolgd door Noah, die een stuk hout in zijn hand had en van oor tot oor straalde.

'We gaan een scheepsmodel bouwen,' verkondigde hij. Daarna keek hij op en verdween zijn glimlach, alsof hij wakker werd uit een droom en met de realiteit geconfronteerd werd. 'Waar is mijn moeder?'

'Ze komt vast zo,' zei Coco. 'Maël heeft gezegd dat hij haar meeneemt. Ze was bij ons op de kwekerij. Niet bang zijn, ventje. Zo snel raken we hier niet iemand kwijt.'

Ze lachte, maar Noahs blik werd nog somberder. Hij keek Coco vernietigend aan, wendde zich af en vestigde zijn aandacht op het stuk hout, waarin Sylvia nu de grove vorm van een scheepsromp herkende.

'Wat voor boot bouwen jullie eigenlijk?' vroeg Morgane.

Noah deed alsof hij haar niet hoorde en keek niet eens op. Hij ging tussen Pierrick en Iven aan tafel zitten en hield het stuk hout op zijn schoot.

Buiten werd het al donker en Sylvia vroeg zich net af waar Maël en Chloé bleven toen ze eindelijk binnenkwamen. Chloé kwam met een helder lachje de keuken in en ook Maël leek in opperbeste stemming. Sylvia zag dat Chloé een van Maëls versleten kielen aan had getrokken, die haar veel te groot was. Ze hing hem aan een haakje naast de deur. Noah volgde de binnenkomst van zijn moeder met een sombere blik en toch leek hij opgelucht om haar te zien.

'Waar was jij?' vroeg hij haar streng.

Chloé nam haar zoon geamuseerd op. 'Ik heb gewerkt,' antwoordde ze trots alsof het een wonder was.

Noah was allerminst onder de indruk. 'Word je nu dan ook tuinvrouw?' Je kon duidelijk horen wat hij daarvan vond.

'Misschien?' zei Chloé schalks. Daarna dwaalde haar poezenblik naar Morgane. 'Wij hebben elkaar nog nooit ontmoet, toch?'

Morgane schonk haar een denigrerend lachje.

'Natuurlijk ken je Morgane,' legde Maël uit. 'Herinner je je dat niet meer? We zijn indertijd een paar keer met haar en andere vrienden gaan zwemmen.'

Chloé fronste haar voorhoofd. 'Morgane…' zei ze peinzend alsof ze een herinnering moest oproepen. 'Ach, natuurlijk! Morgane! Studeerde je niet? Wat was het ook weer? Je zat op de pedagogische academie! Je wilde lerares worden!' Triomfantelijk keek ze rond alsof ze een moeilijk raadsel had opgelost. 'En?' vervolgde ze. Ze keek Morgane overdreven geïnteresseerd aan. 'Ben je ook echt lerares geworden?'

'Inderdaad,' antwoordde Morgane. 'Ik ben directrice van de basisschool op het vasteland.'

'O, maar dat is geweldig.' Chloé straalde en wendde zich tot Noah die net zijn portie macaroni met kaas opat, en tot Sylvia's vreugde met veel eetlust. 'Morgane is de directrice van je nieuwe school. Is dat niet top? Misschien kom je zelfs wel bij haar in de klas.'

Noah liet zijn vork zakken en staarde eerst zijn moeder en daarna Morgane ontzet aan. 'Maar...' bracht hij moeizaam uit, 'dat gaat niet! Ik heb toch al een school?' Zoekend naar steun keek hij van de een naar de ander, en vervolgens wendde hij zich rechtstreeks tot Morgane. 'Ik ga niet naar uw stomme school, madame,' zei hij woedend. 'Ik zit op de privéschool St. Martin in het vijfde arrondissement in Parijs. En als ik ouder ben, ga ik net als mijn vader naar het Lycée Notre Dame de France, hij heeft me daar al voor opgegeven toen ik nog een baby was.'

Hij haalde diep adem en keek koppig rond. Sylvia kon er niet omheen: ze had bewondering voor het ventje. En toch wist ze dat hij een vergeefse strijd voerde. Maël keek gekweld naar zijn bord. Iedereen was even opgehouden met eten, alleen Chloé leek totaal niet onder de indruk.

'Jij gaat hier naar school, *mon petit lapin*,' legde ze vriendelijk maar beslist uit.

Dat was kennelijk te veel voor Noah. 'Ik ben je konijntje niet,' voer hij tegen haar uit. 'Je bent gek dat je me hiernaartoe hebt gesleept. *Papa* had gelijk. Je bent... je bent onver... onverantwoordelijk!'

'*Tais-toi*,' snauwde Chloé hem toe. 'Je vader zit hier aan tafel. En nu hou je op met die aanstellerij!'

Noah trilde over zijn hele lijf van wanhoop en woede. 'Je bent onverantwoordelijk en... en veeleisend. Dat zegt *papa* altijd en ja, dat ben je inderdaad.'

Chloé legde haar hoofd in haar nek en schaterde het uit, wat haar zoon alleen nog maar bozer maakte.

'Dat heb je ervan als je je kinderen naar zo'n dure privéschool stuurt,' legde ze de volwassenen aan tafel uit. 'Dan worden ze vroegrijp en recalcitrant.' Daarna wendde ze zich weer tot Noah. 'Het zal je goeddoen om met heel gewone kinderen naar een heel normale school te gaan, Noah.'

'Dat ga ik niet doen!'

Hij haalde zijn smartphone uit zijn broekzak en typte een paar cijfers in. 'Ik bel nu de politie,' verkondigde hij. 'Dan zeg ik dat mijn moeder me ontvoerd heeft…' Hij stopte geschrokken en staarde naar zijn beeldscherm.

'En?' vroeg Chloé smalend. 'Neemt de politie al op?'

Noah werd zo wit als een doek. 'Hij is… hij is vast stuk,' stamelde hij. 'Hij doet het niet meer.'

'Misschien is de batterij leeg?' vroeg Iven en ze nam het toestel uit Noahs hand. 'Laat eens kijken.'

Noah leek wel een drenkeling die zelfs van zijn laatste beetje houvast werd beroofd.

'Daar ligt het niet aan,' merkte Chloé op. 'Alain heeft hem laten blokkeren. Net als die van mij en al mijn creditcards.'

Noah schudde zijn hoofd alsof hij een lastige vlieg afweerde. 'Dat kan toch niet, dat doet hij niet… Zoiets doet hij niet,' fluisterde hij.

'En of hij dat doet,' bracht Chloé ertegen in. 'En jij hoeft daar niet verbaasd over te zijn, na wat jij zelf hebt aangericht.' En tegen de volwassenen, vooral Maël, voegde ze eraan toe: 'Hij heeft een van zijn klasgenootjes opgebeld en hem gevraagd de politie in te lichten dat hij ontvoerd is. De vader van de jongen heeft vervolgens gealarmeerd contact opgenomen met Alain. En natuurlijk ook met mij. Gelukkig niet meteen met de politie.' Noah zakte in elkaar als een ballon die leegliep. 'Dat was heel stout van je, Noah!' vervolgde Chloé streng. 'Je kunt je vast wel voorstellen hoe pijnlijk dat voor Alain moet zijn geweest.'

Nu kon het kind zijn zelfbeheersing echt niet meer bewaren. Dikke tranen rolden uit zijn ogen. Hij sprong overeind, maar voordat hij weg kon rennen, ving Pierrick hem met zijn knoestige armen op, legde zijn knuist op zijn rug en trok hem tegen zich aan.

'Wat ben jij voor een moeder,' zei hij tegen Chloé. Hij wiegde de jongen en mompelde teder klinkende woorden in het brezhoneg. ‘Wil je vannacht bij de oude Pierrick slapen?’ vroeg hij ten slotte.

Noah knikte heftig en verborg zijn gezicht in het versleten flanellen hemd van de bejaarde man.

‘Geen sprake van!’ zei Chloé.

Maar Pierrick keek haar alleen maar met zijn lichte ogen aan en zei: ‘Weet je wat, domme meid? Jij houdt nu gewoon je mond!’

12

Het mohairen vest

'Als er iets is,' zei Sylvia zacht tegen Pierrick, 'moet je langskomen, hoor. De deur is altijd open. Maakt niet uit hoe laat het is.'

Noah had zich volkomen uitgeput opgerold onder een wollen deken in de slaapnis naast de kachel en verroerde zich niet meer. Pierricks huisje midden in de cameliatuin mocht dan piepklein zijn, het was ook heel gezellig.

'Maak je geen zorgen.' De oude man drukte haar hand. 'Hij slaapt diep en vast. Het was allemaal wat veel voor het ventje.'

'Dat hoort hij niet graag,' zei ze glimlachend. 'Dat nam hij Coco behoorlijk kwalijk.'

Pierrick grijnsde. 'Vrouwen moeten zoiets nooit tegen ons zeggen, hoe oud we ook zijn. Maar bij mij ligt dat anders. Wij zijn tenslotte *mignons*.'

'*Mignons*?'

'Dat betekent "vrienden" in onze taal, Sylvie. Het wordt tijd dat je die ook eens leert,' legde de Breton geduldig uit. 'En ga nu slapen, *ma fille*. Morgen is er weer een dag.'

Ze aarzelde. 'En jij let erop dat hij niet weer wegloopt?' vroeg ze bezorgd.

'*Mais oui*, Sylvie,' stelde de oude man haar gerust. 'Ik geloof niet dat dat nog een keer zal gebeuren.' Hij wierp een blik in de slaapnis, liep daarna samen met haar naar buiten en trok de deur dicht. 'Je moet je bedenken,' zei hij zacht, 'dat het voor de jongen is alsof hij vandaag zijn vader is kwijtgeraakt. Begrijp je?' Ze knikte. Zo had ze er nog helemaal niet naar gekeken. 'Morgen wordt de zee heel rustig,' vervolgde Pierrick. 'Dan vaar ik er met hem op uit om te vissen.' Hij streek peinzend over zijn stoppelige kin. 'Als je mijn raad wilt weten: laat die school voorlopig rusten. De wereld vergaat niet als hij een paar dagen vrij heeft. Het is allemaal immers veel te veel tegelijk.'

Ze knikte, zoende hem op zijn gegroefde wangen en liep in gedachten verzonken naar beneden, naar Ti Bag.

Toen ze de hal binnenkwam was Maël niet alleen. In haar schommelstoel voor de haard had Chloé zich genesteld. Ze droeg háár mauve mohairen vest en had háár wollen sokken aan.

Sylvia had even nodig om te herstellen. Ze moest niet overgevoelig zijn, dat had Maël haar nog maar een paar uur geleden op het hart gedrukt. Nee, ze wilde niet overgevoelig zijn, echt niet, niets was haar vreemder dan de lastige echtgenote zijn. Maar moest die vrouw nu echt ook nog haar kleren dragen en op haar lievelingsplekje zitten? Wat had Chloé eigenlijk in hun huis te zoeken?

Toch slaagde ze erin de twee, die daar zo eensgezind voor het vuur zaten, terwijl zij had gekeken of het goed ging met de jongen, onbevangen te begroeten, alsof het de normaalste zaak van de wereld was. Daarna dook ze hun slaapkamer in om dan maar een ander vest te zoeken, maar eigenlijk deed ze het om even alleen te zijn. Ze trok de kledingkast open, staarde naar haar netjes op kleur en materiaal gesorteerde gebreide spullen, maar was er met haar gedachten niet bij. Was het verdomme te veel gevraagd als ze 's avonds na een lange dag rust wilde hebben?

Ze pakte het eerste het beste kledingstuk en schoot het aan. Toen pas drong tot haar door dat ze het van haar tante had geerfd, dat Solenn het haar vorig jaar voor haar verjaardag had gegeven. Lucie had het vest van zuivere alpacawol amper gedragen, het was nog als nieuw. Ook zelf vond ze dat het kostbare materiaal, dat zacht en wollig aanvoelde, veel te teer was voor het ruige leven op het eiland en ze had het opgeborgen voor een bijzondere gelegenheid. Nu was die kennelijk aangebroken. Ze haalde diep adem. Het vest was bijzonder licht en leek haar iets van bescherming te bieden.

Toen ze terugliep naar de hal, had Maël al een derde stoel bij het vuur gezet. 'Kom,' zei hij, 'ga jij maar op mijn plaats zitten, Sylvie. Hier is het lekker warm.'

'Ik hoop dat je het me niet kwalijk neemt dat ik jouw vest aanheb,' zei Chloé en ze vertrok haar gezicht tot een verlegen glimlach. 'Ik heb gewoon geen geschikte kleren bij me. Maël was zo aardig...'

'Is goed, hoor,' onderbrak Sylvia haar en ze nam plaats tussen Maël en Chloé. 'We kunnen best een keer samen gaan shoppen. In Quimper is een boetiekje met mooie wollen spullen. Dat vind je vast leuk.'

Ze voelde Maëls dankbare blik.

'Ik moet eerst nog wat andere problemen oplossen,' zei Chloé. 'Ik vrees dat ik een goede advocaat nodig heb.'

Sylvia keek haar verbaasd aan. 'Heb je dan geen advocaat die je vertrouwt?'

Mensen als Chloé, die in de beste Parijse kringen verkeerden, kenden normaal gesproken tal van juristen.

Chloé schudde haar hoofd. 'Alle advocaten die ik ken zijn bevriend met Alain,' legde ze uit. 'En het betreft hem natuurlijk. Ik bedoel de alimentatie die hij mij moet betalen. Hij is tenslotte mijn man, *n'est-ce pas?* Hij kan me toch niet zomaar uit zijn leven wissen.'

Ze keek steun zoekend naar Maël, die haar blik echter niet beantwoordde, de vlammen leken al zijn aandacht op te eisen.

'Ik wil je best het nummer van monsieur Millet geven,' stelde Sylvia voor. 'Hij bevalt ons supergoed.'

Chloé antwoordde niet. Ze keek nog steeds naar Maël, alsof ze hem met haar blikken wilde dwingen zich naar haar om te draaien.

Sylvia stond op, ging de trap op naar haar werkplek op de gaanderij en haalde haar adresboek uit een la. Ze schreef de contactgegevens van Millet op en keerde terug naar de twee bij het vuur.

'Alsjeblieft,' zei Sylvia en ze overhandigde Chloé het briefje. 'Je kunt hem gewoon opbellen.'

Chloé keek op en nam het in ontvangst alsof ze niet wist wat ze ermee aan moest.

'Kun jij niet voor me bellen?' vroeg ze. 'Mijn mobieltje doet het niet meer. Net zomin als dat van Noah.'

'Kom morgenvroeg dan maar naar het kantoor,' hoorde Sylvia zichzelf tot haar verbazing vriendelijk maar terughoudend zeggen. 'Dan kun je de telefoon daar gebruiken.'

Chloé vouwde het papiertje op en deed het in haar broekzak. Haar blik dwaalde naar het schilderij boven de haard.

'Hing dat vroeger niet boven, bij Solenn?' vroeg ze. 'Dat was toch geschilderd door die Nederlander, Hendrik van Outen? Weten jullie wel dat zijn schilderijen tegenwoordig erg in trek zijn?' Ze stond op uit de schommelstoel en ging op haar tenen staan. 'Ja, exact. Hier. Zie je de signatuur? Een echte Van Outen.' Enthousiast draaide ze zich om naar Maël. 'In Parijs loopt net een tentoonstelling met zijn werk. Ik heb de affiches gezien. En eigenlijk wilde ik...' Haar enthousiasme leek weer te slinken. 'Maakt niet uit. In elk geval is je schilderij veel waard, Maël. Mijn vader heeft overwogen een Van Outen te kopen. Als belegging. Ze zeggen dat zijn schilderijen nog meer in waarde zullen stijgen.'

'Het is van Sylvia,' zei Maël. 'En Lucies portret is altijd heel waardevol voor ons geweest. Toch, *chérie*?'

Ze glimlachte dankbaar naar hem. Chloé keek echter vragend van Maël naar Sylvia en weer terug.

'Lucie was mijn tante,' legde Sylvia uit. 'Solenn heeft me het schilderij gegeven. Als herinnering. We peinzen er niet over om het verkopen. Maar Solenn zal blij zijn om te horen dat haar oude kennis kennelijk furore maakt.'

Ze zou proberen een tentoonstellingscatalogus aan te vragen om Solenn daarmee te verrassen.

Nu nam Maël het woord: 'We wilden iets anders met je bespreken, Sylvie. Gwen heeft me verteld dat we dit jaar niet voldoende krachten voor de voorjaarsvakantie hebben. Wat vind je ervan als Chloé meehelpt?'

'Maar zou je dat willen?' vroeg Sylvia verrast aan Chloé.

'Waarom niet? Ik zou de bezoekers in kleine groepjes een rondleiding kunnen geven door de velden en kassen. Maël heeft me zonet twee boeken over camelia's laten zien, over hun geschiedenis en zo, dat ze uit Azië komen, van dat soort dingen. Ik denk dat ik dat wel leuk zou vinden.'

Sylvia nam haar peinzend op. 'Maar het is niet alleen maar leuk,' bracht ze er voorzichtig tegen in. 'Na de tiende wandeling ben je moe, doen je benen pijn en de mensen stellen telkens weer dezelfde vragen. Denk je echt dat je dat twee weken lang kunt volhouden? En ook eens ergens anders kunt inspringen als je even geen rondleiding geeft? Het worden hectische dagen, Chloé. En ik heb mensen nodig van wie ik op aankan.'

Chloé wierp haar een beledigde blik toe. 'Ik wilde me echt niet opdringen, hoor,' zei ze terug. 'Het hoeft ook niet, als jullie het niet willen. Ik dacht alleen: ik bied het aan.'

Maël legde zijn hand onwillekeurig op Sylvia's arm. 'Dat waarderen we. We zouden het een keer kunnen proberen. Of wat vindt jij daarvan, Sylvie? Dit weekend wordt het waarschijnlijk mooi weer. Wat zeg je ervan als Chloé dan met een paar bezoekers oefent?'

'Akkoord,' zei Sylvia en ze stond op. 'Het zou fantastisch zijn als je ons zou kunnen ondersteunen, Chloé. En als ik eerlijk ben... dan ben ik doodmoe. Ik denk dat we allemaal moeten gaan slapen. Vind je je weg alleen terug door de tuin of wil je dat ik met je meega?'

Met tegenzin verliet de tengere Parisienne haar comfortabele plek voor het vuur. In het portaal tussen de voordeur en de hal trok ze rillend de warme wollen sokken uit en schoot haar ballerina's aan. Toen drong tot haar door dat het nu ook tijd werd dat ze het geleende vest uittrok.

'Hou dat maar aan,' zei Sylvia. 'Dat mohairen vest geef ik je. En als je wilt, mag je de sokken ook meenemen. Heb je de haard in je kamer eigenlijk al aangestoken?' Chloé schudde haar hoofd. Ineens kwam ze over als een hulpeloos kind. 'Morgen vraag ik Pierrick of hij je wil laten zien hoe je dat doet. Dan is het ook in de gastenkamer heel knus.'

Chloé keek haar aan. In het schemerlicht van het portaal was het wit van haar ogen bijna blauwig. En ineens begreep Sylvia welke magische aantrekkingskracht deze vrouw op mannen had.

'Meen je dat serieus?' vroeg ze bedeesd. 'Wil je het vest echt niet terughebben?'

Sylvia schudde haar hoofd. Ze wist dat ze er nu geen plezier meer van zou hebben.

'Het staat je goed,' antwoordde ze vriendelijk. 'Hou het maar. Kom, ik ga met je mee.' Ze sloeg een grote wollen omslagdoek om haar schouders en pakte haar zaklamp van de haak. Maël ging in de deuropening naar de hal staan en wierp zijn schaduw op beide vrouwen.

'Kan ik niet beter met Chloé meegaan?' vroeg hij. 'Jij bent toch moe, Sylvie.'

'Die korte wandeling zal me goeddoen.' Ze opende vastberaden de voordeur.

De lucht was wolkeloos en de sterrenhemel boven hen leek te vibreren, zo'n heldere avond was het. Een beetje schuchter liepen ze met z'n tweeën in het schijnsel van de zaklamp naast elkaar over het pad. Alleen het wit oplichtende grind onder hun voeten knarste, verder was het ongewoon stil. Daarna gingen ze de cameliatuin binnen en de kronen van de bomen vormden een ondoordringbaar dak boven hen.

'Ik vind het niet goed,' verbrak Chloé het zwijgen, 'dat Noah bij die oude man slaapt.'

'Pierrick?' vroeg Sylvia. 'Wat hem betreft kun je gerust zijn. Hij is nergens veiliger dan daar.' Ze wachtte op een weerwoord, maar Chloé zweeg. 'Ik vind dat we dat met school een beetje moeten uitstellen. Tot hij aan alles gewend is. Hij voelt zich prettig bij Pierrick. Morgen willen ze samen gaan vissen.'

Chloé bleef staan. 'Vissen? Met de boot?'

'De zee is dan rustig, je hoeft je geen zorgen te maken. Het zal Noah goeddoen, hij is behoorlijk van streek.'

'Ik ook,' zei Chloé. 'Wat denk je dat dit allemaal met mij doet.'

'We zijn allemaal behoorlijk van streek, Chloé,' constateerde Sylvia. 'Voor ons allemaal is het een enorme verandering. Maar wij zijn volwassen en Noah is nog maar zeven.'

'Ik weet hoe oud hij is,' bracht Chloé er ontstemd tegen in. 'Ik ben tenslotte zijn moeder.'

Sylvia slaakte inwendig een zucht. 'Natuurlijk ben je dat. Kom, laten we verdergaan,' stelde ze voor. 'Dus je gaat ermee akkoord dat ze samen gaan vissen?'

Chloé bleef nog een keer met haar benen wijd bokkig op het grindpad staan. Daarna blies ze haar adem uit en stapte door.

'Voor mijn part,' zei ze. 'Hij doet toch wat hij wil.'

Zwijgend liepen ze tot ze bij het grote huis waren. Sylvia bood nog aan om Chloés kamer te verwarmen en dus stond ze op de avond van deze dag vol gebeurtenissen in de kamer waar ze zelf had gelogeerd toen ze voor het eerst op het camelia-eiland was. Ze werd een beetje weemoedig toen ze voor de haard knielde, in de weer was met het brandhout en eraan dacht hoe Maël haar dat indertijd had geleerd.

'Ach, Sylvie,' zei Chloé toen het vuur hoog opvlamde, 'jullie hebben het daar beneden zo gezellig. Misschien moet ik toch met Noah naar jullie verhuizen? Maël heeft me de verbouwde zolder laten zien. Het is allemaal wel… eh… wat eenvoudig. Maar toch geloof ik…'

'Nee, Chloé,' onderbrak Sylvia haar, ze was zelf verrast door de beslistheid in haar stem. 'Jullie zitten hier best.'

'Maar…'

'Nee!' herhaalde ze. 'En dat is het laatste wat ik erover zeg.'

Chloé keek haar strak haar, haar ogen waren smal geworden, ze trok haar bovenlip een beetje op. Daarna volgde een licht knikje, alsof ze wilde zeggen: dat zullen we nog wel zien.

Onderweg terug naar Ti Bag klopte haar hart in haar keel. Ze liep snel en zonder zaklamp, omdat ze inmiddels elke meter op het eiland kende en ze genoeg had aan het licht van de sterren om zich te oriënteren. Toen ze uit de schaduwen van de cameliabomen kwam, zag ze hun huis, badend in het zilveren licht van een ronde en prachtige volle maan.

Ze stopte en probeerde haar opwinding te bedwingen. Zo wilde ze Maël niet onder ogen komen, niet nadat de avond eigenlijk heel acceptabel was verlopen. Ze was immers bereid tot alle mogelijke concessies. Als het moest, zou ze zelfs een soort van vriendschap met Chloé aanknopen, zodat ze konden samenwerken. Maar ze wilde haar niet onder haar dak hebben, voor geen goud. Dat moest Maël echt begrijpen.

Toen ze het huis binnenkwam, had hij de extra stoel weer weggezet en hij legde net een nieuw blok hout op het vuur.

'Kom, ga bij me zitten,' zei hij en hij schonk een lambig voor zichzelf in. 'Ik heb je goedenachtthee voor je gezet.'

Ze zag dat hij er zelfs aan had gedacht om de handgeweven plaid voor haar klaar te leggen, die een paar vrouwen uit het dorp haar voor hun huwelijk hadden gegeven. Ze ging in de schommelstoel zitten en toen ze zich had genesteld in de plaid en een slok uit de beker had genomen, zei Maël: 'Dank je wel, Sylvia.'

Ze keek hem aan. 'Waarvoor?'

'Dat je zo ruimdenkend bent.'

Ze voelde tederheid in zich opkomen, wat haar ergernis over de vrijpostigheid van Chloé naar de achtergrond drong. En toch. Ze moesten voorzichtig zijn. Deze vrouw was van het soort dat je hele hand nam, als je haar maar een pink gaf.

Even keken ze allebei naar het spel van de vlammen die aanvielen op het nieuwe blok hout, eraan likten en er steeds meer zwarte sleufjes in vraten. Ik kan er het beste meteen met hem over praten, dacht ze. Anders vergaat het ons net als dat hout. Dan knaagt Chloé zich dan weer hier, dan weer daar een stukje verder in ons leven. Maar ze wist dat ze haar woorden zorgvuldig moest kiezen, wilde ze niet opnieuw riskeren dat de stemming tussen haar en haar man eronder zou lijden.

'Ik wil graag iets tegen je zeggen,' begon ze. Maël hief zijn hoofd op en keek haar oplettend aan. 'Toen ik de haard in Chloés kamer aanstak, vroeg ze me of ze hier niet toch met Noah zou kunnen wonen. Ik heb nee gezegd. Want dat wil ik niet.'

Maël keek haar vorsend aan, daarna knikte hij. '*D'accord*,' zei hij. 'En verder?'

'Verder niets,' antwoordde ze opgelucht en verward tegelijk. Haar hart roffelde in haar borst. Was hij nu boos op haar?

'Ze heeft het ook aan mij gevraagd,' vertelde Maël. 'Ik heb toen gezegd dat ik dat met jou moest bespreken. Nu heeft ze het antwoord.'

Sylvia slaakte een zucht van verlichting.

'Ook al had ik het fijn gevonden om Noah om me heen te hebben,' vervolgde Maël.

Het hart zonk haar in de schoenen. 'Hij heeft op dit moment een goede plek bij Pierrick,' zei ze. 'De rest gaat vanzelf.'

Maël knikte, maar ineens maakte hij weer een ontzettend treurige indruk en ze greep zijn hand.

'Ze varen morgen uit om te gaan vissen,' zei ze zacht. 'Dat is een goed idee, toch?'

'Ja,' antwoordde hij gelaten. 'Dat deed hij toen met mij ook.' Hij nam een slok uit zijn glas en staarde weer naar de vlammen.

'Goed dan,' ging ze dapper verder, vastberaden niet toe te laten dat Maël bleef hangen in zijn neerslachtigheid. 'Toch?'

Toen keek Maël haar recht in de ogen. 'Natuurlijk is het goed wat Pierrick doet. En Noah zal zich over een paar dagen beter voelen, of misschien heeft hij er weken of maanden voor nodig. Hij zal leren leven met de pijn. En als hij hetzelfde geluk heeft als ik heb gehad, dan wordt hij op een dag een tevreden mens. Het is alleen...'

In de haard brak het brandende blok doormidden en het zorgvuldig opgestapelde hout stortte in, de vonken stoven omhoog. Maël maakte zijn hand los uit de hare en schoof de gloeiende stukken met de pook weer bij elkaar.

Ze wachtte tot hij daarmee klaar was en de vlammen weer oplaaiden. Daarna vroeg ze: 'Wilde je zonet nog iets zeggen?'

Hij leek te worstelen om de juiste woorden te vinden. 'Het is gewoon... ondraaglijk,' barstte hij uit. 'Dat alles zich herhaalt. Waarom? Waarom moet uitgerekend mijn zoon hetzelfde doormaken als ik? Waarom, Sylvia? Wat heb ik misdaan, dat ik dat nu voor de tweede keer moet meemaken? Dat ik moet aanzien hoe mijn jongen lijdt?'

Hij keek haar aan, de vertwijfeling was in zijn ogen te lezen. Daarna wendde hij zich bruusk af en veegde met zijn hand over zijn ogen. Ze stond op, ging op de armleuning van zijn stoel zitten en sloeg haar armen om hem heen. Ze zocht naar troostende woorden, maar die schoten haar niet te binnen. Alles wat ze kon zeggen, zou leeg en hol klinken gezien zijn innerlijke nood. Daarom liet ze haar handen spreken, die hem streelden. Ze gleed bij hem op schoot, vlijde zijn hoofd tegen haar borst en hoopte dat haar nabijheid en tederheid hem meer zouden zeggen dan alle woorden van liefde die ze zou uitspreken.

13

Een verkooptalent

De volgende dag bracht de door Pierrick aangekondigde blauwe lucht en zachte temperaturen met een matige wind, wat de eilandbewoners haast eigenaardig vonden, omdat het minstens driehonderd dagen per jaar flink winderig was. Pierrick had het al voorspeld, het weer was, zoals vaak na vollemaan, omgeslagen.

En het zomerse weer hield aan. Pierrick en Noah kreeg je alleen te zien als je 's ochtends om vijf uur bij de aanlegsteiger stond of 's avonds het kleine huisje aan het eind van de Jardin aux Camélias opzocht.

Door Solenn voorzien van een picknickmand brachten ze hun dagen op zee door, en niemand wist waar de oude man met de jongen op de kotter *La Brise* naartoe voer. Soms namen ze ook de kleine vissersboot die door Pierrick *Nimue* gedoopt was, naar de brongodin van een oude Bretonse sage, en gingen in de buurt van het eiland vissen. Kennelijk hadden ze een goede vangst, want Solenn zette die dagen altijd verse vis op tafel, waarvan iedereen genoot behalve Chloé, want voor haar kwam eten van de markt of uit de koelkast.

Voor het weekend hadden zich vier groepen aangemeld, maar Sylvia wist uit ervaring dat nog meer toeristen gebruik zouden maken van het mooie weer om het camelia-eiland te bezoeken. Ze had Chloé telkens weer op zonnige plekjes in de tuin aangetroffen, verdiept in Maëls boeken over de cameliateelt, kennelijk nam ze haar aankondiging serieus dat ze zich nuttig zou maken voor het bedrijf.

Op vrijdagmiddag, Sylvia zat nog op kantoor, ging haar mobieltje over. Het was Veronika.

'Hoe gaat-ie?'

'Dank je,' zei Sylvia. 'Eigenlijk best prima.'

'Je lijkt mijn tante wel. Die zegt altijd: naar omstandigheden best goed.'

Ze moest lachen. 'Ach ja,' gaf ze toe. 'Daar zit wat in. Het is allemaal best gecompliceerd. Maar op dit moment hebben we een soort van stilte na de storm. Of voor de storm. Dat weet ik niet zo goed. Hoe is het met jou?'

'Klote,' antwoordde Veronika en Sylvia's lach bleef in haar keel steken.

'Wat is er gebeurd?'

'Ach, ik weet het ook niet...' Veronika zuchtte diep. 'Laurent en ik... hebben ruzie gehad. Best erge ruzie. En nu is hij met zijn broer en al die andere idioten gaan jagen. Het hele weekend, de klootzak. Moet je je voorstellen. Terwijl hij eigenlijk een hekel heeft aan jagen en weet hoe afschuwelijk ik jagen vind!'

Ze was verbijsterd. Tot nog toe waren Veronika en Laurent altijd twee handen op één buik geweest.

'Maar waar ging de ruzie over?' vroeg ze meelevend.

'Joh, dat weet ik niet eens meer,' biechtte Veronika op. 'Dat is het stomme dus. Het ging helemaal nergens over. Weet je wat?'

'Nou?'

'De muren komen op me af. Zo'n baby is echt superschattig. En als die op de wereld komt, denk je als moeder dat je niets meer nodig hebt, dat je leven helemaal om je kindje draait. Maar weet je, Lili is nu een jaar en... Nee! Het moederschap geeft me echt niet alle voldoening die ik nodig heb!'

Ze hoorde haar vriendin diep in- en uitademen.

'Komen de muren op je af? Kom dan bij ons!' stelde ze voor. 'Dit weekend wordt het hier wel heel druk. Maar wat maakt het uit. Het weer is heerlijk, neem Lili mee en kom!'

'Ik had zo gehoopt dat je dat zou zeggen.'

Sylvia kon gewoon horen hoe opgelucht Veronika was.

Ze lachte. 'Je kunt zelf ook altijd zeggen: ik kom nu! Moet ik je per se uitdrukkelijk uitnodigen?'

'Tja,' bracht Veronika ertegen in. 'De laatste tijd zit je immers al opgescheept met genoeg ongenode gasten. Ik wil je niet ook nog op je zenuwen werken!'

'Maar Vero,' zei ze verontwaardigd. 'Jij werkt me echt niet op de zenuwen, dat weet je toch. Jij bent hier altijd welkom. Altijd.' En ze bedacht zich hoe blij ze was dat ze niet had toegestaan dat Chloé haar intrek zou nemen op zolder. 'Wanneer kom je?'

'Nou, als het echt uitkomt,' antwoordde haar vriendin, 'dan... tja, dan ga ik er nu meteen vandoor. Is dat goed?'

'En of dat goed is!' Ze lachte. 'Wat leuk! Ik verheug me op jullie tweeën!'

'Ik sta echt te popelen om die Chloé te zien,' merkte Veronika op toen ze samen in de keuken van Ti Bag het avondeten klaarmaakten.

Solenn had besloten voor de eerste grote bezoekersstroom dit jaar bij haar zus Rozenn langs te gaan en Chloé was naar het vasteland gereden om de rest van haar spullen uit het vakantiehuis van haar vader te halen en een paar boodschappen te doen. Zo kwam het dat Maël, Sylvia en Veronika 's avonds maar met z'n drieën zouden zijn.

'Je zult haar nog vroeg genoeg ontmoeten,' zei Sylvia, terwijl ze de quiche die Veronika had meegebracht in de oven schoof om hem af te bakken. Daarna schoot haar iets te binnen. 'Weet je wat? Waarom sluit je je morgen niet aan bij de eerste groep bezoekers en neem je deel aan haar rondleiding? Dat is beter dan wanneer een van ons meegaat, dan voelt ze zich niet zo gecontroleerd.'

'Chloé leidt bezoekers rond over het eiland?' vroeg Veronika verrast.

Sylvia knikte. 'Door het park met de oude planten,' legde ze uit. 'Ze wil zichzelf nuttig maken, en dat vind ik prima. Ze geniet tenslotte van Solenns gastvrijheid, al kan die haar wel killen. Ik zou graag willen weten of ze die rondleidingen goed doet. Lijkt je dat wat, Vero?'

Haar vriendin grijnsde over haar hele gezicht vol zomersproeten en draaide fanatiek aan de slacentrifuge.

'En of ik daar zin in heb. Ik kan niet wachten. En ik zal een paar lastige vragen stellen, zodat ze kan laten zien wat ze in huis heeft.'

Sylvia schoot in de lach. 'Nee, Vero,' zei ze. 'Dat laat je.' Ze werd serieus en keek ineens weer bezorgd. 'Ik zal wel aan de gedachte moeten wennen dat Chloé voorgoed op het eiland blijft. In elk geval tot Noah oud genoeg is om op eigen benen te staan.'

'Meen je dat echt?' vroeg Veronika geschrokken, terwijl ze de sla in een schaal deed. 'Wat kunnen we doen om haar weg te jagen?'

'Dat is het immers,' zei Sylvia zuchtend. 'Niks. Maël wil namelijk dat Noah hier bij ons opgroeit. Voor hem zou het vreselijk zijn als Chloé hem de jongen meteen weer zou afnemen. Dus moeten we ons simpelweg schikken.'

Met een peinzende blik stond Veronika tegen de keukenkastjes geleund. 'Misschien is ze niet zo erg,' merkte ze na een tijdje op. Daarna mompelde ze: 'Straks worden jullie nog beste vriendinnen.'

'Dat geloof ik niet,' zei Sylvia twijfelend. 'Die plek is al bezet. Maar ik zou al blij zijn als we gewoon goed met elkaar konden opschieten.'

Ze dacht aan de ontmoeting met Chloé bij het rotsbekken en de vele kleine krenkende opmerkingen die er ongetwijfeld nog op haar af zouden komen. En aan het feit dat ze niet zo overgevoelig mocht zijn…

'Ik ga haar morgen onder de loep nemen,' merkte Veronika op.

'Doe dat,' antwoordde Sylvia en ze keek of de quiche gaar was.

Uit de luidspreker van de babyfoon kwamen piepgeluiden.

'De kleine zeurpiet wordt wakker,' zei Veronika met een tedere ondertoon. 'Waar blijft Maël eigenlijk?'

'Hij komt vast zo,' stelde Sylvia haar gerust en ze begon de tafel te dekken. 'Er is in de kassen nog van alles te doen voordat de stroom bezoekers komt.'

Veronika was net begonnen haar klaarwakkere dochtertje pap te voeren, toen Maël eindelijk thuiskwam. Hij was heel blij met het onverwachte bezoek.

Ze hadden een rustige en toch vrolijke avond met elkaar. Sylvia zag opgelucht dat Veronika haar man steeds weer aan het lachen maakte. Ze voelde dat hij langzaam ontspande en genoot van de aanwezigheid van hun petekind. Ja, even leek hij zijn verdriet om Noah te vergeten en was hij weer helemaal de oude, evenwichtig en gelukkig. We zijn veel te weinig met z'n tweeën, dacht ze. Of samen met mensen die we echt belangrijk vinden. Hoe goed ze ook kon opschieten met de werknemers en al genoot ze van het gevoel dat ze één grote familie waren, ineens besefte ze weer eens hoe weinig mogelijkheden ze eigenlijk hadden om zich terug te trekken.

Tegen elven belde Laurent zijn vrouw op haar mobieltje. Veronika liep naar boven om in alle rust met hem te praten en toen ze terugkwam, zag Sylvia meteen dat alles weer koek en ei was tussen hen.

'En?' vroeg ze desondanks glimlachend. 'Hebben jullie je verzoend?'

'Ja, logisch toch.' Stralend plofte Veronika neer op de bank en liet zich door Maël een lambig inschenken. 'Anders zou het toch volkomen idioot zijn?' Ze proostten. 'Op de liefde!' zei Veronika. 'En op de kunst der verzoening.'

Op zaterdagochtend was het parkeerterrein tegen tienen al bijna helemaal vol. Het jaar daarvoor had Sylvia samen met Solenn een systeem bedacht om de stroom bezoekers afhankelijk van hun belangstelling over het eiland te leiden. Toeristen die simpelweg een leuke dag wilden en een beetje wilde rondkijken kregen van tijdelijke krachten, vrouwen van het vasteland, een rondleiding door het park. Klanten die iets wilden kopen werden direct naar de kwekerij gebracht. Voor die gasten was er een shuttledienst van het grote huis naar de laagte met de plantages en de kassen, waar Sylvia en Maël hen met de mensen die hen assisteerden opvingen en in drie verschillende groepen over het complex leidden, zodat ze elkaar niet in de weg zaten.

Chloé had aanvankelijk geholpen op de Jardin aux Camélias en kennelijk deed ze dat zo goed dat iedereen daarna wilde zien hoe de camelia's gekweekt werden. Zo kwam het dat ze tegen de middag zelf in de shuttlebus zat. Op de kwekerij aangekomen, legde Sylvia haar uit dat haar groep nog wat geduld moest hebben omdat niemand van hen beschikbaar was.

'Geen probleem,' zei Chloé. 'Dan neem ik dat op me.'

En voordat Sylvia er erg in had, begon ze de bezoekers, die haar volgden als kuikens een kloek, meer te vertellen over het stekken, over de unieke cultivars van Maël door gerichte bestuiving en nog veel meer. De bezoekers luisterden geboeid naar haar en aan het eind wilde iedereen minstens één camelia mee naar huis nemen. Sylvia moest toegeven dat Chloé het uitstekend deed.

'Er is een verkooptalent aan haar verloren gegaan,' zei ze waarderend tegen Maël.

Tijdens een korte pauze keken ze hoe de elegante Parisienne op haar hoge hakken, in een nonchalant overkomende outfit, maar perfect gestyled, door de bloemperken trippelde. Ze wist de bezoekers, die haar achterna kwamen, te betoveren – en niet alleen de mannen. Het lukte haar zelfs om mensen die totaal niet van plan waren geweest om iets te kopen ervan te overtuigen dat ze echt een camelia moesten hebben. En dat je het beste niet een van de kleine of middelgrote planten kon uitkiezen, waardoor je nog jaren moest wachten tot ze hun volle pracht ontvouwden, maar meteen een flink exemplaar, dat nog wel in de auto paste, maar groot genoeg was om thuis in Parijs, Lyon of Bordeaux, of zelfs in het buitenland, een mooie herinnering aan het op het uiterste puntje van Bretagne gelegen camelia-eiland te hebben.

Toen 's avonds vlak voor het opkomen van de vloed de laatste auto van een toerist het eiland verliet, slaakten ze allemaal een zucht van verlichting. Ook Veronika had zich een tijdje, met de kleine Lili op haar arm, beziggehouden met de bezoekers en later had ze Solenn bij het avondeten geholpen. Alleen Chloé vertoonde geen spoor van vermoeidheid.

'Echt jammer dat hier geen hotel is,' zei ze tijdens het avondeten en ze leek niet te merken dat de anderen geschrokken opkeken. 'Een paar mensen zouden graag zijn gebleven. Staat zoiets nog op de planning?'

Solenn wierp haar een vernietigende blik toe.

Maël schudde zijn hoofd. 'Echt,' hij nam een slok cider, 'een hotel is het laatste wat we hier willen.'

'En hoezo dat?' vroeg ze stomverbaasd. 'Dat gedoe met eb en vloed is zo lastig. Je weet nooit wanneer de dam berijdbaar is. Het is zo... achterhaald.'

'Wij redden ons daar prima mee,' legde Solenn uit. 'Ik leef er al mee sinds ik hier woon. En ik vind het geweldig dat er momenten zijn dat niemand ons op de zenuwen kan werken.'

'Voor noodgevallen hebben we immers boten.' De anders zo zwijgzame Gurvan nam het woord. 'Als je naar het vasteland wilt, moet je het maar zeggen, dan zet ik je over.'

Sylvia was niet de enige die de tuinman verbaasd opnam. Coco gaf hem zelfs met haar elleboog een por in zijn ribben en maakte een spottende opmerking in het brezhoneg. Gurvan boog zich weer over zijn bord, hij was vuurrood geworden.

'Op zijn minst zou je de dam kunnen verhogen en verbreden,' ging Chloé verder met haar overpeinzingen. 'Zodat je er op elk moment overheen kunt. Dat kan toch niet zo moeilijk...'

'Nu is het genoeg geweest,' onderbrak Maël haar ernstig. 'Aan dat soort plannen hebben wij hier op het camelia-eiland geen goede herinneringen.'

Chloé keek hem vragend aan en deed haar mond al open om verder te gaan, maar Solenn kapte het af.

'Ophouden nou met die onzin,' zei ze met nadruk. 'Het is allemaal precies goed zoals het is.'

'Maar het is achterhaald,' kon Chloé niet nalaten te zeggen. 'Als je zo denkt, doe je in de toekomst niet meer mee.'

Met haar vrolijke lach was Veronika degene die de spanning brak. Een voor een lachte iedereen mee, tot slot zelfs Solenn. De kleine Lili begon te juichen en gooide haar dikke armpjes in de lucht, tot Maël haar optilde uit haar kinderstoeltje en op schoot nam. Chloé keek geërgerd van de een naar de ander. Kennelijk kon ze met de beste wil van de wereld niets komisch aan haar woorden ontdekken.

'Ze doet het prima,' legde Veronika later onomwonden uit toen ze met Sylvia en Maël gezellig in Ti Bag voor de haard zat. Lili was op Sylvia's schoot in slaap gevallen en lag met haar wang in de binnenkant van haar elleboog. Het wiegen van de schommelstoel had er vast toe bijgedragen dat ze in slaap was gevallen, het had nog geen vijf minuten geduurd of haar oogleden vielen dicht.

'Wie weet zou ze toch de juiste persoon zijn voor het bezoekerscentrum,' merkte Maël op.

Veronika was het met hem eens. 'Dat kan ze echt goed. Of wilde jij dat zelf gaan doen, Sylvie?'

Ze schudde haar hoofd. Nee, dat kon ze er niet ook nog bij hebben. Ze hadden echt dringend een capabel iemand nodig om het nieuwe centrum te gaan leiden. Noahs moeder had zich vandaag van een heel nieuwe kant laten zien, dat klopte. En toch aarzelde ze. 'Het is te vroeg om dat te beslissen,' antwoordde ze. 'Het is goed mogelijk dat ze die taak op zich gaat nemen als ze blijft. Maar het duurt nog een paar maanden voor het zover is. Laten we afwachten wat de toekomst gaat brengen.'

'Als je zo denkt, doe je in de toekomst niet meer mee,' aapte Veronika Chloé na en lachend schudde ze haar hoofd. 'Ik zou weleens willen weten uit welke reclamefolder ze dat heeft.'

'Ook wat dat betreft zullen we het moeten afwachten,' merkte Sylvia op. 'Als ze ons met die Sir James-achtige ideeën op de zenuwen blijft werken, zie ik het somber in voor de rust in huis.' Ze keek naar Maël, die peinzend keek, maar gelukkig niet geïrriteerd. 'Bovendien mogen we Solenn niet buiten beschouwing laten,' voegde ze eraan toe. 'Chloé werkt nog steeds als een rode lap op een stier op haar.'

Maël stond op en Sylvia schrok. Had ze weer zonder het te weten een van zijn gevoelige snaren geraakt? Bezorgd zag ze dat hij naar de voordeur liep en zijn jas aantrok.

'Waar wil je nu nog heen?' vroeg ze ongerust.

'Naar Pierrick. Ik ga eens kijken hoe het met Noah gaat,' zei hij en hij stapte de deur uit.

Ze wist niet goed of dat wel zo verstandig was, maar naar haar mening werd niet gevraagd. Alsof de kleine Lili haar innerlijke onrust voelde, zuchtte ze in haar slaap, trappelde en schopte haar pijnlijk in haar buik.

'Kom, ik leg haar in bed,' zei Veronika en ze nam het slapende kind uit Sylvia's armen.

En zo zat ze ineens helemaal alleen voor het vuur. Maël en Vero hebben allebei een kind schoot door haar hoofd. En wat heb ik eigenlijk? Ze wist dat dat onterecht was. Onterecht en ondankbaar. Ze had heel veel. Een liefde die ze daarvoor nooit voor mogelijk had gehouden. Ze woonde op een plek waar anderen alleen maar van konden dromen en ze deed wat ze het liefste deed. En toch keerde het gevoel terug dat ze al een week lang verdrong. Het gevoel dat het lot haar iets onthield zolang ook zij geen moeder kon worden.

14

Geklets

Noah ging weer deelnemen aan het leven van alledag op het camelia-eiland en het was duidelijk de juiste beslissing geweest om hem aan Pierricks goede zorgen toe te vertrouwen. De jongen was bruinverbrand en had rode wangen van de zeelucht. Zijn ogen glansden en hij had een nieuwe, vastberaden gelaatsuitdrukking. Hij was zelfs bereid om naar school te gaan op voorwaarde dat hij bij Pierrick mocht blijven wonen en dat die hem met de boot bracht en weer ophaalde.

Tijdens de paasdagen kwamen er veel buitenlandse gasten naar het eiland en Sylvia stelde tot haar tevredenheid vast dat de Jardin aux Camélias tot ver over de grenzen van Frankrijk bekend was geworden.

De maand mei brak aan, met al zijn feestdagen en ten slotte Pinksteren. Zo'n grote stroom bezoekers had het camelia-eiland nog nooit meegemaakt. Briocs zoon Yann zette ook bij hoogwater onafgebroken toeristen over met zijn watertaxi. Het eiland werd sinds dit jaar genoemd in de nieuwe editie van een veelgelezen reisgids over Bretagne en was niet langer een mooi plekje dat slechts bij ingewijden bekend was. Het werd de hoogste tijd dat het bezoekerscentrum klaarkwam.

De bouwwerkzaamheden schoten goed op. De muren werden opgetrokken en een groep vrolijke timmerlieden bouwde de dakconstructie, iedereen kon elke dag zien hoe het opschoot. Na zorgvuldig overleg met de architect en hoofdopzichter bepaalde Sylvia moedig dat de opening op 1 september zou zijn. Onder het personeel van de Jardin aux Camélias heerste een uitgelaten stemming, vol verwachting en voorpret. Ze had haar handen vol en Chloé bewees zich telkens weer een goede hulp. En toch had Sylvia het niet gemakkelijk met haar. Chloé bemoeide zich maar al te vaak met dingen die haar eigenlijk niets aangingen.

Het viel haar op dat Solenn de laatste tijd heel zwijgzaam was geworden. Ze besefte dat ze veel minder tijd met elkaar doorbrachten dan vroeger en toen ze voorstelde om samen een middagje naar het vasteland te gaan, wat boodschappen te doen en door Fleurette hun haren weer mooi te laten maken – zij alleen met zijn tweetjes, zonder Chloé – had Solenn wel heel snel toegehapt. Normaal gesproken moest ze veel meer moeite doen om Solenn tot zo'n overbodige luxe, zoals zij dat noemde, te overreden.

Ze deden eerst boodschappen en laadden de kofferbak vol met levensmiddelen en dagelijkse benodigdheden. Daarna gingen ze naar de bakkerij van Loeiza, om een grote doos *sablés* te halen, de brosse boterkoekjes waar Solenn zo dol op was.

Toen ze de bakkerij binnenkwamen verstomden de aanwezige klanten en ze wierpen hun schuwe blikken toe. Ze herkende Katell, de ongetrouwde jongere zus van de havenmeester, de twee andere vrouwen kende ze alleen van gezicht.

'We hadden het net over jullie,' begroette Loeiza hen enigszins schuldbewust.

Ze voelde Solenn verstijven, ze wist dat haar Bretonse vriendin er een hekel aan had als anderen over haar praatten.

'We vroegen ons af,' vervolgde Katell met een zelfgenoegzame glimlach, 'hoe dat bij jullie eigenlijk gaat met jullie ménage à trois.'

Eerst wist ze niet wat Briocs zus bedoelde. De twee andere vrouwen draaiden zich nu ook geïnteresseerd om.

'Wil je dat laten!' snauwde Solenn haar toe.

Een van de vrouwen begon te giechelen.

‘*Vraiment*, Katell, laat die arme Sylvia met rust,’ bemoeide Loeiza zich er nu mee. Daarna wendde ze zich tot Sylvia. ‘We zijn allemaal ontzet dat Maël je dat aandoet, lieve Sylvia. Die Parisienne had nooit terug mogen komen. En ik zeg het je: ze zal het nog berouwen.’

Pijnlijk getroffen merkte ze dat de andere vrouwen haar nieuwsgierig opnamen. Bij de ene was ze ervan overtuigd dat die tot de vrouwen behoorde die gewed hadden dat ze liever een Parijse confectiejurk op haar bruiloft zou dragen dan een van plaatselijk gekloste kant. En ineens vroeg ze zich af of er alweer weddenschappen waren afgesloten, en nu over wie er zou ‘winnen’: zij of Chloé. Ze haalde diep adem om er iets tegen in te brengen, maar de vrouw was haar voor.

‘Is het waar dat die jongen… Is hij echt van je man?’

Even was het muisstil in de bakkerij.

‘Ja,’ zei ze luid en duidelijk op vrolijke toon alsof het de normaalste zaak van de wereld was. ‘En Noah is een heel leuk joch. We zijn blij dat…’

‘Dat lieg je toch zeker,’ viel de andere haar in de rede. ‘En als dat klopt, hoe kun je dan gelukkig zijn, Sylvie?’

‘En nu is het afgelopen!’ voer Solenn uit, zodat iedereen van schrik ineenkromp. ‘Wat zijn jullie voor een verschrikkelijke roddeltantes! Kunnen jullie andere mensen niet gewoon met rust laten?’

‘Maar we menen het goed met…’ probeerde Katell zichzelf nog te verdedigen. Solenn liet haar echter niet uitspreken.

‘Wat gaat het jullie aan?’ stoof ze op. ‘Moeten jullie nu weer jullie bek opentrekken, net als toen over Lucie en mij?’

De vrouwen keken beteuterd een andere kant op, terwijl Loeiza probeerde de boel glad te strijken. ‘Dat was toch iets heel anders,’ verzekerde ze. ‘Lucie was onze vriendin…’

‘Precies,’ zei Solenn honend. ‘Uiteindelijk wel, ja. Maar hoelang heeft het geduurd voordat ze jullie vriendin was? Acht jaar?

Of waren het er tien? En al die jaren hebben jullie de ergste dingen over ons tweeën verteld, tot jullie simpelweg wel moesten inzien wat voor een engel ze was.'

Ontzet zag Sylvia dat Solenn vocht tegen haar tranen.

'Dat klopt! Dat was ze! Maar deze Chloé is toch echt geen engel,' bracht Briocs zus er onbewogen tegen in. 'Ik weet echt niet wat je hebt, we staan immers achter Sylvie! We hebben dat kreng al uit het vakantiehuis van haar vader verdreven. We verdrijven haar ook nog wel van het eiland.'

'Jullie verdrijven niemand van het eiland,' snauwde Solenn haar toe. In haar donkere ogen fonkelden nu echt tranen van woede. 'En jij al helemaal niet, Katell, hoor je dat?'

'Wat wil je daarmee zeggen, dat jullie haar verdreven hebben?' Nu wendde Sylvia zich tot de vrouw. 'Wat hebben jullie gedaan?'

Katell wendde zich af en inspecteerde de vitrines van de bakkerij alsof ze die voor het eerst zag.

'Ben ik aan de beurt?' vroeg ze Loeiza en ze begon op te sommen wat ze wilde hebben. Toen ze klaar was, nam ze snel afscheid en verliet de winkel zonder Sylvia of Solenn aan te kijken.

'Kom,' zei Solenn tegen Sylvia en ze liep ook naar de deur. 'Ik hoef die sablés niet meer. Dat jullie het maar weten,' voegde ze eraan toe. Ze wendde zich tot de nog aanwezige vrouwen. 'Jullie kunnen ons gestolen worden, huichelaarsters, roddeltantes. Allemaal!' En met die woorden rukte ze de deur open en stormde naar buiten.

'Ik heb geen zin meer in de kapper,' zei ze tegen Sylvia. 'Laten we maar naar huis gaan.' Ze wendde zich af en beende terug naar het kerkplein waar ze de auto geparkeerd hadden.

'Wil je echt niet meer naar Fleurette?' vroeg Sylvia toen ze allebei in de auto zaten. Ze had de motor nog niet gestart. Net als Solenn had ook zij een moment nodig om datgene wat ze hadden meegemaakt te verwerken. Solenn schudde haar hoofd en keek uit het raampje. Ze vermoedde dat Solenn huilde en het niet wilde laten zien. 'Dat is toch niets voor jou,' probeerde ze haar tot andere gedachten te brengen. 'Als we nu toegeven, gaan ze nog meer over ons kletsen.'

Solenn zweeg even. 'Ik weet niet hoe je het uithoudt,' zei ze ten slotte. 'Ik ben wel het nodige gewend. Maar dit is...' Haar stem brak en ze moest een paar keer haar keel schrapen. 'Het liefst zou ik vertrekken,' merkte ze toen op. 'Ik ben ze allemaal zo zat, die hele leugenachtige bende. En Chloé helemaal.'

Ze sloeg haar arm om de schouder van haar vriendin. 'Zo erg is het toch niet,' probeerde ze Solenn gerust te stellen, al was haar duidelijk dat ze zichzelf iets wijsmaakte. 'En het is toch niet tegen jou gericht!'

'Maar wel tegen Maël, merk je dat niet?' antwoordde Solenn fel. 'Ze hebben medelijden met jou, wat al erg genoeg is, maar ten koste van hem. En medelijden verandert al snel in boosaardigheid. Ze zaten vroeger allemaal achter Maël aan. Ze hebben zich er schoorvoetend bij neergelegd dat jij hem hebt gekregen. Zodra je zwakte laat zien, vallen ze over je heen.'

Sylvia keek haar geschrokken aan. Daarna werd ze woedend.

'Het kan me geen klap schelen wat ze hier over me zeggen,' legde ze uit. 'Ik ben een vreemde en zal dat altijd blijven. We moeten ons niet door hen laten wegjagen, Solenn. Als we nu naar huis rijden, durven we hier nooit meer naartoe. We moeten hun trots en goedgehumeurd tegemoet treden. Kom op, Solenn. Verman je. Waar is je strijdlust gebleven?'

Een moment lang staarde Solenn uit het raam. Er liepen een paar meisjes voorbij, twee gearmd en ze lachten als bakvissen om iets wat de derde zei.

Solenn knikte. 'Je hebt gelijk,' zei ze. 'Nou, vooruit dan maar, op naar het hol van de leeuwinnen!'

In de kapsalon kwam hun de vertrouwde mengelmoes van geuren van shampoo, conditioner en haarspray tegemoet. Sylvia keek meteen snel wie er allemaal zaten. Behalve een oudere dame uit de kantklosgroep die ze onder alle krullers pas in tweede instantie herkende, waren zij de enige klanten.

'Daar zijn jullie eindelijk weer.' Fleurette begroetten hen even hartelijk als altijd. Sylvia was al voorbereid geweest op een volledige metamorfose, de kapster wisselde namelijk maandelijks van haarkleur. De vorige keer had ze haar lokkenpracht diep bordeauxrood geverfd, nu was die metaalachtig asblond.

'Wat mag het zijn vandaag?' vroeg ze aan Solenn. 'Alleen knippen, zoals altijd? Of wil je ook een keer een kleurtje proberen?'

'Nee, liever niet,' zei Solenn. 'Ik vind het al erg genoeg dat je onze tuinmannen in een verkeerslicht veranderd hebt!'

Fleurette schaterde het uit. 'Verkeerslicht! Die moet ik onthouden! Hoe wil je het graag, Solenn?'

'Weer lekker kort, zoals altijd, Fleurette. Je weet hoe ik het het liefst heb. En je moet bij mij niet met verf aankomen!'

'Helemaal prima,' antwoordde de kapster vrolijk en ze gaf Sylvia een kopje koffie.

Fleurette was in een wip klaar met Solenns korte kapsel en ze had nog met geen woord de situatie op het camelia-eiland aangeroerd. Nu was Sylvia aan de beurt en met de sympathieke kapster besprak ze haar wensen. Sylvia zocht drie nuances bij haar natuurlijke haarkleur uit en ontspande zich terwijl Fleurette met behendige vingers dunne strengen haar met verf insmeerde en ze zorgvuldig in aluminiumfolie wikkelde. Ze was daarbij ongekend zwijgzaam. Sylvia was haar er dankbaar voor.

Tijdens de inwerktijd viel ze bijna in slaap, zo uitgeput was ze. Pas toen Fleurette de verf weer uitspoelde, drong tot haar door dat iemand zich over haar heen boog. Geschrokken veerde ze op. Het was de oude dame, haar witte krulletjes mooi gekapt alsof ze naar een feest ging.

'We staan achter je,' fluisterde ze heel dicht bij Sylvia's oor.

'Achter jou en Maël.' Ze gaf haar een ondeugende knipoog en verdween uit haar blikveld.

'Berthe, *mon Dieu*,' riep Fleurette verontwaardigd uit. 'Hoe kun je Sylvia zo laten schrikken! Ze sliep.'

'Dat moet ze ook niet doen,' zei de oude Berthe koppig. 'Onze Sylvie moet klaarwakker zijn. Klaarwakker!'

Daarop schoot Sylvia in de lach en na even aarzelen deed ook Fleurette mee, en Berthe sowieso natuurlijk. Zelfs Solenn kon er niet onderuit.

'Klaarwakker!' riepen ze om beurten uit en ze bleven maar doorgaan.

'Natuurlijk, lieve Berthe,' verzekerde Sylvia de oude dame. 'Dat zal ik zijn.'

'Wacht nog even,' zei Solenn toen ze later weer in de auto zaten en Sylvia de motor wilde starten. 'Ik heb zonet nagedacht. En ik moet je iets zeggen.'

Sylvia liet haar handen zakken en keek haar vriendin aan. Met haar pas geknipte haar zag ze er veel jonger uit, je zag de lijn van haar nek weer en de mooie welving van haar achterhoofd. Jammer dat ze geen partner meer heeft, dacht ze. Echt oud is ze niet. En voor het eerst sinds ze Solenn kende, vroeg ze zich af of de vrouw misschien nog een keer in haar leven verliefd zou kunnen worden.

'Ik ben het niet eens met de manier waarop jullie Chloé betrekken bij het bedrijf. Het is ook eigenlijk nog steeds mijn bedrijf, Sylvie.' Ze wierp Sylvia een blik toe. 'Begrijp me niet verkeerd, ik heb er tot nog toe nooit een punt van gemaakt. We zijn een familie, we horen bij elkaar en zo stellen we ons ook op als het om de kwekerij gaat. Maar nu vrees ik dat alles uit elkaar zal vallen als we niet oppassen.'

'Dat geloof ik niet, Solenn,' probeerde ze haar gerust te stellen, maar Solenn ging verder met een heftigheid waar ze van schrok.

'Had je maar gelijk,' riep ze uit. 'Ik zou blij zijn als ik me vergiste. Zo samenleven en -werken als wij doen, functioneert alleen als alles in balans is. Het komt niet vaak voor dat zoiets mogelijk is. Het is een wonder dat het met jou zo goed uitviel, want je kwam uit een totaal andere wereld. Daar was ik... zo blij mee. Maar nu... valt alles uit elkaar.'

Haar stem brak en Sylvia was bang dat ze opnieuw zou gaan huilen.

'Ik weet,' ging Solenn verder toen ze wat gekalmeerd was, 'dat jij dat anders ziet. En Maël sowieso. Hij is doof en blind sinds hij gehoord heeft dat hij een zoon heeft. In zekere zin begrijp ik hem ook wel, maar dat kan op den duur niet goed gaan, Sylvia. De oude Berthe heeft gelijk, we moeten klaarwakker zijn. Chloé wil jouw man. En ze wil het eiland. Wie dat niet ziet, is blind. Laat ik het zo zeggen: ofwel jullie zijn later inderdaad een ménage à trois of een van jullie tweeën zal moeten gaan.'

Beteuterd keek Sylvia naar het plein en ze zag de ingang van de kerk waar ze nog geen jaar geleden als bruid uit gekomen was. Ze vond Solenns mening belangrijk en meestal had haar vriendin gelijk met haar inschattingen. Vergiste ze zich ditmaal? Was het mogelijk dat haar afkeer van Chloé haar anders zo heldere oordeelsvermogen vertroebelde? 'Wat zou jij doen als je mij was?' hoorde ze zichzelf vragen.

Solenn gaf lange tijd geen antwoord. 'Jij kunt niets doen,' zei ze ten slotte. 'Het is aan Maël om iets te doen. Allereerst moet hij een vaderschapstest laten afnemen. Het is allemaal prachtig die gelijkenissen, maar we moeten zekerheid hebben.' Ze keek Sylvia aan met ogen vol medeleven. 'Denk er maar eens over na wat dat betekent,' vervolgde ze. 'Als Noah zijn zoon is, erft hij ooit het eiland, als jij geen kinderen krijgt. En zelfs wanneer je ze wel krijgt, heeft Noah recht op een deel van de erfenis. Lucie heeft jou niet in haar testament opgenomen, omdat ze zich niet kon voorstellen dat je hier ooit zou wonen. Na mij erft Maël het eiland, zo heeft ze dat laten vastleggen. Jij kunt geen aandeel in het eiland of het bedrijf krijgen, dat zou indruisen tegen haar uiterste wilsbeschikking. Als mij en Maël dus iets zou overkomen, gaat driekwart van het geheel naar Noah, zo gaat dat hier in Frankrijk. En mocht Maëls vreselijke moeder dan nog leven, erft ook zij een deel, terwijl jij het nakijken hebt. Ja, ik heb me laten informeren. We hebben al eens gedoe gehad vanwege het erfrecht. Bedenk je dat zolang Noah niet meerderjarig is, zijn moeder de erfenis zal beheren. Wat gebeurt er dan met jou?' Ze keek Sylvia indringend aan. 'Ik ben al over de zestig,' vervolgde ze. 'Wie weet hoelang ik nog leef. Niemand van ons is gevrijwaard tegen ziekten of ongelukken. We moeten verstandig zijn en onze voorzorgsmaatregelen voor het ergste geval nemen. Dat heeft de kwestie met Lucies testament me wel geleerd.'

Sylvia zweeg onthutst. Daar had ze allemaal niet aan gedacht. Solenn had volkomen gelijk. Het eiland was al een keer bijna in de verkeerde handen terechtgekomen. Haar hart begon te bonzen bij de gedachte dat Maël iets zou kunnen overkomen, daar wilde ze het liefst totaal niet aan denken. Maar dat moest ze kennelijk wel doen. Ze werd beroerd bij het idee dat ze dan misschien naast alle verdriet ook nog geen thuis meer zou hebben. Nog maar een paar jaar geleden lag haar leven in puin en was ze alles kwijtgeraakt waar ze tien jaar hard voor had gewerkt. Toen was het haar eigen beslissing geweest om de stem van haar hart te volgen en niet voor een leven zonder financiële zorgen met een man die haar bitter had teleurgesteld en van wie ze niet meer hield. Ze vond het prima dat Maël zijn zoon wettigde en dat die later zijn erfgenaam zou zijn. Het zag ernaar uit dat ze toch geen kinderen meer zouden krijgen. Waarom zou ze er dus tegen zijn? Maar haar eigen positie moest ook veiliggesteld worden.

'Het is afschuwelijk,' zei Sylvia, 'om eraan te denken wat er zou gebeuren als jullie tweeën, jij en Maël, hier niet meer zouden zijn.'

Solenn pakte haar hand en drukte die. 'Dat zal zo snel niet gebeuren,' antwoordde ze. 'Maar zoiets hebben we al wel een keer meegemaakt.'

Sylvia knikte.

'Ik ga het met Millet bespreken,' zei ze. 'Ik weet alleen niet hoe ik Maël ertoe moet overhalen om de vaderschapstest te laten afnemen. Hij is best gevoelig als het om dat onderwerp gaat.'

'Laat dat maar aan mij over,' stelde Solenn voor. 'Ik praat wel met hem. En nu gaan we naar huis. Het duurt niet lang meer voor het vloed wordt.'

Een paar dagen later had Sylvia een afspraak bij hun advocaat. Ze deed Millet de situatie uit de doeken en vroeg hem om zijn advies. Hij keek haar ontzet aan en fronste zijn voorhoofd.

'*Ma chère* madame Riwall,' zei hij, 'dat kan ik helaas niet op me nemen.'

'Maar waarom niet?' vroeg ze verbaasd.

'Omdat ik in deze kwestie madame Dufèvre al vertegenwoordig,' legde hij uit. 'U hebt haar zelf immers naar me toe gestuurd. Of vergis ik me daarin?'

Onthutst schudde ze haar hoofd. Ja, dat had ze inderdaad gedaan. Ze had Chloé geadviseerd zich tot hun advocaat te wenden.

'M... maar...' stamelde ze in verwarring, '... betreft het daarbij niet vorderingen op haar echtgenoot? Wat hebben wij daarmee te maken?'

'Alles,' zei de advocaat pijnlijk getroffen. 'Omdat Maël de biologische vader van de zoon van madame Dufèvre lijkt te zijn en ik haar ook in die kwestie vertegenwoordig...'

'Wat zegt u? U vertegenwoordigt Chloé tegen ons? Dat kan toch niet...'

'Daarom heb ik gebeld,' verzekerde de advocaat haar, zichtbaar verlegen met de situatie. 'Ik heb uw man gesproken en hem de zaak voorgelegd. Toen heb ik hem gevraagd of ik onder die omstandigheden echt madame Dufèvre zou moeten vertegenwoordigen. Daar heeft hij ja op gezegd.' De advocaat stak zijn handen omhoog en ze wist niet of dat een afwerend gebaar was of dat hij daarmee wilde bezweren dat hij onschuldig was. 'Het is me meer dan onaangenaam, madame Riwall,' verklaarde hij. 'U en madame Lambaol zijn al jaren mijn cliënten, daarom wilde ik het zeker weten. Alleen… nu heb ik madame Dufèvre als cliënte aangenomen en dan is het helaas uitgesloten dat ik…'

Ze was met stomheid geslagen. Dit was ongehoord. Het moest zo zijn dat Maël de volle omvang van de consequenties niet op zijn netvlies had gehad. 'Wat is ze dan van plan?' vroeg ze uitgeput en op hetzelfde moment wist ze dat ze geen antwoord hoefde te verwachten.

'Dat kan ik u helaas niet zeggen,' legde Millet uit met een heel ongelukkig gezicht.

Wat een klootzak, dacht ze. Waarom had hij de opdracht dan niet uit zichzelf geweigerd? Had hij dan geen eergevoel? In wezen was het haar eigen schuld. Ze was te vriendelijk tegen Chloé geweest en dat zelfs tegen haar eigen intuïtie in. Ze stond op en deed haar best weer een professionele houding aan te nemen. 'Betekent dat,' vroeg ze koeltjes, 'dat onze zakelijke relaties nu helemaal beëindigd zijn?' Millet begeleidde hun bedrijf bij alle juridische kwesties. Hij had het gecompliceerde koopcontract voor de *Sylviana* opgesteld, dat ze, zoals ze inmiddels wist, met niemand anders dan Sir James Ashton-Davenport had gesloten. Een gedachte waarbij de rillingen haar over de rug liepen.

'Dat hangt van u af, madame,' zei de advocaat, nu ook weer zakelijk en afstandelijk.

Ze knikte. 'Ik zal het met madame Lambaol en mijn man bespreken,' zei ze en ze nam afscheid.

'Dat meent hij toch niet,' voer Solenn uit. 'Is hij nou helemaal?'

Maël keek niet-begrijpend rond. Het was al na tienen 's avonds, ze waren samengekomen in Ti Bag voor overleg. 'Waarom dit gedoe, ik begrijp totaal niet waarom,' bracht hij ertegen in. 'Wat wil Chloé nou? Ik ben toch bereid hem te erkennen en alles te doen wat nodig...'

'Nu moet je eens goed luisteren,' snauwde Solenn hem toe. 'Het gaat helemaal niet om alimentatie voor Noah. Hij woont immers al bij ons, eet bij ons en alles wat hij verder nog nodig heeft wordt ook door ons betaald. Het gaat om veel meer. Begrijp je dat dan niet? En nu heeft Chloé dankzij jullie vriendelijkheid bovendien de beste advocaat uit de omgeving aan haar kant!'

Maël keek Sylvia geschrokken aan.

Ze pakte zijn hand vast. 'Ze heeft helaas gelijk,' zei ze rustig. 'Dus moeten we een nog betere jurist zoeken. Ik ga morgen naar Parijs. Éric heeft me de naam van een advocate voor familierecht gegeven. De beste in heel Frankrijk zeggen ze.'

Zowel Solenn als Maël keek haar verrast aan.

'Morganes broer heeft je die geadviseerd?' vroeg Solenn. 'De televisiejournalist?'

'Exact,' bevestigde Sylvia. 'Millet zal zich nog verbazen. Bovendien kan ik dan ook bij het ministerie van Milieu mijn woordje doen. Een ambtenaar daar maakt problemen vanwege de subsidie voor het vogelbeschermingscentrum. Die moet ik eens persoonlijk spreken.'

Solenn glimlachte zoals ze dat al heel vaak niet meer had gedaan. 'Zo ken ik je weer,' zei ze en haar ogen fonkelden. 'Dat is de Sylvia van wie ik hou. Klaarwakker!'

15

De brief

Het was een tijdje geleden dat Sylvia Pierrick en zijn pupil in de werkplaats had opgezocht. Dat besefte ze toen ze op de late middag voor haar vertrek naar de aanlegsteiger liep om te kijken of *La Brise* startklaar was, want de landbrug zou de volgende ochtend onder water staan. Zoals zo vaak zou ze zich daarom met de kotter laten overzetten. Ze hield ervan om de boot over het water te sturen en ze betreurde het dat ze daar veel te weinig toe kwam. Als het zo verderging duurde het nog wel even voor ze dat stuurmansdiploma had.

In de vredige, vroegzomerse zee schommelden de boten, die klotsende geluiden maakten: de motorboot van Gurvan en de vissersboot van Pierrick, *Nimue*, waarmee hij zo graag uit vissen ging en de kotter *La Brise*. Zoals Pierrick haar had geleerd controleerde ze niet alleen of er benzine in de tank zat, maar ook de motor en de verlichting, want het zou nog donker zijn als ze vertrok. Alles was helemaal in orde. In plaats van naar het kantoor te gaan, besloot ze een kort bezoek aan het botenhuis te brengen.

Hoewel de deur kraakte, leken de oude man en Noah niet te merken dat ze binnenkwam. Ze stonden met hun rug naar haar toe aan de werkbank, tegen de achterste muur van het gebouw, geconcentreerd gebogen over iets wat ze met hun lichaam aan het zicht onttrokken. Om bij het werkblad te kunnen stond de jongen op een houten kist. Wat ze ook deden, het vergde al hun aandacht.

Een tijdlang sloeg ze het gade. De twee werkten zwijgend hand in hand. Dan weer gaf Pierrick Noah een stuk hout, dan weer een plastic flesje met een dunne tuit of gereedschap aan. Er heerste volledige harmonie tussen de twee. Ze had er al spijt van dat ze was binnengekomen, ze stoorde vast en toch kon ze zich er niet toe zetten om weer te gaan.

'*Salut*,' zei ze. Pierrick draaide zijn hoofd om, Noah nam geen notitie van haar. 'Stoor ik?'

Pierrick begon te glimlachen en hij schudde zijn hoofd. 'Onze vriend is heel handig.'

Hij wees met zijn kin naar de werkbank. Ze kwam dichterbij en zag dat ze aan een scheepsmodel werkten. Noah bevestigde net een lange, dunne strook balsahout op een ragfijne ribbenconstructie van miniatuurspanten en liet zich totaal niet afleiden door haar aanwezigheid. Pierrick wierp haar een samenzweerderige blik toe.

Het was fascinerend om de jongen gade te slaan. Ze zag dat hij de romp van het schip om een vorm van oud, donker geworden hout bouwde, zoals een schoenmaker in vroeger tijden een schoen om een houten modelvoet, een leest. Op een plank boven het werkblad ontdekte ze nog meer van die houten sjablonen in allerlei soorten en maten, veelgebruikt en vlekkerig van de aanraking door talloze handen.

Na een tijdje keerde Noah zich naar haar om en veegde met zijn onderarm zijn haar uit zijn gezicht. Het was de afgelopen weken gegroeid en hing tot in zijn nek. Misschien moet ik hem eens meenemen naar Fleurette, dacht ze.

'Wat wordt dat voor schip?' vroeg ze.

Noah wierp haar een onderzoekende blik toe, alsof hij niet kon geloven dat haar dat echt interesseerde.

'Een Bretonse haringboot,' antwoordde hij. 'Pierricks vader heeft zulke boten gebouwd,' voegde hij eraan toe en over zijn schouder keek hij aarzelend weer naar zijn werkstuk, alsof hij stond te popelen om verder te gaan.

Toch had ze het gevoel dat hij iets op het hart had. Hij beet op zijn onderlip en leek na te denken.

'Hoe bevalt het je inmiddels eigenlijk op school?' vroeg ze om hem op weg te helpen.

Noah trok alleen ongeïnteresseerd zijn schouders op. 'De andere kinderen praten niet met me.' Hij trok minachtend met zijn mondhoeken. 'Maar dat maakt niet uit. Ze zijn best dom en praten heel raar. Ze kunnen niet eens goed Frans.'

Ze schrok en had er eerst geen antwoord op. Werd hij misschien gepest door de kinderen op school? Terwijl ze erover nadacht welke onschuldige vragen ze verder nog kon stellen, kwam Pierrick haar tegemoet.

'Ach,' zei hij goedmoedig. 'Ze spreken brezhoneg. Dat leer jij binnenkort ook nog wel.'

Noah reageerde niet. In plaats daarvan keek hij haar onderzoekend aan en vroeg: 'Klopt het dat je naar Parijs gaat?'

Ze knikte. Dat beloofde niets goed. Hoe was hij daar in vredesnaam achter gekomen?

'Ja, morgen,' antwoordde ze.

'Dan kom ik mee!' zei de jongen beslist.

Ze slikte. 'Dat kan ik niet beslissen. Zou je moeder dat wel goedvinden?'

Hij perste zijn lippen op elkaar, wendde zijn blik af en keek naar het niet-afgebouwde scheepsmodel. Daarna schudde hij zijn hoofd.

'Heb je het haar al gevraagd?' wilde Pierrick weten.

Noah schudde zijn hoofd opnieuw. 'Dat heeft geen zin,' legde hij uit. 'Ik weet al dat ze nee gaat zeggen. En toch ga ik met je mee.'

Ze ging op een krukje zitten zodat ze op ooghoogte met de jongen was en pakte zijn handen vast, zijn rechterhand was kleverig, hij was kennelijk met houtlijm in de weer geweest. Hij liet het tegenstribbelend toe.

'Ik kan je niet meenemen,' zei ze liefdevol. 'En dat weet je heel goed. Bovendien moet ik in Parijs veel dingen regelen en...'

'Ik ook,' bracht de jongen er koppig tegen in.

'Ja, dat geloof ik,' verzekerde ze hem. 'Maar... dat moet je met je moeder oplossen. Ik kan jou niet tegen haar wil meenemen.'

'En als ze het goedvindt, zou je het dan doen?'

Ze dacht koortsachtig na. Ze wilde eerlijk zijn. Bovendien wist je het nooit met Chloé. Stel dat ze tegen de verwachtingen in ja zei?

'Dat hangt van je plannen af.'

'Ik wil met mijn vader praten,' zei Noah zonder eromheen te draaien. 'Verder niets. Ik zou bij een vriendje op bezoek kunnen gaan zolang jij nog dingen moet doen. Maar dat hoeft niet als je dat niet wilt. Ik wacht in het hotel op je, dat ben ik gewend. Ik zal niet lastig zijn. Erewoord!'

Ze wisselde een blik met Pierrick. Die keek sceptisch en haalde zijn schouders op. Toen nam ze een beslissing.

'Oké, als je moeder het goedvindt, kun je mee, Noah. Ik ga alleen echt niet alles op alles zetten om bij monsieur Dufèvre binnen te komen. Voor zover ik heb begrepen, wil hij jou niet zien. Het kan dus zijn dat je de reis voor niets maakt.'

'Ik ga het aan *maman* vragen,' riep Noah met stralende ogen ineens zo enthousiast uit dat haar hart er bijna van brak. Ze kon zich niet voorstellen dat Chloé ermee akkoord zou gaan. 'Nu meteen,' voegde de jongen eraan toe en hij sprong van de kist.

Hij greep zijn windjack, schoot het aan en stormde naar buiten. Ze keek hem bezorgd na.

'Sylvie, Sylvie,' zei Pierrick hoofdschuddend. 'Dat kan niet goed gaan. Waarom heb je niet gewoon nee gezegd?'

Ze zuchtte. Ja, waarom eigenlijk? Omdat zij niet degene zou zijn die meteen nee zei op alles wat de jongen wilde? Omdat ze er zelf niet tegen kon als iemand nee tegen haar zei? Omdat ze niet de schuld wilde krijgen van de akelige situatie? Of simpelweg omdat ze begrip voor Noahs wens had? Hij wilde immers niets anders dan begrijpen wat hem was overkomen.

Ze haalde haar schouders op. Waarom niet, dacht ze. Chloé moest zich niet zo aanstellen. Als ze haar zoon de kans had gegeven om afscheid te nemen van Alain was alles veel gemakkelijker geweest.

Voor het avondeten verschenen een Noah met rood behuilde ogen en een vuurspuwende Chloé.

'Hoe kun je mijn zoon dat soort gekke ideeën aanpraten?' snauwde ze Sylvia toe.

'Hij had het aan mij gevraagd,' antwoordde ze onbewogen. 'Het is niet aan mij om jouw zoon iets te verbieden of toe te staan. Je bent het er dus niet mee eens?'

Noah begon te snikken en veegde met zijn mouw over zijn ogen.

'Natuurlijk niet!' zei Chloé woedend. 'En nu is het uit met die onzin. Hou op met huilen, Noah. Je bent groot, dan huil je niet! Heb je je huiswerk eigenlijk al gemaakt?'

De jongen gaf geen antwoord. Hij zat in elkaar gedoken op zijn stoel, met opgetrokken schouders en hangend hoofd. Zo bleef hij zitten, hij roerde zijn eten niet aan en beantwoordde geen enkele vraag.

Toen Solenn een plank met kaas op tafel zette, brak Pierrick een groot stuk stokbrood af, sneed het in de lengte open en stopte het vol met de geitenkaas waar Noah zo van hield. Daarna zette hij het de jongen voor. Na even aarzelen nam hij het aan en zette zijn tanden erin. Ineens lag de hand van de oude man op Noahs schouder en bleef daar liggen. Zelfs Sylvia, die aan de andere kant van de tafel zat, kon voelen hoe de jongen langzaam wat begon te ontspannen. En toch hing zijn verdriet bijna tastbaar in de ruimte.

De volgende ochtend liep ze al om half zes met haar koffertje het in de rotsen uitgehouwen trapje af naar de aanlegsteiger.

Tot haar verrassing trof ze daar Pierrick aan, die *La Brise* startklaar bleek te hebben gemaakt. Hij nam de bagage van haar over en stopte die in de bergruimte onder de banken bij de achtersteven.

'Ik zet je over,' legde hij uit nadat ze hem een zoen op zijn wangen had gegeven en hem had gevraagd waarom hij niet in bed was blijven liggen. 'In bed gaan de mensen dood, zeggen ze hier,' voegde hij er grijnzend aan toe. 'Bovendien vind ik het niet zo'n prettige gedachte dat *La Brise* daarginds zo lang in de haven blijft liggen. Ben je er klaar voor?'

Ze trok haar oliejas over haar elegante zakenpakje en nam plaats op de bank bij de achtersteven. 'Ja, klaar,' zei ze.

Pierrick was net bezig de motor te starten toen ze een luid geschreeuw hoorden. Het was Noah die hen achterna kwam en de trap met twee treden tegelijk nam, zodat Sylvia bang was dat hij zou struikelen en vallen.

'Wacht,' schreeuwde hij uit alle macht.

Ze kreeg een hartverzakking. Zou hij zover gaan dat hij haar ondanks het verbod van zijn moeder zou smeken om hem mee te nemen? Ze stapte snel weer aan land.

'Noah!' riep ze. 'Wat doe jij hier? Je weet toch dat je niet mee kunt?'

De jongen was echter iets heel anders van plan. In zijn uitgestrekte hand had hij een envelop.

'Ik heb *papa* geschreven,' riep hij ademloos uit. '*S'îl te plaît*, alsjeblieft, kun je hem die geven?' smeekte hij haar toen hij haar aarzeling zag. 'Als hij dit leest, begrijpt hij alles!'

Wanhopig zwaaide hij met de brief voor haar neus, tot ze ten slotte niets anders kon dan die aan te nemen. In een net kinderhandschrift stond er 'Alain Dufèvre' op de envelop met daaronder het volledige adres. 'Dat kun je toch wel vinden?' vroeg hij bezorgd. Ze knikte. 'Je moet hem de brief persoonlijk geven, zodat ik weet dat hij hem ook echt krijgt. Laat je niet afwimpelen door Jean, dat is de portier. Zeg hem dat ík je heb gestuurd. En alsjeblieft… zeg alsjeblieft tegen *papa*…'

De stem van het jongetje brak. Ze had hem het liefst in haar armen genomen. Toen viel hij tegen haar aan en verborg zijn hoofd tegen haar buik. Een paar seconden lang voelde ze zijn lichaam trillen, alsof hij snikte, daarna liet hij haar los, draaide zich om, rende de trap weer op en verdween achter de grote rotsen.

Ze keek hem na, vervolgens stopte ze de brief onder haar oliejas. Ze sprong in de boot en wierp Pierrick een blik toe. Die grijnsde en knikte haar even toe voordat hij de motor startte en de boot bedreven de natuurlijke haven uit stuurde.

Ze meerderden vaart, de ochtendhemel werd lichter met zachte parelmoertinten. Sylvia draaide zich om en keek naar het steeds kleiner wordende eiland, dat zo geliefde stukje aarde op de rafelrand van het Europese continent, de rest van een ooit met het vasteland verbonden voorpost, die Pierrick en zijn kameraden jaar in, jaar uit tegen de aanstormende Atlantische Oceaan verdedigden. Ze dacht eraan dat niets op dat stukje aarde van haar was en dat ze alleen als echtgenote van de toekomstige eigenaar het recht had om er te wonen. Zulke gedachten had ze nog nooit gehad voordat Solenn haar erop attent had gemaakt, die waren haar vreemd en vond ze onaangenaam. Als Chloé niet als uit het niets was opgedoken, hadden zulke vragen voor haar ook nooit een rol gespeeld.

Ze keek naar het vaste land. In de haven stond de auto die Maël gisteren voor haar had geparkeerd. Daarmee zou ze naar Quimper rijden en vandaar nam ze het vliegtuig naar de hoofdstad. Alles was tot in de puntjes voorbereid, zoals altijd. Ook haar afspraken waren keurig ingepland, inclusief de afspraak waarvan ze niemand iets had verteld, zelfs Maël niet. Ze voelde de brief, die een ritselend geluid maakte, dicht bij haar lichaam. Nu was er nog een missie bij gekomen en ook daarvan had behalve Pierrick, Noah en zij niemand ook maar het geringste vermoeden.

16
Parijs

Ze vond Marie-France Bresson vanaf het eerste moment sympathiek en schatte haar halverwege de vijftig. Maar haar verzorgde uiterlijk kon ook goed verdoezelen dat ze ouder was. Met haar grote, slanke postuur, haar donkere, elegant opgestoken haar, haar zorgvuldige, maar bescheiden make-up was ze voor Sylvia het toonbeeld van een Parijse zakenvrouw. Achter haar modieuze hoornen bril glommen expressieve hazelnootbruine ogen.

'Wat kan ik voor u doen, madame?' vroeg ze nadat Sylvia op een leren bank had plaatsgenomen en de secretaresse koffie en mineraalwater had gebracht. Marie-France ging tegenover haar zitten in een stoel en pakte een notitieblok.

'Ons geval is gecompliceerd,' begon Sylvia, wat de advocate beantwoordde met een hartelijke glimlach.

'Maakt u zich geen zorgen,' stelde ze haar gerust. 'Zo begint eigenlijk elk gesprek dat ik voer. Ik kan u verzekeren dat het anders juist een uitzondering zou zijn.'

Sylvia nam een slok koffie. Daarna haalde ze haar aantekeningen uit haar tas. Ze had zich goed voorbereid en alle belangrijke punten en data genoteerd. En ze had zelfs een kopie van Lucies testament en een uittreksel uit haar familiestamboek bij zich.

Toen het gesprek op Chloé en Noah kwam, vroeg de advocate voor het eerst door. 'Hoe is de naam zegt u?'

'Chloé Dufèvre. Haar man heet Alain.'

De ogen van de advocate begonnen te fonkelen.

'Kent u Chloé of haar man?'

'Dat weet ik niet zeker,' antwoordde Marie-France. 'Ik heb het gevoel dat ik die naam nog maar kortgeleden gehoord heb. Voor zover ik weet is Alain Dufèvre actief in de politiek. Als ik me niet vergis, vertegenwoordigt een van mijn collega's hem.' Sylvia dacht dat ze de radertjes achter het gelijkmatige voorhoofd van de advocate kon zien draaien. Er gleed een fijne glimlach over haar gezicht. 'Of laten we zeggen, een van mijn beste vijanden. Dat treft eigenlijk wel.'

'Ik zou Alain graag leren kennen,' bracht Sylvia ertegen in.

Marie-France keek haar verrast aan.

'Mag ik vragen wat de reden daarvan is?'

'Noah heeft me een brief voor hem meegegeven. Ik weet dat dat absurd klinkt. Maar die man is voor die jongen nog steeds zijn vader. Hij is nog maar zeven. Hij begrijpt het allemaal niet en verlangt ontzettend naar huis.'

Ze keek de advocate aan en wist niet goed hoe ze haar gelaatsuitdrukking moest duiden. Vond ze dat ze niet goed wijs was? Of te sentimenteel?

'Dat is aardig van u,' zei Marie-France ten slotte. 'Maar of het ook goed voor u is?'

'Waarom niet?' informeerde Sylvia. 'Ik geloof niet dat we tegen Alain hoeven te procederen, toch? Het enige wat ik wil, is mijn belangen tegenover Chloé verdedigen. We moeten een oplossing voor de voogdij over het kind vinden en uitsluiten dat zijn moeder rechten verwerft op het eigendom van mijn man die haar niet toekomen. Heeft Alain daar iets mee te maken?' De advocate wiegde met haar hoofd. 'Ik vind,' vervolgde Sylvia, 'dat we bij alle belangen die moeten worden gewaarborgd het welzijn van het kind niet mogen vergeten. Dat moet boven alles staan, vindt u niet? De wereld is voor deze jongen ingestort. Wat voor kwaad kan het voor Alain om met hem te praten? Of als hij verder contact met hem heeft? De chaos die zijn moeder heeft aangericht is toch niet zijn schuld? De man heeft zeven jaar lang gedacht dat Noah zijn zoon was. Hij moet toch ook gevoelens voor hem hebben gekregen. Als je alle verhalen van de jongen hoort was hij een goede vader.'

De advocate knikte en bleef haar aankijken. 'U hebt ongetwijfeld gelijk,' zei ze. 'Maar het is mijn taak om uw belangen te vertegenwoordigen, madame Riwall. Laten we dus helemaal van voren af aan beginnen. Is het wel zeker dat uw man de vader van het kind is en niet monsieur Dufèvre?'

'Te oordelen naar wat Chloé zegt valt hij als vader af, omdat hij... Tja, dat is wel een heel intiem detail... Kennelijk is hij onvruchtbaar. En Noah lijkt verbluffend veel op mijn man,' voegde Sylvia er snel aan toe. 'Maar ik weet natuurlijk ook dat dat nog helemaal niets zegt.'

'Dat klopt. U zult een test moeten doen. Als die negatief is, hebt u mijn hulp immers helemaal niet nodig, toch?'

Sylvia knikte instemmend. 'Ik ga ervan uit dat hij positief zal zijn. En omdat onze huisadvocaat er niet meer voor ons is...'

'... wat ik ongelooflijk vind. Hoe kan monsieur Millet dat zo doen! Nou ja, ik ga er niet over klagen. Ik zal u in dit geval graag vertegenwoordigen en als u dat wilt natuurlijk ook in alle andere aangelegenheden.'

Ze legde Sylvia uit wat haar volgende stappen moesten zijn. 'Verder zal ik met een voorstel komen voor een contract tussen u, de eigenaresse van het eiland en uw man, die immers de toekomstige erfgenaam is, zodat u als diens echtgenote en met uw leidinggevende functie rechtszekerheid hebt. Wat u dringend nodig hebt, is een arbeidscontract. Hebt u eigen geld in de kwekerij geïnvesteerd?'

Sylvia aarzelde even. 'Mijn overleden tante heeft me een camelia nagelaten. Een kostbaar exemplaar, waarvan er maar één op de wereld is. We hebben die een half jaar geleden verkocht. Van de opbrengst bouwen we op dit moment een bezoekerscentrum.'

Marie-France fronste haar fraai gewelfde wenkbrauwen. 'Gaat het om een groot bedrag?'

'Een half miljoen.'

Nu was de advocate toch verrast. 'En dat bedrag investeert u in iets wat u nooit zal toebehoren?'

In de stilte die volgde hoorde ze het bloed in haar oren ruisen, ze hoorde de secretaresse in de andere kamer met een rustige stem telefoneren en van heel ver weg hoorde ze het verkeer beneden op straat. Ineens had ze een kurkdroge keel. Ze nam een slok water en daarna nog een.

'Zo heb ik er nog niet naar gekeken,' zei ze en ze schraapte haar keel, omdat haar stem zo hees klonk.

'Stopt u de bouw,' adviseerde de advocate.

Sylvia schudde haar hoofd. 'Dat gaat niet. De opening is op 1 september.'

'Dat maakt niet uit. Verschuift u de datum en blokkeert u de rekening. Pas wanneer is gegarandeerd dat u bij het kadaster als eigenaresse van dat gebouw wordt ingeschreven of u een andere waarborg verkrijgt, mag het geld weer stromen. Madame Riwall, u moet verstandig zijn. U moet aan uzelf denken zolang we nog de tijd hebben.' De advocate stond op, liep naar haar bureau en typte iets in in de computer. Daarna wendde ze zich weer tot Sylvia. 'Ik beloof u dat ik deze warboel in uw belang zal oplossen. Luistert u naar mij en blokkeer de rekening, en wel vandaag nog. Hoelang bent u in Parijs? Kunt u morgenmiddag nog een keer komen?'

Ze knikte. Eigenlijk had ze morgenmiddag al terug willen vliegen. Ze zou haar ticket omboeken en een latere vlucht nemen.

'Dat is goed.' Marie-France keek in haar digitale agenda. Daarna nam ze de hoorn van de telefoon. 'Jeanne, zou je de afspraak morgen van drie uur willen verschuiven naar volgende week en madame Riwall in plaats daarvan willen noteren? Doe Hugo de groeten van me en bedank hem voor zijn begrip. Het is een dringend geval. Ja, precies. Dank je wel.' Ze stond op en keek Sylvia in de ogen.

'U hebt het gehoord,' zei ze. 'Om drie uur leg ik u een ontwerpcontract voor, dat u met uw man en de eigenaresse van het eiland moet doornemen. Pas wanneer een dergelijke overeenkomst is ondertekend, moet u uw geld in dit eiland investeren.' Vorsend keek ze Sylvia aan. 'Bent u bang voor problemen? Denkt u dat zij tweeën dat niet zouden willen regelen?'

'Nee, vast niet. Het is alleen zo... We hebben daar allemaal nooit over nagedacht. En voordat Chloé verscheen was er ook geen enkele noodzaak...'

Ze haperde. Hoe naïef was ze eigenlijk? Was ze vergeten wat haar was overkomen met Holger, haar eerste man? Maar Maël is heel anders, dacht ze. Ze was ineens helemaal in de war.

'Het is altijd goed als dingen geregeld zijn,' zei Marie-France zacht. 'Ik zeg altijd: duidelijke verhoudingen, gelukkige huwelijken. Maakt u zich geen zorgen. We krijgen het voor elkaar, madame Riwall. Tot morgen.'

Buiten op straat moest ze zich eerst oriënteren. Ze was met een taxi rechtstreeks van het vliegveld naar het advocatenkantoor gekomen, en nu stond ze hier met haar koffer en ze wist niet eens in welk arrondissement ze was. Een blik op haar horloge maakte haar duidelijk dat ze geen tijd meer had om voor haar volgende afspraak in te checken in het hotel.

Op goed geluk liep ze naar de dichtstbijzijnde hoek van de straat, waar ze inderdaad een taxi kon aanhouden. Ze noemde de chauffeur het adres, leunde met haar hoofd achterover tegen de hoofdsteun en deed haar ogen dicht. Wat was haar leven ineens gecompliceerd geworden. Naarmate ze meer orde in bepaalde zaken schiep, leek alles juist warriger te worden.

'We zijn er, madame,' zei de chauffeur, waardoor ze opschrok uit haar gedachten.

Het gebouw van de kliniek kwam koud en afwijzend over. Ze voelde de verleiding opkomen om tegen de chauffeur te zeggen dat hij maar door moest rijden om haar naar het hotel te brengen. Maar toen vermande ze zich. Je moet het niet uit de weg gaan, zei ze tegen zichzelf.

Ze ging de draaideur door en voelde zich een dier dat in de val liep. De entree had betere dagen gekend, de zachtgroene muren waren verbleekt en gebutst. Ze kon zich niet herinneren wanneer ze voor het laatst bij een arts was geweest, laat staan in een ziekenhuis.

Toen mama het ongeluk had gehad, schoot haar te binnen.

Haar moeder was in de juwelierszaak waar ze werkte van de trap gevallen en had een zodanig schedeltrauma opgelopen dat ze niet meer bij bewustzijn was gekomen. Vijf dagen later was ze gestorven. En nu keerden alle herinneringen terug door de penetrante geur van ontsmettingsmiddelen, en wie weet welke medicijnen, die in de gangen van deze kliniek hing.

'Madame Riwall?'

De gynaecoloog gaf haar een handdruk en ze voelde dat zijn zelfverzekerde uitstraling aanstekelijk werkte. Ze liep hem achterna de spreekkamer in en onder zijn vriendelijke blik keerden haar moed en optimisme terug.

Onomwonden zei ze: 'Ik wil graag weten of ik kinderen kan krijgen.'

'Is u iets bekend wat dat onwaarschijnlijk zou maken?'

Hoofdschuddend antwoordde ze: 'Alleen dat ik tot nog toe niet zwanger ben geworden,' voegde ze eraan toe. 'Ik wil gewoon de zekerheid dat alles in orde is.'

Ze had zich het onderzoek veel erger voorgesteld. De arts liet haar op het beeldscherm van het echoapparaat haar baarmoeder, eileiders en eierstokken zien. 'Het ziet er precies zo uit als het zou moeten zijn,' zei hij telkens weer, terwijl hij haar zorgvuldig onderzocht. 'Ik zie geen reden waarom u geen kinderen kunt krijgen.'

Hij nam nog een paar uitstrijkjes om in het laboratorium te laten onderzoeken en ook haar hormoonspiegel zou geanalyseerd worden.

'Voor zover ik dat vandaag kan zien,' zei de arts toen ze uiteindelijk weer tegenover hem zat, 'zijn alle organen helemaal in orde. We moeten de tests afwachten, maar ik ben er redelijk zeker van dat de uitslag negatief zal zijn.' De man nam haar vriendelijk op. 'Wat doet u voor werk? Hebt u veel stress?' Ze haalde haar schouders op. 'Zo mogelijk moet u zich ontspannen,' adviseerde hij haar aan. Hij leek haar vriendin Veronika wel. 'En u moet uzelf vanwege uw kinderwens niet onder druk zetten,' vervolgde de arts en hij stond op. 'Vaak worden vrouwen juist zwanger als ze er helemaal niet meer aan denken.' Hij gaf haar een hand. 'De uitslagen worden u toegestuurd. *Au revoir*, madame. Maakt u zich geen zorgen.'

In het kleine hotel op Montmartre met de slakkenhuisvormige jugendstiltrap waar ze al vaker was geweest, had ze ditmaal een kamer met uitzicht op de Moulin de la Galette, een van de twee windmolens die de stormen van de geschiedenis tot op heden hadden weten te doorstaan. Ze was elke keer weer verbaasd om midden in deze metropool het silhouet van een windmolen te zien, ook al wist ze dat er in deze wijk in de achttiende eeuw minstens tien van dat soort molens hadden gestaan. Tegenwoordig was er in het gebouw, dat oprees in het landschap van daken zoals je dat alleen in Parijs had, een restaurant gevestigd waar ze al lang eens naartoe wilde; alleen was ze daar tijdens haar bezoekjes aan Parijs telkens te moe voor geweest.

Ze besloot even te gaan liggen om wat uit te rusten. Het gesprek met de advocate was vermoeiend geweest en het onderzoek had niet bepaald geholpen. Ook al was het resultaat hoopgevend, ze voelde zich bij lange na niet zo opgelucht als ze van tevoren had gedacht. Ze kon dus zwanger worden, maar ze werd het niet. Ze moest zich ontspannen, maar hoe deed je dat? Ze had nog maar net gehoord dat ze geen enkel recht op de kwekerij had, hoe hard ze er ook voor werkte en ook al investeerde ze de opbrengst van de *Sylviana* erin.

Kreunend ging ze op haar andere zij liggen. Na een tijdje stond ze op en besloot wat door de stad te slenteren. Ze kon toch geen rust vinden en het was nog veel te vroeg om te gaan slapen.

Haar mobieltje ging. Marie-France Bresson.

'Wilt u Alain Dufèvre nog steeds leren kennen?' informeerde de advocate.

'Ja?' zei ze verbaasd.

'Dan moet u over een uur in de bar Lou-Pascalou zijn. Mijn secretaresse stuurt u zo het adres. Daar drinkt Dufèvre elke avond om die tijd een aperitief.'

'En hoe herken ik hem?'

'Googelt u hem maar. Op internet staan genoeg foto's. Veel succes!'

'Een momentje. Hoe weet u dat? Ik bedoel waar Alain zijn aperitief...'

'Ach.' Marie-France lachte. 'Dat blijft mijn geheimpje. Laten we het zo zeggen: als ik iets aan de verzoening van een stel kan bijdragen, dan is dat een goede zaak, toch?'

'Tenzij de scheiding juist je opdracht is,' antwoordde ze geamuseerd en ze dacht aan de zogenaamde lievelingsvijand van madame Bresson.

De advocate lachte. '*Honi soit qui mal y pense*,' zei ze. '*Wer schlecht darüber denkt, soll sich schämen.* Zo zeggen ze dat in het Duits toch? Nee, ik vind gewoon dat we die jongen moeten helpen.'

'Dank u wel,' zei ze, maar Marie-France had al opgehangen.

Twee tellen later ging haar smartphone. Jeanne had haar een heel nauwkeurige routebeschrijving gestuurd. De bar Lou-Pascalou lag in het 20e arrondissement, niet ver van het kerkhof

Père Lachaise, waar veel beroemde mensen begraven lagen. Vanaf haar hotel zou je er met een taxi op dit tijdstip zeker een half uur voor nodig hebben.

Ze dacht erover na of ze zich moest verkleden en besloot een grijsblauwe kokerjapon van zijdejersey aan te trekken die ze voor de zekerheid had ingepakt en werkte haar make-up bij. Daarna deed ze Noahs brief in haar handtas en liet een taxi bellen.

Onderweg googelde ze Alain en in een paar recentelijk verschenen krantenartikelen in de rubriek Economie vond ze inderdaad een foto: perfect geknipt haar, smal gezicht, jeugdige, aangename gelaatstrekken. Even kwam hij op Sylvia over als een volwassen geworden corpsstudent, slim en ambitieus. Het was niet moeilijk om zich die man met Noah op een zeilboot voor te stellen. En toch had hij een alledaags uiterlijk. Ze hoopte dat ze hem zou herkennen.

En zo ja, wat deed ze dan? Sprak ze hem gewoon aan? *Bonsoir*, Alain, ik heb een brief van Noah voor je…

Ze schoot in de lach en zat zo te hinniken dat de taxichauffeur haar bezorgd opnam in de binnenspiegel. Daarna lachte hij met haar mee.

Waarom niet? dacht ze. Wat had ze te verliezen?

Ondanks haar twijfels herkende ze Alain Dufèvre meteen. Ze had geluk, want hij stond helemaal alleen aan de bar, met een glas bier voor zich.

Ze ging min of meer toevallig naast hem staan en bestelde hetzelfde. Toen de ober haar bestelling voor haar neerzette keek Alain op.

'*Bonsoir*, monsieur Dufèvre,' zei Sylvia en ze hief haar glas. Zijn wenkbrauwen ging amper merkbaar omhoog.

'Van welke krant bent u?' vroeg hij en hij keerde zich weer om naar de bar.

'Ik ben geen journalist.' Ze haalde Noahs brief uit haar handtas. 'Maar ik heb post voor u.'

Ze legde de brief tussen haar glas en dat van Alain. Als de aanblik van het kinderhandschrift iets bij hem losmaakte, wist hij dat goed te verbergen.

'Wie bent u?' Hij nam een grote slok bier.

'Sylvia Riwall. Ik heb de jongen beloofd u de brief persoonlijk te geven. Het gaat niet zo goed met hem. Hij verlangt naar u.'

Alain hield zijn hoofd schuin en nam haar van opzij op.

'U was dat dus laatst aan de telefoon,' zei hij. 'Had ik niet gezegd dat u mij niet...'

'... niet meer moest opbellen?' onderbrak ze hem glimlachend. 'Nee, en dat heb ik ook niet gedaan.'

Hij wierp haar een geamuseerde blik toe alsof hij wilde zeggen: een punt voor u. En toch bleef hij op zijn hoede.

'En welk belang hebt u erbij om van Bretagne naar Parijs te reizen om mij op te sporen?'

Ze lachte hartelijk. 'Ik ben hier niet vanwege u, weest u gerust. Ik ben voor zaken in Parijs. En het is moeilijk om Noah iets te weigeren als hij het in zijn hoofd gezet heeft. Dat weet u vast beter dan ik.' Ze werd weer ernstig. 'Ik mag Noah. Het is een geweldige jongen. Maar sinds hij bij ons is, gaat hij door een hel. Leest u alstublieft zijn brief. Ik vind dat hij dat verdiend heeft.'

'U wilt hem weer kwijt, toch?' zei Alain. Het was eerder een vaststelling dan een vraag. 'Hem en Chloé. Ik kan het u niet kwalijk nemen.'

Ze besloot eerlijk te zijn. 'Wat Chloé betreft hebt u gelijk,' zei ze. 'Mijn man en ik zijn nog geen jaar geleden getrouwd. Het is niet... bepaald eenvoudig voor me om met dit deel uit zijn verleden geconfronteerd te worden, dat geef ik grif toe. Noah is echter welkom bij ons. Maël is... hij is echt overdonderd door het nieuws dat hij een zoon heeft. Hij wil Noah per se in zijn buurt hebben en daar heb ik niets op tegen.'

Alain nam haar op met zijn smalle ogen. 'En toch bent u hier om te proberen mij ervan te overtuigen de jongen weer naar Parijs te halen?'

'Dat heb ik niet gezegd. Ik heb niet het recht om u voor te schrijven wat u moet doen. Ik kan uw houding begrijpen. Alleen heeft Noah geen schuld aan wat er gebeurd is. Wie zijn biologische vader ook is, voor hem zult u altijd zijn vader blijven.'

De man naast haar staarde in zijn glas en antwoordde niet. Zou het niet het beste zijn om nu gewoon te gaan? Wat er gezegd moest worden, was gezegd. De brief lag naast zijn hand. Ze kon hem tenslotte niet dwingen die te lezen.

'Wat doet hij zoal?' vroeg hij toen.

Van verbazing hield ze even haar adem in. 'Hij bouwt een modelschip,' vertelde ze vervolgens. 'Een tweemaster. En hij wacht erop dat zijn vader hem laat zien hoe hij met de jol die hij voor kerst heeft gekregen helemaal alleen kan gaan zeilen.'

Ineens kon ze de pijn die van de zo beheerst overkomende man naast haar uitging gewoon voelen. Hij leunde schijnbaar ontspannen tegen de bar en hoewel zijn houding nauwelijks was veranderd, leek het alsof er barsten waren gekomen in het onzichtbare pantser waarmee hij zich omgaf.

'En hij gaat naar school,' vervolgde ze. 'Maar hij vindt het lastig om zich aan te passen. Hij kan niet overweg met het Bretonse dialect van de andere kinderen. Het is nu eenmaal een kleine Parisien. Wat doe je daaraan?'

'En Chloé?' vroeg hij zacht. 'Hoe gaat het met haar?'

Door iets in zijn stem spitste ze de oren. Hield hij nog steeds van Chloé? Ja, kennelijk. Waarom zou hij anders geïnteresseerd zijn in haar?

'Hoe het met Chloé gaat?' herhaalde ze. 'Lastig te zeggen. Ik geloof dat ze zich net zo ontworteld voelt als Noah. Ze is geen type dat zich prettig voelt op het platteland. Waarom vraagt u haar dat zelf niet?'

Alain draaide zijn hoofd weg en bestudeerde opnieuw zijn inmiddels lege bierglas, alsof er niets interessanters op de wereld was. 'Denkt u dat ze van die tuinman gehouden heeft?'

In eerste instantie was het alsof ze een klap in haar gezicht kreeg. Ze wilde boos worden en die arrogante vent uitleggen dat 'die tuinman' haar man was, een internationaal gevraagde cameliadeskundige, die gepromoveerd was en les had gegeven aan de universiteit. Met moeite hield ze zich in.

'Nee,' antwoordde ze. 'Ik denk dat Chloé altijd alleen maar van u heeft gehouden, monsieur Dufèvre.'

Ze pakte haar handtas en gaf de ober een teken dat ze wilde betalen.

'Dat hoeft niet,' zei Alain. 'Ik betaal.'

Maar ze deed alsof ze hem niet had gehoord en voldeed de rekening. Daarna wendde ze zich voor het laatst tot de man.

'Wat moet ik tegen Noah zeggen als ik thuiskom? Gaat u zijn brief lezen?'

Ze keek hem recht in de ogen. Ze waren donkerblauw, bijna zoals die van haarzelf. Alsof hij haar broer was, dacht ze. De broer die ze nooit had gehad. Ze bleef hem aankijken, zonder met haar ogen te knipperen. Ten slotte was hij degene die wegkeek.

Hij bekeek de brief, daarna legde hij zijn hand erop.

'Nou goed,' zei hij. 'Ik zal hem lezen. Hij moet alleen geen hoop koesteren. Hij is niet mijn zoon en daar valt nu eenmaal niets aan te veranderen.' Snel stak hij de brief in de zak van zijn jasje en hij wierp haar een onderzoekende blik toe. 'U bent een opmerkelijke vrouw, madame Riwall,' zei hij. 'Een vechtster. Ik weet alleen nog niet waarvoor u vecht.' Hij nam haar op alsof het antwoord van haar gezicht te lezen was. 'Maar misschien weet u dat zelf ook nog niet precies.'

17

De weduwe van de schilder

De avond was nog jong en Sylvia had trek. Toch kon ze er niet toe komen om een restaurant op te zoeken. Ze had er een hekel aan om alleen aan een tafeltje te zitten en te eten, ze verafschuwde de nieuwsgierige blikken van andere gasten en het ergst vond ze obers die zich genoodzaakt voelden om een gesprek over koetjes en kalfjes aan te knopen, omdat ze in haar eentje zat.

Een tijdje liep ze doelloos door de straten en overwoog de kans te benutten om het kerkhof Père Lachaise te bezoeken. Toch besloot ze dat niet te doen. Vanavond zou een bezoek aan een kerkhof haar waarschijnlijk deprimeren. Onderweg naar het volgende metrostation bleef ze voor een reclamezuil midden op het trottoir staan. Er stond een fragment op van een portret en op de een of andere onverklaarbare manier kwam de schilderstijl haar bekend voor. HENDRIK VAN OUTEN stond er in hoofdletters dwars over het affiche, een pijl eronder wees naar een glazen entree met de naam Gérard Trêtendeur erop.

Het was een galerie. Aan de muren en op scheidingswanden in het verlichte interieur ontdekte ze schilderijen. Hendrik van Outen, dat was de schilder van Lucies portret. Had Chloé niet verteld dat hij inmiddels echt was doorgebroken?

Ze deed de deur open en er klonk een harmonieus getingel. Achter het bureau keek een jongedame op van haar beeldscherm en uit een meer naar achteren gelegen ruimte hoorde ze gedempte stemmen.

‘*Bonsoir*, madame,’ zei de medewerkster. ‘Kan ik iets voor u doen?’

Ze bedankte haar en vroeg of ze even mocht rondkijken. De jonge vrouw drukte haar een folder in de hand en liet haar verder met rust.

Toen ze van het ene portret naar het andere liep, was het bijna alsof ze oude bekenden ontmoette. Natuurlijk kende ze geen van de geportretteerden persoonlijk, toch waren de manier van schilderen en de wijze waarop de kunstenaar de modellen had laten poseren haar vertrouwd. Net als Lucie, die op het portret dat bij Sylvia boven de haard hing een camelia in haar hand hield, gold dat ook voor alle andere geportretteerden. Bijvoorbeeld een oudere man met een zilveren visje; *Man met ansjovis* luidde het onderschrift. En een ander schilderij werd omschreven als *Meisje met windmolentje*. Kennelijk hielden ze altijd iets vast wat bij hen hoorde.

Ook de bijzondere manier waarop de modellen de toeschouwer aankeken, hadden alle schilderijen gemeen, hoe verschillend ze ook mochten zijn. Ze had gek genoeg vaak het idee alsof Lucies gelaatsuitdrukking afhankelijk van de situatie veranderde. Soms leek het alsof haar tante zich rechtstreeks tot haar richtte, dan weer leek ze afwezig. En ook al wist ze dat het onzin was, het schilderij kwam op de een of andere manier tot leven. Hier was dat ook zo.

Gefascineerd sloeg ze de folder open en ze las snel de persoonlijke gegevens van Hendrik van Outen door. Zoals vaak bevreemdde het haar dat een heel mensenleven zo nodig in één overzichtelijke kolom paste: geboren, opgegroeid, in de leer geweest bij die en die kunstenaars, gevolgd door een lange lijst met exposities in allerlei steden en verzamelaars die werken hadden aangekocht. Daarna nog een met prijzen. En tot slot het jaartal 2016 met een kruis ervoor.

Dat was jammer. Hendrik van Outen leefde niet meer.

'Lukt het allemaal?' De jonge vrouw stond naast haar en keek haar bezorgd aan. Sylvia knikte. 'Prachtige schilderijen, *n'est-ce pas?* Mijn lievelingswerk is dat met het kleine meisje. Moet u eens kijken hoe trots ze dat windmolentje vasthoudt! Ziet het er niet uit alsof het zo zou kunnen gaan draaien?'

Ze knikte. Haar lievelingsschilderij hing bij haar thuis, op de plek waar ze nu met elke vezel in haar lijf naar verlangde. O mijn hemel, dacht ze, heb ik soms heimwee?

'Zou u de prijslijst willen zien?'

Ze wilde het afwimpelen, maar de vrouw reikte hem al aan. *Meisje met windmolentje* las ze, *olie op linnen, 60 x 45 cm, € 60.000.*

Verbaasd liet ze de prijslijst zakken. Het schilderij van Lucie was groter, hoe groot wist ze niet precies, ze had het nooit gemeten. Het had net in de kofferbak van de Porsche gepast die ze indertijd had geleend, toen ze nog had gedacht dat ze alleen maar een plezierreisje naar de plek zou maken waar haar tante had geleefd. Een spontaan tochtje was 'voorgoed' geworden. En nu was het schilderij van Lucie ineens heel kostbaar. Ze zou het moeten verzekeren. Het was maar goed dat niemand een vermoeden had dat die Nederlandse kunstenaar, een van de velen die de zomers in Bretagne doorbrachten vanwege het licht, inmiddels zo'n beroemdheid was.

Twee mensen kwamen uit de aangrenzende ruimte, een gedistingeerde man met grijzende slapen, van wie ze dacht dat het de galeriehouder was, en een elegante oudere dame.

'De meeste werken gaan al naar de Verenigde Staten,' zei de man. 'Deze hier heb ik kunnen achterhouden. U moet niet te lang wachten, madame Renard. Er is op dit moment veel vraag naar Van Outen. De prijzen blijven stijgen. Het is een uitstekende investering.'

'Hoelang kunt u het schilderij voor me reserveren?' vroeg de oudere dame.

De galeriehouder fronste en wiegde met zijn hoofd. 'Drie

dagen. Dat is het maximum. Het spijt me, madame, juist naar de dame met de camelia hebben al een paar mensen gevraagd.'

Sylvia spitste haar oren. Ze herinnerde zich wat Solenn haar ooit had verteld, namelijk dat Hendrik Lucie een paar keer had geportretteerd. Het schilderij dat op het eiland was gebleven, had hij haar gegeven als dank voor alle keren dat ze had geposeerd.

Met bonzend hart stapte ze de achterste ruimte binnen. En inderdaad, daar was ze, haar tante. Stralend mooi en met een schalkse glimlach keek ze op levensecht formaat van het midden van de achterwand alle bezoekers aan als een koningin die audiëntie hield. Het schilderij had niet alleen de afmetingen van een staatsieportret, maar ook dat effect.

In tegenstelling tot op Sylvia's schilderij droeg ze hier geen hoed. Haar donkerblonde haar viel los over haar schouders op de eenvoudige witte jurk die ze droeg. In haar hand had ze een takje met de rood-wit gevlekte *Masayoshi*, een *Camellia japonica* met in het midden een plukje gele meeldraden. Op de witte jurk straalde die prachtige bloem als een verse bloedvlek in de sneeuw. Lucie stak de tak toe naar de toeschouwer alsof ze die wilde uitnodigen hem aan te nemen, en Sylvia kwam in de verleiding ernaar te grijpen, zo echt was het gebaar. De korenbloemblauwe ogen van haar tante glimlachten geheimzinnig, ze maakte zo'n levensechte indruk alsof ze zo in lachen zou kunnen uitbarsten.

De jonge vrouw ging naast het schilderij staan en plakte een klein bordje met *reservé* op de muur. Daarna ging ze bij Sylvia staan.

'Mooi, hè?'

Eigenlijk wilde ze dat ze haar met rust liet. Uit de voorste ruimte klonk de deurbel, iemand werd uitbundig begroet.

'Dat is de weduwe,' legde de medewerkster gedienstig uit. 'Madame Van Outen. Excuseert u mij.'

In deze tweede ruimte bevonden zich nog drie portretten met

andere modellen, die Sylvia niet zo veel deden, hoe opmerkelijk ze misschien ook mochten zijn. Het schilderij van haar tante eiste al haar aandacht op. Steeds meer details vielen haar op. Aan de rechterkant onderaan was een stuk van de tafel met het mozaïekblad zichtbaar die ze hadden achtergelaten toen Solenn het eiland had ontruimd en alles verloren leek. Sylvia had destijds een nacht in haar eentje op het eiland doorgebracht, naar ze op dat moment aannam haar laatste nacht, en was in de zo goed als leeggeruimde kamer van haar tante op exact die tafel gaan staan om boven in de oude kledingkast een wollen deken te zoeken. Ze had vervolgens de strohoed van haar tante gevonden met daarin het testament dat ze zo lang hadden gezocht, omdat ze het hard nodig hadden…

'Wat…' Door een stem schrok ze op uit haar herinneringen. 'Dat bestaat niet!' Voor haar stond een slanke vrouw met een modieus kort kapsel. Ze was waarschijnlijk rond de zestig en nam haar met haar grijsblauwe ogen nieuwsgierig op. 'Die gelijkenis,' riep ze met een sterk Nederlands accent uit. 'Sorry, maar… het lijkt wel alsof onze Lucie uit de dood is opgestaan.'

De galeriehouder kwam aangesneld.

'Vind je niet, Gérard, dat deze jonge vrouw eruitziet alsof ze uit het schilderij is ontsnapt?'

'Ik ben de nicht van Lucie Hofstetter,' legde Sylvia uit.

'Nou, dat verklaart alles,' zei de onbekende triomfantelijk en ze gaf haar enthousiast een hand. 'En ik ben Aaltje van Outen. Dan moet jij Sylvia zijn. Lucie heeft me zoveel over je verteld! Ik mag toch je zeggen?'

'U… u bent de nicht van de dame met de camelia?' zei Gérard.

'Ze heette Lucie,' corrigeerde Aaltje hem. 'Het was een geweldige vrouw. Doodzonde. Ik heb gehoord dat ze is overleden. Hendrik wilde het helemaal niet geloven. We waren nog met z'n tweeën bij haar op bezoek geweest… Wanneer was dat ook alweer? Ik geloof twee jaar voordat het gebeurde. In de bloei van haar leven. En toen...' Aaltje gaf haar een arm alsof ze elkaar al jaren kenden. 'Laten we een hapje gaan eten. Ik sterf van de honger. Nee, Gérard, vandaag niet. Vandaag wil ik de avond doorbrengen met de nicht van Lucie.' Ze wendde zich tot Sylvia en vroeg: 'Dat vind je toch wel goed, hè? Heb je eigenlijk tijd? O nee, neem me niet kwalijk dat ik je zo overval. Maar het ontroert me echt dat ik je zie!'

Sylvia knikte versuft. Ja, ze had flinke trek. En aan de overweldigende hartelijkheid van de Nederlandse vrouw kon ze geen weerstand bieden.

'Heel graag,' zei ze en ze werd al meegetrokken naar de deur.

'Ach, wat fantastisch,' riep de weduwe van Hendrik van Outen dolgelukkig. 'Wat een geluk dat het lot je uitgerekend vandaag hier heeft gebracht.'

'Ik geloof dat Henny een beetje verliefd op Lucie was,' vertrouwde Aaltje haar toe. 'En als ik eerlijk ben, ik op Solenn.'

Even vergat Sylvia verder te eten. Aaltje had haar meegenomen naar een Japans sushirestaurant. Ze leek de wijk op haar duimpje te kennen, kennelijk werd ze regelmatig mee uit genomen door de galeriehouder.

'Echt?'

Aaltje wierp haar een geamuseerde blik toe en knikte, terwijl ze met haar stokjes een sashimi van zeewolf optilde.

'We hadden toen een geweldige tijd. Hoelang is dat nu geleden? Twintig jaar? Vijfentwintig? Niemand van ons had ooit gedacht dat die schilderijen zo in waarde zouden kunnen stijgen.' Ze zuchtte. 'En het is jammer dat Henny dat niet meer meegemaakt heeft. Echt oneerlijk!'

Ze at de vis met smaak op, legde de stokjes opzij en nam een slok van haar chablis.

'Waaraan is Hendrik eigenlijk overleden?' vroeg Sylvia meelevend.

'Aan kanker. Zoals veel mensen.' Aaltje keek somber. 'Ik ben er nog steeds zo ongelooflijk woedend over, ik kan je niet eens vertellen hoe. Maar vertel, hoe gaat het met Solenn? Hoe gaat ze om met het verlies?'

Sylvia zuchtte.

'Innerlijk rouwt ze,' zei ze na er even over na te hebben gedacht. 'En ze toont het maar zelden. Je moet haar goed kennen om te zien dat ze nog steeds gebukt gaat onder Lucies dood.' Het drong tot haar door dat er op dit moment andere zorgen waren die Solenn van haar verdriet afleidden. Maar daarover wilde ze niet praten met de weduwe van Hendrik van Outen, hoe goed ze ook met Solenn bevriend geweest mocht zijn.

'Ik zou jullie graag weer eens bezoeken,' zei Aaltje. 'Wat denk je? Zou ik welkom zijn bij Solenn?'

'Waarom niet?' vroeg ze verbaasd terug. 'Er komen veel gasten bij ons. De afgelopen jaren is er heel wat veranderd. Op dit moment zijn we bezig met het bouwen van een bezoekerscentrum om de stroom gasten te kunnen opvangen. De betoverende cameliakwekerij, waarvan bijna niemand het bestaan wist, is een toeristische trekpleister geworden.'

Aaltje keek haar haast geschrokken aan en vroeg bezorgd: 'Herken ik het eiland dan nog wel?'

'Ja, natuurlijk,' haastte ze zich haar te verzekeren. 'Het bezoekerscentrum komt aan de andere kant van de parkeerplaats. Als je over de dam het eiland op rijdt, meteen aan je linkerhand. De gebouwen zijn laag en tegen de rotsen aan gebouwd. We gebruiken de stenen van het eiland om de buitenmuren te bekleden, de daken worden gedekt met leisteen uit de omgeving. Misschien moeten we binnenkort nog een paar dienstwoningen voor nieuwe medewerkers bouwen, maar die zullen bezoekers echt niet opvallen.'

Aaltje zat zwijgend te eten, ze leek in gedachten verzonken. 'Ik weet zeker,' zei ze ten slotte, 'dat je dat heel geweldig doet. Het is alleen zo: hoe ouder je wordt, hoe minder je van veranderingen houdt. Het liefst zou je het bewaren zoals je het je herinnert en tegen alle redelijkheid in wil je dat alles zo blijft als toen je nog jong en gelukkig was.'

Sylvia knikte. Wat kon ze dat goed begrijpen. En toch... Was het hele leven niet verandering? Stilstand was in haar ogen allesbehalve wenselijk. Dat zei ze altijd tegen haar cliënten. Als je denkt dat alles fantastisch loopt, moet je in gedachten al in de toekomst zijn en je afvragen of je over vijf jaar ook nog bij de tijd bent.

'Hou je sommige van Hendriks schilderijen zelf?' vroeg ze om van onderwerp te veranderen.

'Natuurlijk. Mijn hele huis in Julianadorp hangt er vol mee. Jullie moeten eens bij mij langskomen, jij en je man. Wanneer jullie de Atlantische Oceaan voor de afwisseling willen verruilen voor de Noordzee. Jullie kunnen het beste in de lente komen, in het tulpenseizoen. Dat is dan weer wat anders voor Maël dan alleen maar camelia's.' Aaltje lachte.

Ze was opgelucht haar weer vrolijk te zien. 'Interesseert het je eigenlijk wie de schilderijen koopt?' informeerde ze. 'Of maakt het je niet uit?'

'Dat laat ik over aan Gérard,' zei Aaltje die hun beider glazen navulde met wijn. 'Als ik me daarmee bemoei, kan ik waarschijnlijk van geen enkel schilderij afscheid nemen.' Ze keek haar peinzend aan. 'Ben je geïnteresseerd in het schilderij van Lucie?'

'Ik vrees dat ik dat niet kan betalen, Aaltje,' zei ze met een glimlach. 'En bovendien heb ik er al een. Je man heeft het indertijd aan Lucie gegeven. Het hangt bij ons thuis boven de haard en ik ben er erg op gesteld.'

'Wat leuk,' antwoordde de vrouw verheugd. 'Nu je het zegt, herinner ik het me weer.' Nog steeds maakte ze een peinzende indruk.

'Hoeveel portretten heeft Hendrik eigenlijk van Lucie gemaakt?' informeerde Sylvia.

'Dat moet ik nakijken in de catalogus. Ik dacht dat het er vier of vijf waren. Het grote, dat in de galerie hangt, is verreweg het mooiste. Misschien moest ik het maar niet verkopen...'

'Waarom niet?'

Er kwam niet meteen een antwoord. 'Eigenlijk heb ik het alleen weggedaan omdat het simpelweg te groot is voor mijn huis,' bekende Aaltje ten slotte. 'Wie heeft er nu plek voor een schilderij van twee bij een meter vijftig? Maar nu ik samen met jou herinneringen aan vroeger ophaal, heb ik op de een of andere manier het idee dat dat verkeerd is.' Ze keek langs haar heen, haar wenkbrauwen licht gefronst. 'Ik moet er nog eens over nadenken,' lachte Aaltje na een tijdje. 'Wat leuk dat we elkaar hebben leren kennen. Hoelang blijf je in Parijs?'

En daarna wilde Aaltje tot haar verbazing ineens alles over het bezoekerscentrum weten. Hoe groot de gebouwen zouden worden en wat voor activiteiten er plaats zouden vinden. Ook in het vogelbeschermingscentrum toonde ze interesse. Ze liet Aaltje foto's van de nieuwe gebouwen zien en toen ze toch bezig was ook van haar bruiloft en de nieuwe kassen.

'Ongelooflijk,' zei Aaltje hoofdschuddend, 'wat voor een prachtige man die verlegen jongen geworden is. Ik bedoel Maël. We kregen hem toen nauwelijks te zien, zo schuchter was hij.'

'De hoogste tijd dat je hem leert kennen. Waarom kom je niet op de opening? Dat zouden we heel leuk vinden!'

Voordat ze afscheid namen, wisselden ze visitekaartjes uit en ze verzekerden elkaar dat ze contact zouden houden.

'We sturen je in elk geval een uitnodiging,' zei ze.

'Misschien kom ik echt,' antwoordde Aaltje peinzend toen Sylvia's taxi kwam voorrijden en ze gaf haar een stevige omhelzing. 'Doe Solenn de groeten van me,' zei ze, waarna ze zich omkeerde en met snelle passen naar haar hotel liep.

18

Goede ideeën

'Heb je *papa* ontmoet?'

Tot Sylvia's verrassing was Noah aan boord van *La Brise* toen Pierrick haar kwam ophalen. De jongen verzoop bijna in zijn oliejas en het reddingsvest, die eigenlijk voor volwassenen waren. Opgewonden stond hij aan de reling en ondanks zijn lichte gewicht schommelde de boot.

'Ga weer zitten,' vitte Pierrick. 'Laat Sylvia eerst even landen.'

Maar Noah luisterde niet naar hem. 'Wat zei hij? Heeft hij de brief gelezen?'

Ze stapte op de boot, trok het reddingsvest aan en vroeg Noah bij haar te komen zitten op de bank bij de achtersteven. 'Ja, ik heb hem ontmoet,' zei ze. 'Ik heb hem de brief gegeven.'

De jongen keek haar met opengesperde ogen aan alsof hij verwachtte dat ze het hele verhaal zou vertellen.

'Wat zei hij?' drong hij aan. 'Ben je bij ons thuis geweest? Hoe gaat het met *papa*? Vertel toch eindelijk!'

Ze zuchtte. 'Ik ben niet bij hem thuis geweest. Ik heb Alain in een bar ontmoet. Daar heb ik hem de brief gegeven. Hij heeft die in zijn jasje gestopt en beloofd dat hij hem zou lezen.'

'Heeft hij naar me gevraagd?' riep Noah tegen de wind in.

Ze hadden de beschutte haven verlaten en Pierrick stuurde de kotter diagonaal tegen de aanrollende golven.

'Hij vroeg wat je zoal doet,' vertelde ze waarheidsgetrouw.

'En wat zei jij toen?'

Ze kon voelen dat hij zijn adem inhield.

'Dat je een modelboot bouwt, een tweemaster. En dat je wacht tot Alain je leert zeilen met de jol.'

Ineens was de jongen naast haar volkomen stil. Ze merkte dat hij tegen haar aan hing, zijn vertrouwen ontroerde haar.

'Wanneer komt hij me halen?' vroeg hij zo zacht dat ze het bijna niet kon verstaan. 'Hij denkt vast wel aan mijn verjaardag. *N'est-ce pas?*'

'Wanneer ben je precies jarig?' vroeg ze.

'Volgende week donderdag. Hij komt toch wel?'

'Dat weet ik niet,' antwoordde ze naar waarheid. Wat speet het haar! Ze besloot eerlijk te blijven, ook al was de waarheid voor Noah vast moeilijk te verwerken. Met goedbedoelde leugens schoot hij ook niets op. Een kind had er net als volwassenen recht op serieus te worden genomen. 'Wat ik nu ga vertellen,' vervolgde ze daarom, 'is geen goed nieuws. Wil je de waarheid horen?' Noah verkrampte naast haar. Toch knikte hij. 'Alain zegt dat hij niet je vader is en dat hij je daarom niet naar Parijs zal halen.'

'Maar...' stamelde de jongen. 'Dat is onzin, toch? Natuurlijk is hij mijn vader. Wie moet het anders zijn?'

'Moet je horen, Noah,' zei Sylvia en ze sloeg haar arm om hem heen. 'Er is een betrouwbare manier om te bewijzen wie je vader is. Heb je weleens van een vaderschapstest gehoord?'

Noah was heel stil geworden. 'Je bedoelt dat met die genen?'

'Dat is precies wat ik bedoel. Wil je dat we die test laten doen? Om te bewijzen wie jouw vader is?'

Met een ruk maakte de jongen zich van haar los. Hij staarde naar zijn handen in de veel te grote handschoenen, die waarschijnlijk van Pierrick waren. Al was het nu in de zomer niet echt koud aan boord, de wind kon behoorlijk fris zijn. De oude man zorgde echt voorbeeldig voor zijn beschermeling.

'Goed,' zei Noah ineens en hij keek haar aan.

Zijn ogen weerspiegelden de kleur van de lucht, net als die van Maël.

'En als uit de test blijkt dat Alain niet je vader is?' drong ze aan.

'Dat gebeurt niet. Hij ís mijn vader,' verklaarde Noah koppig.

'En als dat toch niet zo is?' hield ze vol. 'Accepteer je dan de uitslag?'

Hij perste zijn lippen op elkaar en keek naar het eiland. 'Kan zo'n test zich vergissen?'

'Daar gaan we ons over informeren, jij en ik. Oké?'

Hij knikte. Even kauwde hij op zijn onderlip. 'Weet je,' zei hij daarna, 'ik vind het helemaal niet meer zo erg bij jullie op het eiland. En... het zou al prima zijn om hier te komen logeren, in de zomer en zo. Maar ik wil zo graag terug naar mijn oude school. Naar mijn vrienden. En naar...' Hij snikte.

Ze trok hem dichter tegen zich aan. 'Dat begrijp ik,' zei ze zacht. 'Je bent welkom, Noah. Mijn man mag je heel graag, weet je...'

'Maar hij moet ermee ophouden om net te doen alsof hij mijn vader is,' barstte de jongen los. 'Dan vind ik hem best aardig. Maar zo...' Hij wendde zijn hoofd af en ademde zwaar.

'Misschien heb je twee vaders.' Ze probeerde een bruggetje te bouwen. 'Een in Parijs en een in Bretagne...'

Aan geen enkele reactie merkte ze of hij haar had verstaan. En ze liet het rusten. Stapje voor stapje, zei ze tegen zichzelf. Hij was tenslotte bereid de test te doen.

'Maar dat is onzin,' stoof Maël op. Geërgerd ging hij staan en hij begon met grote passen door de hal te ijsberen. 'Die test is volkomen overbodig. Het is zo klaar als een klontje dat hij mijn zoon is.'

'Voor jou misschien.' Ze leunde uitgeput achterover. 'Noah is daar niet van overtuigd. Bovendien zegt de advocate...'

'Natuurlijk zeggen juristen dat. En die kletskoek met die huwelijkse voorwaarden en de rest? Vertrouw je me ineens niet meer?'

'Beheers je, Maël.' Solenn wees hem terecht. 'Ik was degene die Sylvia erop heeft gewezen dat er dringend iets moet worden gedaan. Is het je eigenlijk duidelijk wat er gebeurt als je morgenochtend om wat voor reden dan ook niet meer wakker wordt? Dan is Noah je hoofderfgenaam, mocht hij echt je biologische zoon zijn. En omdat hij minderjarig is, heeft Chloé het hier dan voor het zeggen, want je echtgenote heeft slechts recht op een kwart van alles.' Met haar fonkelende donkere ogen keek ze Maël boos aan. 'Wil je dat ze telkens ruzie krijgt met Chloé, omdat wij niets geregeld hebben? Sylvia krijgt immers niet eens een salaris van ons, terwijl zij het bedrijf leidt. Om nog maar te zwijgen van het feit dat ze op het punt staat haar erfenis van Lucie, de opbrengst van de *Sylviana*, in het bedrijf te investeren. Deze papieren moeten ondertekend worden en liever vandaag dan morgen!'

Maël was blijven staan en veegde met zijn handen door zijn haar. 'Dat... dat wist ik niet,' zei hij. 'Is dat zo? Ik bedoel... Sylvie als mijn vrouw...'

'Erft in dit geval maar een kwart. Je kind heeft recht op driekwart. En dan hebben we het nog niet eens over je moeder, mocht ze nog in leven zijn. De hoofderfgenaam zal Noah zijn, en geloof maar Chloé dat, in tegenstelling tot jij, haarfijn weet. Dat is de enige reden waarom ze het allemaal geduldig afwacht bij ons. Ze wil waarborgen dat haar zoon jouw erfenis krijgt. Het zou me niet verbazen als die verrader van een Millet straks met iets in die trant op de proppen komt.'

'Dan maken we Sylvia tot mede-eigenaresse,' stelde Maël voor.

'Dat gaat niet,' bracht Sylvia ertegen in. 'Lucies testament sluit dat uit. Wat wel mogelijk is, is dat Solenn me een stuk land verkoopt. En daarom adviseert madame Bresson dat jullie mij het bezoekerscentrum inclusief de ondergrond en een deel van de parkeerplaats officieel verkopen. Het wordt allemaal tenslotte gefinancierd van de opbrengst van de *Sylviana*. Jij als Solenns erfgenaam moet daarmee instemmen. Alsjeblieft, bekijken jullie het in alle rust.'

Ze schoof de stukken van zich af en deed haar ogen dicht. De gesprekken op het ministerie van Milieu waren stroef verlopen, al had ze uiteindelijk groen licht gekregen en was ze zeker van een subsidie. Daarna was ze nog net op tijd op het advocatenkantoor geweest. De avondvlucht had ze op het laatste nippertje gehaald. Voor de allereerste keer vroeg ze zich af of Maël eigenlijk wel besefte wat ze allemaal voor de Jardin aux Camélias deed.

Solenn haalde haar leesbril uit het etui en begon de stukken te bestuderen.

Maël ging weer bij hen aan tafel zitten en pakte haar hand. 'Het spijt me,' zei hij verdrietig.

Ze drukte ook zijn hand. 'Als alles zo verloopt zoals nu,' zei ze, 'verandert er sowieso niets. Maar mocht het inderdaad zover komen dat het eiland in vreemde handen terechtkomt, dan is in elk geval het bezoekerscentrum met de parkeerplaats van mij. Vind je dat niet redelijk?'

Hij knikte. 'Natuurlijk,' zei hij schuldbewust.

Ze kende hem goed genoeg om te weten dat hij zich schaamde over zijn uitbarsting en dat hij haar op dit moment het hele eiland zou geven als hij dat kon. Want eigenlijk was hij een heel genereus mens.

Hij kan het in elk geval inzien wanneer hij zich heeft vergist, dacht ze. En hij geeft dat zelfs toe. Hoeveel mannen zijn daartoe bereid?

Solenn ondertekende de documenten nog diezelfde avond, daarna liet ze Sylvia en Maël alleen. Het was al na elven toen ze een wandelingetje buiten het park gingen maken. Ze snakte ernaar om haar benen te strekken en om de schone lucht van het eiland te ruiken. Het was een lauwwarme nacht, de rotsen hadden de warmte van de dag geabsorbeerd, de bloeiende kruiden verspreidden hun sterke geur. De Atlantische Oceaan had zich ver teruggetrokken en klotste zacht tegen de met algen begroeide kliffen.

Ze liepen hand in hand, zwijgend. De maan stond als een scherpe sikkel boven de horizon, zijn spiegelbeeld leek te dansen op het licht gerimpelde zeeoppervlak.

Ze dacht aan het onderzoek in de Parijse vruchtbaarheidskliniek, aan de vriendelijke arts en aan wat hij gezegd had. Niemand had ze erover verteld en ze besloot dat het haar geheimpje zou blijven. Tenslotte had ze de afspraak alleen gemaakt om haar innerlijke onrust en twijfels te ontkrachten door feiten. Wie weet word ik wel zwanger als ik niet meer bang hoef te zijn dat ik onvruchtbaar ben, dacht ze.

Maël bleef staan en trok haar tegen zich aan. Ze leunde tegen hem aan, beantwoordde zijn kussen en aanrakingen. Zijn handen gingen onder haar jas, haar blouse, zijn vingers tastten naar de randen van haar beha, schoven eronderdoor. Een golf van begeerte ging door haar heen toen hij haar borst omvatte. Wat kon er voor ergs gebeuren, zolang ze van deze man hield, naar hem verlangde? En ze hield op met nadenken, gaf zich over aan zijn tederheid, zijn lippen en handen, volgde hem een paar passen verder naar een kuil van zacht mos, waar ze gingen liggen en tegen elkaar aan kropen. En onder het schijnsel van de langzaam opkomende maan en miljoenen sterren beminden ze elkaar zo intens en hartstochtelijk, als ze al lange tijd niet meer hadden gedaan.

Nog lang bleven ze zo liggen, zichzelf vergetend in elkaars armen, hun lippen tegen elkaar, ademend in hetzelfde ritme, hart aan hart. Maël had zijn jas onder hen tweeën gelegd en van onderen werden ze nog verwarmd door de hitte van de dag die de rotsige kern van het eiland voor hen had opgeslagen om hun een liefdesnest te schenken.

Intussen waren de daken van de nieuwe gebouwen gedekt.

Terwijl de buitenmuren werden bekleed met natuursteen, was ze bezig met de planning voor de afwerking van de binnenkant van het bezoekerscentrum. Dag in, dag uit bracht ze uren door op de bouwplaats, want op het laatste moment moesten er nog allerlei beslissingen worden genomen om de werkzaamheden van de bouwvakkers op elkaar af te stemmen, zodat de elektricien klaar was met leidingen leggen voordat de tegelzetter aan de slag ging. Op de vloer kwam in platen gezaagd graniet uit de streek.

Het was een uitdaging om het café, de winkel, de infotheek en het vogelcentrum in zo korte tijd in te richten en ze begon er al spijt van te krijgen dat ze de datum voor de opening zo optimistisch had geprikt. Maar nu was het te laat, de uitnodigingen waren allang verstuurd. En Éric had toegezegd dat hij met een team zou komen om een kleine televisiereportage te maken.

'Voor de toonbanken zou ik ander hout gekozen hebben,' hoorde ze Chloés stem. Ze zuchtte. In veel opzichten was Noahs moeder haar tot steun geweest. Ze had onder andere het laten drukken van de uitnodigingen en de verzending daarvan aan haar overgelaten. Chloé had vriendschap gesloten met Suzanne, de jonge vrouw die de winkel op zich zou nemen. Ze waren altijd bij elkaar, wat Sylvia verbaasde, omdat de mensen van het vasteland zich nog steeds heel afwijzend tegenover Chloé opstelden. Misschien kwam dat doordat Suzanne uit de 'stad' kwam, uit Quimper, waar ze in een parfumerie had gewerkt. Kennelijk bewonderde ze de mondaine Chloé. Dat interesseerde Sylvia allemaal niets, zolang ze werd ontlast en het tot een goed resultaat leidde. Maar Chloé bemoeide zich ook met dingen die haar niks aangingen. 'Palissander bijvoorbeeld,' ging ze verder en ze kwam op haar hoge hakken klakkend naar haar toe.

'Kijk uit,' waarschuwde Sylvia. 'Nog niet op de tegels gaan staan. Ze zijn net gelegd. En wat palissander betreft, dat behoort tot de beschermde edele houtsoorten. Ik ben van mening dat we zoiets niet zouden moeten doen.'

'Eiken vind ik veel te burgerlijk,' hield Chloé vol. Ze bleef voor Sylvia staan en keek haar uitdagend aan. 'Wie neemt er tegenwoordig nog eiken? Ik bedoel behalve in Duitsland natuurlijk.'

'Het is inheems hout.' Ze negeerde Chloés laatste opmerking. 'Bovendien heeft het in Bretagne een lange traditie,' voegde ze eraan toe en ze ergerde zich aan zichzelf. Moest ze zich soms rechtvaardigen?

Ze probeerde van onderwerp te veranderen. 'Wat ben je eigenlijk van plan voor Noahs verjaardag?'

'Wat zou ik van plan moeten zijn?' snauwde Chloé terug. 'Hier is immers niks.'

'Hoe bedoel je? We kunnen een boottochtje voor hem en zijn vrienden organiseren of we gaan met ze naar Pont-l'Abbé naar het pretpark...'

'Noah heeft hier geen vrienden,' onderbrak Chloé haar. 'Wie zou ik moeten uitnodigen? Die suffe dorpskinderen soms?'

'Chloé!' antwoordde ze verontwaardigd. 'Jij bent echt erg.'

'Oké. Vind je dat? Ik ben alleen maar eerlijk, Sylvia, verder niets.'

Van buiten klonk getoeter. Sylvia herkende Gurvan aan zijn groene haar. Hij zat in een vrachtautootje, zijn spiedende blik op hen gericht. Nu toeterde hij opnieuw.

'Ik moet ervandoor,' zei Chloé. Ze werd ineens heel bedrijvig en wilde gaan. 'Ze hebben me nodig op de kwekerij. En dat hout, daar zou je echt nog eens over na moeten denken, serieus!' En ze stond al bij de uitgang.

Sylvia keek haar verbluft na en zag dat ze bij Gurvan in het vrachtautootje stapte. Ze lachten samen vrolijk, daarna gaf de tuinman gas en reed naar de plantage.

Waarom hadden ze Chloé in vredesnaam op de kwekerij nodig?

'Heeft Maël die documenten nou eindelijk ondertekend?' vroeg Solenn toen Sylvia even later een korte koffiepauze bij haar hield.

Ze haalde haar schouders op. De afgelopen dagen hadden ze het allebei zo druk gehad dat ze er niet meer aan had gedacht.

Solenn schudde haar hoofd. 'Ik geloof dat ik hem weer eens net als vroeger de oren moet wassen!' riep ze verontwaardigd uit.

Sylvia lachte. 'Alsof je dat toen ooit hebt gedaan,' zei ze grinnikend, waarmee ze Solenn een glimlach ontlokte.

'Klopt! Dat had ik wel moeten doen, ja.' De Bretonse schonk ook voor zichzelf koffie in en kwam bij haar aan de keukentafel zitten.

'Noah is donderdag jarig,' zei Sylvia. 'En het ziet er niet naar uit dat Chloé een kinderpartijtje gaat geven.'

'Pierrick verzint wel wat,' antwoordde Solenn. 'Misschien neemt hij hem mee naar de Phare d'Eckmühl in Penmarc'h. Echt, de vuurtoren is interessanter dan elk kinderfeestje.'

Sylvia slaakte een zucht van verlichting. Zou Noah er nog steeds op wachten tot Alain kwam om hem te leren zeilen met de jol, zoals hij met kerst had beloofd? Was die man maar niet zo koppig en belde hij de jongen maar eens op!

'Wat heeft Chloé eigenlijk op de kwekerij te zoeken?' vroeg ze.

'Die steekt overal haar gepoederde neus in,' zei Solenn. 'Geen idee. Coco heeft Gurvan er laatst mee geplaagd dat hij die Parisienne als een hondje achternaloopt.'

Sylvia pakte peinzend haar bol en hield hem met beide handen vast. Ze besloot het Maël te vragen.

Nee, hij had de documenten nog steeds niet ondertekend. Maar de datum voor de vaderschapstest stond inmiddels vast. In Frankrijk moest dat via de rechtbank, zonder gerechtelijke toestemming mocht die niet worden uitgevoerd. Aangezien geen van de betrokkenen er bezwaar tegen had en zelfs het kind het had gewild, was het echter geen probleem geweest. Begin augustus ging het gebeuren. Ze ging er niet van uit dat de uitslag een verrassing zou zijn. Maar ze maakte zich wel zorgen om Noah. Ze had geen idee hoe hij zou reageren…

'Heb je al iets van Aaltje gehoord?' Ze schrok op uit haar gedachten.

Het had Solenn echt ontroerd om iets van Hendriks weduwe te horen en Sylvia had de vrouw meteen een uitnodiging voor de opening gestuurd.

'Nee. Ze heeft de uitnodiging waarschijnlijk nog maar net in huis.'

Ze nam Solenn aandachtig op. Had Aaltje niet gezegd dat ze een beetje verliefd op haar was geweest? Of was dat een grapje?

'Denk je dat ze zal komen?'

'Als ze niet voor de opening komt dan wel een andere keer. Ze aarzelde een beetje toen ik haar over onze bouwprojecten vertelde. Misschien wil ze zich het eiland liever herinneren zoals het vroeger was.'

Solenn zweeg en keek uit het raam. 'Toen was het hier nog woest en wild,' zei ze ten slotte met een schalkse glimlach. Ze stond op en zette de lege kommen in de vaatwasser. 'Misschien ga ik wel een keer bij haar langs,' voegde ze er tot Sylvia's verbazing aan toe.

Voor zover ze zich kon herinneren had Solenn het eiland de afgelopen jaren vrijwel nooit verlaten. Alleen om naar het vasteland te gaan om haar zus op te zoeken, verder reisde ze niet.

'Dat moet je doen,' moedigde ze haar aan. 'Je hebt allang geen vakantie meer gehad. In elk geval niet zolang ik jou ken.'

'Dat klopt,' zei Solenn peinzend. 'Sinds Lucie niet meer leeft.'

'Gingen jullie samen weleens op reis?' vroeg ze, want Solenn had daar nog nooit iets over verteld.

'Ze heeft me een paar keer meegesleept naar Italië. Naar Florence en Venetië. Lucie kon moeilijk bepalen welke stad ze het mooist vond.'

'En jij?' vroeg ze. 'Wat vond jij het mooist?'

Solenn keek haar aan en haar ogen werden diep en zacht.

'Als Lucie gelukkig was. Het maakte niet uit waar. Dat was voor mij het mooiste, Sylvie.'

'Chloé? Die toont echt inzet,' legde Maël uit toen Sylvia hem de volgende ochtend op de kwekerij opzocht. Ze wist dat Noahs moeder naar het vasteland was voor een gesprek met Morgane over haar zoon, die nog steeds niet goed met zijn klasgenoten kon opschieten. Ze had zich voorgenomen om erachter te komen hoe het zat met de betrokkenheid van Chloé.

'Hoe bedoel je dat?' vroeg ze erop door.

'Ze heeft goede ideeën. Ze heeft bijvoorbeeld voorgesteld om voor de gangbare soorten een gestandaardiseerd prijssysteem te hanteren en te werken met allerlei kleuren stickers op de potten. Dat maakte het afrekenen simpeler, ook voor onervaren hulpkrachten. Kijk hier maar.' Hij tilde een middelgrote camelia op met een grote rode stip op de plastic pot. 'Alle containerplanten met zo'n sticker kosten hetzelfde. Hetzelfde geldt voor die met een gele of blauwe...'

'Zoiets had ik vorig jaar ook al voorgesteld,' bracht ze er verbaasd tegen in. 'Toen kwam je met allerlei tegenargumenten. Bijvoorbeeld dat de ene plant de andere niet was...'

'Maar nu zie ik in dat het op die manier veel gemakkelijker is. Ik dacht: als jullie dat allebei vinden, dan zal het wel waar zijn. En Gurvan heeft ervoor gezorgd dat we van de vijf meest verkochte soorten voldoende planten in drie verschillende groottes hebben. Waarom kijk je me zo verontwaardigd aan? Dit wilde jij toch ook?'

Ze haalde adem om hem uit te leggen hoe irritant ze het vond dat haar voorstellen pas serieus werden genomen nadat Chloé er ook mee was gekomen. Nog net op tijd merkte ze Coco op, die vastberaden op hen af beende en ze zweeg. Het laatste wat ze wilde was een woordenwisseling uitlokken waar de medewerkers bij waren.

'Ja,' zei ze daarom alleen, en dat kwam er wat koeler uit dan ze had bedoeld. 'Goed idee. Inderdaad.'

Coco begroette hen en daarna deed ze koppig haar kin omhoog in de richting van Maël en zei: 'Dat meen je toch niet, hè, *patron*? Dat met die naamsverandering?'

Hij keek haar niet-begrijpend aan.

'Welke naamsverandering bedoel je?'

'Dat onze *Feu Breton* nu *Chloé* genoemd wordt.'

Het was alsof Sylvia door de bliksem werd getroffen.

'Waar heb je het over?' vroeg Maël verbouwereerd. 'Wie komt er op zo'n idioot idee?'

Coco keek triomfantelijk over de plantenbedden naar de kassen, waar Sylvia Gurvan zag. 'Dacht ik het niet,' zei ze zichtbaar opgelucht. '*Patron*, ik zeg het niet graag, maar ik geloof dat Gurvan zijn verstand heeft verloren.'

En met die woorden stapte ze ervandoor. Overduidelijk om haar collega eens flink op zijn nummer te zetten.

Sylvia liet haar blik pijnlijk getroffen over de plantage dwalen. Ze had de individuele soorten leren onderscheiden aan hun groei- en bladvorm, want op dit moment in de zomer stond bijna geen enkele camelia nog in bloei.

'Wat heeft ze verder nog voor goede ideeën?' vroeg ze, toen het zwijgen op haar begon te drukken. 'Behalve onze brave Gurvan het hoofd op hol te brengen?'

'Ach, hou op,' antwoordde Maël geïrriteerd. 'Wat een kinderachtig gedoe. We hebben allemaal zo ontzettend veel te doen. Waarom zou Chloé dan ook niet een beetje meehelpen?'

Ze dacht aan de bloem van de *Feu Breton*, een van hun kostbaarste bijzondere planten, en ze kon haar ergernis over dit ongelooflijke voorval, hoe belachelijk het ook mocht zijn, niet zomaar opzijschuiven.

'We moeten Chloé niet te veel bij het bedrijf betrekken,' zei ze en ze probeerde haar misnoegen te onderdrukken. 'Solenn ziet dat niet graag, dat weet je. Ze vertrouwt haar niet. En ook onze advocate raadt het af. Trouwens,' ging ze verder, hoewel ze niet goed wist of het wel zo'n goed idee was om daar uitgerekend nu over te beginnen. Maar ze was op dreef en kon zichzelf niet langer in bedwang houden. 'Heb je die documenten inmiddels eigenlijk ondertekend?'

Maël keek haar met een mengeling van schuldgevoel en ergernis aan. 'Nee,' zei hij korzelig. 'Ik heb er nog geen tijd voor gehad. Maak je geen zorgen, dat ga ik doen. Ik hoop dat je niet boos bent, maar ik moet nu weer verder met mijn werk. We zien elkaar bij het middageten.'

Hij gaf haar een vluchtige zoen op haar wangen en verdween tussen de cameliastruiken.

'We moeten ons assortiment verbreden.' Chloé keek van de een naar de ander. Behalve Gurvan liet iedereen zijn hoofd hangen en keek naar zijn bord. 'Maakt niet uit waarmee, als het maar bloeit in de zomer, zoals normale planten. Altijd die camelia's... Oké, ze zijn mooi. Maar op den duur gaan de mensen zich vervelen.' Coco staarde haar boos aan, Solenn draaide met haar ogen en Sylvia had besloten deze onzin simpelweg te negeren. 'Maël,' drong Chloé aan. 'Wat zou je vinden van Engelse rozen?'

'Niets.' Hij veegde zijn mond met zijn servet af.

'Maar...'

'We zijn een kwekerij die gespecialiseerd is in camelia's,' legde hij geduldig uit. 'En daar blijft het bij. Je moet je niet bemoeien met dingen waar je niets van begrijpt.'

Chloé zette een pruilmondje op.

'Dat is toch juist mijn voordeel,' zei ze onaangedaan. 'Jullie zijn allemaal, sorry hoor, bedrijfsblind. We hebben altijd camelia's gefokt, dus blijven we altijd camelia's fokken...'

'Gekweekt, Chloé,' viel Coco haar boos in de rede. 'Kweken heet dat.'

'Waar het jullie aan ontbreekt,' vervolgde Chloé, 'is een frisse blik. En die heb ik. Is het jullie eigenlijk duidelijk hoe saai het voor de bezoekers zal zijn als er op de openingsdag geen enkele bloem bloeit?' Ze keek triomfantelijk rond.

'Wil je nog een galette, Noah?' vroeg Solenn alsof Chloé niets had gezegd.

De jongen knikte, hij was dol op de klassieke Bretonse pannenkoeken van boekweitmeel met ham en een spiegelei. Ze deed er een op zijn bord.

'Best,' zei Chloé lichtelijk spottend en gespeeld berustend, 'als jullie de eilandbewoners willen blijven die hun...'

'Doe me een plezier,' onderbrak Solenn haar, 'en hou eens even je mond. Als je zo doorgaat en dat zweer ik bij alles wat me heilig is, dan gooi ik je de deur uit. Dat meen ik serieus.'

'Wat heeft Morgane eigenlijk gezegd?' zei Sylvia in een poging van onderwerp te veranderen.

Een blik op Noah maakte echter duidelijk dat het geen goed idee was om over zijn problemen op school te beginnen.

'Morgane?' zei Chloé gepikeerd alsof ze eerst moest nadenken wie daarmee bedoeld was. 'O, je bedoelt de directrice van de dorpsschool? Wat zei ze ook alweer, schat?' Ze wendde zich tot Noah, die het liefst door de grond was gegaan. 'Dat hij alsjeblieft dat onuitsprekelijke dialect moet leren. Klopt dat, Noah? Ik kon het niet begrijpen. Bretons. Alsof het de eerste vreemde taal is.' Ze legde haar hoofd in haar nek en begon te lachen. Daarna werd ze weer serieus. 'Het is echt een schandaal. Ik geloof dat we hier op den duur inderdaad niet kunnen blijven.' Ze wierp Maël een korte, valse blik toe.

'Waar heb je de papieren neergelegd?' vroeg Maël die avond.

'Ze zouden op je bureau moeten liggen,' riep Sylvia uit de

keukenhoek waar ze net water voor kruidenthee opzette. 'In de groene map.'

Toen ze hun dampende bekers naar de tafel bracht, had hij alles al ondertekend.

'Moeten die nu nog naar de notaris?' informeerde hij en hij sloeg de map weer dicht.

'Ik stuur ze naar madame Bresson,' antwoordde ze. 'Die regelt verder alles.'

Misschien, dacht ze, toen ze later in bed lag, zou ik Chloé zelfs dankbaar moeten zijn. Als zij niet als een wervelstorm over ons heen was gekomen, had ik nooit gemerkt in wat voor een onzekere rechtspositie ik me bevond.

Maël draaide zich in zijn slaap om naar haar en legde zijn arm over haar heen. Ze luisterde naar zijn ademhaling en voelde een geluksgevoel dat zich langzaam en weldadig door haar hele lichaam verspreidde.

19
Het geschenk

Twee dagen voor de opening stond Sylvia tegen de avond in het nieuwe bezoekerscentrum en ze kon het amper geloven. De geur van vers bewerkt eikenhout hing nog in de lucht, zonet was de timmerman die de toonbanken had ingebouwd vertrokken. Alles was klaar voor morgen.

Langzaam liep ze van de ingang naar de informatiebalie en ze legde het reclamemateriaal neer dat net van de drukker was gekomen: een overzichtskaart van het eiland en een folder met de belangrijkste informatie over de Jardin aux Camélias. Rechts was het café met de spiksplinternieuwe koffiemachine en de tafeltjes en stoeltjes die ze samen met Maylis had uitgezocht. Achter de bar een keuken en voorraadruimtes. Ze had besloten dat gedeelte niet te klein te maken, zodat er van het kleine café misschien ooit een restaurant gemaakt kon worden. Je wist nooit hoe alles zich zou ontwikkelen.

Aan de overkant bevond zich de winkel. Chloé en Suzanne moesten een beetje opschieten, de meeste artikelen zaten nog in dozen. Maar ze hadden gelukkig nog wat tijd.

Ze liep de winkel in en bekeek wat er al in de schappen lag: zepen van cameliazaadolie, bodylotions en haarverzorgingsproducten, verder lippenbalsem en een heerlijke handcrème die ze altijd bij zich had in haar handtas. Ze had contact opgenomen met een kleine fabriek in cosmeticaproducten, binnenkort zou ze haar eigen productielijn ontwikkelen. *Jardin aux Camélias* klinkt niet slecht als merknaam, dacht ze.

Ze liep terug naar de entree en keek nog eens rond. Alleen voor de witgestucte muur achter de balie moest ze nog iets verzinnen. Chloé probeerde haar steeds over te halen om een jonge installatiekunstenaar uit Parijs de opdracht te geven om zich op de muur uit te leven, maar Sylvia was er niet van overtuigd, zijn werk leek haar niet passend. Het moest iets bijzonders zijn, iets wat met camelia's, Solenn en het eiland te maken had, vroeg of laat zou haar wel een goed idee te binnen schieten.

Het vogelbeschermingscentrum had zijn eigen ingang en was via een deur verbonden met het bezoekerscentrum. Ook hier was alles klaar. Gisteren waren de panelen neergezet, waarop de verschillende zeldzame vogelsoorten afgebeeld en beschreven waren die op het eiland leefden of dat regelmatig opzochten. Het scherm dat een van de muren bijna in zijn geheel vulde, was inmiddels aangesloten. De documentaire die een team van studenten van de filmacademie de afgelopen zomer hadden opgenomen, kon zonder haperingen gedraaid worden, daarvan had ze zich gisteren al overtuigd.

Ze liep terug naar haar kantoor en informeerde bij Gwen naar de respons op de uitnodigingen.

'Er hebben zich vierhonderdtwintig gasten aangemeld voor de opening,' antwoordde haar assistente. 'Omdat die al sinds een week op de radio wordt aangekondigd en er in alle kranten een reportage over heeft gestaan, hou ik rekening met veel meer bezoekers. Ik heb gehoord dat de hotels tot Vannes zijn volgeboekt.'

'Hoe is de weersvoorspelling?'

'Allemaal prima.' Gwen straalde. 'Genoeg zon het hele weekend. Vanavond vraagt Pierrick bij de meteorologische dienst voor de zeescheepvaart nog de exacte gegevens op. Ik denk niet dat we ons zorgen hoeven te maken. Pas later in de nacht komt er storm, maar ver bij ons vandaan, midden op zee.'

Ze knikte en dacht erover na of ze niet nog even met Yann

moest praten, die voor het openingsweekend drie vrienden met hun boten had ingehuurd, zodat het vaarverkeer naadloos zou functioneren. Als ze eenmaal op het eiland waren, werd het nog een andere uitdaging om zo veel mensen over het eiland te leiden zonder dat ze elkaar in de weg liepen. Morgane had alle leerlingen van de hogere klassen instructies gegeven hoe ze bezoekers de weg konden wijzen. Gisteren hadden ze een soort generale repetitie gehouden en de leerlingen in groepjes van twee op verschillende plekken van het eiland ingedeeld, waar ze bezoekers zouden helpen die de weg niet konden vinden. Bovendien waren er veel bordjes neergezet. De leerlingen zouden na het weekend ook helpen om zwerfvuil op te ruimen en eventuele schade te herstellen.

'Wanneer komen de mannen van Quéméneur het podium opbouwen?'

'Morgen om elf uur,' zei Gwen, terwijl ze in haar grote kantooragenda bladerde. Je kon haar er echt niet toe overhalen afspraken in te voeren in een computerprogramma, ze voelde zich prettiger met het grote boek. 'Daarvóór gaat niet vanwege het getij. De podiumdelen zijn is er al. Heb je ze al gezien? Ze liggen achter het grote huis.' Gwen reed op haar bureaustoel naar de getijdenkalender die aan de muur hing. 'Ze zijn klaar voordat de vloed weer opkomt. Voor de dansvloer op jullie bruiloft hadden ze maar vier uur nodig.' Ze keek Sylvia glimlachend aan. 'Dat was me toch een mooi feest,' zei ze enthousiast. 'Ik kan haast niet geloven dat het al weer een jaar geleden is!'

Sylvia glimlachte terug. Een paar dagen geleden was hun eerste huwelijksdag geweest. Ze hadden geen tijd gehad om het echt te vieren en met elkaar afgesproken dat na de opening alsnog te doen. Solenn had gebromd dat je zoiets niet kon verschuiven, een huwelijksdag was een huwelijksdag. En zo waren ze in elk geval 's avonds met de boot in noordelijke richting naar het vasteland gevaren en hadden daar bij een oude vriend van Pierrick die een klein visrestaurant had oesters gegeten. Ze hadden genoten van het zeldzame moment dat ze met z'n tweeën waren, ook al waren ze allebei doodmoe geweest van het werk en alle voorbereidingen.

'Je hebt de post nog helemaal niet doorgekeken,' zei Gwen en ze schrok op uit haar gedachten. 'Kijk, er is een brief van de familierechtbank...'

Ze nam de grote envelop aan. Hij was aan Maël geadresseerd.

'Dank je, Gwen,' zei ze en ze stond op.

'Eh... Chloé heeft trouwens ook zo'n brief gekregen,' voegde Gwen eraan toe en ze deed alsof ze zich bezighield met de gastenlijst. 'Tot morgen, Sylvia.'

'*À demain*,' antwoordde ze.

'Zie je nou wel,' zei Maël tevreden, '99,99 procent overeenstemming bij vijfentwintig markers. We hebben er tenslotte twee keer zoveel laten onderzoeken als gebruikelijk. Maar eigenlijk was het al duidelijk.'

Hij gaf haar de officiële brief met het laboratoriumverslag. Het onderzoek bevestigde iets wat ze allang niet meer in twijfel trok.

'Zal Chloé het vanavond aan Noah vertellen, denk je?' vroeg ze peinzend.

En vooral: hoe zou ze het hem vertellen? Voorzichtig, met het nodige invoelingsvermogen? Of had ze hem al eerder met de feiten geconfronteerd, zonder zich in te leven in de jongen? Hoe kan je toch zo weinig empathisch zijn, en dat nog wel als moeder, vroeg ze zich voor de zoveelste keer af.

Met een beklemd gevoel dacht ze terug aan Noahs verjaardag. Bijna de hele dag had de jongen bij de grote rots gestaan en naar de dam gestaard. Hij was er niet toe te bewegen geweest om iets te ondernemen, vast overtuigd van het feit dat zijn vader uit Parijs zou komen om hem eindelijk te komen halen. Pas laat op de middag had hij zich volkomen apathisch door Pierrick naar de aanlegsteiger laten brengen en was hij aan boord van de *Nimue* gestapt. Een hengel had hij die dag niet meer aangeroerd.

Zuchtend schoof ze de papieren weer in de envelop en legde die op haar bureau. Ze zou ze kopiëren en toesturen aan haar advocate. Het zat er immers geheid in dat Maël binnenkort een schrijven van Millet over alimentatie zou krijgen. Daar waren ze dankzij madame Bresson op voorbereid. Per ommegaande zouden ze via de rechtbank de voogdijschap voor Maël aanvragen. Dan waren niet alleen zijn plichten maar ook zijn rechten als vader gewaarborgd.

Op de dag voor de grote gebeurtenis was ze continu bezig. Voor de catering had ze diverse cateraars ingehuurd. De verloofde van Maylis was met de mobiele crêpekraam van haar moeder Iwa naar het eiland gekomen en moest ze een plek toewijzen, net als de man van Camaret-sur-Mer, die verse oesters zou aanbieden en de bakker van *moules-frites*, die bij de kwekerij kwam te staan. Na wat gediscussieer met Solenn, die behoorlijk rancuneus kon zijn, hadden ze ook Loeiza uitgenodigd om taarten te verkopen. Sylvia was van mening dat het weinig zin had om mensen op een soort zwarte lijst te zetten omdat ze zich ontactisch hadden gedragen. 'Ik heb liever dat ze zeggen wat ze denken,' had ze Solenn uitgelegd, 'dan dat ze achter onze rug over ons roddelen.'

'Dat doen ze toch al,' had Solenn ertegen ingebracht. 'Wat dacht je dan?' Maar daarna hoefde bakker Loeiza niet meer per se geboycot te worden.

Ze wilde net de mannen van Quéméneur uitleggen waar de vierhonderd klapstoelen precies neergezet moesten worden, toen Pierrick haar kwam melden dat het niet goed ging met Noah.

'Wat heeft hij dan?' vroeg ze.

De oude man haalde zijn schouders op en liet ze weer vallen. Hij maakte een ongeruste indruk.

'Weet ik niet,' bromde hij. 'Hij is boven bij zijn moeder op bed gaan liggen en heeft zich naar de muur toe gekeerd. Hij zegt dat hij ziek is. Maar hij zegt niet wat hij heeft.'

Ze vroeg Gwen om zich om de mannen te bekommeren en liep met Pierrick de weg af naar de oude cameliabomen.

'Ben je bij hem geweest?' vroeg ze.

Pierrick knikte en krabde in zijn nek, wat hij altijd deed als hij zich zorgen maakte.

'Chloé wilde me eerst niet binnenlaten,' vertelde hij. 'Toen heb ik haar gewoon opzijgeschoven, die stomme meid.'

'Kun je niet bij hem blijven?'

'Hij zei dat ik weg moest gaan,' antwoordde Pierrick ongelukkig. 'Dat heeft hij nog nooit gezegd. En als hij dat echt wil...'

'Dat geloof ik niet. Jij bent de enige die hij werkelijk mag.'

'Wat heeft hij dan toch?' klaagde Pierrick.

'Ik heb zo'n vermoeden. Gisteren is er een antwoord van de rechtbank gekomen. We hebben laten onderzoeken of Maël echt zijn vader is.'

'Natuurlijk is hij zijn vader,' bracht Pierrick er verbaasd tegen in. 'Daar hebben jullie toch geen rechtbank voor nodig. Dat hoeven jullie alleen mij maar te vragen. Geloof me, Maël was vroeger precies zo. Zelfde verhaal. Alleen wilde hij per se op het eiland blijven. En Noah, de stakker, wil per se weg.'

Ze zuchtte. 'Ik neem aan,' zei ze zacht, 'dat Chloé hem de uitslag van het onderzoek heeft verteld. Hij wilde het gewoon niet geloven. We hebben de test ook voor hem gedaan, zodat hij eindelijk zekerheid heeft. Ik denk dat dat de reden is dat hij onwel is geworden. Zijn lichaam is niet ziek. Eerder zijn ziel.' Pierrick keek haar aan. Daarna knikte hij. De oude man was goed bekend met zieke zielen. 'Het zou echt goed zijn als jij bij hem kon blijven,' zei ze. 'Hij heeft al eens geprobeerd om weg te lopen. Ik wil niet dat er iets gebeurt in alle drukte rond de opening. Kun je niet gewoon in de stoel bij het raam gaan zitten en hem gezelschap houden?'

Pierrick slaakte een diepe zucht. In een stoel zitten zonder iets te doen, was een kwelling voor de oude man, die altijd in beweging was en altijd aan het werk was. 'Jullie hebben mij toch ook nodig,' bracht hij ertegen in.

'We redden het wel,' stelde ze hem gerust.

Pierrick wroette misnoegd met zijn voet in het grind en keek achterom naar het grote huis.

'Alsjeblieft,' bezwoer ze hem. 'Anders zou ik het zelf doen, maar hij heeft lang niet zo'n groot vertrouwen in mij als in jou. Bovendien heb ik van alles aan mijn hoofd. Ik moet straks nog naar het vasteland om de afvaardiging van het ministerie van Milieu te begroeten. Vanavond komt de vertegenwoordiger van de prefectuur en ik moet ook nog naar de burgemeester in verband met de toespraak morgen...'

'Is goed, joh,' onderbrak hij haar. 'Ik kan natuurlijk een paar hengels meenemen,' mompelde hij meer tegen zichzelf. 'En die gaan repareren. Maar dan moet die stomme meid me wel binnenlaten.' Hij sloeg met zijn knuist op haar schouder en draaide zich om om te gaan.

Sylvia had geen tijd om zich nog langer zorgen om Noah te maken. Ze hoorde Gwen haar naam roepen en haastte zich naar het kantoor.

'Er is een waardetransport gearriveerd,' riep de assistente haar al tegemoet. 'Ze willen een enorm ding afleveren, ik heb geen idee wat. En ze zeggen dat jij je persoonlijk moet legitimeren en je handtekening moet zetten, anders nemen ze het weer mee.'

Op kantoor stond een man met een klembord.

'Uit Parijs,' antwoordde hij op Sylvia's vraag waar het pakket vandaan kwam. 'Bent u madame Sylvia Riwall? Het spijt me,' voegde hij eraan toe. 'Ik moet u verzoeken zich te legitimeren. Dat zijn de voorschriften, madame.'

'Wat is het voor een pakket?' Ze haalde haar legitimatiebewijs tevoorschijn. 'Ik kan me niet herinneren dat ik iets besteld heb. Wie is de afzender?'

De man gaf haar een grote envelop, die ze openmaakte. Er kwam een hele stapel papieren uit. *Galérie Gérard Trêtendeur* las ze op de afleverbon en eerst begreep ze er helemaal niets van. Toen schoot het haar weer te binnen. Was dat niet de galeriehouder die de nalatenschap van Hendrik van Outen verkocht?

'Dat moet een misverstand zijn,' zei ze beslist. 'Ik heb daar niets gekocht.'

De man keek haar berustend aan. Dat overkwam hem kennelijk vaker.

'Misschien wilt u de afzender opbellen, voordat we de boel voor niets uitladen?'

Onthutst bladerde ze verder door de papieren en ze stuitte op een dichte envelop. *Voor Sylvia Riwall* had iemand er in een zwierig handschrift op geschreven. Ze scheurde de envelop open en haalde er een dubbele kaart uit. Voorop stond een foto van een tulpenzee.

Lieve Sylvia stond in hetzelfde handschrift in de kaart. *Voor de opening kan ik niet komen, dat zijn me te veel mensen. Daarom stuur ik jullie Lucie. Ik hoop dat je een mooie plek voor haar hebt. We zien elkaar in het najaar. Veel liefs, Aaltje.*

Ze staarde naar de tekst, veerde overeind en liep naar buiten. Een andere man stond tegen een open bestelauto geleund, in alle rust een Gauloise rokend. Toen hij haar zag, gooide hij de sigaret weg en trapte hem uit.

'Mag ik het… het pakket zien?' vroeg ze.

'Nou, doe maar,' bromde de man die haar was gevolgd naar zijn collega.

Ze sprongen alle twee in de laadruimte en schoven een grote, platte kist van triplex in de richting van de laadplank.

'O mijn god,' fluisterde ze.

'U hoeft het niet aan te nemen,' zei de expediteur.

Maar ze had zichzelf alweer onder controle. Ze verzocht de mannen even te wachten. Daarna trok ze zich met de papieren terug op kantoor.

Eerst belde ze het nummer van de galeriehouder. Ze trof Gérard Trêtendeur in niet al te beste stemming aan.

'Ja, ja,' zei hij. 'Ik weet niet wat u met madame Van Outen gedaan hebt. U was nog maar net vertrokken of ze heeft het schilderij uit de expositie gehaald.'

'U bedoelt…'

'Ze heeft besloten het niet te verkopen, maar het aan u te geven.' Hij klonk behoorlijk geïrriteerd. 'Dat was het dan wel, denk ik. Als u verder geen vragen meer heeft, wil ik me graag excuseren. *Au revoir*, madame.'

Hij hing op. Ze leunde achterover in haar bureaustoel. Aaltje leek wel gek geworden. Ze bladerde opnieuw de documenten door. Alles was erbij: een deskundigenrapport met certificaat, de schenkingsoorkonde…

'Wat heb je?' vroeg Gwen. Ze keek haar over de rand van haar leesbril bezorgd aan. 'Is er iets gebeurd? Je ziet zo wit als een doek.'

Sylvia schudde haar hoofd. Ze dacht even na, daarna zocht ze Aaltjes visitekaartje en toetste haar nummer in.

'Is Lucie goed bij je aangekomen?' vroeg de weduwe van de schilder nadat ze elkaar begroet hadden.

'Aaltje,' begon Sylvia. 'Ik kan dit echt niet aannemen.'

'Het is heel simpel,' zei de vrouw. 'Je ondertekent de afleverbon en alles is afgehandeld.'

'Maar dat gaat niet!'

'Waarom niet?'

'Omdat… het veel te waardevol is,' probeerde Sylvia uit te leggen. 'Zoiets geef je niet zomaar weg. Denk ook aan jezelf.'

'O, ik denk echt wel aan mezelf,' lachte Aaltje. Daarna werd ze serieus. 'Er is voor mij gezorgd, Sylvia. Door Henny's late roem hoef ik me in dit leven geen zorgen meer te maken. We hebben bovendien geen kinderen die er anders iets over te zeggen zouden hebben. Na mijn dood gaat alles naar een stichting, de Hendrik van Outen-stichting.' Ze zweeg even. 'Aan geld ontbreekt het me echt niet. Na onze ontmoeting is me duidelijk geworden dat ik niet wil dat Lucies portret ergens in een chic huis in Parijs of New York hangt. Dat heeft ze niet verdiend en Henny zou dat ook niet gewild hebben. Ze hoort op jullie eiland. En daarmee basta.'

Ze wist niet wat ze moest zeggen.

'Dank je wel,' mompelde ze ten slotte verlegen.

'Je doet me er een plezier mee,' zei Aaltje. 'En zeg alsjeblieft tegen Solenn dat ik in het najaar graag een paar dagen zou willen komen. Misschien in oktober? Zou dat schikken?'

'Wanneer je maar wilt. En zolang je kunt.'

Een moment lang zwegen ze. Daarna vroeg Aaltje: 'En? Heb je een mooie plek voor het schilderij?'

'O ja,' zei Sylvia. 'En of ik die heb!'

Ze namen hartelijk afscheid. Het leek alsof ze elkaar al een eeuwigheid kenden.

'Zou je me een plezier kunnen doen?' vroeg ze aan Gwen en ze stond op.

'Natuurlijk!'

'Wil je dan de elektricien bellen? Hij moet meteen komen en… en een paar spotjes meenemen. Zeg maar tegen hem dat we een schilderij moeten uitlichten.'

'Een schilderij? Waar dan?'

'In het bezoekerscentrum.' Ze straalde. 'Zeg maar tegen hem dat het achterin tegen de grote muur komt.'

Het was al donker toen ze Solenn vroeg met haar mee te komen. Ze had Gwen de opdracht gegeven de deur op slot te houden, behalve zij en de elektricien had niemand het schilderij nog te zien gekregen. En toen ze de spotjes aandeed, was ze zelf helemaal onder de indruk. Het leek alsof Lucie uit het donker tot leven kwam en haar aanwezigheid vulde de hele ruimte, die tot dusverre zakelijk was gehouden. Het schilderij paste aan de muur alsof het ervoor gemaakt was.

Solenn kon eerst geen woord uitbrengen en ze begon zich al zorgen te maken. Was het voor haar eerder een schok dan een verrassing? Had ze Lucies partner moeten voorbereiden op deze ontmoeting?

'Dat is van Hendrik, toch?' vroeg ze ten slotte. Haar stem klonk hees.

'Ja,' zei Sylvia schuldbewust. 'Stel je eens voor, Aaltje heeft het me gegeven. Idioot toch?'

Solenn schoot in de lach. 'Aaltje...' zei ze gnuivend. 'Dat is altijd al een grapjas geweest. Ook toen...'

Er viel een lange stilte. Solenns blik was nog altijd op het schilderij gericht.

'Vind je het leuk? Ik bedoel... vind je het goed dat het hier hangt?'

Ze beet op haar tong. Ze had er helemaal niet aan gedacht dat de aanblik Solenns oude wond dat ze haar geliefde had verloren zou kunnen openrijten. Wat onnadenkend van haar!

'Natuurlijk vind ik dat leuk,' antwoordde Solenn zacht. Ze wendde zich eindelijk van het schilderij af. 'Het is prachtig.' Ze slikte. 'Het is gewoon niet zo simpel, weet je. Ik heb jou niet voor niets het andere portret gegeven. Dan hoef ik het tenminste niet aldoor te zien.'

Sylvia knikte. Natuurlijk. Dat had ze zich moeten realiseren.

'Maak je geen zorgen,' verzekerde Solenn haar. 'Aaltje heeft volkomen gelijk. Het hoort hier. En ik...' ze haalde diep adem,

'... ik zal tenslotte niet dagelijks hier in het bezoekerscentrum zijn, toch?'

Ze was al bij de deur toen ze zich nog een keer omdraaide en het schilderij bekeek. 'Die boef van een Hendrik,' zei ze met een glimlach. 'Hoe heeft hij dat zo voor elkaar gekregen?'

'Kende je het schilderij helemaal niet?'

Solenn schudde haar hoofd. 'Ik kan het me in elk geval niet herinneren. Het is immers ook al lang geleden.'

'Hoe oud was Lucie toen?'

Weer moest Solenn nadenken. 'Halverwege de dertig misschien... Ja, ik geloof dat ze even oud was als jij nu.' Ze knikte. Daarna keek ze van het schilderij naar Sylvia en weer terug. 'Je lijkt echt sprekend op haar.'

20

De opening

'En aan mij de eer,' zei burgemeester Loig Mevel, 'om samen met onze beste madame Solenn Marï Lambaol, de eigenaresse van het camelia-eiland, het nieuwe bezoekerscentrum van de Jardin aux Camélias te openen.'

Hij gaf Solenn de schaar en de fotografen stelden zich op. Daarbij stootten ze bijna de oude Berthe om, die een plekje helemaal vooraan had bemachtigd en net als haar vriendinnen van de kantklosgroep in traditionele klederdracht was verschenen. De cameraman die Éric had meegenomen, draaide zelfverzekerd zijn enorme filmcamera van de burgemeester naar Solenn. Sylvia, die schuin achter hem stond kon op de monitor zien hoe hij langzaam inzoomde op Solenns hand met de schaar. De Bretonse knipte het brede, rode lint, dat Sylvia 's ochtends nog samen met Gwen, Coco en Maël om het nieuwe gebouw had gebonden trots door. Waar Gurvan zat, die eigenlijk deze taak moest verrichten, wist zelfs Coco tot haar ergernis niet.

Er werd geapplaudisseerd, de plaatselijke fanfare hief zijn eerste melodie aan en Solenn deed de dubbele deuren naar de entree open. Op een teken van Sylvia liep Gwen naar de toegangsdeur van het vogelbeschermingscentrum om ook die te openen. Zo konden de bezoekers aan de voorkant het gebouw in en er aan de achterkant weer uit.

Zelf schoof Sylvia tussen de mensen door naar de informatiebalie in de entree om de gasten te begroeten en vragen te beantwoorden. En natuurlijk om de eerste reacties van heel dichtbij te kunnen horen. Maylis en haar hulpjes stonden al met champagneglazen klaar en Sylvia zorgde ervoor dat allereerst de burgemeester en zijn vrouw van een drankje werden voorzien.

'*Mon Dieu*,' riep Loig Mevel uit. 'Wat een indrukwekkend schilderij van u, mijn beste madame Riwall!'

'Maar dat is toch niet Sylvie,' corrigeerde zijn vrouw hem meteen. 'Dat moet Lucie zijn. Klopt dat? Het is betoverend.'

Ze bevestigde het en die dag moest ze nog vaak herhalen: nee, dat ben ik niet op het schilderij. Dat is de medeoprichtster van de Jardin aux Camélias, daarom hangt het schilderij ook hier.

'Ik wist niet dat jullie zo welgesteld waren,' fluisterde Chloé een paar uur later in haar oor. 'Dat jullie een Van Outen van dat formaat kunnen betalen! Het moet een vermogen waard zijn!'

Pijnlijk getroffen wendde Sylvia zich tot een van de afgevaardigden van het ministerie van Milieu, die er met haar glas cider wat verloren bij stond. Chloé zag ze even later in het gezelschap van advocaat Millet. Ze praatten kennelijk over Lucies portret.

Tegen de middag hadden ze de grootste stroom bezoekers doorstaan en inmiddels waren die over het hele eiland verdeeld. Sylvia hoopte dat het op de verschillende plekken soepel verliep. Ze liet haar eigen post in het bezoekerscentrum over aan Morgane, die haar kwam aflossen en liep net naar het huis van Solenn toe om te informeren naar Noah, toen ze Veronika's rode krullen bij het crêpekraampje van Iwa ontdekte. Dolgelukkig vielen de vriendinnen elkaar in de armen.

'Joh, wat is het allemaal prachtig geworden,' riep Veronika enthousiast uit.

'Zijn jullie er al lang? Ik heb jullie helemaal niet in het bezoekerscentrum gezien,' zei Sylvia en ze begroette ook Laurent, die net de kleine Lili had gevangen, die op haar korte beentjes achter de hond van een van de bezoekers aan was gegaan. 'Jemig, ik kan het niet geloven. Kun je al lopen, Lili?'

'Sinds een week,' zei Veronika kreunend. 'En ik zal het je zeggen, ze houdt ons flink bezig.'

Sylvia nam haar petekind op de arm en gaf Lili kusjes op haar wangen.

'We zijn er nog maar net,' vertelde Laurent. 'Er stond zo'n file in de haven, onvoorstelbaar. Daarna hebben we eerst onze tassen in Ti Bag neergezet. Je kunt niet geloven hoeveel bagage je bij je hebt, als je met zo'n prinsesje op stap bent.'

'En nu willen we eerst iets gaan eten, voordat alle anderen ook op dat idee komen,' zei Veronika. 'Sylvia, je ziet er fantastisch uit! Je haar zit mooi! Ben je in Parijs bij de kapper geweest?'

Sylvia lachte. 'Dat zouden ze me hier nooit vergeven,' biechtte ze op. 'Nee, ik ga altijd naar Fleurette, onze kapper in het stadje. Daarvoor hoef je niet naar Parijs, ook hier heb je goede kappers.'

'Je bent al helemaal ingeburgerd, Sylvia, echt leuk.' Veronika's blik gleed langs haar heen en in één klap veranderde haar gelaatsuitdrukking. 'Is dat daarginds niet je advocaat? Wat heeft die bij Chloé te zoeken?'

'Hij vertegenwoordigt haar nu.' Sylvia ging zachter praten.

'Nee!' Verontrust sperde Veronika haar ogen open.

'Ja, echt.' Sylvia glimlachte. 'Mijn nieuwe advocate wilde vandaag ook komen. En zij… Ja, zij komt uit Parijs.'

Zachtjes floot Veronika tussen haar tanden en met haar ogen tot spleetjes geknepen observeerde ze Chloé. 'Is het al zo erg dat jullie nu advocaten in de arm nemen?' vroeg ze zacht.

Sylvia onderdrukte een zucht en schudde haar hoofd.

'Nee,' zei ze. 'Maar het is een gecompliceerde kwestie en er moeten een paar dingen opgehelderd worden. Dat zouden we hier eigenlijk niet moeten bespreken…'

'Natuurlijk niet,' haastte Veronika zich te zeggen. 'En laat je door ons niet ophouden. We zijn er immers het hele weekend nog. Je moet je vast met wel duizend mensen bezighouden.'

Sylvia lachte en gaf haar vriendin nog een keer een hartelijke knuffel. 'Eerder tienduizend,' zei ze glimlachend. 'Kijk in alle rust rond! Beneden in het park is Fleurette kinderen aan het schminken, mocht Lili daar al zin in hebben. En bij de kwekerij staat een springkussen opgesteld en er zijn ook nog allerlei andere leuke dingen voor kinderen. Vertel me naderhand vooral hoe jullie het vonden.'

Sylvia gaf de kleine Lili nog één kusje en overhandigde haar weer aan haar moeder. Ongelooflijk, dacht ze, hoe ze de afgelopen tijd veranderd was. Ze had rossige krullen die kronkelden als kurkentrekkers en werd later vast net zo mooi als haar moeder.

Éric kwam op haar af, met zijn geluidstechnicus en camera in zijn kielzog. 'Heb je tijd voor een interviewtje?'

Daar moest ze over nadenken. 'Zou het niet beter zijn als jullie met Solenn zouden praten? Zij is tenslotte de eigenaresse.'

'Dat hebben we al gedaan,' antwoordde Éric tevreden. 'Zij vond dat we per se ook de bedrijfsleidster moesten interviewen.'

'Als dat zo is, dan graag.'

'Ik had gedacht dat we daarginds in het park zouden kunnen filmen,' stelde Éric voor. 'Daar heb ik zelfs nog een paar bloeiende struiken ontdekt.'

Ze knikte. Ze wist welke hij bedoelde. Dit jaar waren de camelia's bij Lucies graf aan hun tweede bloei begonnen, wat bijzonder was. Soms, heel af en toe doen ze dat, had Maël haar verteld. Bij de juiste weersomstandigheden. Zijzelf had het stiekem opgevat als een teken, alsof Lucie haar wilde laten weten dat ze het eens was met haar veranderingen op het eiland.

En daarom vond ze het mooi dat ze juist op dat wat afgelegen plekje bij de buitenmuur geïnterviewd zou worden, waar Lucie bij een verweerde stenen bank begraven lag. De kleine menhir met de woorden LUCIE, BOVEN ALLES LIEFGEHAD was bijna helemaal overwoekerd door een paar struiken van de *Camellia*

Japonica Tama-no-Ura, zodat je hem alleen opmerkte als je wist dat hij er stond.

'Kun je hier alsjeblieft gaan staan?' vroeg Éric haar en hij gaf zijn cameraman aanwijzingen waar hij zijn filmcamera neer moest zetten. 'Dan kan de kijker achter je het hele park en in de verte zelfs de zee zien. Ja, exact, zo.'

Terwijl Éric kort overlegde met zijn team, bedacht ze wat ze wilde zeggen. Wat Éric ook zou vragen, ze moest vertellen dat al haar activiteiten in harmonie met de natuur waren, zodat de milieubeschermers en het ministerie in Parijs gerust konden zijn.

'Ons camelia-eiland is ongeëvenaard in Europa,' vertelde ze voor de lopende camera. 'We zullen er alles aan doen om deze prachtige plek met zijn unieke vogelwereld te behouden en toch mogelijk te maken dat meer mensen dan vroeger deze oase aan de rand van Europa kunnen opzoeken en ervan genieten.'

'Welke plannen hebt u voor de toekomst?' vroeg Éric.

'O, ik heb nog veel ideeën,' zei ze en haar ogen begonnen te glimmen. 'Bijvoorbeeld dat hier geen auto's met verbrandingsmotoren meer mogen rijden, maar alleen elektrische auto's. Ook denk ik aan een regelmatige shuttledienst met kleine busjes, al zal dat nog wel een tijdje toekomstmuziek blijven. En omdat niet alle mensen naar ons toe kunnen komen, ben ik van plan eerst in Parijs en op lange termijn in heel Frankrijk winkels met de naam Jardin aux Camélias te openen, waar je een bepaald assortiment van onze camelia's kunt kopen. De juiste balans tussen mens en natuur, individuele planten voor individuele mensen staan bij ons op de eerste plaats. Massaproducten zul je bij ons nooit vinden.'

Met een tevreden glimlach gaf Éric de cameraman het signaal dat het interview was afgerond.

'Dat was top,' prees hij haar. 'Nu filmen we nog een paar tussendoorshots hier in het park, atmosfeergeluid hebben we gisteren al opgenomen toen hier nog niemand was die lawaai maakte. En dan zijn we ook algauw weer weg.'

'Hebben jullie Maël ook gefilmd?' vroeg ze.

'Tuurlijk.' Éric grijnsde. 'De specialist aan het werk. En Chloé heeft ons tussendoor een rondleiding door de kassen gegeven. We hebben materiaal te over. Nou, Sylvie, veel succes verder!'

Hoewel het haar zorgen baarde dat hij Chloé noemde, liet ze daar niets van merken. Ze informeerde nog naar de lengte van de rapportage en wanneer die uitgezonden zou worden, daarna nam ze afscheid van het team.

Sylvia kwam nog net op tijd om Marie-France te begroeten, die volledig in gedachten voor het schilderij van Lucie stond.

'Hoe komt dat hier?' vroeg ze verbluft. 'Ik heb daarvan laatst een foto in een tijdschrift gezien. Mijn dochter heeft me toen zelfs opgebeld, omdat ze me per se mee wilde slepen naar die expositie. Maar zoals vaak had ik geen tijd.' De advocate maakte zich los van het schilderij en keek haar bewonderend aan. 'En nu kom ik hiernaartoe, naar het eind van de wereld, en wat vind ik?' Sylvia lachte en beantwoordde de *bisous* van de elegante Parisienne, de obligate zoentjes op de wang. Vandaag droeg ze een wijd uitlopende zandgrijze linnen broek en een los vallend crème shirt. Om haar schouders had ze een lichtgrijze fijngebreide katoenen trui. 'Of is dit soms een kopie?' vroeg Marie-France met schalks fonkelende ogen en ze gaf haar een arm. 'Nee, natuurlijk niet. Zoiets zou u nooit ophangen. U hebt gevoel voor stijl, toch? Is onze charmante tegenpartij hier ook?'

Ze antwoordde bevestigend en voordat ze voor haar advocate en zichzelf een glas cider had gehaald, verscheen inderdaad Chloé, samen met Maël.

'We sterven van de dorst,' riep ze theatraal en Maël liep naar Maylis om iets te drinken te halen.

‘En het kraampje met drankjes bij de kwekerij dan?’ vroeg Sylvia bezorgd.

‘Daar heb je alleen die vreselijke cider,’ legde Chloé uit, en ze trok haar neus op. ‘Geen idee hoe je dat kunt drinken,’ voegde ze er met een blik op Marie-France aan toe.

Maël ging bij hen staan en gaf Chloé een glas champagne, zelf dronk hij mineraalwater. Sylvia stelde de advocate aan hen voor.

‘Wat leuk dat u hiernaartoe kon komen, madame!’

Maël maakte in het nonchalante pak waartoe hij zich had laten overhalen een goede indruk. Zijn witte overhemd droeg hij open, waardoor zijn zongebruinde huid nog meer uitkwam. Zijn ogen straalden.

‘Het is me een genoegen,’ zei Marie-France.

Sylvia zag meteen dat de twee elkaar mochten. Ze slaakte een zucht van verlichting, dat zou veel dingen gemakkelijker maken. En toch ontging Chloés verbazing haar allerminst.

‘Ach, wat leuk,’ zei ze. Sylvia meende te kunnen zien hoe de radertjes in haar hoofd koortsachtig ronddraaiden. ‘Misschien is monsieur Millet hier nog ergens. Dan kunt u ook meteen met elkaar kennismaken. Waar komt u vandaan, madame Bresson, als ik het mag vragen? Ook uit Quimper?’

‘Uit Parijs,’ antwoordde Marie-France op haar vriendelijke en tegelijkertijd gereserveerde manier, zichtbaar genietend van de verwarring die deze informatie bij Chloé teweegbracht. ‘En ik heb zelfs het gevoel dat we elkaar al eens ontmoet hebben, madame. Jaren geleden. Is uw meisjesnaam misschien Lambert?’ Chloé leek zo mogelijk nog meer in verlegenheid gebracht. Ze knikte. ‘En uw vader heet Jean-Paul? Dan heb ik hem waarschijnlijk als cliënt gehad toen hij van uw moeder scheidde.’

Sylvia zag ontzet dat Chloé, die al heel bleek was, nog bleker werd. De hand waarin ze het champagneglas hield begon te trillen.

Marie-France liet zich verder niet met haar in. Ze wendde

zich tot Maël en stelde hem de ene vraag na de andere over camelia's.

'Ik hou van die bloemen,' zei ze ten slotte. 'Dat heb ik van mijn moeder. Die heeft haar hele dakterras vol potplanten en daar zijn ook een aantal camelia's bij. Helaas heb ik er daar geen goed plekje voor. We hebben weliswaar een vrij ruim balkon, maar er komt bijna geen zon…'

Maël nodigde haar uit om de kwekerij te bezichtigen en weg waren ze.

'Is alles oké?' vroeg Sylvia aan Chloé.

'Prima.' Ze keek in haar bijna volle glas. Kennelijk had ze geen zin meer in champagne.

'Waar woont jouw vader eigenlijk?' informeerde Sylvia. En waarom heb jij niet de beste advocate van Frankrijk genomen, gezien het feit dat jullie familie haar al kende? voegde ze er in gedachten aan toe.

'Aan de Côte d'Azur,' antwoordde Chloé. 'Met zijn tweede vrouw.'

'Heb je… eh… heb je contact met hem?' vroeg ze voorzichtig door. Chloé had tenslotte in zijn vakantiehuis gewoond, al was het maar kort.

'Nee.' Chloé stak koppig haar kin naar voren. 'Mijn vader is behoorlijk… conservatief. We hebben niet veel gemeen.'

Ze had graag meer gehoord, maar toen kwam Gwen met de boodschap dat diverse krantenjournalisten naar haar hadden gevraagd en dat de burgemeester graag afscheid van haar wilde nemen, en dus verontschuldigde ze zich en liep met haar assistente naar het bezoekerscentrum waar ze de uren daarna in beslag werd genomen.

Tegen vier uur 's middags stroomden veel bezoekers weer naar de aanlegsteiger. Ouders hadden allerlei soorten boselfjes, vossen, leeuwen, muizen en katten aan hun hand, en wat het kinderschminkteam onder leiding van Fleurette verder nog aan fantasiefiguren had gecreëerd. En veel mannen sjouwden voor hun vrouw camelia's de boot op. Overal zag Sylvia gelukkige gezichten. Ze had de drie afgevaardigden van het ministerie van Milieu nog voor een grote portie *kouign amann* bij het kraampje van Loeiza uitgenodigd en ze ten slotte persoonlijk vergezeld naar de aanlegsteiger, waar ze in opperbeste stemming afscheid namen.

Ze keek de boot nog een tijdje na. Daarna keerde ze terug naar het bezoekerscentrum, en maakte een praatje met Maylis, die straalde van tevredenheid en pas nu de tijd had om voor zichzelf koffie in te schenken.

'Wil jij ook?' vroeg ze Sylvia, die daar geen nee tegen zei.

Toen ze even later aan de overkant in het winkeltje langsging, was Suzanne bezig de lege schappen weer te vullen.

'De zepen zijn een succes,' vertelde ze haar. 'Die in de vorm van bloemen zijn helemaal uitverkocht. En weet je wat we echt moeten hebben? Ansichtkaarten.'

Twee dames kwamen de winkel binnen en keken belangstellend rond. Ze trok zich tactvol terug en deed alsof ze iets zocht.

'Kan ik u helpen?' vroeg Suzanne vriendelijk.

'Hebt u misschien een reproductie van dat schilderij daar? Van de dame met de camelia?'

Toen stond zelfs Suzanne even met de mond vol tanden, daarna zei ze: 'Nee, helaas niet. Maar dat is echt een goed idee. Ik zal het met mijn leidinggevende bespreken.'

'Dat moet u echt doen,' zei de oudste van de twee bezoekers. 'Het is een prachtig schilderij.'

Er waren een paar wolken komen opzetten toen Sylvia voor het nieuwe gebouw ging staan en zoals altijd als die de zon bedekten, koelde het merkbaar af. De wind was opgestoken, hij kwam uit het noordoosten. Ze kende het wisselvallige klimaat van Bretagne inmiddels goed genoeg om te weten dat er tegen de avond regen kon komen.

Niemand had haar nu nodig en ze besloot van de gelegenheid gebruik te maken om eindelijk naar de kwekerij te rijden, waar ze tot dusverre geen tijd voor had gehad. Ze pakte haar jas en liep naar de parkeerplaats. Iven reed net weg met een van de minibusjes. Toen hij haar zag, stopte hij en sprong uit de auto.

'Wil je mee?' vroeg de stagiair. Hij hield het portier voor haar open. 'Ik heb maar één gast.'

Ze stond al op het punt in te stappen toen ze een aangename stem hoorde, die ze maar al te goed kende.

'Goedendag, mevrouw Von Gaden.'

De adem stokte haar in de keel. Dit was toch niet mogelijk. Op de achterste rij zat niemand minder dan Sir James Ashton-Davenport. Ze deed het portier dicht en ging naast hem zitten.

'Mijn naam is Riwall, Sir James,' corrigeerde ze hem vriendelijk. 'Wat een verrassing. Als ik me niet vergis, stond u niet op de lijst van gasten die zich hadden aangemeld?'

'Dat klopt, ik heb immers geen uitnodiging gekregen. Daarover wilde ik trouwens mijn beklag bij u doen,' zei de Engelsman met een charmante glimlach. 'Als een van uw beste klanten, zou ik toch boven aan de gastenlijst moeten staan? Of hebt u elke dag kopers die een half miljoen voor één cameliaboom betalen? Maar ik ben niet kinderachtig, mevrouw Von Gaden. Zoals u ziet, ben ik toch gekomen.'

'Daar ben ik blij om,' loog ze en ze wist dat je dat kon horen. Ze was nu eenmaal niet bedreven in liegen.

Sir James lachte zacht, warm en begripvol. 'Doet u geen moeite. Ik stel het op prijs dat u eerlijk bent, dat heb ik vanaf het begin gewaardeerd. Des te treuriger is het dat u de afgelopen jaren niet eerlijk tegen uzelf hebt kunnen zijn.'

Ze zweeg. Wat wilde hij van haar? Ze ging echt niet met deze man in discussie. Hij was een gast als alle anderen. En hoe eerder hij weer verdween, hoe beter.

‘Maar eigenlijk,’ vervolgde hij, ‘hoopt u dat ik gauw weer ga, toch?’

Ze keek hem recht in zijn gezicht. Ze was niet vergeten hoe goed hij eruitzag. Groot, slank, met een smal gezicht en expressieve wenkbrauwen boven barnsteenkleurige ogen. Zijn slapen waren nog grijzer dan tijdens hun ontmoeting op Madeira. En om zijn mondhoeken ontdekte ze groeven, waardoor hij een vastberaden indruk maakte. Ze wist dat ze op haar hoede moest zijn. Deze man had de verre reis hierheen niet voor de lol gemaakt.

‘Hoe staat het met de *Sylviana*?’ vroeg ze om van onderwerp te veranderen.

‘Voortreffelijk. João zorgt er goed voor.’ Hij keek uit het raampje. Ze waren aangekomen op de plek waar de weg steil naar beneden ging, naar de laagte waar de kwekerij zich bevond. ‘Wilt u hier even stoppen?’ riep hij naar Iven, die de bus tot stilstand bracht. Daarna wendde hij zich weer tot haar. ‘Ik zou graag nog een paar minuten alleen zijn met u, mevrouw Von Gaden. Bovendien is het uitzicht hier fantastisch. We kunnen immers naar beneden lopen. Wat zegt u daarvan? Gunt u mij dat plezier!’

Ze aarzelde, maar ze wist ook niet hoe ze dat vreemde verzoek moest afslaan. Met tegenzin stapte ze uit en ze vroeg Iven om te wachten. Ze was niet van plan op haar elegante pumps de weg naar de kwekerij af te lopen.

Met evenveel tegenzin ging ze naast Sir James staan, die echt van het uitzicht leek te genieten. Hij keerde haar de rug toe en had zijn handen in zijn zakken. Zijn open jasje van fijne tweed wapperde in de wind. Om zijn hals droeg hij een zijden sjaaltje met een paisleypatroon.

Ze trok haar jas strakker om haar lichaam. Het uitzicht over het eiland, dat bijna de vorm van een bloem met vijf bloemblaadjes had, was haar zo vertrouwd. Daar beneden, beschut tegen de wind en tegen het weer, gedijden de planten die het eiland zijn naam hadden gegeven.

'Hoe kan ik u helpen?' vroeg ze.

Sir James glimlachte en keek haar aan op een manier die haar verlegen maakte. En woedend.

'Je moet die tuinman verlaten!' zei hij. Het klonk als een bevel.

'Wat zegt u?!'

'Je moet hem verlaten en bij mij komen. We zijn voor elkaar geschapen, Sylvia. Dat weet ik sinds onze eerste ontmoeting. Herinner je je die nog?'

Ze hapte naar adem. Was deze man gek geworden? 'Hoe komt u erbij...'

'En jij weet dat ook,' onderbrak hij haar onaangedaan. 'We zijn uit hetzelfde hout gesneden. Ik was ervan onder de indruk hoe je mij toen het hoofd bood. Je was simpelweg verrukkelijk. Daarom heb ik je het eiland gegeven.'

'Gegeven?'

'Natuurlijk heb ik het je gegeven.' Glimlachend kwam Sir James een stap naar haar toe. 'Voor de rechter zou je het eiland nooit van zijn levensdagen toegewezen gekregen hebben. Helemaal niet op basis van dat ridicule verhaal over dat testament...'

'Wat zegt u?!'

'Daar moet je maar opkomen. Een testament dat verstopt zit in een strohoed. Respect, Sylvia. Een slimme zet en o zo romantisch.' Hij lachte alsof het om een geslaagde grap ging. 'Maar mij beviel dat wel,' zei hij vervolgens en zijn blik werd ernstig. 'Jij beviel mij wel. En dat is nog steeds zo, Sylvia. Ik kon immers niet weten dat je met die tuinman zou trouwen. Daar zou ik zelf nooit opgekomen zijn. Hoe kon je dat nou doen!'

'Sir James,' begon ze en ze probeerde haar zelfbeheersing te bewaren, 'ik denk niet dat het u ook maar iets aangaat...'

'O jawel,' onderbrak hij haar. 'Dat gaat mij zeer zeker iets aan. Want jij en ik horen bij elkaar. Tja, het is immers nog niet te laat.

Je moet van hem scheiden. Liever vandaag nog dan morgen.' Ze deinsde terug. Ze moest weg, ze wilde onder de mensen zijn. Aarzelend keek ze naar Iven. Die had zijn witte oortjes in en stond met zijn ogen dicht op de maat van een of ander nummer te wiegen. 'Je hebt grootse visioenen,' zei Sir James. 'Milieubescherming. Een eiland zonder uitlaatgassen. Geweldig. We zouden daarmee nog verder kunnen gaan en de natuurlijke hulpbronnen kunnen gebruiken om stroom op te wekken. Een cameliakwekerij midden in de Atlantische Oceaan die helemaal klimaatneutraal is! Dat kost allemaal veel geld, Sylvia. Met die tuinman van je zul je je doelen nooit bereiken.'

'Maël is geen tuinman,' bracht ze er woedend tegen in. 'Hij is een van de meest gevraagde cameliadeskundigen ter wereld!'

Sir James trok geamuseerd zijn wenkbrauwen op. 'Echt een coryfee dus,' zei hij vriendelijk. 'Dat zou kunnen. Toch kijkt hij niet verder dan de meeldraden van zijn camelia's. De rand van zijn bord is een bloem, stel je het je eens voor! Voor iemand met zo veel visie als jij is dat toch allemaal veel te beperkt!'

'Dit gaat nu echt te ver...'

'En er is hier niet één vierkante meter van jou!' viel hij haar in de rede. 'Dat is een schandaal. Hoe heb je dat kunnen toestaan? Als je bij mij komt, kunnen al je dromen werkelijkheid worden zonder dat je je zoals hier van 's ochtends vroeg tot 's avonds laat hoeft af te sloven. Ik koop elk eiland, of wat je ook maar wilt, voor je en ik help je je visioenen te realiseren. Dingen waarvan je nu niet eens durft te dromen. Je wilt de wereld in beweging brengen. Dat wil ik ook. Daarom horen wij bij elkaar, Sylvia.'

Hij pakte haar schouders vast en zijn blik had iets innemends. Ze kon zich voorstellen dat er maar weinig mensen waren die zich aan zijn charisma konden onttrekken. Ze maakte zich los en deed een stap achteruit.

'U doet al uw moeite voor niets,' zei ze. 'Ik hou van mijn man en ik zal hem nooit verlaten.'

Sir James begon weer te lachen. Het liefst had ze hem een klap gegeven.

'Dan klopt het dus toch dat liefde blind maakt,' zei hij toen hij weer was bedaard. 'Een bepaald soort liefde in elk geval. Kijkt u maar eens naar beneden, mevrouw Von Gaden.' Hij pakte haar weer bij haar schouder en draaide haar zo dat ze in de laagte kon kijken. 'Ziet u dat? Daar is hij, uw cameliadeskundige. En wie is er bij hem? De moeder van zijn zoon.'

Het klopte. Daarginds leunde Chloé heel ontspannen, met een sigaret in haar hand, in een wulpse houding tegen een muurtje naast de poort. Ze bracht die naar haar mond en strekte zich uit naar Maël, die zich over haar heen boog en haar een vuurtje gaf, terwijl hij zijn hand ervoor hield tegen de wind. Zijn gezicht kwam heel dicht bij het hare.

'Dat heeft niets te betekenen,' hoorde ze zichzelf zeggen.

Hulpeloos keek ze toe hoe Chloé een lange teug nam en daarna de sigaret aan Maël overhandigde. Die nam hem aan en inhaleerde ook stevig en daarna nog een keer, voordat hij hem weer teruggaf aan Chloé. Geërgerd wendde Sylvia zich af, want Maël rookte niet eens.

'O nee?' merkte Sir James sarcastisch op. 'Dat heeft het niet? Ach. U zult het vast wel weten.'

Ze liep vastberaden naar Iven toe en wisselde een paar woorden met hem. Daarna kwam ze terug.

'Ik had een hogere dunk van u,' zei ze. 'Ik had nooit gedacht dat u zo laag zou zijn.'

De Engelsman was maar even van zijn stuk gebracht. Daarna gleed er een gekwetste glimlach over zijn gezicht.

'Ik hou van u,' zei hij simpelweg.

'Nee, dat is niet zo!' reageerde ze woedend. 'U weet niet eens wat dat betekent! Iven brengt u nu naar beneden. U wilde het eiland bezichtigen, toch?'

Iven had de zijdeur van de minibus opengeschoven en stond

te wachten. Nog steeds bewoog hij zijn hoofd op de maat van onhoorbare muziek.

'U hebt de wedstrijd allang verloren,' antwoordde Sir James Ashton-Davenport. 'Wilt u uw man echt met een andere vrouw delen? Dat noem ik een echt oudtestamentisch arrangement: de ene baart de zoon, de andere runt het bedrijf. Wordt u toch verstandig en komt u bij mij!'

'U begrijpt het niet,' riep Sylvia buiten zichzelf van woede. 'Liefde kun je niet dwingen. Liefde kun je niet kopen. En je kunt ook niet op bevel van iemand houden. Wie dat niet begrijpt heeft geen idee wat het betekent om van iemand te houden.'

Hij keek haar aan en zijn blik werd duister. 'Goed,' zei hij. 'Dan neem ik dit eiland weer van u af. Ik neem u alles af. En uiteindelijk zult u blij zijn met mijn voorstel.'

Geen van hen tweeën zei nog een woord, terwijl de stagiair de haarspeldbochten naar de kwekerij nam. Ze ergerde zich dat ze zich tot zulke heftige woorden had laten verleiden. Dat was niks voor haar. Ze had absoluut niet op zo'n pijnlijk gesprek moeten ingaan.

'Daar ben je,' begroette Maël haar uitgelaten.

Hij gaf haar een zoen die naar nicotine smaakte. Toen hij Sir James opmerkte glimlachte hij en alleen als je hem goed kende, merkte je zijn terughoudendheid.

'Weet je waar Coco is?' vroeg ze. 'Het zou fijn zijn als zij Sir Ashton-Davenport een rondleiding over de kwekerij zou kunnen geven.'

Chloé sperde haar ogen open toen ze de naam hoorde. Geïnteresseerd nam ze de man met het ondoorgrondelijke gezicht op.

'Dat kan ik ook doen,' bood ze aan. 'Komt u maar mee, meneer. Ik laat u de kassen graag...'

'Dat is heel vriendelijk van u, mademoiselle...?'

'Chloé,' hoorde Sylvia haar nog net zeggen. 'Zegt u maar gewoon Chloé tegen me.'

Ze begon te steunen toen ze allebei ver genoeg weg waren. Ze wist niet goed of ze opgelucht moest zijn of zich nog meer zorgen moest maken.

'Is alles in orde?' informeerde Maël bezorgd. 'Ik wist niet dat hij zou komen.'

'Dat wist niemand,' zei ze. 'We hebben hem niet uitgenodigd.'

'Laat hij het allemaal maar bekijken,' merkte hij luchtig op. 'We hebben niets te verbergen.'

Hij nam haar in zijn armen en trok haar teder tegen zich aan.

'Je hebt gerookt,' klaagde ze.

'Ja, dat klopt.' Hij glimlachte. 'Dat had ik al een eeuwigheid niet meer gedaan. En nu weet ik weer waarom ik daarmee gestopt ben.'

Moest dat uitgerekend nu, samen met Chloé? dacht ze. Net als in die goede oude tijd, toen jullie Noah verwekt hebben?

Ze schrok zelf van die gedachte en kennelijk maakte ze er een piepkleine tegenstribbelende beweging bij. Maël liet haar meteen los.

'Wat is er?' vroeg hij geïrriteerd. 'Is het zo erg als ik een paar trekjes van een sigaret neem?'

'Van Chloés sigaret,' kon ze niet nalaten op te merken.

'Wat zeg je?' stoof hij op. 'Bespioneer je me soms?'

'Laat ook maar,' probeerde ze haar man tot bedaren te brengen. Spanden ze nu allemaal tegen haar samen? 'Laat het alsjeblieft rusten. Waar is madame Bresson eigenlijk?'

'Die is met Gurvan in kas twee,' legde Maël gepikeerd uit. 'Daar zijn Vero en Laurent trouwens ook. En wil je me nu excuseren.' Hij beende er woedend vandoor.

Ineens vocht ze tegen haar tranen. Alles was tot dusverre goed verlopen. Waarom moest Sir James in vredesnaam verschijnen en haar tot overmaat van ramp ook nog zijn liefde verklaren? Kon hij haar niet gewoon met rust laten?

21

Schip in nood

Sylvia had er geen zin meer in om naar de anderen in kas twee te gaan. Ze had de behoefte om zich een half uurtje terug te trekken in Ti Bag om haar evenwicht te hervinden. Daarom maakte ze van de gelegenheid gebruik toen een groep vrolijke met camelia's bepakte en bezakte vrouwen zich opmaakte om te vertrekken en sloot zich bij hen aan.

Op de binnenplaats van de Jardin aux Camélias stond Solenn haar echter op te wachten en vroeg haar bij Noah te gaan kijken.

'We moeten Pierrick eindelijk aflossen,' zei ze. 'Hij zit nu al drie dagen boven en draait binnenkort nog door.'

En dus liep ze zuchtend de trap op naar de bovenverdieping, waar de trouwe Pierrick inderdaad in een stoel bij het raam zat en aan een van zijn hengels knutselde.

'Wat is er toch met je aan de hand?' Ze ging op de rand van Noahs bed zitten. Hij wendde zich af en trok de deken over zijn hoofd. Pierrick haalde hulpeloos zijn schouders op. 'Ben je ziek?' vroeg ze. 'Moet ik een dokter bellen?' De jongen verroerde zich niet. Ze wachtte een tijdje, daarna trok ze heel zacht aan de deken. Noah hield hem vast. 'Kijk me aan, Noah,' zei ze. Hij reageerde niet. 'Zal ik je vertellen wat voor ziekte je hebt?'

Geen antwoord. Alleen het zachte rijzen en dalen van de deken verried dat daaronder een wanhopig jongetje ademde. 'Je hebt het resultaat van de test gehoord, klopt dat?' vervolgde ze. 'En nu weet je niet wat je moet doen. Dus doe je alsof je dood bent.'

Ze had het gevoel alsof hij zijn adem inhield. De jongen verroerde zich nog steeds niet. 'Maar je bent niet dood,' zei ze met zachte stem, 'ook al hou je nu je adem in. Het leven gaat verder. En op een gegeven moment zul je onder deze deken uit moeten komen. Want je bent geen lafaard. Dat weet ik.'

Heel langzaam bewoog het jochie en zijn gezicht kwam tevoorschijn. Hij was rood aangelopen. Ook zijn ogen waren rood. Vertwijfeld staarde hij haar aan.

'Ga weg,' stootte hij uit. 'Allebei. Laat me met rust.'

Daarna draaide hij zich weer om naar de muur en keerde Pierrick en haar de rug toe.

'Het heeft geen zin om Pierrick daar verder op wacht te laten zitten,' vond Solenn. 'De jongen heeft vast het gevoel dat hij een gevangene is! Waar zit de moeder van dat kind eigenlijk?' Ze schudde berustend haar hoofd en liep de trap op om Pierrick naar beneden te halen. 'Als je honger hebt, kom je maar naar de keuken,' hoorde Sylvia Solenn boven tegen Noah zeggen. 'Er zijn galettes. Voor het geval je dat interesseert.'

Pierrick was zichtbaar opgelucht dat hij eindelijk van zijn taak ontheven was. Met zijn hengel als een vaandel in zijn hand verliet hij zo snel als een haas het huis.

'*Mon Dieu*, wat zie jij eruit!' riep Solenn toen ze haar aankeek. 'Alsof je een spook hebt gezien.'

'Sir James is op het eiland,' legde ze uit en ze plofte neer op een keukenstoel. 'Wil je me alsjeblieft een lambig geven, Solenn, die kan ik wel gebruiken.'

'Is het zo erg?' vroeg Solenn, terwijl ze inging op haar ongebruikelijke verzoek. 'Wat wil hij?'

Even dacht ze na of ze Solenn zou vertellen van de belachelijke liefdesverklaring van Sir James, maar ze besloot het niet te doen. Ze haalde haar schouders op, maar Solenn kende haar te goed om daarmee weg te kunnen komen.

'Is er trammelant vanwege de *Sylviana*?' vroeg Solenn. Ze had na hun terugkeer uit Madeira niet enthousiast gereageerd toen ze erachter was gekomen wie er achter de koop zat.

'Nee,' stelde Sylvia haar gerust. 'Hij zegt dat het goed gaat met de boom.'

'Dan is hij hier vanwege jou,' stelde Solenn vast alsof dat buiten kijf stond.

'Hoe weet je dat?'

Solenn lachte. 'Dus het klopt. Heeft hij je een aanzoek gedaan?'

'Solenn, dit is echt eng. En ik begrijp totaal niet hoe hij daarbij komt!'

'Hoe hij daarbij komt?' Solenn keek haar liefdevol aan. 'Omdat je een fantastische vrouw bent, daarom. En zo iemand vind je niet elke dag. Ik weet waar ik het over hebt. Lucie was precies zo. Uniek. Als je zo iemand ontmoet, vecht je daarom.' Haar gezicht werd somber. 'Ik weet niet zeker of Maël dat wel doorheeft. En dat maakt me altijd ontzettend boos.'

Sylvia stond op en liep naar het raam, keek naar buiten de binnenplaats op, waar Iwa net haar kraampje begon op te ruimen.

'Je brengt me in verlegenheid,' zei ze. 'Zo geweldig ben ik helemaal niet. Anders...' Ze stokte.

'Wat anders?' Solenn stond op en ging naast haar staan. De wolken waren samengetrokken. De luifel boven Iwa's kraampje flapperde in de wind. 'Je duldt zijn ex in je leven en gaat liefdevoller met hun zoon om dan de moeder zelf. Je ondersteunt Maël om een vader voor zijn kind te kunnen zijn dat niet van jou is. En je zet je in voor ons bedrijf alsof het om je leven gaat. Wat zou je volgens jou dan nog meer kunnen doen?'

Ze slaakte een diepe zucht. De tranen die ze zonet nog had ingehouden biggelden nu over haar wangen. 'Ik weet het ook niet,' stootte ze snikkend uit. 'Ik heb voortdurend het gevoel dat ik alles verkeerd doe. Maël is nu al weer boos op me. En waarschijnlijk heeft hij gelijk. Ik ben niet zoals jij zegt. Ik ben bekrompen en jaloers. En op van de zenuwen.'

Ze ging op de keukentafel zitten en liet haar tranen de vrije loop. Solenn haalde een pakje papieren zakdoekjes en klopte op haar rug. Toen lukte het haar eindelijk weer rustiger te worden.

'Je bent overwerkt, dat is alles,' stelde Solenn vast. 'Je kunt het beste een tijdje gaan liggen, nee, niet in Ti Bag, maar hier in mijn kamer. Dan hoeft niemand je te zien. Terwijl jij uitrust, ga ik in het bezoekerscentrum kijken of alles in orde is.'

'Maar...'

'Geen gemaar,' zei Solenn streng. 'Je moet doen wat ik zeg. Er zijn genoeg mensen om afscheid te nemen van de rest van de bezoekers.'

'En Sir James?'

'Ach, die moet je vandaag sowieso niet meer tegen het lijf lopen,' zei Solenn grijnzend. 'Tenzij je van plan was op zijn voorstel in te gaan? O nee, niet weer huilen! Dat was maar een grapje...'

Vertwijfeld probeerde ze haar zelfbeheersing te bewaren. 'Hij heeft zulke gemene dingen gezegd,' zei ze.

'Tja,' zei Solenn. 'Dat kunnen ze goed, mannen. Vooral als hun eergevoel gekrenkt wordt. Je moet niet meer aan hem denken. En nu ga je op mijn bank liggen! Het komende uur wil ik je niet buiten zien. *Compris*?'

Ze gehoorzaamde en liep de hal door naar het privégedeelte van Solenn. Na Lucies overlijden hadden ze de suite grondig gerenoveerd en een comfortabele bank aangeschaft. Toch was ze ervan overtuigd dat ze nog geen minuut stil kon liggen. Maar ze had zich nog maar net genesteld of haar ogen vielen al dicht.

Ze schoot omhoog omdat het kussen aan één kant inzakte. Iemand was naast haar gaan zitten. Het was pikdonker in de kamer en ze kwam verward overeind.

'Ik ben het,' fluisterde Maël en hij legde zacht zijn hand op haar wang. 'Sorry dat ik je heb laten schrikken. Ik... ik wilde mijn excuses aanbieden. Wees alsjeblieft niet boos. Solenn heeft me een flinke uitbrander gegeven. Soms ben ik echt een grote sukkel.'

Hij gleed dichter naar haar toe en trok haar op schoot.

'En onze gasten...?'

'Sst,' zei hij. 'Die zijn of weg of er wordt voor gezorgd. Niemand mist je. Alles is oké.'

'En Sir James?'

'Die moet je vergeten.'

Het was alsof er een zware last van haar afviel.

'En hoe is het met Vero en Laurent?'

'Lili is doodmoe en zij tweeën ook. Ze zijn nu met z'n drietjes aan het uitrusten.'

Ze legde haar hoofd in zijn elleboog en genoot ervan hoe hij zijn vingers teder door haar haar liet glijden. Hij had een heel bijzondere manier om dat te doen, alsof hij sliert voor sliert liefdevol netjes neer moest leggen. Zijn vingertoppen gingen telkens weer over haar hoofdhuid, een aanraking waar ze dol op was en waardoor ze ook nu meteen ontspande. 'Kom,' zei Maël teder, 'laten we naar huis gaan. Het is al laat, iedereen ligt allang in bed.'

Versuft kwam ze overeind. 'Heb ik dan zo lang geslapen?' vroeg ze verbaasd.

Onderweg door het park hoorde ze de wind huilen. Wolken joegen langs de hemel, eigenaardig verlicht door de maan die erachter schuilging. In de beschutting van de muren kon ze het gebulder van de branding horen, die tegen de rotsen sloeg.

'Zijn de boten wel goed vastgemeerd?' vroeg ze.

'Natuurlijk,' stelde Maël haar gerust. 'Maak je daar maar geen zorgen over.'

'Nu heb ik niet eens afscheid genomen van onze advocate,' mompelde ze toen ze Ti Bag binnenkwamen.

'Ze komt morgen weer. Dan gaan we in alle rust met haar praten.'

Hij vergezelde haar naar de slaapkamer en hielp haar haar kleren uit te trekken. Samen maakten ze het zich behaaglijk onder de deken en ineens viel de spanning van de afgelopen dagen en weken van haar af als een tweede huid. Het was waar, ze had haar best gedaan, wat kon ze nog meer doen? Sir James en alles wat met hem samenhing, verbleekte als een akelige droom. Alle nare woorden waren alleen maar leugens geweest – de waarheid was hun liefde, die door niets of niemand kapot kon worden gemaakt. En toen hield ze eindelijk op met denken en gaf zich helemaal over aan de strelende handen van haar man, beantwoordde zijn tederheden tot ze allebei zwijgend bewogen, alsof ze op de golven dansten en in een toestand van vergetelheid raakten, waarin alleen zij tweeën bestonden. Het was alsof zelfs de grenzen tussen hen oplosten, buitenkant en binnenkant met elkaar versmolten, alsof ze een werden als twee fonkelende kometen, die elkaar ontmoetten in de oneindigheid en gloeiend in een ster veranderden. Op een gegeven moment vielen ze innig omstrengeld in slaap.

Het was midden in de nacht toen ze ineens wakker werd. Ze had geen idee wat haar had gewekt en toch had ze het gevoel dat iemand haar had geroepen. Ze luisterde gespannen en kwam overeind.

Op zolder sliep Veronika met haar gezinnetje. Had Lili misschien gehuild? Er was niets te horen, alleen Maëls gelijkmatige ademhaling naast haar en meteen was ze weer vervuld van een gevoel van mateloze tederheid voor haar man. Ze ging voorzichtig liggen om hem niet te wekken.

Ze deed haar ogen dicht en probeerde opnieuw in slaap te

vallen. Tevergeefs. Ze was juist klaarwakker, waarschijnlijk had ze de vorige avond gewoon te lang geslapen. Maar waar kwam die onrust vandaan? Was het een kwestie van overprikkelde zenuwen? Wat Solenn 'overwerkt' noemde?

Na een tijdje hield ze het niet meer uit in bed. Zachtjes stond ze op en op haar tenen verliet ze de slaapkamer.

Toen ze zichzelf in de badkamerspiegel zag, schoot ze bijna in de lach. Haar mascara was uitgelopen en vormde dramatische zwarte schaduwen onder haar ogen. Snel maakte ze haar gezicht schoon en smeerde het zorgvuldig in met crème. Daarna kamde ze haar haar tot het glansde. Ze zocht haar horloge en stelde vast dat ze het nog steeds om had. Het was nog maar twee uur.

Haar blik viel op de kleine getijdenkalender die ze op de spiegelconsole tussen twee fraaie schelpen neer had gezet. Zo konden ze altijd in één oogopslag zien hoe hoog het water stond. Maël wist niet dat ze op die manier ook haar vruchtbare dagen in de gaten hield. En nu was het net weer zover. Als alles normaal verliep, zou ze die nacht haar eisprong hebben.

Ze wendde zich snel af, alsof ze daarmee kon voorkomen dat er zich alweer een sprankje hoop in haar gedachten nestelde en zou ontkiemen en gaan bloeien, in elk geval tot ze weer ongesteld werd.

Misschien lukte het ditmaal, fluisterde het verleidelijke stemmetje in haar. Was het niet een prachtige liefdesnacht geweest, een waardig moment om een kind te laten ontstaan?

Maar ze wilde er niet aan denken en besloot een wandeling te gaan maken, of het nu midden in de nacht was of niet. Ze kleedde zich aan, trok haar gemakkelijke sneakers en haar windjack aan en nam haar staafzaklantaarn mee. Daarna deed ze de deur open.

Een grote massa bolle wolkenformaties joeg langs de nachtelijke hemel en bedekte telkens weer een maan, die feller rood was dan ze hem ooit had gezien. Hij had echt de kleur van een bloedsinaasappel en dompelde de tuin in een dreigend schijnsel. Zelfs de cameliabomen zagen er in dat licht vreemd uit, een zacht ruisen liet hun kronen trillen.

Ze verliet het ommuurde park door de poort direct achter het huis en meteen begon de wind aan haar haar te rukken. Snel trok ze haar capuchon over haar hoofd en liep een paar passen langs de kust. In de lucht hing iets eigenaardigs, haar lippen begonnen te prikken, ze proefde zout en het bijzondere aroma van algen. Het water stond hoog, volgens haar kalender liep de vloed alweer ten einde. Wat opviel was de opvallend sterke deining, de zee leek wel een levend, ademend reusachtig wezen, dat zijn kolossale rug hief en liet zakken. Het licht van de maan brak als vloeibaar rood goud op die langgerekte heuvels van golven.

Ineens merkten haar ogen iets op wat niet bij dat plaatje paste. Een zwart silhouet van een bootje dat zich bijna ongemerkt richting open zee bewoog.

Wie kon dat zijn? Een visser? Op dit tijdstip? Haar hart begon sneller te slaan. Iets klopte niet. Iets verwarde haar. Dit was niet een van de kleine viskotters die soms 's nachts uit vissen gingen. Het was een van de vele bootjes met buitenboordmotor waarvan er zoveel langs de kust waren. Zoals dat van Gurvan of de *Nimue*, waarmee Pierrick uit vissen ging…

Ze kreeg een bang vermoeden en sloeg het pad in naar de aanlegsteiger, die aan de andere kant van de Jardin aux Camélias lag en ze zette het op een hollen. Kon het een van hun boten zijn? Wie was het dan? Pierrick ging er niet graag 's nachts met de boot op uit en dan voer hij al helemaal niet op open zee. 'Er zijn daar ondieptes, klippen, en waar klippen zijn heb je stromingen,' had hij ooit gezegd, toen hij haar had geholpen om zich voor te berijden op het halen van haar stuurmansbewijs. 'En bij afnemende vloed zijn die 's nachts heel gevaarlijk.'

Nu was het nacht. De vloed nam af. En daarginds zat iemand in een boot, die zich in groot gevaar begaf.

Ze rende nog harder. Eindelijk bereikte ze de grote rots boven de aanlegsteiger. Buiten adem bleef ze staan. Van hieruit zag ze al dat de *Nimue* ontbrak.

Ze probeerde haar gedachten op een rijtje te zetten. Misschien zat het heel anders in elkaar. Was dat daarginds soms een vreemde boot en lag de *Nimue* op het vasteland in de haven, omdat Pierrick had besloten daar te overnachten? Maar bij wie? Hij had geen familie in het stadje en ze kon zich niet herinneren dat hij ooit een nacht was weggebleven. Ze kon het gaan controleren en kostbare tijd verliezen. Want wie er ook daarginds was, hij dreef af.

Een windvlaag wierp haar bijna omver toen ze de rotstrap met twee treden tegelijk af rende. Ze zou *La Brise* startklaar maken. De oude viskotter was bestand tegen hoge golfslag. De vele kleine wolkjes hadden zich samengepakt tot grotere formaties, de wind waaide nu harder. Terwijl ze haar waterdichte overall en haar reddingsvest uit de opbergkist haalde en aantrok werd de maan verduisterd en klonk er een eigenaardig huilend geluid.

Dat beloofde niets goeds. Er was storm in aantocht.

Ze wilde net het touw losmaken waarmee de boot aan de oever was vastgemaakt, toen ze zich begon af te vragen of het wel verstandig was om met dit weer uit te varen zonder iemand daarvan op de hoogte te stellen. Ze had niet eens een mobieltje bij zich.

Ze wilde eigenlijk al terugrennen naar huis en Maël wekken, toen ze iets zachts onder haar voeten voelde. Ze raapte het op en schrok zich rot: het was Noahs knuffel, het aapje dat hij altijd in zijn rugzak meenam.

'O nee,' fluisterde ze. Ze mocht geen tijd verliezen. Als de jongen daarginds in die boot zat, telde elke seconde.

Ze kende *La Brise* en had al vaak met de kotter gevaren. Ze had zelfs een keer vakantiegangers weggesleept die voor de zuidelijke baai in een jol lagen te dobberen, omdat de wind was gaan liggen en ze geen brandstof meer hadden. Haastig keek ze of er voldoende lijnen aan boord waren, ze controleerde de zwemvesten, de reddingsboeien en het reddingsvlot. Ze gespte de reddingsgordel om met de twee veiligheidslijnen waarmee ze zich door middel van twee karabijnhaken kon zekeren, mocht het stormachtig worden. Dan zou ze niet overboord slaan, wat er ook gebeurde. Ze hoopte alleen dat Pierrick dat Noah ook had laten zien en dat hij dat ook had gedaan. Daarna maakte ze het touw los, gooide het in de kotter, sprong erachteraan en startte de motor.

Elke negen seconden gleed de lichtbundel van de vuurtoren van het vasteland over de zee. Ze wist dat er daarboven niemand meer op wacht stond. Zoals bijna alle vuurtorens langs de kust was ook deze al lange tijd computergestuurd. Ze vroeg zich af of de kustwacht de onverlichte, ronddobberende vissersboot al had opgemerkt. Kennelijk niet, want nergens in de wijde omtrek was een van hun schepen te zien.

Ze had de beschutte baai nog maar net verlaten of ze voelde dat een sterke stroming vat kreeg op de kotter. Ze concentreerde zich erop om de enorme golven onder de juiste hoek te doorklieven en moest zich met beide handen vastklampen aan het roer, zo sterk trok de zee. Bedachtzaam voer ze om de ondiepe plekken heen, waar, zoals ze had geleerd, onder het water verraderlijke rotsen zaten. 'Daarbeneden liggen meer wrakken dan je je kunt voorstellen.' Het was alsof ze Pierricks stem weer hoorde en ze lette erop dat ze exact de route aanhield die hij haar had ingeprent.

Normaal gesproken voer ze alleen maar heen en weer tussen de aanlegsteiger en het vasteland, ze zette maar heel zelden koers naar een ander doel. Ze was nog maar twee keer om het eiland heen gevaren en ook nog samen met Maël. Dat was bij prachtig zomerweer geweest en toch herinnerde ze zich een paar plekken waarvoor hij haar had gewaarschuwd nog haarscherp. Nu ze afweek van haar gebruikelijke koers om richting het noorden langs het eiland naar open zee te varen voelde ze ineens een vreemde zuigkracht. Had diezelfde zuigkracht de *Nimue* naar open zee getrokken? Waar bevond ze zich nu? De onverlichte boot dreef daarginds ergens in het pikkedonker.

De stapelwolken die voor de maan waren geschoven, gloeiden onheilspellend donkerpaars. Meer dan eens sloegen de golven vanaf de loefzijde tegen *La Brise* en zonder haar pak was ze allang doorweekt geweest.

Waar was Noah in vredesnaam?

Ze zekerde zich nog met de veiligheidslijnen aan de reling. Met haar blik vastberaden op het kompas gericht, zette ze onverstoorbaar koers in noordwestelijke richting. Daar had ze de boot gezien en ver kon die in de tussentijd niet zijn gekomen. Toen scheurde het wolkendek weer open en in het maanlicht zag ze eindelijk even het silhouet voordat het opnieuw wegzakte in een golvendal. Ze corrigeerde haar koers en ging sneller varen. Hard sloegen de golven tegen de romp van de kotter. Nog een keer kreeg ze de *Nimue* te zien en daarna schoven de wolken weer voor de maan. Opnieuw hoorde ze het onheilspellende gefluit, ze voelde dat de wind frisser werd.

Naast de navigatieverlichting, zoals de internationaal voorgeschreven verlichting van een boot werd genoemd, schakelde ze nu het zoeklicht in dat Pierrick ooit van een afgedankte boot van de kustwacht had gekregen en op *La Brise* had gemonteerd. Wie er ook op die onverlichte boot zat, hij of zij moest haar allang hebben opgemerkt.

Minuten van onzekerheid verstreken tot het vervaarlijk op en neer deinende bootje eindelijk zichtbaar was in de lichtbundel van het zoeklicht. Je kon niet zien of er zich iemand aan boord bevond. Ze had haar beide handen nodig om te sturen en geen hand over voor haar verrekijker, die in een opbergvak onder het roer lag.

'Noah,' riep ze, ook al wist ze dat haar stem nog geen vijf meter ver te horen was.

Een ijskoude angst beving haar, de jongen was misschien allang overboord geslagen en de boot dreef wellicht onbemand op de golven.

Voorzichtig navigeerde ze de kotter dichter naar de vissersboot. Het grote gevaar was nu dat ze ertegenaan zou botsen. Ze herinnerde zich wat ze van Pierrick had geleerd en deed haar best de kleine vissersboot aan stuurboord in te halen en *La Brise* ervoor te manoeuvreren, zodat het kleinere bootje in de luwte lag. 'Lij maken' noemden zeelieden dat. Ze concentreerde zich erop om zo dicht mogelijk bij het bootje te komen, zonder ertegenaan te botsen. De zeegang werkte haar uit alle macht tegen.

En toen ineens veranderde het wateroppervlak dramatisch. In plaats van de lange heuvelachtige deining, die de zee in een berglandschap had veranderd, vormde het water nu chaotische patronen. Overal om haar heen schuimden spitse golven op, die elkaar leken te bespringen. *La Brise* begon zware slagzij te maken, werd door elkaar geschud en bokte onder haar als een wild paard.

'Kruiszee,' fluisterde ze.

Daar had Pierrick haar het meest voor gewaarschuwd. Die ontstond als sterke golfbewegingen uit twee verschillende richtingen tegen elkaar aan botsten. Plotseling begon het water onder haar te borrelen, en ontzet zag ze hoe de veel kleinere *Nimue* op deze helse zee heen en weer werd geslingerd. En toen onderscheidde ze eindelijk de kleine gestalte.

'Noah,' schreeuwde ze zo hard als ze kon. 'Hou je goed vast!'

Haar hart bonsde zo dat het leek te barsten. Ze dacht erover na of ze de hulpeloos tollende boot misschien op sleeptouw kon nemen. Maar omdat hij stuurloos was, ging hij telkens weer dwars op de golven liggen. Dat was gevaarlijk. Er hoefde maar één heel hoge golf te komen en hij zou omslaan. Ze moest de jongen zo snel mogelijk bij zich op de kotter zien te halen. Maar hoe deed ze dat in vredesnaam! Ze had immers haar handen vol om *La Brise* onder controle te houden.

Ze nam gas terug en constateerde dat het bootje in de luwte van *La Brise* inderdaad minder onrustig danste. Om haar handen vrij te maken, zette ze het roer vast, al was haar duidelijk dat dat niet voor lang kon. Zolang ze dat nog kon met haar ijskoude vingers stak ze een handfakkel aan, in de hoop dat iemand aan land haar zou opmerken. Daarna haalde ze een lange lijn uit de opbergkist en zekerde het ene eind aan een kikker, een soort metalen dubbele haak waar je de lijn omheen kon slaan.

'Alles oké, Noah?' riep ze zo luid ze kon en ze zag dat *La Brise* langzaam zijwaarts naar het bootje toe dreef. De jongen staarde haar met opengesperde ogen aan, zonder te antwoorden. Hij zat gehurkt op de planken bodem waar het water al op stond en klampte zich met zijn beide handen vast aan de dwarsstang die Pierrick op de *Nimue* had bevestigd, zodat ze hun hengels eraan vast konden maken. Tot haar opluchting droeg hij niet alleen het reddingsvest, maar ook de reddingsgordel. Ze kon alleen niet zien of hij zichzelf ook nog met de beveiligingslijn had gezekerd. 'Kun je de lijn opvangen?' schreeuwde ze tegen de wind in.

Voor de jongen de kans had om te antwoorden sprong *La Brise* op het bootje af en verloor ze haar evenwicht. Ze struikelde en gleed naar de reling aan lijzijde. Even zag ze Noah heel dichtbij, op maar een paar meter afstand. De kotter hing scheef en even dacht ze dat hij zou omslaan en haar onder zich zou begraven. Maar toen richtte de boot zich weer op en helde over naar de andere kant.

Ze hing vast in de veiligheidslijn. Zonder er verder over na te denken, gooide ze het touw. Ze zag nog net hoe het op de jongen terechtkwam, daarna glibberde ze over het kletsnatte dek naar de loefzijde. Ze botste met een klap tegen de reling en probeerde vergeefs weer op de been te komen. Met veel moeite kroop ze naar het roer en trok zich daaraan omhoog.

'Noah,' schreeuwde ze opnieuw.

Er kletste schuim in haar gezicht en een paar tellen lang kon ze niets zien. Haar ogen brandden van het zout en toen ze weer iets konden onderscheiden, zag ze dat Noahs boot opnieuw was afgedreven, maar de lijn die ze aan het roer had vastgemaakt spande zich. Was het hem toch gelukt het touw aan het bootje te bevestigen? En hoe was het met hemzelf? Wat had het voor zin als ze de boot op sleeptouw had, maar het jochie verdronk?

Op hetzelfde moment begon het zo hard te regenen dat horen en zien haar verging. Als ijskoude naalden sloegen de druppels in haar gezicht. Toch bewoog ze zich via de lijn naar achteren, naar de achtersteven en tot haar opluchting zag ze dat Noah nog steeds in de boot zat. Hij had de lijn vastgebonden aan de dwarsstang. Ze hoopte maar dat de knoop hield.

Voorzichtig minderde ze vaart. De zee was wat gekalmeerd, al striemde de regen in haar gezicht. De lijn die *La Brise* als een navelstreng met de vissersboot verbond, begon door te hangen. Ze pakte hem en het lukte haar die een paar meter binnen te halen en weer met een zeemansknoop aan een kikker te zekeren.

Ze worstelde zich terug naar het roer en probeerde de kotter zijwaarts wat te draaien, zodat het bootje van Noah weer in de luwte lag. Hoewel haar handpalmen brandden als vuur, kon ze de lijn verder binnenhalen en zo de afstand tussen haar en de jongen steeds kleiner maken.

'Kun je opstaan?' riep ze en ze strekte haar arm naar hem uit. Hij keek haar vertwijfeld aan, kennelijk durfde hij de dwarsstang niet los te laten.

'Maak de lijn los van de dwarsstang en bind hem om je buik!'

Noah keek naar de lijn en begon hem los te knopen. Ze hoopte vurig dat er niet juist nu een golf kwam waardoor de boot zou gaan schommelen. Eindelijk had hij de lijn los en meteen sloeg hij het uiteinde om zich heen. De seconden die hij nodig had om hem vast te knopen leken eeuwig te duren. Ten slotte was het hem gelukt.

'En nu opstaan, Noah,' riep ze en ze boog zich nog wat verder naar beneden, naar hem toe.

Nog steeds greep haar hand in het niets. Verdomme! Kon ze beter bij hem in de boot springen? Maar dan moest de *Nimue* wel bestuurbaar zijn.

'Wat is er met de motor, Noah? Doet hij het niet meer?'

Noah schudde zijn hoofd. Daarna stond hij voorzichtig op, maar hij wankelde zo erg dat ze het bijna uitschreeuwde. Hij zette een stap naar haar toe en ze kreeg nog net de capuchon van zijn windjack te pakken, daarna tolde het bootje half om zijn eigen as door een golf; Noahs voeten hingen in de lucht.

Met een klap knalde de romp van de *Nimue* tegen die van de kotter. Er was een onaangenaam geknars te horen. Noah schreeuwde en hing nog steeds in de lucht. Alleen zij hield hem tegen. Met haar vrije hand pakte ze een riem van zijn reddingsgordel en ze hoopte vurig dat hij niet uit haar handen zou glippen. Er flitste een bliksemschicht en meteen daarna was er een donderslag. Noah kromp ineen. Vastberaden hem niet meer los te laten, liet ze zich nu helemaal over de reling glijden, ze wist immers dat ze met de beide zekeringslijnen vastzat aan *La Brise*.

'Kom,' riep ze tegen de wind en regen in. 'Hou je aan mij vast!'

Noah klampte zich met alle kracht die hem nog restte aan haar been vast. Ze boog zich zover naar beneden als hangend in haar reddingsgordel mogelijk was en kreeg de jongen te pakken bij zijn middel. Met een ruk trok ze hem omhoog en drukte hem zo stevig tegen zich aan als ze maar kon. Met klamme vingers tastte ze naar een van de karabijnhaken aan zijn reddingsvest en haakte die vast aan haar eigen vest. Er stroomde een gevoel van opluchting door haar heen. Nu kon hij haar niet meer ontglippen, ze zaten veilig aan elkaar vast. Ze moest hen tweeën alleen nog weer aan boord zien te brengen.

Weer knalde de vissersboot tegen de romp van *La Brise* – of was het andersom? Ineens voelde ze dat de kotter steeds meer begon over te hellen, ze zag de houten romp van de vissersboot snel op zich af stuiven en daarna golven die eroverheen sloegen.

Wat gebeurde er met hen? Sloeg *La Brise* toch nog om? Was dit hun einde? Haar handen die ze om Noah heen had geslagen voelden al het koude water van een golf. Ze hoorde een schrille kreet. Daarna werden ze als in een reuzenschommel weer omhooggetild.

We moeten weer aan boord klimmen, dacht ze vertwijfeld en ze greep naar de reling, in een vergeefse poging hen tweeën omhoog te trekken. Het ging niet. De jongen was te zwaar, ze voelde haar krachten afnemen, maar dat mocht niet.

Een volgende golf liet *La Brise* sidderen en Noah schreeuwde het uit van doodsangst. Telkens weer verlichtten bliksemschichten de hemel en de kolkende zee. De donderslagen waren oorverdovend alsof een reus de wereld wilde splijten.

Toen was het een fractie van een seconde alsof ze in de toekomst kon kijken. Het was als een beeld dat in het felle licht van een bliksemschicht in alle duidelijkheid voor haar verscheen: ze zag de Jardin aux Camélias, ze zag Maël met een baby op schoot. Ze zag Noah, iets ouder dan nu en hij speelde met een klein meisje. Ze zag Solenn in een rieten stoel, naast haar zat iemand van wie het gezicht in de schaduw was. En ze zag zichzelf in een jurk met mauvekleurige bloemen, precies zo een als haar tante Lucie ooit had gehad. Zij, Sylvia, was de enige van dit tableau die haar recht in de ogen keek.

Het geheel duurde maar een fractie van een seconde, maar ze wist nu dat het haar zou lukken. En haar werd nog iets anders duidelijk: de jongen die zich uit alle macht aan haar vastklampte, had ze allang in haar hart gesloten. Ja, ze hield al een hele tijd van dit kind.

'Noah,' zei ze teder in zijn oor. 'Nu klimmen we erop, oké?' Noah spitste zijn oren. Hij keek haar aan en knikte nauwelijks merkbaar. 'Als ik drie zeg,' vervolgde ze, 'dan trekken we ons omhoog. Zie je daarboven de reling?' Hij knikte weer. 'Een, twee... drie!'

Ze zette zich met haar beide voeten af tegen de scheepsromp en lanceerde hen beiden een stuk verder naar boven. Noah kreeg de reling beet. En alsof de elementen eindelijk begrip voor hen hadden, helde *La Brise* weer over naar de andere kant. Ze hadden niet meer zo veel tegenwerking van de zwaartekracht. Met hun allerlaatste krachten lukte het hun aan dek te klimmen.

Toen ze de lichtjes zag, dacht ze eerst dat ze hallucineerde. Maar toen hoorde ze Noah roepen: 'Kijk, ze komen!'

Het was de kustwacht. Twee boten hadden ze gestuurd. Nog nooit in haar leven had ze zich zo opgelucht gevoeld. En daarna ging alles heel snel.

22

Bijna als een gezin

De ochtend was helder en zonnig toen Maël haar in het ziekenhuis in de buurt van de haven van Concarneau afhaalde, de nachtelijke storm was spoorloos verdwenen. De strakblauwe lucht zag er schoon en fris uit, en de kustlijn straalde in het ochtendlicht.

Sylvia had erop gestaan dat Noah grondig zou worden onderzocht. Behalve het feit dat hij enorm was geschrokken en er sprake was van lichte onderkoeling, bleek hij gelukkig helemaal in orde. De arts had hem graag nog ter observatie gehouden, maar de jongen wilde absoluut niet blijven. Sinds ze hem had gered, week hij niet van haar zij.

Daarom ging ze ook niet, zoals normaal, naast Maël voorin zitten, maar bij de jongen op de achterbank, waar hij in een wollen deken gewikkeld zwijgend tegen haar aan hing. Hij had tot nog toe het allernoodzakelijkste gezegd, geknikt of met zijn hoofd geschud. Ze kreeg de indruk dat hij zich schaamde. Hij wist natuurlijk maar al te goed dat hij de boot nooit had mogen meenemen.

Er stroomde een grote tederheid door haar heen, toen ze voelde hoe het kleine lichaam vol vertrouwen tegen haar aan kroop. Niemand zei iets tijdens de rit. Telkens weer ontmoetten haar blikken en die van Maël elkaar in de binnenspiegel. Zijn ogen waren vol vragen. Ze glimlachte geruststellend naar hem.

Toen ze ten slotte de aan beide kanten door water omgeven dam overstaken, verborg Noah zijn gezicht tegen haar schouder.

'Waarom had je besloten er met de boot op uit te gaan?' had ze hem nog in het ziekenhuis tijdens het wachten tussen twee onderzoeken in gevraagd. 'Waarom wilde je weg?'

Noah had slechts zijn hoofd afgewend en gezwegen.

Ze had Maël aan de telefoon gevraagd om geen ophef over hun aankomst te maken.

'De jongen heeft rust nodig,' had ze gezegd. 'Het is het beste dat hij meteen naar bed kan, zonder dat hem vragen worden gesteld. Kun je dat alsjeblieft tegen de anderen zeggen?'

'Natuurlijk,' had hij geantwoord.

'Hoe is het met Chloé?' vroeg ze. 'Heeft ze haar zoon niet gemist?'

'Geen idee, ze slaapt waarschijnlijk nog.'

Ze hadden even gezwegen, allebei dachten ze aan de achteloze vrouw wier kind 's nachts was weggelopen en bijna was verdronken. En die dat nog niet eens had gemerkt.

Maël had zijn woord gehouden en dus was er die zondagochtend inderdaad niemand op de binnenplaats toen ze aankwamen. Zelfs Solenn had zich teruggetrokken. Sylvia legde Noah meteen in bed en maakte een warme kruik voor hem.

'Kun je niet blijven?' vroeg hij met een smekende blik.

'Vind je niet dat ik eerst bij je moeder moet gaan kijken?'

'Ze is vertrokken,' zei hij zacht.

'Vertrokken?' herhaalde ze verrast en ze ging zitten in de stoel waar gisteren nog Pierrick had gezeten en zijn hengels had gerepareerd. 'Maar wanneer dan?'

'Gisteravond.' Zijn stem klonk half verstikt, alsof hij tegen zijn tranen vocht. Hij haalde diep adem. 'Ik lag al in bed. Toen kwam ze en heeft ze haar tas ingepakt. Ze dacht dat ik sliep. Maar toen ze naar buiten ging, ben ik opgestaan en keek ik uit het raam. Ze is met een man weggereden.' Nu kon hij een snik niet meer onderdrukken.

'Met welke man?' vroeg ze ontzet.

Hij snotterde. 'Dat weet ik niet. Ik had hem nog nooit gezien.'

'Hoe... hoe zag hij eruit?'

Noah veegde met zijn vuist over zijn gezicht en ze gaf hem snel de doos met papieren zakdoekjes aan die op het nachtkastje stond.

'Kun je hem omschrijven?'

De jongen snoot uitvoerig zijn neus. Daarna trok hij de deken weer over zijn schouders.

'Hij was lang. En had heel donker haar...'

Ze kreeg een vermoeden. 'Had hij een zijden sjaal om zijn hals?'

Noah dacht even na, daarna knikte hij. 'Ik wist het toch,' zei hij. 'Vanaf het begin toen ze me hiernaartoe bracht, wist ik het.' Hij perste zijn lippen op elkaar, zodat ze niet trilden.

Sylvia ging op de rand van het bed zitten en legde kalmerend haar hand op zijn achterhoofd. 'Wat wist je?' vroeg ze zacht.

'Dat... dat ze me hier alleen zou achterlaten,' stamelde de jongen snikkend. 'Dat ze op een dag gewoon... zou verdwijnen en mij hier zou laten.'

'Nee, Noah,' probeerde ze hem gerust te stellen. 'Dat geloof ik niet...'

'Maar dat heeft ze wel gedaan. Ze is weg. En ze heeft mij niet... Ze heeft mij niet meegenomen.'

Ze liet hem huilen. Uit eigen ervaring wist ze dat er momenten bestonden dat woorden niet konden troosten. Noah had al veel te veel opgekropt. Het was vast goed dat hij zijn tranen een keer de vrije loop liet.

Tot haar opluchting viel hij na een tijdje in slaap. Er hingen nog tranen aan zijn lange, donkere wimpers, maar zijn ademhaling werd rustig en gelijkmatig. Ze bleef nog even stil bij zijn bed zitten om zeker te weten dat hij niet weer wakker schrok. Daarna verliet ze de kamer.

Haar rechterheup deed pijn van de bloeduitstorting die ze had opgelopen aan boord van *La Brise* toen ze tegen de reling was gebotst. Gelukkig was er niets gebroken, dat had ze in het ziekenhuis laten onderzoeken. Behalve een paar kneuzingen en lichte schaafwonden op haar handpalmen van het binnenhalen van de lijnen was ze prima in orde.

In de keuken hadden Maël en Solenn, Pierrick, Rozenn, Coco en Gwen zich zwijgend verzameld, en tot haar verrassing zat ook Marie-France aan tafel. Ze had een van de door Rozenn gemaakte aardewerken bols in haar handen, alsof ze nooit uit iets anders dronk. Iedereen keek Sylvia met grote ogen aan.

'Chloé is vertrokken.' Ze plofte uitgeput neer op de stoel tussen Maël en Pierrick.

'Ja,' bromde Solenn en ze schonk koffie en hete melk in haar bol. 'Ze is er met die Engelsman vandoor.'

'Wat?' riep Maël ongelovig uit.

'Een beetje verder feesten op het vasteland,' zei Coco die Chloé imiteerde.

'Noah zegt dat ze haar weekendtas heeft gepakt,' voegde Sylvia eraan toe. Ze blies voorzichtig in haar warme koffie met melk.

'Die vrouw laat haar kind gewoon zomaar achter,' merkte de advocate op. 'Een grove schending van de zorgplicht. Dit zou voldoende moeten zijn om haar voogdijschap aan te vechten.'

Pierrick schoof ontstemd zijn stoel achteruit en sloeg zijn arm om Sylvia's schouder. 'Jullie hebben het allemaal alleen maar over die stomme meid,' bromde hij. 'Er is geen enkel ander onderwerp sinds die Chloé hier in huis is. Heeft niemand van jullie iets te zeggen tegen onze Sylvie? Over wat ze vannacht heeft gepresteerd, terwijl wij allemaal in ons bed lagen?' Onhandig klopte hij knikkend op haar rug, en ze zag tot haar schrik dat zijn oude ogen glommen van de tranen.

Hij wilde opstaan, maar ze hield hem tegen. 'Sorry van de *Nimue*,' zei ze vol spijt. 'Ik neem aan dat daar niet veel van over zal zijn...'

'Waar heb je het over?' vroeg hij verbouwereerd. 'Wat doet dat er nu toe! Het moet een hel zijn geweest op zee!' Hij zocht naar woorden. Daarna wendde hij zich tot de anderen. 'Waarschijnlijk weet niemand behalve ik wat het betekent om bij zulk weer op de *Mor Atlantel* in kruiszee verzeild te raken. Het is verdomme een wonder, *ma fille*, dat je nog bij ons bent!' Zijn lippen trilden.

Ze sloeg haar arm om zijn middel en drukte hem tegen zich aan. 'Dat heb jij me allemaal geleerd,' zei ze zacht.

'Het is mijn schuld,' zei hij met doffe stem. 'Jij had gezegd: blijf bij de jongen. Maar de oude Pierrick heeft hem in de steek gelaten. En ik sliep ook nog eens diep en vast, terwijl jij...' Hij stond op en liep de keuken uit.

De anderen zwegen bedremmeld.

'Hij moet zichzelf geen verwijten maken,' zei Sylvia. 'Wat kon hij er nou aan doen.'

'Wat hij zegt klopt,' wierp Maël tegen en hij pakte haar hand vast. 'Dat was ongelooflijk dapper van je, Sylvie. En ik voel me net zoals hij. Ook ik maak mezelf grote verwijten.'

'Waarom heb je ons niet gewekt?' wilde Solenn weten. 'Alle lof ten spijt, Sylvie, maar deze actie op eigen houtje had verkeerd kunnen aflopen.'

'Dat weet ik,' gaf Sylvia toe en even deed ze haar ogen dicht. 'Dat zou veel verstandiger geweest zijn. En, geloof me, op zee heb ik daar ook erge spijt van gehad. Maar toen ik op het havenhoofd het aapje van Noah vond, had ik het gevoel dat ik geen tijd mocht verliezen.'

'Je hebt het aapje gevonden? Waar is het?'

Noah stond in de deuropening, met zijn haar in de war en rode ogen van de slaap. Ineens zag hij eruit als de kleine jongen die hij was, niet meer zo beheerst en vroegrijp als daarvoor. Hij liep om de tafel heen naar Sylvia en leunde tegen haar aan.

'Je pluchen aap?' vroeg ze. 'Daar moeten we een keer naar

gaan zoeken. Misschien heb ik hem meegenomen aan boord of hij ligt nog op het havenhoofd. Sorry, ik ben hem helemaal vergeten. Waarom slaap je niet?'

'Ik heb gedroomd,' zei hij zacht, en verlegen nam hij de anderen aan tafel op.

'Weet je wat?' Ze ging staan. 'Ik ben ook doodmoe. Wil je met mij mee naar Ti Bag? Dan gaan we daar samen uitrusten.'

Tot haar verbazing knikte Noah en hij pakte haar hand vast, vond het zelfs goed dat Maël de wollen deken haalde en hem door het park naar hun huis droeg. Daar liet hij zich zonder problemen op de bank voor de open haard neerleggen en instoppen.

Toen ze in de schommelstoel bij hem ging zitten en een deken over haar knieën trok, bekeek hij haar met wakkere ogen.

'Je had dood kunnen gaan,' zei hij ernstig.

'Klopt,' antwoordde ze. 'En jij ook.'

Hij keek peinzend in het vuur. 'Ja, dat wel,' merkte hij vervolgens op. 'Alleen... was ik er vrijwillig op uit gegaan.'

'Maar ik ook, Noah,' verzekerde ze hem. 'Ik ben er net als jij vrijwillig op uit gegaan.'

Hij leek niet overtuigd. Weer nam hij haar aandachtig op. 'Waar had je eigenlijk aan gemerkt dat ik...'

Hij moest hoesten. Kennelijk had hij kougevat, wat geen wonder was. Ze wachtte tot hij uitgehoest was.

'Ik werd ineens wakker omdat ik het gevoel had dat iemand me riep,' vertelde ze.

Hij sperde zijn ogen open. 'Dat geloof ik niet. Dat zeg je maar.'

'Nee, zo ging het echt. Toen ben ik naar buiten gegaan en zag ik Pierricks boot op zee. En toen ik jouw aapje vond, wist ik dat jij de boot had meegenomen.'

Ze moest geeuwen en sloot haar ogen. Het haardvuur en de schommelbewegingen zorgden ervoor dat de uitputting haar overmande. Even voelde ze nog de onrust van de jongen naast zich, ze voelde dat hij op de bank met zijn benen bewoog en hoorde hem af en toe zacht hoesten. Ze voelde dat hetgeen hij had gehoord hem bezighield. Daarna viel ze simpelweg in een droomloze slaap, diep en vast en gelukkig. En omdat Maël ervoor zorgde dat niemand hen stoorde, werden ze pas weer wakker toen Veronika en Laurent samen met hun dochtertje 's middags afscheid kwamen nemen.

Noah gloeide inmiddels. Hij had verhoging en Maël gaf hem heet water met citroen en tijmthee. Toen het avond werd, maakte Sylvia een echt bed van de bank met lakens, een kussen en een warme deken.

'Lig je lekker?' Ze stopte hem stevig in. Hij volgde al haar bewegingen en knikte.

'Is *maman* terug?'

Ze schudde haar hoofd. Ze hadden afgesproken dat Solenn het zou melden zodra Chloé weer op het eiland was. Maar ze had zich tot nog toe niet laten zien.

'Nee,' zei Sylvia medelijdend. 'Maar wij zijn hier. En wij gaan niet weg.'

'Beloofd?'

'Beloofd.' Ze gaf hem een zoen op zijn voorhoofd. 'Slaap lekker, Noah. En als er iets is, dan weet je ons te vinden, we laten onze slaapkamerdeur open. Wil je dat we het lampje daar voor je aan laten?'

Hij knikte dapper en kneep gehoorzaam zijn ogen dicht.

Ze had uitgebreid gedoucht en was nog maar net in bed, dankbaar dat ze eindelijk languit kon gaan liggen, toen de deur zachtjes verder openging. Blote voeten stapten dichterbij. Ze hoorde Noah naast zich ademen.

'Wat is er?' vroeg ze.

'Ik kan niet slapen,' fluisterde de jongen. 'Mag ik bij jullie komen liggen?'

Sylvia schoof opzij en sloeg de deken open. Snel kroop het jochie bij hen in bed en algauw hoorden ze alleen nog zijn regelmatige ademhaling.

Ineens voelde ze Maëls tastende hand. Hij had voorzichtig zijn arm boven Noahs hoofd over het kussen naar haar uitgestrekt. En ook al was ze uitgeput, ze voelde dat hij zielsgelukkig was.

Toen ze maandagmiddag eindelijk weer de oude was, was alle gedoe rond de opening voorbij. De mannen van Quéméneur hadden de podia al afgebroken en Morgane zwermde met haar leerlingen over het eiland. Consciëntieus verzamelden ze het verstrooid liggende afval en deden het in grote vuilniszakken.

Noah had een stevige verkoudheid en kwam zijn bed niet uit.

'Is Chloé nog steeds niet terug?' vroeg Sylvia aan Solenn tijdens een verlaat ontbijt in het grote huis.

De Bretonse haalde misprijzend haar schouders op. 'Ga zelf maar kijken anders. Ik heb haar in elk geval niet gezien. Madame Bresson laat je trouwens weten dat je haar moet opbellen als het hele gedoe voorbij is. Het gaat om de voogdij.' Ze liet een galette uit de pan op Sylvia's bord glijden. 'Wil je echt dat jullie die krijgen?' vroeg ze. 'Ik bedoel... voor jou is het toch een vreemd kind.'

Sylvia keek haar verrast aan. 'Ja, zeker. Ik zou het prima vinden,' legde ze uit. 'Noah is voor mij allang geen vreemd kind meer.' Ze smeerde wat honing op haar galette en at hem met veel smaak op. 'Weet je,' zei ze na een tijdje, 'sinds die nacht op zee heeft hij nog een groter plekje in mijn hart gekregen. Ik bedoel, er was een moment dat hij zich aan mij vastklampte en ik me aan hem...' Ze zweeg peinzend en zat met haar vork in de lucht. 'Sindsdien is alles anders,' voegde ze eraan toe en ze ging door met eten.

'En voor hem geloof ik ook.' Solenn keek haar met een eigenaardige glimlach aan.

'Wat is er?' vroeg Sylvia verlegen. 'Waarom kijk je me zo aan? Is dat zo moeilijk te begrijpen?'

Solenn schudde haar hoofd en veegde met de vaatdoek een paar onzichtbare kruimels weg. 'Helemaal niet,' zei ze en haar glimlach werd breder. 'Met Maël en Lucie en mij ging het toen precies zo. Ik denk dat ik weet wat je bedoelt.'

's Avonds kwam Chloé terug. Van de redding op zee had ze kennelijk niets gehoord, alhoewel iedereen het aan de kust over niets anders had. Tegen een uur of negen, toen Noah al sliep, verscheen ze in Ti Bag en wilde haar zoon zien.

'Noah slaapt,' deelde Sylvia haar mee. 'Kom morgen maar terug.'

'Kom morgen maar terug?' Chloé zette haar handen in haar zij en keek Sylvia agressief aan. 'Wat zeg je me nou? Ik ben nota bene zijn moeder!'

'Je hebt hem twee dagen lang aan zijn lot overgelaten,' zei Sylvia. 'Hij is verkouden en heeft zijn slaap nodig. We gaan hem nu niet wekken omdat jij ineens op het idee komt om te kijken hoe het met hem gaat.' Met die woorden gooide ze de deur voor Chloés neus dicht en bij wijze van uitzondering deed ze hem op slot.

Een uur later werd er langdurig aangeklopt. Ditmaal deed Maël open, met het vaste voornemen om Chloé op haar nummer te zetten. Maar op de drempel stond monsieur Millet.

'Het spijt me zeer,' merkte de advocaat op, die dit duidelijk een pijnlijke kwestie vond. 'Uit naam van mijn cliënte moet ik eisen dat zij toegang krijgt tot haar kind.'

'Ik ben zijn vader,' hoorde ze Maël zeggen. 'Dat is nu in elk geval bewezen, de stukken zijn bij de rechtbank ingediend.'

'Maar u hebt niet de voogdij,' legde Millet uit. 'U mag de jongen hier niet vasthouden.'

Sylvia hield het niet meer uit en ze nam het op voor Maël.

'Van vasthouden is geen sprake,' voer ze uit tegen de advocaat. 'Hij is ziek. En mocht u het nog niet gehoord hebben: ik heb zijn leven gered, terwijl zijn moeder op het vasteland aan het feesten was.'

Millet ging verlegen van zijn ene voet op zijn andere staan. 'Dat kan zijn,' bracht hij ertegen in – en ze vroeg zich af hoe ze zo'n louche advocaat ooit had kunnen vertrouwen, 'feit is echter...'

'Komt u toch binnen,' onderbrak ze hem. 'Komt u binnen en overtuigt u zichzelf. Maar weest u alstublieft stil.' Met energieke passen liep ze de slaapkamer in waar Noah vredig lag te slapen. 'Denkt u echt dat wij het kind gevangenhouden? Dit is toch bespottelijk, monsieur Millet. Of moeten we hem wekken, zodat u het hem zelf kunt vragen?'

De advocaat blies abrupt de terugtocht. 'Nee, natuurlijk niet,' antwoordde hij. 'Als ik u advies mag geven...'

'We hebben uw advies niet nodig,' viel ze hem in de rede. 'U was immers degene die besloot niet meer onze advocaat te zijn. Goedenavond, monsieur Millet.'

Nog diezelfde avond belde ze Marie-France op om vaart achter de zaak te zetten. In het belang van de jongen moest er orde op zaken worden gesteld. Nu hij eindelijk vertrouwen in hen had, wilde ze proberen voor hem te blijven zorgen.

De dag daarna voelde ze zich weer voldoende uitgerust om op kantoor te kijken of alles goed ging. Gwen had alle krantenberichten voor haar uitgeknipt en unaniem deden ze enthousiast verslag over het camelia-eiland. Bovendien had Éric hun de televisiereportage via internet doorgestuurd, die ze nu samen gingen bekijken. Tot haar opluchting kwam Chloé er totaal niet in voor. En Maël maakte als kweker een uiterst deskundige indruk.

Ze slaakte een zucht van verlichting. De moeite had zich geloond. In de serieuze krantenartikelen werd onder andere haar milieubewustzijn benadrukt en volgens Gwen waren ook Kilian en de verschillende milieubeschermingsorganisaties meer dan tevreden over de berichtgeving. Toen het middag werd, was ze in opperbeste stemming. Ze liep naar Ti Bag om te kijken hoe het met Noah ging, maar zijn bed was leeg. In het hele huis was geen spoor van hem te vinden.

Vervolgens liep ze naar het huis van Solenn en ging de trap op om met Chloé te praten. Op haar kloppen werd niet gereageerd. Toen ze ten slotte de deur opendeed, bleef haar hart bijna stilstaan: de gastenkamer was verlaten en ook in de kamer ernaast was niets meer van de jongen te vinden. Ze deed de kasten open, ze waren leeg.

Chloé was weg. En ze had Noah meegenomen.

23

De oorlogsverklaring

De volgende dag kwam er een brief van advocaat Millet met de eis een door de familierechtbank vastgesteld bedrag naar een bepaalde rekening over te maken.

'Nu begint de oorlog,' zei Marie-France bijna vrolijk aan de telefoon.

Sylvia's hart kromp ineen. Ze wilde geen oorlog. En toch zat er niets anders op dan dat ze 'de cavalerie eropuit stuurden', zoals de advocate dat noemde.

Eigenlijk was dit het moment geweest om te genieten van hun succes. En eindelijk hun trouwdag nog te vieren. Maar in plaats daarvan volgden er zware dagen voor Sylvia en Maël. Hun advocate bestookte Millet met brieven en eisen, diende bij de familierechtbank een voogdijverzoek in en uit Maëls naam een aanklacht wegens schending van de zorgplicht en kinderontvoering tegen Chloé Dufèvre, verblijfplaats onbekend.

Weer kroop Maël in zijn schulp, hij zei alleen nog het allernoodzakelijkste. Ze kon zich voorstellen dat hij er erg onder gebukt ging. Noah was net begonnen hen te vertrouwen en meteen daarna was hij hun weer afgenomen.

Ze moest toegeven dat ze de jongen net zo pijnlijk miste als Maël. Wat ze ook deed, gedachten aan de jongen en de brandende vraag of het wel goed met hem ging, waren alomtegenwoordig. Hoewel ze er niet over spraken, leek het alsof iedereen ermee zat. Zelfs Solenn, die er nooit een geheim van had gemaakt dat ze moeder en zoon het liefst naar de maan zou wensen, maakte een terneergeslagen indruk. Misschien was dat de reden waarom de stemming tijdens de gemeenschappelijke maaltijden niet meer zo was als daarvoor. Maël zei sowieso geen woord meer en Coco deed niets anders dan mopperen op Gurvan. Pierrick leed op zijn eigen manier, hij had tenslotte de meeste tijd met de jongen doorgebracht.

'Hij heeft niet eens zijn boot meegenomen,' zei hij op een middag tegen Sylvia, toen ze hem in de werkplaats opzocht en hij wees naar het scheepsmodel. 'Moet je zien hoe mooi hij is geworden.'

Met pijn in het hart bekeek ze de kleine tweemaster en ze herinnerde zich hoe hij haar indertijd had gesmeekt haar mee te nemen naar Parijs. Had hij de boot misschien voor Alain gebouwd?

Die gedachte liet haar niet meer los. Natuurlijk had Marie France allereerst bij Alain Dufèvre geïnformeerd of Chloé misschien weer bij hem teruggekeerd was. Dat bleek niet het geval. En toch had Sylvia ineens de behoefte om hem te spreken. Wellicht wist hij meer? Ze besloot hem meteen op te bellen.

'Bij mij zijn ze niet, dat heb ik al tegen uw advocate gezegd,' merkte Alain niet bijster vriendelijk op. 'Met Chloé heb ik alleen via mijn advocaat contact.'

'Misschien weet hij waar ze zich…?'

'*Écoutez*, madame,' onderbrak hij haar, 'het interesseert me niet waar ze uithangt.'

Ze slikte. Maar Alain wist niet dat ook zij behoorlijk vasthoudend kon zijn. 'En bij familie of vrienden? Zouden ze daar kunnen zijn?' Alain ontkende het ten stelligste. 'En bij haar ouders?' vroeg ze door.

Ze kon zich helemaal niet voorstellen dat Chloé niemand had bij wie ze kon onderduiken. Aan de andere kant zou ze waarschijnlijk ook niet op het eiland zijn verschenen als dat wel zo was.

'Uitgesloten,' hoorde ze Alain zeggen. 'Met haar moeder heeft ze al lang geleden gebroken. En haar vader... tja, ze weet maar al te goed dat hij haar wat zou doen na de kwestie met Noah...'

'Waarom? Omdat het... een schandaal is?' informeerde ze voorzichtig. Ze herinnerde zich dat Chloé had gezegd dat haar vader 'behoorlijk conservatief' was.

'We proberen een schandaal juist te vermijden,' legde Alain wrevelig uit. 'Waar het om draait is dat mijn schoonmoeder haar man iets soortgelijks heeft aangedaan. Ook Chloé is niet de biologische dochter van haar vader. Toen dat uitkwam, heeft hij haar moeder tijdens de scheiding kapotgemaakt. Voor haar zat er vervolgens niets anders op dan het land te verlaten. Dat is me in elk geval zo verteld. Het is allemaal al jaren geleden.'

Ze luisterde gespannen. Chloés gedrag werd ineens begrijpelijk. Misschien was ze daarom ook zo geschrokken toen ze erachter kwam dat ze nu dezelfde advocate tegen zich had als indertijd haar moeder...

'Hij heeft Chloé toch niet verstoten?'

Het was alsof ze over de telefoonlijn kon voelen hoe de temperatuur tussen hen tweeën afkoelde.

'U wilt zeggen: niet zoals ik met Noah heb gebroken, toch?' Alain klonk boos en ze zweeg. 'Nee,' vervolgde hij ten slotte. 'Dat heeft hij niet gedaan. Hij heeft haar dure opleiding op de beste internaten betaald en een droombruiloft voor haar georganiseerd. Maar als hij erachter komt dat Chloé mij een kind in de maag heeft gesplitst, zal hij haar dat niet vergeven.'

'Waarom hebt u het hem niet verteld?' informeerde ze, al was ze bang dat ze nu misschien te ver ging. Alain had echter al veel dingen prijsgegeven, waarvan ze nooit had durven hopen dat ze die te horen zou krijgen. 'Als u zich op haar zou willen wreken, zou dat toch succes verzekerd zijn,' voegde ze eraan toe en tot haar verrassing hoorde ze een vreugdeloze lach.

'Wanneer ik maatschappelijke zelfmoord zou willen plegen,

zou ik dat inderdaad kunnen doen,' zei hij. 'Maar daar heb ik geen behoefte aan. Het gaat me niet om wraak. Ik wil een nette scheiding. Ik ben een publiek persoon. Het zou ongepast zijn om me door emoties te laten leiden. En wilt u me nu excuseren, ik kan u helaas niet verder helpen...'

'Maakt u zich dan geen zorgen om Noah?' onderbrak ze hem. 'Dat u helemaal niet weet waar ze met hem naartoe gegaan is?'

'U zoekt hem toch,' voegde hij er sarcastisch aan toe. 'Dat is voor mij geruststellend genoeg.'

In deze beklemmende periode, waarin het leven verderging alsof er niets was gebeurd, de handel in camelia's floreerde en er steeds meer toeristen naar het eiland kwamen, kondigde Aaltje haar bezoek aan. Solenn nam de gelegenheid te baat om de gastenkamers niet alleen een grondige schoonmaakbeurt te geven, maar meteen ook op te knappen. Samen met Rozenn en Pierrick schoof ze de meubels naar het midden van de kamers, schilderde de ene kamer in een warme terracottakleur en de andere lavendelblauw. Daarna zette ze de meubels anders neer en ging met haar zus naar Quimper om nieuwe spreien, vloerkleden en gordijnen uit te zoeken. Het kwam op Sylvia over alsof ze daarmee de laatste herinneringen aan Chloé en Noah wilde uitwissen. Het ontging haar niet hoe erg Solenn zich op het bezoek leek te verheugen.

'Ik wil het graag wat rustiger aan gaan doen,' kondigde ze op een ochtend aan op kantoor.

Gwen tilde verbaasd haar hoofd op, daarna liet ze het discreet weer zakken en richtte zich op haar papieren.

'Dat kan ik goed begrijpen,' zei Sylvia, nadat ze even naar lucht had gehapt. Ze had het zien aankomen, maar ze wist ook dat Solenn eigenlijk onvervangbaar was. En dat het cameliaeiland niet meer hetzelfde zou zijn als haar vriendin het besluit zou nemen om zich helemaal terug te trekken. Zo ver was het hopelijk nog lang niet. Of vergiste ze zich? 'Moeten we een extra kracht in dienst nemen? Waar zou je graag mee willen stoppen?'

'Ik heb gehoord dat Elise een nieuwe taak zoekt,' antwoordde ze. Sylvia keek haar vragend aan. 'Zij is jarenlang hoofd huishoudelijke dienst op een internaat in de buurt van Saint-Malo geweest,' legde Solenn uit. 'Ik ken haar van vroeger toen ik daar mijn tuinbouwvakopleiding deed. Elise is de dochter van een voormalige collega. Ze is precies de geschikte persoon voor ons.'

Sylvia slikte. Haar vriendin was duidelijk al veel verder in haar overwegingen dan ze had gedacht.

'Is Elise bekend met het leven hier op het eiland?' vroeg ze.

'Ja, ze is hier een paar keer wezen logeren. De vorige keer… even nadenken… Wanneer was dat ook weer, Gwen?'

'Dat moet vijf jaar geleden zijn geweest,' antwoordde die.

'Ze heeft vaak haar vakantie bij ons doorgebracht,' voegde Solenn eraan toe. 'Maar de laatste jaren moest ze dan bij haar moeder zijn. Nicole is heel erg ziek geweest, en helaas is ze inmiddels overleden.' Solenn keek peinzend uit het raam. 'Ze was maar zes jaar ouder dan ik,' vervolgde ze en ze keek Sylvia aan. 'En toen dacht ik dat ik misschien over mijn eigen leven moest nadenken. Ik bedoel over wat mij daarvan nog rest.'

'Jij wordt wel honderd,' verzekerde Sylvia haar vol overtuiging.

Solenn lachte. 'Ik weet helemaal niet of ik zo oud wil worden. Serieus, Sylvie, zou je mij jarenlang willen verzorgen?'

'Maar jij blijft fit,' speelde Sylvia het spelletje mee. Het gesprek nam een wending waarbij ze zich heel ongemakkelijk voelde. 'Ik moet er gewoon nog niet aan denken, Solenn,' gaf ze toe. 'Of is er een concrete reden?'

Ineens beving haar de angst dat Solenn misschien ziek was of dat ze een nare diagnose had gekregen die ze tot dusverre voor hen had verzwegen.

'Nee, nee,' stelde haar vriendin haar gerust. 'Met mij is alles in orde. Het zijn gewoon van die… gedachten. Ik vind dat ik er recht op heb om vragen te stellen. En naar antwoorden te zoeken.'

Sylvia knikte opgelucht. Natuurlijk mocht Solenn haar leven zo inrichten als zij dat wilde.

'En… die Elise, zou die beschikbaar zijn?' vroeg ze.

Solenn knikte. 'Ze heeft me een paar weken geleden geschreven dat ze graag een andere baan zou willen.'

'Wanneer zou ze kunnen komen?'

Solenn ging verzitten. 'Ze komt morgen.' Ze wierp haar een verlegen blik toe. Daarna keek ze uit het raam. Het moest haar duidelijk zijn dat ze Sylvia hiermee overrompelde, omdat ze anders altijd alles samen bespraken. 'Zoals gezegd,' probeerde Solenn uit te leggen, 'ze heeft me een tijdje geleden al geschreven. In alle chaos is dat op de een of andere manier buiten beeld geraakt.' Ze schraapte haar keel. 'Weet je,' ging ze aarzelend verder alsof ze niet goed wist hoe ze het moest zeggen, 'er waren dagen bij dat ik er echt geen zin meer in had. Nadat Chloé zich hier had genesteld als een luis in de pels, was het allemaal verpest voor mij. Het was mijn eiland niet meer, ik voelde me een vreemde in eigen huis. Nu is ze weliswaar weg, maar…' Ze keek peinzend naar haar handen. 'Op een gegeven moment is het gewoon tijd om op te houden, Sylvie,' zei ze ten slotte.

Ze knikte. Het gaf haar een mat gevoel. Alles leek uit elkaar te breken. Maël was helemaal van de kaart sinds zijn zoon was verschenen en weer verdwenen. En nu wilde Solenn zich terugtrekken?

'Je wilt helemaal stoppen?' hoorde ze zichzelf vragen.

Solenn keek haar aan en er gleed een grote glimlach over haar gezicht. 'Ik blijf er nog wel voor jullie,' zei ze liefdevol. 'Maar ik wil niet meer verantwoordelijk zijn voor het huishouden en alle andere dingen. Ik wil vrijer zijn, ook eens op stap kunnen. De kwekerij loopt inmiddels prima zonder mij. En dat is ook mijn wens voor de Jardin aux Camélias. Natuurlijk ben ik er altijd als jullie me nodig hebben.'

Sylvia knikte en probeerde de brok in haar keel door te slikken. 'Heb je Maël al gesproken?' vroeg ze, maar Solenn schudde haar hoofd.

'Ik wilde het eerst tegen jou zeggen,' zei ze en ze ging staan. Daarbij gleed haar hand als toevallig over Sylvia's schouder, een klein liefdevol gebaar dat zo kenmerkend voor de Bretonse was. 'En jij hebt natuurlijk het laatste woord, Sylvie. Als jij niet kunt opschieten met Elise, dan zoeken we iemand anders.'

De volgende dag arriveerde echter niet alleen Elise op het eiland – een sympathieke, wat knokige vrouw van midden in de veertig met vrolijke hemelsblauwe ogen die haar verder wat strenge trekken iets zachts gaven – maar ook een aan Sylvia geadresseerde aangetekende brief uit Groot-Brittannië. Hij was van mr. Brown, de advocaat van Sir James Ashton-Davenport. Na lezing werd het haar zwart voor de ogen.

'Wat is er gebeurd?' vroeg Gwen gealarmeerd toen ze zag dat alle kleur uit Sylvia's gezicht wegtrok.

'Hij schrijft dat er een tweede exemplaar van de *Sylviana* is opgedoken.' Ze staarde naar de brief.

Dat was toch niet mogelijk? Blufte Sir James? In het contract stond dat er niet nog een exemplaar op de markt mocht komen, op straffe van een boete die dubbel zo hoog was als de verkoopprijs. En dat was nu gebeurd?

'Waar moet die vandaan komen?' riep Gwen verontwaardigd uit. 'Die is er nergens op de wereld. Alleen hier.'

Sylvia sprong op en deed de brief in de envelop. Er was een verschrikkelijke gedachte bij haar opgekomen. Gwen had gelijk. Meer *Sylviana's* waren er alleen hier. Tenzij…

Met knikkende knieën liep ze naar haar auto. Het suisde in

haar oren, terwijl ze het korte stukje naar de plantage aflegde. *Dan neem ik dit eiland weer van u af*, hoorde ze Sir James zeggen. *Ik neem u alles af. En uiteindelijk zult u blij zijn met mijn voorstel…*

Bij de kwekerij aangekomen, parkeerde ze volledig tegen haar gewoonte in niet buiten het terrein, maar ze reed rechtdoor naar het gebouw waar Maëls laboratorium gehuisvest was. Ze zette de motor af en probeerde rustig te worden. Haar handen trilden zo dat ze ze op het stuur legde en een paar keer diep in- en uitademde. In de kas naast zich herkende ze achter de ruiten Gurvan, die Iven net iets uitlegde.

Als datgene waar ik bang voor ben klopt, dan is het klaar, dacht ze en ze stapte uit. Gurvan keek even op en begroette haar met een knikje, daarna hield hij zich weer bezig met Iven.

'Het mag gewoon niet waar zijn,' zei ze met gedempte stem tegen zichzelf, terwijl ze Maëls domein betrad.

Hij straalde toen hij haar zag. 'Moet je eens kijken,' zei hij. 'Als alles goed gaat, kunnen we volgend jaar een nieuwe cultivar op de markt brengen. Ik werk nu al vier jaar aan deze camelia. Hoe vind je die? Eigenzinnig, hè?'

De donkerrode bloemblaadjes hadden licht geeloranje spikkels, alsof een schilder zijn kwast erboven had uitgeschud en de verf erover was verstoven. Een fraai gezicht. Maar vanochtend stond haar hoofd niet naar extravagante nieuwe soorten.

'Lees dit maar,' zei Sylvia en ze reikte hem de brief aan.

'Wat is dat?' Hij wreef over zijn neus en pakte de brief. Toen hij die snel doorlas sperde hij zijn ogen open. 'Dit gaat toch helemaal nergens over,' riep hij uit toen hij klaar was. 'Waar heeft hij die plant vandaan dan?'

'Dat moeten we controleren,' zei ze. Maël begreep het niet. 'De enige *Sylviana's* die er bestaan, zijn toch in ons bezit?' Hij knikte. 'Laten we dan meteen gaan kijken of ze er nog allemaal zijn. En waar zijn ze eigenlijk? De vorige keer toen ik ze zag, had

Gurvan ze in kas twee neergezet. Kennelijk is het licht daar beter voor ze.'

'Dat is onmogelijk,' legde Maël uit en hij haalde zijn sleutelbos uit de la. 'Ze staan achter slot en grendel. Zoals altijd.'

'Ik hoop dat je gelijk hebt,' zei ze zacht.

Samen verlieten ze het laboratorium en liepen naar de oudste kassen, uit de begintijd van het camelia-eiland. Het leek alsof het nog nooit zo lang had geduurd om alle sloten te openen. Eindelijk gingen ze de glazen ruimte binnen, waar tot het voorjaar de prachtige boom had gestaan. Op een tafel in het midden bevonden zich vier planten. Ze waren gegroeid sinds ze ze voor het laatst had gezien, ze waren nu zeker zestig centimeter hoog. Allemaal hadden ze het bijzondere kleinbladige blad van de *Sylviana*. Niet een ervan had tot dusverre gebloeid.

'Het waren er vijf, toch?'

Haar keel voelde droog. Ze herinnerde zich dat een van de planten een piepklein knopje had gehad, toen Gurvan die haar de vorige keer had laten zien.

Maël maakte een verwarde indruk, hij keek zoekend om zich heen. Daarna liep hij naar de deur en riep de tuinmannen. Hij was ziedend. Ze had hem nog nooit zo boos gezien.

Als eerste kwam Coco aangerend. 'Wat is er aan de hand, *patron*?' vroeg ze geschrokken.

Maël wees naar de tafel met de vier camelia's. 'Waar is de vijfde?'

Op dat moment kwam Gurvan de kweekruimte binnen. In één oogopslag had hij de situatie kennelijk door. Sylvia kreeg de indruk dat hij iets wilde zeggen en naar de juiste woorden zocht en ze besloot hem te helpen.

'Wil je ons alsjeblieft vertellen waar de vijfde *Sylviana* is?' Ze hoopte vurig dat hij een plausibel antwoord had, dat hij de plant misschien ergens anders neer had gezet, om welke reden ook.

De tuinman schudde zijn hoofd, deed zijn handen omhoog

alsof hij zich wilde verdedigen en maakte een sussend gebaar. 'Het is niet zoals jullie denken,' antwoordde hij stuntelig. 'Er was geen vijfde *Sylviana*...'

Hij kon niet verder praten, omdat Maël hem bij de revers van zijn werkjas pakte. 'Lieg niet!' schreeuwde hij tegen hem. 'Natuurlijk waren het er vijf!'

'Hij heeft de camelia aan Chloé gegeven,' zei Coco boos. 'Geef dan toe, verrader dat je bent.'

'J... ja...' stamelde Gurvan en hij probeerde zich te bevrijden, 'maar...'

'Dat geef je dus toe?' Maël begon hem door elkaar te schudden. 'Heb je die echt aan haar gegeven?'

'Maël...' smeekte Sylvia. 'Alsjeblieft, kalmeer!'

Maar hij luisterde niet naar haar.

'Ja, verdomme nog aan toe!' riep Gurvan nu uit. 'Ze wilde die per se hebben en...'

'Ik begrijp het niet...' zei Coco steunend.

'Weet je dan niet wat je daarmee hebt aangericht?' brulde Maël uit. Hij liet de tuinman zo plotseling los dat die stond te tollen op zijn benen en bijna viel. 'Hier!' Maël zwaaide met de brief voor Gurvans gezicht. 'Ze heeft de plant aan die Engelsman gegeven. Die Ashton-Davenport. Je hebt ons geruïneerd.'

'Maar het is immers...'

'*Ta gueule*!' snauwde Coco haar collega met ogen die fonkelden van woede toe. 'Dacht je echt dat ze van jou zou zijn als je ons zou bestelen? Ja? Dacht je dat zo iemand als jij bij haar een kans zou maken?' Ze spuugde hem voor zijn voeten. 'Jij hebt ook geen enkel eergevoel,' siste ze.

Gurvan was vuurrood geworden. Sylvia wist dat je een Breton niets ergers kon aandoen dan door aan zijn eergevoel te komen. Ontsteld keek de tuinman naar Coco, vervolgens naar Maël en daarna naar haar. Hij deed zijn mond open om iets te zeggen, maar bedacht zich.

'Denkt u dat ook van mij, *patron*?' vroeg hij met een grafstem.

Maël had zich afgewend. Sylvia las bittere teleurstelling op zijn gezicht. Hij had Gurvan vertrouwd en hem als zijn rechterhand beschouwd.

'Verdwijn!' zei hij zacht. 'Je bent op staande voet ontslagen. Geef alle sleutels af bij Solenn en vertoon je nooit meer op het eiland.'

Gurvan keek sprakeloos toe. Daarna verstrakte zijn gezicht. Hij knikte, draaide zich om en verliet het plantenhuis.

24
Veranderingen

'We moeten tijd zien te winnen,' legde Marie-France uit en ze leunde achterover in haar bureaustoel. 'We vragen om een deskundig rapport. En dan stellen wij een tegenrapport op. We vechten het aan, tekenen protest aan – het hele scala aan juridische mogelijkheden dat ons ter beschikking staat en dat zijn er heel wat. Eerst moet de tegenpartij echter bewijzen dat het echt dezelfde cultivar is die men beweert in bezit te hebben.' Ze bladerde het uitgebreide koopcontract door. 'Maar onder ons gezegd: was het werkelijk nodig om zo'n gevaarlijke clausule te ondertekenen?' Ze keek Sylvia over de rand van haar leesbril aan.

'Dat leek ons helemaal niet gevaarlijk,' zei ze zuchtend. Ze hadden de stekken moeten vernietigen. Waarom waren ze zo sentimenteel geweest?

'Hoe dan ook,' legde de advocate uit. 'Sir Ashton-Davenport zal zijn tanden nog op ons stukbijten. Als ik me niet vergis is er al jurisprudentie over een mogelijk vergelijkbaar geval... Laat u dat mij eens in alle rust naslaan.' Ze sloeg nog een pagina om en was aan het eind van het contract aangekomen. 'De bevoegde rechtbank is in Frankrijk. Nou, dat is tenminste iets.'

'Wat zal de vertragingstechniek ons uiteindelijk opleveren?' vroeg Sylvia moedeloos. 'Als Sir James de camelia in bezit heeft die uit onze kas is gestolen, dan is het een *Sylviana*. Daaraan valt niet te tornen.'

Marie-France glimlachte begrijpend. 'Laten we het eerst afwachten. Misschien is het helemaal niet waar. Het is tot nog toe toch niet meer dan een vermoeden dat Chloé de plant heeft doorgegeven?'

Sylvia knikte.

'Feiten,' legde de advocate uit. 'Bewijzen. Dat is wat telt voor de rechtbank. Hoe zou je volgens u zonder twijfel kunnen vaststellen of het om de betreffende soort gaat of om een willekeurige andere camelia?'

'Maël zegt dat je dat alleen aan de hand van de bloem met absolute zekerheid kunt zeggen. De plantenbladeren hebben een ongebruikelijke vorm, ze zijn smaller en langwerpiger dan die van gangbare soorten. Op basis alleen daarvan weet je echter nog niet of het een *Sylviana* is of niet.'

De advocate knikte en legde de pen neer waarmee ze aantekeningen had gemaakt. 'Dan gaan wij een verzoek indienen om de betreffende camelia door het Franse OM als bewijs veilig te stellen.' Ze stopte even. 'Camelia's bloeien toch pas in de winter?'

'Ja, en de *Sylviana* is ook nog eens een soort die best laat bloeit.'

'Nou,' Marie-France maakte een korte notitie, 'dat duurt dan nog even. Verder moet de tegenpartij verklaren hoe de plant in haar bezit is gekomen,' vervolgde ze. 'In het contract staat dat geen enkele plant van deze soort op de markt mag komen. Zou het echt de plant betreffen die uw medewerker aan madame Dufèvre heeft gegeven, dan wordt ook daaraan niet voldaan, toch? Tenzij zij hem aan de Engelsman verkocht heeft, wat denkbaar, maar onwaarschijnlijk is.'

'Ik weet het niet.' Toch putte ze een heel klein beetje hoop. Misschien was alles toch niet zo uitzichtloos als ze had gedacht...

'Zou het ook een mogelijkheid zijn,' overwoog de advocate, 'dat een andere kweker hetzelfde resultaat heeft kunnen bereiken als uw man? Ik bedoel: dat dezelfde soort of een identiek uitziende uit een andere kwekerij afkomstig zou kunnen zijn?'

Ze haalde haar schouders op en liet ze weer vallen. 'Ik geloof het niet,' antwoordde ze. 'Ik zal het voor de zekerheid aan mijn man vragen.'

'Doet u dat,' adviseerde Marie-France haar en ze ging staan. 'Gaat u vandaag nog terug naar huis?' vroeg ze, terwijl ze met haar meeliep naar de deur.

'Nee, ik heb nog een afspraak bij het ministerie van Milieu en ik slaap vannacht in Parijs.'

De advocate keek haar peinzend aan, ze had haar hand al op de deurklink. 'Ik heb nog een vraag,' zei ze. 'Wat denkt u dat die eigenaardige Engelsman eigenlijk van plan is? Waarom doet hij zo veel moeite om u dwars te zitten?'

'Dat is een lang verhaal.' Ze zuchtte.

Marie-France kreeg ineens de gezichtsuitdrukking van een roofvogel die een prooi bespiedt. 'Ik ben dol op verhalen,' zei ze. 'En ik geloof dat ik vooral dit verhaal per se moet weten. Hebt u al plannen voor het avondeten? Of mag ik u uitnodigen?'

'Graag,' antwoordde ze.

'Zullen we zeggen om acht uur?'

Het kleine restaurant waar Marie-France haar had uitgenodigd, maakte een onopvallende indruk en even dacht ze dat ze zich vergist had in het adres. Ook door het bargedeelte zou je niet denken dat je hier heel goed kon eten. Toen de ober haar naam noemde, nam hij haar mee naar een ruimte ernaast, waar een heel andere sfeer hing: twee antieke kristallen kroonluchters, verdubbeld door een spiegelwand, verlichtten een zaaltje met maar vijf tafels, allemaal gedekt met wit damast, kristal en zilveren bestek. Midden op elke tafel stond een vaas met één witte roos.

De advocate liet niet lang op zich wachten. Ze namen *poulet provençale* en daarna een keuze van kazen. Sylvia vertelde over haar verschillende ontmoetingen met Sir James. Marie-France luisterde aandachtig, zonder haar ook maar één keer te onderbreken.

Toen ze klaar was met haar verhaal, bestelde de advocate voor hen tweeën nog een zelfgemaakte kruidenlikeur. 'Nu is alles me duidelijk,' zei ze toen de twee glazen voor hen stonden met een drankje erin dat bitterzoet geurde.

Sylvia keek Marie-France onthutst aan. 'Wat is u duidelijk? U bedoelt waarom hij me haat?'

De advocate glimlachte begrijpend. 'Hij haat u niet. Dat is het probleem.'

Nu raakte Sylvia in verwarring.

'Toch heeft hij het zelf tegen u gezegd,' vervolgde de advocate. 'Hij is verliefd op u en schuwt geen enkele manier om u te krijgen.'

'Nee,' bracht ze er beslist tegen in. 'Hij heeft zich iets in zijn hoofd gezet. Hij wil de baas spelen en denkt dat hij alles krijgt waar hij zijn zinnen op zet. Dat is geen liefde!'

'Ach, naar uw gevoel misschien niet. Wie weet is het gewoon zijn manier van liefhebben. U wilt dus niet lady Ashton-Davenport worden?'

'Nee!'

Een oudere dame aan het tafeltje ernaast draaide haar hoofd naar hen toe en nam haar geïnteresseerd op. Kennelijk was haar nee luider uitgevallen dan bedoeld.

Marie-France lachte zachtjes bij zich zelf. 'Natuurlijk niet,' antwoordde ze. 'U houdt tenslotte van uw man, *n'est-ce pas?* Dus gaan we de strijd aan.' Ze pakte haar glas en keek peinzend in het groenige donkere vocht. 'Ik vind dat het er helemaal niet zo slecht uitziet,' zei ze vervolgens. 'Integendeel. We zijn absoluut in het voordeel.'

'Echt?' informeerde ze zwijgend. 'Of zegt u dat alleen om mij gerust te stellen?'

'Sir James laat zich leiden door zijn emoties,' legde de advocate onverstoorbaar uit, waarna ze haar kruidenlikeur opdronk.

‘Hij zal op een gegeven moment een fout maken en dan...’ ze maakte met haar hand een beweging alsof ze een vlieg ving, ‘... hebben we hem.’

Ze was nog niet erg overtuigd, maar Marie-France maakte een uiterst tevreden indruk en vroeg om de rekening.

‘Klopt het,’ vroeg ze peinzend, ‘dat u er indertijd voor gezorgd hebt dat Chloés moeder... Tja, hoe moet ik dat zeggen... maatschappelijk kapot is gemaakt?’

De ober legde het leren mapje met de rekening op tafel en trok zich meteen weer terug. Marie-France haalde in alle rust haar creditcard uit haar portemonnee en schoof hem erin, zonder ook maar een blik op de rekening te werpen. Daarna keek ze Sylvia met een mengeling van onschuld en geamuseerdheid aan.

‘Ik heb er voor mijn cliënt het beste uit gehaald,’ zei ze met een glimlach die alles openliet. ‘Zoals ik dat ook voor u zal doen.’

Het was maar goed dat ze deze vrouw niet als tegenstander had, dacht ze.

‘Maakt u zich geen zorgen,’ adviseerde de advocate haar. ‘Ik heb wel hardere noten gekraakt dan die Ashton-Davenport. Hij krijgt uw eiland niet te pakken. En u al helemaal niet.’

‘Hoe is het verlopen?’ vroeg Maël nadat ze hem teder had begroet. Tot haar vreugde was hij naar het vliegveld gekomen om haar af te halen. Sinds Noahs verdwijning leek haar dat een klein wonder.

‘We hoeven ons geen zorgen te maken, zegt madame Bresson,’ antwoordde ze opgelucht.

Tijdens de autorit deed ze uitvoerig verslag van haar gesprek met de advocate. Daarbij verzweeg ze echter haar analyse van de beweegredenen van Sir James, net zoals ze haar man niets had verteld van het onbegrijpelijke voorstel van de Engelsman op de dag van de opening. Ze wilde hem in geen geval onnodig van streek maken, omdat hij al zo veel zorgen om Noah had.

Des te verraster was ze dan ook toen Maël zei: 'Waarschijnlijk wil Sir James eigenlijk alleen jou. Het zou me niet verbazen als hij jou een voorstel zou doen. In de trant van: ik laat de aanklacht vallen als jij je van je man laat scheiden en bij mij komt.'

Ze keek hem als door de bliksem getroffen aan. 'Hoe... hoe kom je daar nou bij?'

Hij wierp haar een snelle zijdelingse blik toe en glimlachte. 'Ach, hij heeft het dus al gedaan. Wanneer dan? Was het toen je met hem bij de velden verscheen, op de dag van de opening?'

Ze knikte verlegen. 'Ik wilde je niet... Ik vind het nog steeds zo belachelijk.'

Maël wierp haar een liefdevolle maar ernstige blik toe. 'Waarom zou dat belachelijk zijn? Je bent een prachtige vrouw, je bent slim, je hebt een groot hart... Als ik al je goede eigenschappen zou moeten opsommen, zou ik er voor onze aankomst op het eiland nog niet mee klaar zijn.'

'Hou toch op,' onderbrak ze hem. Haar gezicht gloeide van verlegenheid.

'Ik heb het je toen op Madeira al gezegd,' vervolgde hij. 'Weet je nog? Op onze allerlaatste avond toen we terugreden naar het hotel?'

'Dat weet ik niet meer... Wat bedoel je?'

'Toen zei ik tegen je dat hij je graag mag. Dat was in elk geval mijn indruk. En dat het hem totaal niet zinde om mij naast jou te zien.' Maël haalde een vrachtwagen in en zwaaide daarna weer naar de goede kant van de weg. 'Toen hij indertijd afstand deed van het eiland, was dat voor hem waarschijnlijk niet meer dan een zet om iets anders te krijgen. Jou namelijk.'

Ze had er graag iets tegen ingebracht. Maar er schoot haar niets te binnen. 'Dat zei madame Bresson ook,' gaf ze ten slotte zacht toe. 'Of in elk geval zoiets. Maar ik weet niet of ik dat kan geloven. Hij heeft zich behoorlijk snel met Chloé getroost. Herinner je je die nacht nog, toen Noah bijna verdronken is?'

'Dat betekent nog niks,' antwoordde Maël.

Ineens begon het te regenen, terwijl het zonnig was. Opgetogen zag ze hoe er voor hen een regenboog ontstond.

'Wie weet is hij nog steeds met Chloé,' zei ze peinzend.

Hij schudde zijn hoofd. 'Dat kan ik me niet voorstellen,' merkte hij op.

Ze was niet overtuigd. Maël had zelf ook iets met die vrouw gehad en inmiddels dacht hij negatief over haar. Maar toch. Chloé was aantrekkelijk, in de hogere kringen was ze als een vis in het water. Ze kon zich haar heel goed naast de Engelsman voorstellen. En mocht hij van plan zijn haar het leven lastig te blijven maken, dan had hij geen betere vrouw kunnen kiezen: Chloé had immers Noah, Maëls zoon.

Bij thuiskomst werd er flink gelachen in het grote huis. Aaltje was de vorige dag aangekomen en stak iedereen aan met haar goede humeur. Ze was zo blij als een kind om na zo lange tijd weer op het eiland te zijn en ze leek opgelucht dat de veranderingen die ze had aangetroffen niet zo groot waren als ze had gevreesd.

'Het is geweldig geworden,' prees ze Sylvia. 'En ik ben er vooral heel blij om dat je zo'n mooie plek voor Lucies schilderij hebt gevonden. Hier was ze thuis. En hier hoort ze.'

Het bezoek deed Solenn duidelijk goed. Ze leek een ander mens, ze was ontspannen en ondernemend – en heel opgelucht dat ze niet meer medeverantwoordelijk was voor de Jardin aux Camélias.

Zonder veel ophef had Elise al het roer in huis overgenomen. Coco beweerde wel dat ze lang niet zo goed kookte als Solenn, maar Sylvia beschouwde dat eerder als waardering voor Solenn dan als kritiek op Elise.

'Laat ze het maar niet horen,' adviseerde Pierrick haar goedgemutst. 'Anders doet ze nog houtkrullen door het eten. Dat heeft ze al een keer gedaan...'

'Nietes!'

'Toen ze een keer drie dagen inviel voor Solenn, weet je dat niet meer?'

'Je bazelt, dat heeft ze niet gedaan!'

'Echt wel!'

De twee kibbelden nog een tijdje door en stikten van de lach, maar niemand kon Sylvia wijsmaken dat ze Gurvan niet allemaal misten, zeker Coco, ook al noemde niemand zijn naam meer sinds hij halsoverkop was vertrokken.

Vooral Gwen maakte een bedrukte indruk en de ochtend na Sylvia's terugkeer uit Parijs vroeg ze meteen om een gesprek.

'Ik kan niet geloven dat Gurvan dat gedaan heeft,' zei ze met tranen in haar ogen. 'Hij is een goede jongen en hij was altijd een rotsvaste steun voor Maël.'

Ze nam haar medewerkster, die in de loop van de jaren een plekje in haar hart had gekregen, spontaan in haar armen. Ze begreep volkomen dat Gwen als tante van Gurvan erg gebukt ging onder deze kwestie.

'Dat weet ik,' verzekerde ze de Bretonse. 'Ik zou het ook niet geloven als hij het niet zelf had toegegeven. Maël was zo ongelooflijk kwaad. Ik heb niet kunnen voorkomen dat hij hem wegstuurde. Dat spijt me echt.'

Gwen veegde met haar zakdoek over haar ogen. 'Hij is ook zo koppig,' zei ze zuchtend. 'Denk je dat ik iets uit hem zal weten te krijgen?'

'Ik vrees dat hij simpelweg verliefd is geworden op de verkeerde vrouw. Ik heb natuurlijk medelijden met Gurvan. Maar nu moeten we de schade voor de kwekerij zien af te wenden.'

De normaal zo beheerste Gwen begon weer te snikken en Sylvia had al haar overredingskracht nodig om haar opnieuw te kalmeren. Het laatste wat ze wilde, was dat ook Gwen nog het eiland zou verlaten. Dat ze hun tuinman kwijt waren, was al erg genoeg.

Ze misten Gurvan bij alles en het zou een probleem worden om een geschikte vervanger voor hem te vinden. Er waren niet veel jonge mensen die een leven op het geïsoleerde eiland overwogen. Goede tuinmannen konden ook ergens anders wel een baan vinden. Ze had al in verschillende vaktijdschriften een personeelsadvertentie gezet. Maar veel hoop dat ze snel iemand zouden vinden die bij hen paste, had ze niet.

Wat Elise betreft had Solenn gelijk gehad, ze was een aanwinst voor hun kleine gemeenschap. Haar zorgvuldigheid viel al snel overal op. Ze adviseerde om twee vrouwen aan te nemen voor het schoonmaken van de nieuwe gebouwen, iets wat Solenn altijd beslist had afgewezen. Zij trad de vastelanders, zoals ze ze altijd noemde, nog steeds met een zekere scepsis tegemoet. Solenn had dag en nacht in haar eentje geploeterd, maar nu zag ze in dat het anders niet meer te doen was. Samen vonden ze in Odette en Amélie een team dat ook in Ti Bag aan de slag kon, wat Sylvia ook veel werk uit handen nam.

Bovendien kon Elise goed opschieten met Maylis, en als op sommige dagen de toeristen met busladingen het eiland op kwamen, en iedereen ineens een lunch of koffie met crêpes wilde, deed ze zonder problemen een schort om en hielp mee. Het was, zo verzekerde ze goedgemutst, tenslotte een peulenschil vergeleken met zeshonderd leerlingen en dertig leraren.

De oktoberzon schonk overdadig gouden dagen vol licht en warmte. Solenn en Aaltje waren vertrokken voor een reis langs de kust naar het zuiden, om in de buurt van Bordeaux een vriendin van vroeger te bezoeken: een schilderes die vroeger tot de kring van kunstenaars had behoord die elkaar regelmatig in Bretagne hadden ontmoet.

'Heeft ze gezegd wanneer ze terugkomt?' vroeg Maël de avond na hun vertrek toen hij Sylvia afhaalde van kantoor. Ze was nog laat aan het werk.

Marie-France had hun post van de rechtbank doorgestuurd, die ze zonet had doorgekeken. Sir James was er eindelijk op ingegaan om de camelia naar Parijs te laten brengen, zodat men kon achterhalen of het werkelijk een *Sylviana* betrof. Nu zat ze te popelen om het met Maël te bespreken. De plant had zogenaamd twee bloemknoppen. Toch kon het nog weken, zo niet maanden duren voordat ze eindelijk open zouden gaan.

'Nee,' antwoordde ze verstrooid. 'Dat wilden zij tweeën openhouden.'

'Ik begrijp niet,' zei Maël onthutst, 'dat ze ineens helemaal niet meer geïnteresseerd is in het camelia-eiland.'

'Maar dat is toch helemaal niet zo,' probeerde ze hem te kalmeren. 'Ze wilde zichzelf nu eens een verzetje gunnen.'

Hij keek haar aan alsof ze Chinees sprak. 'Maar dat is juist het eigenaardige,' riep hij uit. 'Dat heeft ze haar hele leven niet gedaan. Het eiland was haar leven. Iets anders interesseerde haar niet.'

Ze legde de papieren weer op haar bureau. Kennelijk was dit niet het moment om het met Maël over de bloemknoppen van de gestolen *Sylviana* te hebben.

'Waarschijnlijk moeten we blij zijn dat ze nu pas heel langzaam alles aan ons overlaat,' zei ze peinzend. 'Ik heb genoeg leidinggevenden moeten coachen hoe ze de generatiewisseling verstandig en waardig kunnen laten verlopen. Solenn heeft ingezien dat het tijd begon te worden.'

'Maar dat is toch onzin,' bracht hij er heftig tegen in. 'Wat bedoel je daarmee? Solenn is nog jong en energiek.'

'Dat is ze zeker, daar bestaat geen twijfel over,' gaf ze toe. 'Weet je, nog niet zo lang geleden zat ze op de stoel waar jij nu zit en hadden we bijna hetzelfde gesprek. Ik wou dat ze jou ook had gesproken.'

'Ja, dat zou goed zijn geweest,' onderbrak hij haar zo fel, dat ze geschrokken haar adem inhield. Even was het heel stil tussen hen tweeën. Daarna veegde hij met zijn handen door zijn haar en zei zuchtend: 'Het spijt me. Het is immers niet jouw schuld, maar ik…'

Hij keek uit het raam, naar de binnenplaats. Buiten wiste het blauwe licht van de schemering alle contouren weg. Geschrokken zag ze dat er tranen in zijn ogen glommen. En ineens begreep ze hoe moeilijk hij kon accepteren dat ook voor Solenn de tijd niet stil was blijven staan, dat ze op een dag oud zou zijn en dat hij op een gegeven moment zijn tweede pleegmoeder zou verliezen. Een gedachte die hij kennelijk maar moeilijk kon verdragen.

Ze stond op, ging achter hem staan en sloeg haar armen om zijn schouders, legde haar wang tegen zijn rug.

'Niet verdrietig zijn,' zei ze zacht. 'We houden Solenn nog lang bij ons. We moeten haar nu gewoon de ruimte geven. Ook al had ze die vroeger niet nodig.'

Hij knikte zwijgend, legde zijn hand op de hare, drukte die en bleef geconcentreerd uit het raam kijken, alsof daar iets interessants te ontdekken viel.

25

De hulpkreet

'Kijk dit eens,' zei Gwen op een ochtend en ze gaf Sylvia een verfrommelde brief. 'We moeten wel echt beroemd zijn als dat genoeg is om hier aan te komen.'

Aan de envelop was te zien dat hij door veel handen was gegaan. In blauwe inkt, die op sommige plekken een beetje was doorgelopen, stond in een kinderhandschrift dat Sylvia maar al te bekend voorkwam:

Aan Sylvia
Op het camelia-eiland
Frankrijk

Een afzender stond er niet op de brief. Hij was in Groot-Brittannië gepost en al meer dan een maand geleden. Kennelijk had deze post lang door heel Frankrijk gezworven, voordat hij zijn weg naar hen had gevonden.

Voorzichtig sneed ze de envelop open, alsof ze de hoop die langzaam bij haar opkwam kapot zou kunnen maken wanneer ze niet voorzichtig met de beduimelde brief omging. Ze haalde er een A5'je uit, dat één keer doormidden was gevouwen. Er stonden maar een paar regels op:

Lieve Sylvie,
Hoe gaat het met jou? Ik hoop goed.
Ik zit in Engeland op een internaat. Het is hier

verschrikkelijk. Haal me hier alsjeblieft weg.
Veel groetjes, Noah

Wat volgde was het adres van een school in Zuid-Engeland, dat Sylvia meteen opzocht op internet. Ze zag een gebouw van soortgelijke afmetingen als het legendarische Zwijnstein uit Harry Potter, een laatgotische hal met houten lambriseringen, hoge kerkramen, lachende kinderen in schooluniform tijdens de les, bij een teamsport, in kassen, bij het musiceren. Schoolgeld: 18.000 pond per trimester. *De leerlingen ontwikkelen onder het toezicht van het toegewijde huispersoneel hun zelfbewustzijn en gevoel voor discipline*, las ze en ze begon te kreunen.

'Dat kan toch niet waar zijn,' mompelde ze. Ze pakte de brief en verliet gehaast het kantoor.

'We moeten er meteen naartoe,' verklaarde Maël beslist. 'Kan Gwen vluchten voor ons boeken? Nu weten we tenminste eindelijk waar hij is.' Maël had zijn laboratoriumjas al uitgetrokken en de hypergevoelige elektronenmicroscoop uitgezet, waarmee hij delen van planten had onderzocht. 'Waar wacht je nog op?'

'Denk je dat we hem zomaar kunnen meenemen?' vroeg ze twijfelend. 'Misschien moeten we van tevoren Marie-France om advies vragen. We hebben vast de juiste documenten nodig om te bewijzen dat jij Noahs vader bent.'

'Dan bellen we haar op!'

Ze verroerde zich nog steeds niet. 'Vraag je je dan helemaal niet af hoe het komt dat Noah uitgerekend op een Engels internaat terecht is gekomen?'

Hij keek haar aan. Daarna begreep hij wat ze bedoelde. 'Je denkt dat die Ashton-Davenport erachter zit?'

Ze knikte. 'De school kost meer dan 50.000 pond per jaar. Ik zou niet weten waar Chloé dat geld vandaan zou moeten halen.'

Maël mompelde iets in het brezhoneg en het klonk als een

vloek. 'Die vent begint me zo langzamerhand op de zenuwen te werken,' foeterde hij.

Die nacht kon Sylvia de slaap niet vatten. Telkens weer probeerde ze zich voor te stellen wat hun in Engeland te wachten zou staan. Marie-France had tot haar opluchting voorgesteld met hen mee te gaan. 'Dat is beter,' had ze uitgelegd. 'Als jullie alleen zijn, krijgen jullie de jongen misschien niet eens te zien.' Hun vlucht ging de volgende ochtend al.

Zachtjes stond ze op om een kalmerende kruidenthee voor zichzelf te zetten en na een tijdje kwam Maël haar gezelschap houden, hij leed net zo aan slapeloosheid als zij.

'Ik heb er veel over nagedacht.' Hij roerde in zijn thee. 'En ik heb me in Noahs situatie proberen te verplaatsen.' Hij blies op het hete vocht en ze wachtte geduldig tot hij verderging. 'Het is immers geen wonder dat hij de brief aan jou heeft geschreven. Jij hebt zijn leven gered, jij bent altijd eerlijk tegen hem geweest. Ik moet zijn vertrouwen nog verdienen.' Hij nam een slok, maar zette de thee meteen weer neer. 'Ik ben tot de slotsom gekomen dat ik nooit de plek van die Alain kan innemen. Die man is zeven jaar zijn vader geweest. Zijn gevoelens voor hem zullen altijd blijven bestaan.'

'Het stomme is alleen,' zei ze, 'dat Alain niets meer van Noah wil weten.'

'En dat is iets wat ik niet begrijp. Hoe kun je nu zo harteloos zijn?'

'Hij is erg gekwetst, vrees ik. Ik heb trouwens de indruk dat hij nog steeds gevoelens voor Chloé heeft.'

'Denk je dat echt?'

'Ja. Hij is natuurlijk woedend op haar. Wie kan hem dat kwalijk nemen? Toch geloof ik dat als je echt van iemand houdt... Ik weet alleen niet goed of zijn trots het hem toestaat haar te vergeven. Vermoedelijk niet. Hij is... tja, hoe moet ik dat beschrijven? Een rationele man. Een echte politicus. Dat zegt hij zelfs over zichzelf. Dat hij zijn leven niet mag laten bepalen door emoties. Of zoiets.'

Maël keek haar peinzend aan. 'Ik heb inmiddels de hoop opgegeven dat Noah fulltime bij ons zal wonen,' gaf hij toe. 'Ik bedoel, misschien zou dat ook helemaal niet goed zijn voor zo'n slimme jongen. Niet dat ik iets tegen Morgane heb, maar denk je niet dat hij beter af zou zijn op een echt goede school?'

'Hij moet zich allereerst prettig voelen. En ergens eindelijk tot rust komen. Als we hem van dat internaat halen wordt hij in korte tijd voor de derde keer uit zijn omgeving weggerukt. Op zijn leeftijd is dat niet goed.'

'Heeft hij niet geschreven dat we hem daar weg moesten halen?' bracht Maël ertegen in.

Ze knikte. Ja, dat klopt, dacht ze. En toch, als we niet oppassen, zal Noah altijd het gevoel hebben dat hij ontworteld is.

'Wat vind je ervan,' onderbrak Maël haar gedachten, 'als ik eens met die Alain zou praten. Van man tot man. Of van vader tot vader.' Hij grijnsde.

'En wat wil je van vader tot vader tegen hem zeggen?'

'Dat hij verdomme een lafaard is als hij verder weigert met Noah te praten. En dat de jongen een verklaring verdiend heeft, los van wat Alain besloten heeft.'

Ze sloeg haar armen om zijn hals en kuste hem teder. 'Dat vind ik een uitstekend idee! Als ik dat zo van vrouw tot man mag zeggen.'

Het was al vroeg in de avond toen ze samen met Marie-France eindelijk in het kleine Zuid-Engelse stadje aankwamen waar het internaat was. Ze hadden elkaar in Parijs op de luchthaven Charles de Gaulle ontmoet en op Heathrow een auto gehuurd.

De advocate had met de directrice van het instituut een afspraak gemaakt voor de volgende ochtend, en dus zat er die avond niets anders op dan hun intrek in hun kamers te nemen die Gwen voor hen in een gezellige bed and breakfast had gereserveerd.

Sylvia moest lachen toen ze haar man in het piepkleine kamertje met rozenbehang en een bijpassende sprei zag, terwijl hij zijn best deed om niet een van de porseleinen beeldjes van Wedgwood om te stoten die op elke vrije centimeter stonden.

Maël stelde voor dat ze voor het eten een wandeling zouden maken, en ook al rekten ze die zo lang mogelijk, het leek alsof de tijd had besloten om veel langzamer te lopen dan normaal.

Tijdens het avondeten legde Marie-France hun lang en uitvoerig de juridische situatie uit. 'In Frankrijk wordt aan de wens van een kind met betrekking tot zijn woon- en verblijfplaats een veel groter gewicht toegekend dan in Engeland,' zei ze. 'En toch zou het geen probleem moeten zijn om de jongen naar Frankrijk te halen, als hij dat wil. Ik neem echter aan dat ze de moeder van het kind hebben ingelicht. U moet zich dus voorbereiden op een ontmoeting.'

'Dat is prima,' luidde Maëls droge commentaar. 'Ik wilde haar toch al de waarheid zeggen.'

'Het is beter,' zei de advocate met een geduldige glimlach, 'dat u zich diplomatiek opstelt. U kunt het beste zo min mogelijk zeggen en het praten aan mij overlaten. Kunt u daarmee leven?'

'Natuurlijk,' verzekerde Sylvia haar met een blik naar Maël die koppig zijn voorhoofd fronste. 'Het gaat in eerste instantie immers om Noah.'

Je zag het prachtige complex in tudorstijl al van verre. In de najaarszon glansde de grijze steen haast zilverig tussen de herfstkleuren van de loofbomen in het enorme park dat om het internaat heen lag. Met zijn uitnodigende vleugels, erkers, meerkantige torens, lancetramen en balkonnetjes maakte het hoofdgebouw een imposante indruk, het dwong respect af.

Ze kwamen bij een hoge smeedijzeren poort waar ze zich moesten melden bij een portier. Na een kort telefoongesprek liet hij hen doorrijden. Sylvia keek om zich heen en zag dat het terrein door met klimop begroeide muren en sloten onopvallend was beveiligd. Had Noah al eens geprobeerd om weg te lopen?

'Kijk,' zei Maël verrast, 'daar zijn kassen.' Langs de muur stonden glasconstructies met prachtige koepeldaken, zoals die in vorige eeuwen gebouwd werden. 'Zouden die nog in gebruik zijn?'

'Ik denk het wel,' antwoordde ze. 'Daarginds zijn een paar oudere leerlingen, zie je ze?'

'Het lijkt erop dat ze plantenbakken naar binnen dragen om te overwinteren.'

Het park werd minder dicht waardoor er een meer zichtbaar werd, dat zich tot ver achter het gebouw uitstrekte. Een paar kleine zeilboten laveerden tegen de wind. Aan de andere kant van het gebouw lag een uitgebreid sportcomplex met tennisbanen en andere sportvelden, een atletiekbaan en zelfs een overdekte manege.

Bij het hoofdgebouw aangekomen, stapten ze uit. Het leek wel alsof ze een filmdecor binnengingen, zo onwerkelijk kwam de prachtige ambiance op Sylvia over.

'De directrice heeft hier op de tweede verdieping haar kantoor,' informeerde Marie-France hen en ze liep snel voor hen uit de trap op naar de ingang. Zoals altijd zag ze er uiterst elegant uit in haar grijsblauwe pakje van fijne gabardine. Vriendelijk hield ze de deur voor Sylvia en Maël open.

Er ging een bel. Leerlingen in uniform schoten door de hal, de trappen van donker hout op en af. Voor ze achter zware deuren verdwenen, zag Sylvia dat zowel de meisjes als de jongens een koningsblauwe das met het embleem van de school op hun witte blouse droegen. Onwillekeurig keek ze of ze Noah zag.

'Hierlangs,' zei de advocate en ze wees naar een imposante trap. 'Kamer 200.' Ze vertrok nog steeds geen spier.

Maël liep voorop. Midden op de trap bleef hij ineens staan. 'Ik heb erover nagedacht,' zei hij en hij wendde zich tot de advocate. 'Het is beter dat ik alleen met de directrice praat.'

Marie-France keek hem ontzet aan. 'Dat is geen goed idee...' begon ze, maar Maël liet haar niet uitspreken.

'Sylvia heeft het gisteravond al gezegd,' legde hij met nadruk uit. 'Het gaat nu zuiver en alleen om de jongen. En hem maken we niet gelukkig met wetsartikelen en gerechtelijke documenten. Hoe zal hij zich voelen als zijn moeder en zijn vader via de rechtbank ruziemaken om hem? Het is allemaal al verwarrend genoeg. Ik wil de eenvoudige weg bewandelen.'

De advocate keek hem bezorgd aan. Ook Sylvia was van haar stuk gebracht door de draai die Maël maakte.

'En als daarbinnen Sir James en Chloé op je zitten te wachten?' gaf ze in overweging. 'Ons bezoek is tenslotte aangekondigd.'

Hij haalde zijn schouders op. 'Als het moet, kunnen we altijd nog op de harde toer gaan. Maar wie weet is dat helemaal niet nodig. Laat het me gewoon proberen. Willen jullie zo aardig zijn en op me wachten?'

'Hoe bedoel je dat?' vroeg Sylvia verward. 'Moet ik niet ook mee?'

Hij schudde zijn hoofd. 'Jij hebt al zo veel gedaan. Meer dan je mag verwachten. Nu moet ik het alleen regelen. Ik hoop dat je me begrijpt.'

Ze knikte. Gemakkelijk vond ze het niet. Ineens drong tot haar door dat ze steeds had gedacht dat ze alles van Maël over moest nemen. Haar verstand zei dat ze voorzichtig moesten zijn. Maar haar gevoel gaf hem gelijk.

'Ja,' zei ze en ze wendde zich tot Marie-France, die hen tweeen met gefronst voorhoofd gadesloeg. 'Laten wij naar buiten gaan,' stelde ze voor. 'Onder de bomen heb ik banken gezien.

Daar wachten we. En als je ons nodig hebt…'

'… dan weet ik waar ik jullie kan vinden. Bedankt. En u moet het me maar niet kwalijk nemen, madame Bresson. Ik ben ervan overtuigd dat dit beter is.'

Met snelle stappen klom hij de trap op en verdween de gangen in.

'Hopelijk weet hij wat hij doet,' bromde de advocate toen ze hem nakeken. Daarna volgde ze met tegenzin Sylvia naar buiten, het park in.

Terwijl Marie-France demonstratief haar laptop op haar schoot openklapte en vlijtig mailtjes ging zitten beantwoorden, liet Sylvia haar blik over het terrein dalen. De kinderen op het sportterrein leken veel lol te hebben. Met grote ijver waren ze aan het basketballen en de jonge trainster maakte een zelfverzekerde en vriendelijke indruk. Op het meer voeren de jollen heen en weer. Eigenlijk een mooie plek, dacht ze.

Onwillekeurig gingen haar gedachten terug naar haar eigen jeugd in de kleine tweekamerwoning die ze met haar moeder had bewoond en naar het speeltuintje om de hoek in de Münchense wijk Neuperlach. Wat was ze graag op ballet gegaan, net als een paar van haar vriendinnen. Haar moeder had dat echter niet kunnen betalen. En net toen ze erover nadacht of zij het als kind leuk zou hebben gevonden op zo'n internaat kwam er een donkere limousine voorrijden.

De chauffeur stapte uit en deed het achterportier open. Er stapte een gracieuze dame met zonnebril uit, en pas in tweede instantie zag ze dat het Chloé was. Had ze op het eiland altijd vrijetijdskleding gedragen, nu was ze in haar lindegroene pakje de elegantie in persoon. Ze had haar donkere haar opgestoken, in haar oren glansden parels.

Sylvia ging staan en zag op hetzelfde moment dat Sir James uit de auto stapte. Ze haalde een keer diep adem, daarna liep ze op hen tweeën af.

'*Bonjour*, Chloé,' zei ze afstandelijk. 'Hallo, Sir James.'

Chloé deed omstandig haar zonnebril af en nam haar geergerd van top tot teen op. 'Wat hebben jullie hier te zoeken?'

Sylvia glimlachte. Als Chloé elke beleefdheid achterwege liet, betekende het dat ze zenuwachtig was.

'Dat is een vriendelijke begroeting,' antwoordde ze. 'Die past perfect bij je afscheid. Maar zonder gekheid. We moeten een verstandig gesprek met elkaar voeren, Chloé. Maëls vaderschap is bewezen. Dat levert hem niet alleen plichten op, maar ook rechten.'

'Daarvoor dient u zich tot mr. Brown te wenden,' merkte Sir James op.

'Dat is waarschijnlijk niet nodig,' mengde Marie-France zich in het gesprek en ze ging naast Sylvia staan. 'Nu we allemaal zo mooi bij elkaar zijn, kunnen we dat het beste meteen oplossen.' En voordat Sir James zijn mond zelfs maar open kon doen, drukte ze hem haar visitekaartje in de hand. 'Mijn naam zal u vast bekend zijn, ik vertegenwoordig madame en monsieur Riwall niet alleen in deze kwestie, maar ook in de zaak van een camelia met de naam *Sylviana*. Omdat u echter geen familierelatie met Noah Dufèvre hebt, verzoek ik u hier te wachten. Madame?'

Weer zag Sylvia dat Chloé bij het zien van de advocate onzeker werd. Onwillig liet ze zich door haar meenemen het gebouw in. Sir James bleef achter bij Sylvia. Zijn blik bezorgde haar een onbehaaglijk gevoel.

'Waarom doet u dat?' vroeg ze. 'Waarom bemoeit u zich met onze familieaangelegenheden?'

Hij glimlachte op een manier die haar angst aanjoeg.

'Dit is een uitstekend internaat,' zei hij met zijn zijige, donkere stem. 'Ik heb er als kind zelf op gezeten. U zou dankbaar mogen zijn. Als het echt zo is dat u iets aan de jongen gelegen ligt.'

'Het is alleen niet zo,' bracht ze ertegen in, 'dat u het schoolgeld uit pure menslievendheid betaalt, u doet dat omdat u mijn man en mij daarmee pijn kunt doen.'

Sir James tilde zijn hoofd op en keek knipperend naar de blauwe lucht. 'Hoe komt het toch,' zei hij, 'dat u zo'n slechte dunk van mij hebt? Wat heb ik u dan aangedaan, mevrouw Von Gaden?'

Ze onderdrukte de opwelling om tegen hem te schreeuwen dat ze Riwall heette, dat ze allang niet meer de naam van haar eerste man droeg, die haar had bedrogen en wel in meerdere opzichten. Met moeite wist ze zich te beheersen. Ze dacht aan Gurvan en aan de gestolen camelia, aan het proces dat eraan kwam en aan het dreigende financiële debacle en ineens wou ze dat ze heel ver weg was.

'Hebt u er inmiddels over nagedacht?'

Sir James zei het terloops, alsof hij informeerde of ze liever een kopje thee of koffie wilde.

'Ik weet niet wat u bedoelt.'

'Jawel, dat weet u heel goed.'

Ze keek hem in zijn ogen. En ineens had ze medelijden. Hij had dit allemaal alleen gedaan om weer een beetje dichter bij haar te komen. Hij betaalde ongelooflijke bedragen voor de opleiding van een kind dat hem eigenlijk niets kon schelen, alleen zodat zij met hem het gesprek moest aangaan. Wie weet was hij ook alleen daarom een verhouding met Chloé Dufèvre begonnen.

'Is het vandaag geen prachtige dag?' vervolgde hij en hij maakte een gebaar dat alles leek te omvatten: de hemel, de prachtige loofbomen, in vurige herfsttinten gehuld, het meer en het gebouw. Alsof hij het allemaal hoogstpersoonlijk had geschapen. 'De perfecte dag voor een grote beslissing. Zeg toch gewoon ja, Sylvia. Dan is de hele nachtmerrie voorbij. Dan krijgt die tuinman zijn kind. En verdwijnt de kleine *Sylviana* van de aardbodem. Zo simpel is het. Het kleine woordje "ja" en het grote geluk ligt binnen handbereik.'

Ze wendde zich af, ze kon zijn smekende ogen niet meer verdragen. Maar dat liet hij niet toe, hij volgde haar en ging haar in de weg staan.

'Laatst bij jullie opening was ik te heftig. Daarvoor wil ik mijn excuses aanbieden. Ik verzeker je dat ik ervoor zal zorgen dat je gelukkig zult zijn. Hoe zeggen ze dat zo mooi? Ik zal je op handen dragen. Je moet het me alleen toestaan.'

'Ik kan heel goed op eigen benen staan,' zei ze stuurs. 'Hoe breng ik u aan het verstand dat ik gewoon niet van u hou?'

'De liefde komt met de tijd wel. In mijn familie is er nog nooit uit liefde getrouwd...'

'Dan moet u daar nu zelf ook niet mee beginnen,' onderbrak ze hem impulsief. 'Als u echt van mij houdt, dan toont u me dat op een werkelijk respectvolle manier. U moet mij en mijn man met rust laten. En vooral Noah, die kan helemaal niets doen aan de chaos die wij volwassenen hebben veroorzaakt. Trekt u zich terug en zie ervan af. Accepteert u mijn nee. Laat edelmoedigheid zien, Sir James, wees een gentleman, zoals het een Ashton-Davenport betaamt.'

Ze haalde diep adem. Sir James stond er als versteend bij. Ze kon er niet bij dat ze dat echt had gezegd. En toch haalde het allemaal niets uit. Of golden de oude waarden voor deze man misschien nog steeds?

Sir James maakte iets van een kleine buiging, daarna liep hij terug naar zijn auto. De chauffeur opende zijn portier en hij stapte in. Door de verduisterde ramen kon Sylvia niets zien.

Fantastisch, dacht ze gelaten. Nu had ze in deze man waarschijnlijk een vijand voor het leven.

26

De wolf

Besluiteloos keerde Sylvia zich om naar de bordestrap naar de hoofdingang van het internaat. Moest ze haar man niet bijstaan nu Chloé was gekomen en hij met haar naar een oplossing zocht? Marie-France had een gedetailleerd contract uitgewerkt, dat alle omstreden kwesties eens en voor al zou oplossen, mits Noahs moeder bereid was het te ondertekenen. Toch aarzelde Sylvia. Maël had haar gevraagd te wachten en het aan hem over te laten, en die wens wilde ze respecteren.

Ze had het onprettige gevoel dat ze vanuit de donkere limousine in de gaten werd gehouden en sloeg het pad in naar het meer, dat haar achter een van de vleugels van het gebouw bracht, waardoor ze zich aan Sir James' blikken kon ontsnappen. Opgelucht haalde ze adem en knipperend met haar ogen keek ze over het schitterende wateroppervlak, waarin een paar tere, zachte schapenwolken weerspiegelden. De kleine jollen voeren nu naar de aanlegsteiger en ze zag dat er in elke boot twee kinderen zaten. Het eerste team probeerde net aan te leggen, vergezeld van een sloep en de aanwijzingen van een leraar die via een megafoon vanaf de steiger instructies gaf.

Met haar hand beschermde ze haar ogen tegen het verblindende zonlicht. En ineens zag ze Maël aan het begin van de steiger. Hij was in gesprek met een vrouw en keek telkens weer het meer op. Ze ging langzamer lopen. De eerste jol had net aangelegd en er sprong een jongen aan land. Ze was nog te ver weg om het beter te kunnen zien, maar de manier waarop de zeilleerling zich aan boord bewoog, handig het zeil reefde en zijn medezeilertje de lijn toewierp kwam haar vertrouwd voor. Ten slotte sprong ook hij op de aanlegsteiger en liep naar zijn leraar toe. Die gaf hem een waarderend schouderklopje en richtte zich vervolgens tot het tweede team dat ging aanmeren.

Het was inderdaad Noah die met zijn kameraad de steiger op liep. Toen hij Maël herkende, bleef hij even staan, daarna rende hij op hem af.

Haar hart begon in haar keel te kloppen van opwinding. Maël hurkte en gaf Noah een hand. Die schudde hem na even aarzelen en hij keek naar de vrouw, die op rustige toon iets tegen hem zei. Noah knikte, daarna keek hij zoekend om zich heen.

Toen hij haar had ontdekt, hield niets hem meer tegen. Hij trok het reddingsvest over zijn hoofd, gooide het achteloos neer en begon te rennen. Ze liep hem tegemoet en Noah sloeg zijn armen om haar middel en drukte zich tegen haar aan. Er kwam een nooit gekend geluksgevoel over haar heen toen ze hem heel vast tegen zich aan hield.

'Alles goed met jou?' vroeg ze zacht.

De jongen knikte en drukte zich nog steviger tegen haar aan.

'Zo, dat noem ik nog eens een begroeting,' riep de vrouw uit, die met Maël dichterbij was gekomen. Ze maakte een opgeluchte indruk. Ook Maël straalde van geluk. '*This is Mrs. Foster*,' zei hij. '*Noah's class teacher. Sylvia, my wife.*'

Noah maakte zich los uit de omarming en pakte Sylvia's hand.

'Ik ben blij u te leren kennen,' zei ze. 'Goed dat we Noah eindelijk hebben gevonden. We hebben ons grote zorgen gemaakt, nadat zijn moeder met hem was verdwenen.'

Mrs. Foster leek verrast, maar onthield zich van elk commentaar. In plaats daarvan wendde ze zich tot Noah.

'Je hebt ons helemaal niet over je vader verteld,' zei ze verbaasd.

De jongen perste zijn lippen op elkaar, wendde zijn blik af en kroop weer tegen Sylvia aan. Helaas zag ze dat hij zich weer afsloot.

'Het was allemaal een beetje veel voor jou, toch?' probeerde ze hem tegemoet te komen. 'Eerst moest je Parijs verlaten, daarna het camelia-eiland en toen ben je ineens hier terechtgekomen.' Ze keek de lerares aan en voegde eraan toe: 'Hoe moet de jongen dan nog iemand kunnen vertrouwen?'

'Als je wilt,' zei Maël tegen Noah, 'kun je weer bij ons komen.'

Noah keek van hem naar Sylvia en daarna naar Mrs. Foster, die hem peinzend opnam. Toen wendde hij zich zonder een woord te zeggen weer af en verborg zijn gezicht in Sylvia's jurk.

'Ik denk,' zei Sylvia tegen Maël, 'dat we dat samen met Chloé moeten oplossen. Ze is zonet aangekomen en wilde de directrice spreken. Madame Bresson is bij haar.' Maëls gezicht betrok. 'Dit is de kans,' moedigde Sylvia hem aan, 'om eindelijk spijkers met koppen te slaan en tot een degelijke schikking te komen. En Noah moet daarbij het laatste woord hebben, toch Noah?'

'*Maman* is er?' vroeg de jongen zacht. 'En de andere man ook?'

Sylvia knikte.

'Ik vind hem niet aardig!' legde Noah uit. 'Hij is arrogant. En *maman* doet alles wat hij zegt.'

'Maël en ik gaan ervoor zorgen dat nu gebeurt wat jij wilt,' verzekerde Sylvia hem en ze drukte zijn hand. 'Kom, wees maar niet bang. Gaat u met ons mee, Mrs. Foster?' De lerares aarzelde. 'Het kan zeker helpen,' voegde Sylvia eraan toe, 'als u zou kunnen beschrijven hoe Noah op de ontmoeting met ons reageerde. Het gaat hier tenslotte om zijn welzijn, toch?'

'U moet het onder elkaar eens worden,' zei de directrice nadrukkelijk toen ze haar kantoor binnenkwamen. Het was eerder een zaal en hij had houten lambriseringen en hoge glas-in-loodramen die deden denken aan een kerk of aan het House of Lords. Chloé, de directrice, Marie-France en tot Sylvia's verbazing ook Sir James zaten aan een imposante vergadertafel die vast plaats bood aan het hele lerarenkorps. 'De schoolleiding heeft niets bij te dragen aan de kwestie van het zorgrecht,' voegde ze er resoluut aan toe en ze ging staan. Ze was lang en slank, haar grijze haar had een licht abrikooskleurige zweem. Waarschijnlijk had ze vroeger rood haar gehad. 'Dat is dus je vader,' zei ze tegen Noah nadat ze Maël de hand had geschud. 'Tja, dan laat ik u nu een tijdje alleen en ik wil u allen oproepen om een voor het kind geschikte oplossing te vinden. Mrs. Foster, ik vraag u om erop te letten dat Noahs belangen worden behartigd.' De directrice knikte nog één keer naar hen en liet hen achter in een onbehaaglijke stilte.

Sylvia keek van Chloé naar hun advocate en vermeed het Sir James aan te kijken. Noah was met tegenzin naar zijn moeder gelopen en had zich een zoen op zijn beide wangen laten geven. Sir James keurde hij geen blik waardig.

'Noah heeft ons een brief geschreven,' doorbrak Maël het zwijgen en hij keek de jongen bemoedigend aan. 'Die heeft er weliswaar behoorlijk lang over gedaan voordat hij bij ons werd bezorgd. Maar daarna zijn we meteen hiernaartoe gegaan.'

Chloé wierp haar zoon een strenge blik toe, maar Noah ging naast Sylvia zitten en keek zijn moeder niet meer aan. Sylvia voelde de ogen van Sir James op zich rusten en vermoedde het ergste. Hij zou vast wraak nemen voor wat ze tegen hem had gezegd.

'Eigenlijk is het heel simpel allemaal.' Marie-France nam het woord. 'U, madame Dufèvre, en mijn cliënt delen volgens het Franse recht het zorgrecht voor Noah. Monsieur Riwall is vanaf het begin bereid geweest zijn plichten als vader na te komen en dat is hij nog steeds. Hij heeft echter ook het recht zijn zoon te zien en mede te beslissen wat er met hem gebeurt. Bijvoorbeeld waar hij woont en naar school gaat. Kunnen we het daarover eens zijn?'

Chloé stak haar kin naar voren, zoals ze altijd deed als iets haar niet zinde. 'De laatste keer toen hij bij zijn vader was, is hij bijna verdronken,' voerde ze verontwaardigd aan.

'Omdat jij hem alleen had gelaten, zonder ons daarover te informeren,' antwoordde Maël zo rustig dat Sylvia hem erom bewonderde. 'Sylvia heeft je toch gered, is het niet, Noah?' De jongen knikte en kwam nog iets dichter bij hen. 'Ze heeft haar leven op het spel gezet, terwijl jij aan het feesten was,' besloot Maël. Hij wierp Sir James een minachtende blik toe.

'Als we hier voor een Franse familierechter stonden,' merkte Marie-France op, 'dan zou het zeker tot de mogelijkheden behoren dat u op grond van die verwaarlozing van uw verantwoordelijkheid het zorgrecht zou worden afgenomen, madame Dufèvre. Gelukkig zijn we hier onder elkaar. En mijn cliënt is er veel aan gelegen om tot een goede schikking met u te komen. Een schikking waaraan beide zijden zich in de jaren tot Noahs meerderjarigheid zullen houden. Dat vind ik heel fair en in het belang van het kind. Noah moet ergens op kunnen vertrouwen, hij heeft zekerheid nodig. Aan ruzie tussen zijn ouders heeft hij helemaal niets.'

Sylvia sloeg haar arm om de jongen heen. Dat was een zuiver intuïtief gebaar.

Chloé wierp haar een blik vol haat toe. 'Kom bij mij, Noah,' beval ze.

De jongen verborg zijn gezicht in de binnenkant van Sylvia's elleboog en reageerde niet.

'Laat hem,' klonk ineens de donkere stem van Sir James. 'En onderteken de verklaring.'

Het leek wel alsof Chloé een oorvijg had gekregen en Sylvia hield haar adem in.

'Hij mag in geen geval weer naar dat eiland,' snauwde ze, maar Sir James legde zijn hand op haar arm.

'Dat moet de jongen beslissen,' zei hij op concluderende toon, alsof híj de rechter was en híj uitspraak moest doen. 'Noah mag zeggen waar hij wil wonen. Wil hij hier blijven, dan ben ik bereid het schoolgeld ook in de toekomst te voldoen. Ik ben hier tenslotte sowieso de hoofdsponsor. Waarom zou ik dan niet ook nog een beurs financieren? Hij kan natuurlijk ook bij ons op Parceval Manor komen wonen als hij dat wil. We zouden een privéleraar kunnen aanstellen als het hem hier niet bevalt. Maar als hij liever op het eiland bij zijn vader wil wonen, dan moet hem dat niet belet worden.'

Hij leunde achterover, sloeg zijn ene been over het andere en deed tevreden zijn armen over elkaar. Daarna wierp hij Sylvia een blik toe waarin ze al het mogelijke dacht te lezen. Triomf omdat ze dit nooit achter hem had gezocht. Verdriet omdat hij wist dat hij haar voor altijd kwijt was. Gekwetste trots en nog iets anders waar ze niet meteen op kwam. Een mengeling van edelmoedigheid en waardigheid. En een fractie van een seconde dacht ze te weten wat de Engelsman achter zijn koele façade zorgvuldig verborgen hield.

'Ik wil hier naar school blijven gaan,' zei Noah die rechtop ging zitten op zijn stoel en moed had verzameld.

'Had je ons niet geschreven dat het hier verschrikkelijk was?' vroeg Maël verbaasd.

'Ja, klopt,' gaf de jongen toe en schuldbewust keek hij naar zijn klassenlerares. 'Dat heb ik gedaan. In het begin vond ik het helemaal niet leuk. Maar... inmiddels...' Hij stokte.

'... ben je gewend?' hielp Sylvia hem.

Noah knikte. 'En ik heb vrienden gemaakt. David. Die was mee op de jol. En... en Pasqual. Die komt ook uit Frankrijk.' Zijn wangen waren rood geworden. 'Maar in de vakantie wil ik heel graag weer met Pierrick gaan vissen,' ging hij verder. Daarna leek hem iets te binnen te schieten en hij beet op zijn lippen. 'Hij is waarschijnlijk boos op me,' voegde hij er zachtjes aan toe.

'Waarom zou hij boos zijn?' vroeg Maël.

'Omdat zijn boot kapot is,' legde Noah uit en hij sloeg zijn blik neer. 'Ik weet dat ik hem niet had mogen meenemen.'

'Nee,' zei Sylvia met een glimlach. 'Dat had je niet mogen doen. Maar dat is nu eenmaal gebeurd. En niemand is boos op je. Iedereen op het eiland zal blij zijn als je bij ons komt.'

Noah keek haar opgelucht aan.

'De volgende week begint trouwens de herfstvakantie,' mengde Mrs. Foster zich in het gesprek.

'Dan maken we met Noah een reis naar de Caraïben.' Triomfantelijk keek Chloé rond.

'Ik wil niet naar de Caraïben,' legde de jongen uit. 'Ik wil naar Sylvia en Pierrick. En naar Maël natuurlijk,' voegde hij er snel aan toe.

'Geen sprake van…' wilde Chloé ertegen inbrengen, toen Sir James opnieuw zijn hand op de hare legde.

Ze verstomde en Sylvia moest een grijns onderdrukken. Wat Noah had gezegd, klopte kennelijk: deze man had Chloé behoorlijk onder de duim.

'Laat hem toch,' zei hij zacht. 'Noah weet het beste wat goed voor hem is.'

'Ik wil mijn excuses aan u aanbieden,' zei Sylvia tegen Sir James toen ze voor de deur stonden te wachten tot Maël en Chloé het uitgebreide contract hadden ondertekend. 'Voor mijn harde woorden van zonet.'

Om Sir James' lippen speelde een zachte glimlach toen hij langs haar heen uit het raam keek. Vanaf hier had je een prachtig uitzicht over het meer en de heuvels daarachter. Hij had zijn handen nonchalant in zijn zakken, zijn tweedjasje stond een beetje open. Hij zag er ontzettend knap uit.

'In deze kamer werden we vroeger ontboden als we iets uitgevreten hadden,' zei hij alsof ze helemaal niets had gezegd. 'En ik kan je vertellen dat ik hier vaak heb staan wachten tot ik aan de beurt was.' Hij schoot zachtjes in de lach en wendde zich tot haar. 'Geloof maar niet dat je mij hebt vertederd. Wat de jongen betreft krijg je je zin. Wat de camelia betreft zal ik je echter absoluut niet ontzien.' Hij nam haar uitgebreid op zodat de uitwerking van zijn woorden hem niet ontging. 'Zoals ik hoorde, heeft hij twee knoppen gekregen. Het zal dus niet meer al te lang duren voordat de kleine *Sylviana* haar pracht ontvouwt.' Weer wachtte hij even. Zijn ogen glommen. 'Tja, pech voor jou. En dat terwijl je het allemaal aan jezelf te wijten hebt, Sylvia, en dat weet je maar al te goed. Je beweert dat geld voor jou niet belangrijk is. Daarmee lieg je jezelf voor. Je had moeten weten dat een half miljoen euro een veel te hoge prijs voor een cameliaboom is. Daar kon je gewoon geen weerstand aan bieden, toch?' Hij glimlachte ineens als een wolf. 'Ik kan alleen maar voor je hopen dat je de schadevergoeding zonder meer kunt voldoen. Niet dat je mij uiteindelijk weer gaat verwijten dat ik het op het eiland voorzien heb.' Zijn glimlach werd nog breder en ontblootte zijn onberispelijke tanden.

Ik was er bijna in getrapt, dacht ze. Hoewel het huilen haar nader stond dan het lachen, glimlachte ze dapper terug.

'Ik ben blij te horen,' zei ze, 'dat u weer helemaal de oude bent. Ik begon me al zorgen te maken.'

Even waren ze verwikkeld in een blikkenduel. Daarna begon Sir James ineens hartelijk te lachen, en drong tot Sylvia door dat ze hem dat nog nooit had zien doen.

Tijdens de terugreis naar huis was Maël zo ongelooflijk gelukkig dat hij eindelijk met Chloé tot een schikking was gekomen, dat Sylvia hem niets van haar laatste gesprek met Sir James wilde vertellen. Ze deed vrolijk en toch kon ze de gedachte aan het dreigende gevaar niet van zich afzetten.

De volgende dagen had ze een bespreking met hun bankadviseur, die haar weinig hoop gaf wat betreft een extra lening van een miljoen euro. Ze informeerde naar nadere krediet-mogelijkheden, maar daarvoor moest ze woekerrentes betalen en de voorwaarden waren in principe niet verantwoord. Graag had ze met Solenn haar zorgen besproken, maar die was nog op reis met Aaltje. Telkens weer ging ze voor het schilderij in het bezoekerscentrum staan en vroeg ze Lucie in gedachten om raad.

Ik zou het kunnen verkopen, dacht ze meer dan eens en meteen daarop verwierp ze die gedachte weer. Een geschenk verkoop je niet, dacht ze Lucie te horen zeggen. Aaltje zou het haar nooit vergeven, om nog maar te zwijgen van Solenn. Nee, ze zou een andere uitweg moeten vinden.

Zou Sir James misschien ingaan op afbetaling in termijnen? Wanneer ze echter terugdacht aan zijn wolfachtige glimlach, dan slonk ook die hoop. Zijn doel was haar te straffen voor haar afwijzing. Lang van tevoren had hij deze zet gepland. Hij had weliswaar beweerd dat ze uit hetzelfde hout gesneden waren, maar ze moest bekennen dat ze simpelweg niet tegen hem opgewassen was.

27

De knop

En toen brak de herfstvakantie aan. Maël wilde per se zelf naar Engeland rijden en Noah afhalen van het internaat. Toen Sylvia bij de aankomst van *La Brise* zag hoe vanzelfsprekend de jongen tussen Pierrick en zijn vader op de kotter stond en handig hielp met aanleggen, ging haar hart open.

De jongen logeerde op de zolder van Ti Bag, die Maël samen met Pierrick voor hem had opgeknapt. Op het havenhoofd had de oude man de pluchen aap gevonden en nadat hij was gewassen en opgelapt door Elise, zat hij nu op het nieuwe bed, dat als een kooi onder het schuine dak was gebouwd. Ook de modelboot had Pierrick naar de nieuwe slaapplek van de jongen gebracht.

Zachtjes aaide Noah met zijn vinger over de takelage waar hij in de zomer zo lang aan had werkt. 'Eigenlijk wilde ik hem aan Alain geven,' zei hij peinzend. Daarna zuchtte hij en hij rukte zijn aandacht los van de kleine haringkotter.

'Ik heb een oplossing gevonden voor het schoolgeld,' vertelde Maël Sylvia op een avond toen Noah sliep. 'Het bevalt me niks dat die Engelsman het betaalt, straks komt het nog zover dat we bij hem in het krijt staan.'

Ze knikte, ook zij had er al over nagedacht.

'Ik heb Mrs. Foster en de directrice gesproken. Er is nog een ander fonds, waarmee Sir James niets te maken heeft. Daaruit kunnen kinderen met een bijzonder talent geld krijgen.'

'En welk talent heeft Noah?'

'Zeilen,' legde Maël met een trotse glimlach uit. 'Zijn leraar zegt dat hij een natuurtalent is.'

'En dat geld uit dat fonds dekt het hele schoolgeld?' informeerde ze ongelovig.

'Nee. Dat neemt twee derde van het bedrag voor zijn rekening. De rest moeten wij zien op te hoesten. Maar dat lukt ons wel, toch?'

Ze knikte. En toch sloeg de schrik haar om het hart. Ja, dat kon lukken. Als niet binnenkort de stekker uit de kwekerij werd getrokken door de kwestie met de gestolen *Sylviana*.

De eerste vakantiedagen bleef het mooi weer en Pierrick en Maël gingen samen met Noah vissen.

'Ik ben zo blij dat hij zijn liefde voor de zee niet is kwijtgeraakt,' zei Maël op een avond voor het knapperende houtvuur, toen Noah volkomen uitgeput van de lichaamsbeweging in de frisse lucht al sliep.

Ze hadden harmonieuze dagen met elkaar en een tijdje vergat ook Sylvia de dreiging. Maar aan het begin van de tweede week nam Marie-France contact op. Haar stem klonk vrolijk opgewonden, net als toen ze had gezegd dat de oorlog tegen Chloé was begonnen, maar Sylvia's maag trok samen.

'Kunt u op korte termijn naar Parijs komen?' vroeg de advocate. 'U kunt het beste morgen de eerste vlucht nemen.'

'Wat is er gebeurd?' informeerde ze bang.

'De camelia bloeit.'

Ze had op slag een droge keel. 'Hebt u misschien een idee… Ik bedoel… kunt u de plant al zien?'

'*Mais non*,' antwoordde Marie-France geamuseerd. 'Ik neem aan dat die camelia in de best bewaakte bloempot van heel Frankrijk staat. Het OM heeft gezien de vergankelijkheid van dit tere bewijsmiddel al een buitengerechtelijke afspraak voor een bezichtiging vastgelegd, zodat kan worden opgehelderd of het tot een aanklacht moet komen of niet.'

Sylvia zei geen woord tijdens de vlucht, zo bang was ze voor deze cruciale afspraak. Maël en Noah waren echter opgewekt aan het kletsen over allerlei soorten boten. Nadat de jongen had gehoord dat Maëls vader op zee had gevaren, was hij ook geïnteresseerd in de grote vrachtschepen die je vanaf het eiland bijna dagelijks aan de horizon voorbij kon zien varen.

'Ik ga met je mee,' had Maël gezegd toen ze hem over de bloem had verteld.

'En wat doen we met Noah?' had ze ertegen ingebracht. 'Kan hij bij Pierrick blijven?'

'We nemen hem gewoon mee,' had hij voorgesteld. En op haar bezwaar of een bezoek aan Parijs de jongen niet te zeer zou aangrijpen, had hij geantwoord: 'We zijn nu een gezin. De dag zal komen dat hij weer een keer naar Parijs zal gaan. Waarom dan niet nu?'

Toen het vliegtuig met een klap neerkwam op de landingsbaan van luchthaven Paris-Orly schrok ze op uit haar gedachten. Door al haar zorgen had ze niet eens gemerkt dat ze gingen landen.

Maël drukte haar hand. 'Alles oké?'

Ze knikte.

'Wat is er met Sylvie?' informeerde Noah bezorgd.

'Ach weet je,' zei Maël, 'er is veel waarover ze moet nadenken.'

Ze hadden alleen handbagage bij zich en haastten zich het gebouw uit naar de taxistandplaats.

'Willen jullie tweeën misschien al liever naar het hotel?' vroeg ze.

'Nee,' antwoordde Noah. 'Je ziet er zo verdrietig uit. Ik denk dat we met je meegaan. Dan kunnen we je troosten.'

Tevergeefs probeerde ze hem op andere gedachten te brengen

en dus was Marie-France' verbazing groot toen ze bij hen in de taxi stapte.

'O,' zei ze geamuseerd. 'Madame Riwall heeft versterking meegebracht. Nu kan er niets meer misgaan, *n'est-ce pas*?'

Ze kletste met Maël en Noah, legde hem uit dat hij straks een heel mooie bloem zou zien, een camelia, en de jongen antwoordde dat ze daarvoor toch niet zover hadden hoeven te reizen, op het eiland waren er immers camelia's genoeg.

'We zijn er,' richtte ze zich tot de chauffeur. Nu werd ook de advocate serieus.

Toen ze de marmeren trap van het gerechtsgebouw op liepen, moest Sylvia vechten tegen een opkomende misselijkheid. In haar hoofd hoorde ze de valse woorden van Sir James weergalmen... *pech voor jou... En dat terwijl je het allemaal aan jezelf te wijten hebt, Sylvia, en dat weet je maar al te goed.*

Hij had gelijk. Ze had de *Sylviana* nooit moeten verkopen. Wat hadden ze er nu aan? Solenn voelde zich niet meer prettig in haar thuis. Er werkten steeds meer vreemde mensen op het eiland. Ze waren in onmin geraakt met hun beste tuinman. Ook al floreerde het bedrijf, vanaf morgen was het einde oefening.

'Hierlangs,' zei de advocate en ze hield een zware houten deur voor hen open.

Nog steeds had Sylvia geen idee wat ze moest doen om de ramp af te wenden. De koopprijs van een half miljoen euro hadden ze al geïnvesteerd in het eiland en daarnaast waren ze een hoge lening aangegaan. Zelfs zonder dit akelige gedoe zou het nog jaren duren voordat ze hun schulden hadden afgelost. Haar businessplan was weliswaar goed doorgerekend, maar ze had geen rekening gehouden met een *Sylviana* die in de verkeerde handen terecht was gekomen.

Iemand versperde haar de weg. Pas in tweede instantie herkende ze de gedrongen, transpirerende man met het kalende hoofd en het sombere gezicht.

'Het spijt me zo,' legde hij uit. 'Om u onder zulke omstandigheden... echt treurig.'

João Alves Moreira, de directeur van de botanische tuin La Princesa op Madeira. Ze vermande zich en deed haar best haar zelfbeheersing te bewaren.

'Hoe gaat het met de boom?' vroeg ze zo zelfverzekerd als ze maar kon.

'Uitstekend,' zei de directeur. 'Ik heb foto's meegebracht. Nou ja,' voegde hij eraan toe, 'de rechtbank heeft me daarom verzocht.'

Ze knikte en keek waar haar advocate was. Die was net in gesprek met een paar heren, terwijl Maël en Noah een marmeren buste bekeken.

'Komt u alstublieft.' Marie-France riep hen en gebaarde hen naar haar toe te komen. Ze stelde hun openbaar aanklager voor en een cameliaspecialist van de Jardin des Plantes in Parijs.

'*Nice to meet you again*,' hoorde ze een mannelijke stem. Het was mr. Brown, de advocaat van Sir James. Ze hadden al diverse malen met elkaar te maken gehad, toen ze als een leeuwin om het eiland had gevochten. Nu grijnsde hij haast onbeschaamd naar haar. 'Hoe gaat het met u?'

'Dank u,' antwoordde ze. 'Sir James komt niet?'

'Ik zal aan hem doorgeven dat u hem gemist heeft. Zijn aanwezigheid is niet noodzakelijk. Zoals altijd heeft hij belangrijkere dingen te doen.'

'Natuurlijk,' merkte ze op en ze wendde zich af. Weer kwam er een golf van misselijkheid over haar heen. Wat was er toch met haar aan de hand? Hopelijk hoefde ze hier niet ten overstaan van al die mensen van opwinding over te geven!

Ze zocht steun en keek of ze Maël kon vinden. Hij begroette net opgewekt de cameliadeskundige; ze kenden elkaar natuurlijk. Er bestonden waarschijnlijk nauwelijks gerenommeerde collega's met wie Maël niet al ooit contact had gehad.

'Dames en heren, neemt u alstublieft plaats,' verzocht de openbaar aanklager.

Als door een mist hoorde ze hem uiteenzetten dat deze bijeenkomst de identificering van de betreffende plant tot doel had, en dus nog geen officiële rechtszitting was. Dat van het resultaat van deze ontmoeting afhing of er een aanklacht kon worden ingediend. Speciaal daarvoor waren twee deskundigen uitgenodigd: de directeur van de botanische tuin op Madeira, waar het gekochte object zich bevond, en de directeur van de afdeling camelia's van de Jardin des Plantes in Parijs.

Op een scherm lichtten beelden op, foto's van de *Sylviana* op Madeira vanuit allerlei perspectieven, close-ups van bloemen in diverse stadia: van knop tot volledige geopende bloem. Ze kreeg bijna tranen in haar ogen van de schoonheid van de plant die naar haar vernoemd was: stralend witte bloemranden die in een elegante boog als een kraag het dicht gevulde donkerpaarse binnenste omlijstten. Zilverwitte meeldraden die straalden als sterren.

Eindelijk was de presentatie voorbij en de openbaar aanklager vroeg de botanicus van de Jardin des Plantes om de plant in kwestie te halen. Haar hart roffelde zo tegen haar borstbeen dat ze dacht dat het zou exploderen. Ze deed haar ogen dicht en pas toen ze Maël halfluid hoorde zeggen: 'Krijg nou wat,' durfde ze ze weer open te doen.

Midden in de ruimte stond op een podium een camelia. Ze had kunnen zweren dat het dezelfde was als die ze toen samen met Gurvan in de kas had gezien, toen ze hem had verzocht, ja, had gesommeerd de vijf stekken weer veilig op te bergen. Eén knop stond net op het punt open te gaan, de tweede was al helemaal open. Maar in tegenstelling tot de echte *Sylviana* waarvan het sneeuwwit contrasteerde met het donkerpaars, iets unieks, was deze bloem volledig fel roodpaars en bovendien ongevuld.

Er ging een gefluister door de zaal. De openbaar aanklager

was duidelijk van de wijs gebracht. Elke leek kon zien dat het niet om dezelfde cameliasoort ging. Ze kon het niet geloven. Waar kwam deze plant vandaan als hij niet uit hun eigen kas kwam? Vragend keek ze naar Maël. Hij had een stralende blik op zijn gezicht alsof hij wilde zeggen: zie je wel? Alle opwinding was voor niks!

'Maar dat is helemaal niet dezelfde bloem,' hoorde ze Noahs kristalheldere stem zeggen.

'Natuurlijk niet, m'n jongen,' antwoordde Marie-France, zoals altijd zelfverzekerd naar iedereen om zich heen glimlachend.

'Monsieur Alves Moreira,' zei de openbaar aanklager, die zijn kalmte had herwonnen. 'We zien allemaal dat deze camelia er anders uitziet dan de bloem die wij zonet op de foto's hebben gezien. Wilt u echter alstublieft voor het verslag de volgende vraag beantwoorden: betreft het volgens u dezelfde plant als die in de botanische tuin Princesa op Madeira?'

Alves Moreira ging aarzelend staan en zocht steun bij mr. Brown, die hem dreigend aankeek. Hij stokte. Was hij bang zijn belangrijkste sponsor te verliezen als hij bevestigde wat als een paal boven water stond? Daarna ging er een schok door de kleine man heen.

'Nee, dat is niet dezelfde,' zei hij en opgelucht plofte hij weer neer op zijn stoel. Demonstratief keek hij langs mr. Brown heen.

Nu wendde de openbaar aanklager zich tot de deskundige van de Jardin des Plantes: 'En u, monsieur Dupont? Wat is uw mening?'

'Het betreft heel duidelijk een variant,' legde de botanicus uit. 'Maar met zekerheid niet de bewuste camelia die de naam *Sylviana* draagt.'

De openbaar aanklager knikte en keek op zijn horloge. 'Dus is er geen juridische basis om een procedure op te starten.'

'Een moment.' Mr. Brown nam het woord. 'Ik wil bezwaar aantekenen. Zoals we allemaal hebben kunnen zien, zijn monsieur Dupont en monsieur Riwall goed bevriend. Er bestaat dus zeker reden voor de aanname dat er vooraf sprake is geweest van manipulatie. Daarom waren wij er ook strikt tegen dat de plant het land zou verlaten. Het zou heel gemakkelijk zijn om die te verwisselen.' De openbaar aanklager wierp de Engelsman een onvriendelijke blik toe. Sylvia vermoedde dat er alweer een nieuwe afspraak op hem wachtte of dat hij er simpelweg geen zin meer in had om nog meer tijd te verspillen aan de vraag welke vorm een of andere bloem had. 'Voor de rechter,' voegde mr. Brown eraan toe, 'zou ik zeggen dat er sprake was van vooringenomenheid.'

'Dat heb ik al zien aankomen,' merkte Marie-France op. 'Professor Riwall kent als een van de cameliadeskundigen van naam natuurlijk iedere collega die maar enigszins serieus te nemen valt in heel Europa, dat brengt zijn beroep nu eenmaal met zich mee. En daarom heb ik nog iemand gevraagd stand-by te staan voor deze afspraak, die ons belangrijke inzichten in deze kwestie kan verschaffen. Als u het me toestaat,' wendde ze zich tot de openbaar aanklager, 'dan wil ik graag gaan kijken of hij inmiddels is gearriveerd.'

De openbaar aanklager knikte met tegenzin en Marie-France liep naar de deur.

'Wie kan dat zijn?' vroeg Maël zacht.

Maar ook Sylvia had geen idee.

Allereerst was de groene kuif zichtbaar, daarna de hele man. De tuinman kwam binnen en zoals altijd had hij zijn zandkleurige legervest met de kleine zakjes aan.

'Gurvan,' siste Maël. 'Dat ontbrak er nog maar aan!'

Schuw keek de jongeman om zich heen tot hij ten slotte Sylvia en Maël ontdekte en meteen koppig zijn blik afwendde.

'Mag ik monsieur Gurvan Leclerc voorstellen? Hij werkte tot voor kort als tuinman op het camelia-eiland. Staat u me toe hem een paar vragen te stellen?' De openbaar aanklager maakte een berustend gebaar alsof dat nu ook niets meer uitmaakte. 'Heel erg bedankt. Neemt u alstublieft plaats, monsieur Leclerc.'

Gurvan nam uitgebreid de tijd om te gaan zitten op een stoel tussen de openbaar aanklager en de advocaten in.

'Waarom werkt u niet meer op het eiland?'

Hij slikte en keek in de richting van Maël.

'Ze hebben me eruit gezet,' zei hij somber.

'En om welke reden?'

De tuinman werd vuurrood. 'Ze wierpen me voor de voeten dat... Het zat zo: ik heb een camelia weggegeven.'

'Was dat deze camelia hier?' Marie-France wees op de plant op het podium.

'*Oui*, madame.' Gurvan bekeek de bloem vol interesse. Kennelijk had hij die nog helemaal niet opgemerkt. 'Exact die was het.'

'Aan wie hebt u de plant gegeven?' De stem van Marie-France was honingzoet.

'Die heb ik aan Chloé gegeven. Chloé Dufèvre,' legde Gurvan uit en opnieuw keek hij in de richting van Sylvia en Maël. 'Omdat ik wist dat het geen *Sylviana* was. Ze had immers al een keer gebloeid. Ze is niet soortzuiver. Ik wilde het een tijd geleden al uitleggen aan Sylvie... ik bedoel, madame Riwall... maar...'

'Niemand luisterde naar u, klopt dat?' vroeg de advocate.

Gurvan knikte. Ineens begonnen zijn ogen te glimmen.

'Hebt u de camelia zomaar aan madame Dufèvre gegeven of heeft ze u erom gevraagd?'

Gurvan moest een paar keer zijn keel schrapen voordat hij verder kon gaan met spreken. 'Ze wilde die per se hebben. Ik bedoel, eigenlijk wilde ze een *Sylviana*. Ze rustte gewoon niet voordat ze die had. Toen dacht ik... voordat ze een echte te pakken heeft... toen heb ik haar...' Zijn stem brak. Hij perste zijn lippen op elkaar en staarde somber naar zijn gebalde vuisten. 'Natuurlijk wist ik dat ze in geen geval een *Sylviana* moest krijgen. Ik ben geen verrader. En daarom heb ik haar... heb ik haar die daar gegeven.'

De laatste zin had de tuinman heel zacht uitgesproken, met gebogen hoofd. Toch had iedereen hem gehoord. Het was zo stil dat je een speld had kunnen horen vallen.

'Dank u wel, monsieur Leclerc,' zei Marie-France vriendelijk. 'Nee, een verrader bent u zeker niet. U hebt zelfs heel verstandig gehandeld als ik dat zo mag zeggen. Maar ik heb nog wel een vraag: hoe kan het dat deze camelia niet soortzuiver is, ook al is het een stek van de originele plant? Of klopt dat helemaal niet?'

Gurvan keek op. 'Ik heb hem jaren geleden uit zaad opgekweekt,' zei hij, nu weer helemaal in zijn element. 'De andere planten zijn stekken en daardoor soortzuivere nakomelingen van de moederplant. Hoe een zaadje zich ontwikkelt, weet je van tevoren nooit. Omdat je niet weet welke pollen het insect van de bevruchting mee heeft genomen naar de bloem, begrijpt u? Het was een experiment. Wat... wat gebeurt er nu met de plant?'

Marie-France keek verrast rond. 'Dat is een goede vraag,' zei ze met de ironische glimlach die zo kenmerkend voor haar was. 'Als ik u goed heb begrepen, monsieur Leclerc, dan had u deze plant niet zomaar mogen weggeven, toch?'

Gurvans gezicht betrok weer. Hij knikte met tegenzin. 'Ik bedoelde het goed,' zei hij nadrukkelijk en daarbij keek hij Maël aan. 'Ach... waarschijnlijk... waarschijnlijk had ik beter... Ik had het met mijn *patron* moeten bespreken.'

De advocate knikte vriendelijk. 'Ja, u had hem beter in vertrouwen kunnen nemen,' zei ze zacht. 'Dan had u zichzelf heel wat narigheid bespaard en uw *patron* ook.' Ze wendde zich tot mr. Brown. 'Omdat de plant wederrechtelijk is weggenomen, behoort zij naar mijn mening de eilandkwekerij toe. Maar daarover hoeft vandaag geen oordeel geveld te worden, toch, edelachtbare? We zullen een officieel verzoek tot teruggave indienen.'

Mr. Brown verdween als eerste, met Alves Moreira in zijn kielzog. Daarna verontschuldigde de openbaar aanklager zich. Maël was gaan staan en liep op Gurvan af, die met een koppig afgewend gezicht midden in de zaal stond en aan zijn legervest frunnikte.

Sylvia hoorde Maël een paar woorden in het brezhoneg tegen hem zeggen. Gurvan draaide zich verbaasd om alsof hij niet kon geloven wat hij hoorde.

Maël legde zijn hand op de schouder van de tuinman. 'Kom bij ons terug!' zei hij.

Er vloog een vage glimlach over Gurvans gezicht. Hij keek onzeker naar haar en ze knikte. Ze hoopte vurig dat de Breton over zijn eigen schaduw kon springen, zijn gekwetste trots kon begraven en ermee in zou stemmen. En toen Maël zijn armen uit elkaar deed en de twee stijfkoppen elkaar eindelijk onbeholpen omhelsden, slaakte ze een zucht van verlichting.

'Hoe bent u er eigenlijk op gekomen om Gurvan te ondervragen?' informeerde Sylvia bij haar advocate toen ze allemaal samen het gebouw verlieten. Marie-France had een ondeugende glimlach op haar gezicht.

'Dat was Gwens idee,' verklapte ze. 'De zondag na de opening heb ik best een lang gesprek met uw assistente gehad, echt een sympathieke vrouw. Toen vertelde ze me dat ze de tante van Gurvan is. En… tja, toen de camelia ineens opdook bij Sir James en Gurvan werd ontslagen, heeft ze me opgebeld. Ze was vanaf het begin overtuigd van zijn onschuld. Vervolgens ben ik gewoon een keer naar die bloemenwinkel gegaan, waar hij werk had gevonden. Volledig onder zijn niveau. En van boeketten binden heeft hij niet veel kaas gegeten.' Ze lachte. 'Hij is halsstarrig,' vervolgde ze daarna ernstig. 'En hij wilde alleen meewerken onder de voorwaarde dat ik u en uw man er van tevoren niets over zou vertellen.'

Sylvia hoorde het onthutst aan. 'We hadden hem niet zo snel mogen veroordelen,' zei ze zacht.

'*Eh bien*, als je naar iemand luistert en de juiste vragen stelt, dan kun je daar altijd je voordeel mee doen,' verzekerde de advocate haar.

Van het aansluitende middageten waarvoor Marie-France iedereen uitnodigde, kon Sylvia niet echt genieten. Hoewel het uitstekend was klaargemaakt, had ze totaal geen trek.

'We zouden het vliegtuig van zeven uur nog kunnen nemen,' stelde ze voor, maar Maël schudde zijn hoofd.

'Vanavond zijn we nog iets van plan, Noah en ik,' zei hij geheimzinnig.

De jongen tilde zijn hoofd op bij het horen van zijn naam. Hij had gepraat met Gurvan, die na enige aarzeling was ingegaan op de uitnodiging van Marie-France.

'Wat dan?' informeerde ze nieuwsgierig.

'We gaan Alain ontmoeten. Maar natuurlijk alleen als jij dat wilt.'

De jongen werd bleek. 'Weet hij het?' fluisterde hij.

'Nee,' antwoordde Maël. 'Nog niet. Wil je nog iets van mijn toetje?'

Volledig in gedachten trok Noah het kommetje met crème brûlée naar zich toe en lepelde het dessert op.

'Wat ben je van plan?' Ze voelde zich er niet bij op haar gemak.

'Heel simpel,' zei Maël. 'We gaan naar die bar waar jij hem ook hebt ontmoet en bestellen sinaasappelsap voor Noah. Hij zal echt niet schreeuwend naar buiten gaan als hij ons ziet. Wat vind jij daarvan, Noah?'

De jongen gaf geen antwoord. Het leek alsof hij een innerlijke strijd uitvocht. Ze wist niet goed of hij de ontmoeting echt wel wilde.

‘Wat zeg jij ervan?’ vroeg ze hem. ‘Je hoeft het niet te doen als je het niet wilt.’

Noah keek haar met zijn groenblauwe ogen aan en weer was ze verbluft door de gelijkenis met Maël.

‘Ik wil hem graag zien,’ legde hij uit, terwijl hij het laatste restje crème uit het kommetje schraapte, ‘maar ik wil niet meer bij hem wonen.’

‘Dat hoeft ook niet,’ stelde ze hem opgelucht gerust.

‘Ga jij ook mee?’ vroeg hij.

‘Als jij dat wilt heel graag.’

Ze waren te vroeg in de bar Lou-Pascalou, er waren nog maar een paar gasten. Sylvia vroeg zich ongerust af wat ze zouden doen als Alain vanavond niet kwam. Maar toen Noah even naar het toilet ging, stelde Maël haar gerust.

‘Hij komt vanavond,’ verzekerde hij haar. ‘Dacht je dat ik dit aan het toeval zou overlaten?’

‘En hoe...?’

‘Het is Marie-France op de een of andere manier gelukt om vanavond om zeven uur een afspraak met hem hier te maken.’

‘Ik wist niet dat je zo’n diplomaat was,’ antwoordde ze geamuseerd.

‘Zie je wel. Een heel nieuwe kant van me. Je moet me niet onderschatten!’

‘Laten we dan daar achterin onze positie innemen, zodat hij ons niet ziet en meteen weer vertrekt.’

Om zeven uur precies kwam Alain Dufèvre de bar binnen. Hij bestelde een biertje aan de bar, net als toen Sylvia hem Noahs brief had overhandigd, nog geen twee meter bij hen vandaan. Noah ademde zwaar en ze legde haar hand op zijn schouder. Zoals afgesproken wachtten ze tot Alain de eerste slok van zijn bier had genomen, daarna knikte Maël naar zijn zoon.

Noah haalde adem, liep naar Alain en trok aan zijn mouw.

'*Bonsoir*, Alain,' zei hij en hij keek hem dapper aan.

De politicus werd asgrauw toen hij de jongen zag, hij sperde zijn ogen open. Daarna werden ze heel smal en hij keek zoekend om zich heen.

'Waar is Chloé?' vroeg hij.

'Ze is er niet,' zei Noah. 'Ik ben hier met Sylvia en Maël, maar ik wil alleen met je praten. Een gesprek onder mannen, zoals je altijd zei.' Alain keek hem stomverbaasd aan. 'Je zei altijd dat als twee mannen verstandig met elkaar praten, ze overal een oplossing voor kunnen vinden,' vervolgde de jongen.

Alain slikte en veegde met zijn hand over zijn ogen. Daarna zei hij: 'Je kunt niet meer bij mij terugkomen. Dat is helaas onmogelijk.'

De jongen knikte. 'Dat weet ik.' Hij kwam ineens heel volwassen over. 'Ik heb begrepen dat je dat niet wilt. We hebben niet dezelfde genen. Maar toch wilde ik je iets vragen.'

Alain nam hem onzeker op. 'Wat wil je me vragen?' informeerde hij wantrouwig.

'Kunnen we niet toch vrienden zijn,' zei Noah met trillende stem, 'ook al ben je niet mijn vader?'

Haar hart kromp ineen, zo veel bewondering had ze voor de moedige jongen. Tegelijkertijd had ze die Alain het liefst door elkaar gerammeld om hem eindelijk wakker te schudden of in elk geval zijn hart te vermurwen. De seconden tikten voorbij en nog steeds had die vent geen antwoord kunnen verzinnen.

'Hoe stel je je dat voor?' vroeg hij ten slotte.

'Gewoon vrienden,' antwoordde Noah nadrukkelijk. 'Weet je niet wat dat betekent?'

Weer duurde het even voordat Alain antwoord gaf.

'Als je wilt, laat ik je jol naar je toesturen. Je woont nog in Bretagne, toch?'

'Ik heb je jol niet meer nodig. Waar ik nu woon, zijn genoeg boten. Geef die maar aan een ander kind.' Hij leek te twijfelen of hij het daarbij zou laten. 'Je hebt ooit gezegd,' voegde hij er nu toch aan toe, 'dat je er altijd voor me zou zijn. Als je nu niet eens meer mijn vriend wilt zijn, dan weet ik dat je daar niets van meende. *Salut*, Alain.'

'Wacht,' riep Alain uit en Noah draaide zich nog een keer om. 'Geef me tijd,' zei de man zacht. 'Het is allemaal zo'n... verrassing. Het is niet zo dat... Mij heeft het ook pijn gedaan.'

Noah knikte. 'In de vakantie logeer ik nu bij Sylvia en Maël. Verder zit ik op school in Engeland. Op een internaat. Als je wilt, kun je me schrijven. Het ga je goed.'

De dappere jongen trilde toen Sylvia hem in zijn windjack hielp. Alain zat over zijn bier gebogen. Hij had zijn ene elleboog op de tafel geplant en beschermde zijn ogen met zijn hand alsof het licht in de bar hem verblindde. Toen ze voorzichtig langs hem heen liepen naar de uitgang had ze de indruk dat hij huilde.

28

Een eind en een begin

'Ik moet jullie iets vertellen.'

Solenn was gaan staan met haar glas in haar hand. Ze zaten allemaal bij elkaar in de grote hal van Ti Bag om de enorme tafel en vierden van alles tegelijk: Gurvans heldendaad en terugkeer, Noahs laatste vakantiedag, de goede afloop van het geschil rond de *Sylviana* en niet in de laatste plaats de terugkeer van Solenn en Aaltje van hun uitgebreide vakantiereis. Ook Veronika en Laurent waren gekomen, Lilianne stond al veel steviger op haar beentjes en hees zich van de ene stoel naar de andere.

'Aaltje en ik zijn een stel,' vervolgde Solenn en onder het hoerageroep en het gejuich van de anderen trok ze de Nederlandse omhoog van haar stoel en sloeg haar arm om haar heen. Sylvia was totaal niet verrast door deze ontwikkeling, de anderen kennelijk ook niet. Iedereen had voor het vertrek gezien hoe goed de twee vrouwen met elkaar konden opschieten. Solenn leek wel herboren; Sylvia gunde het haar van harte. 'Een momentje... ik ben nog niet klaar.' Met moeite wist Solenn boven het gepraat uit te komen. 'Ik ga het eiland verlaten.'

Meteen was het muisstil rond de grote tafel. Maël was de eerste die zijn tong terug had gevonden. 'Nee, Solenn,' zei hij, 'dat kun je niet doen.'

'Jawel, lieverd,' antwoordde ze buitengewoon zacht.

'Ik ga bij Aaltje wonen en laat de zakelijke leiding van het bedrijf aan jou over. En dat doe je immers al een hele tijd samen met Sylvie, op een geweldige manier. Voor mij wordt het tijd voor iets nieuws.'

'Ja, maar...' wilde Maël ertegen inbrengen, maar Sylvia legde sussend haar hand op zijn arm.

'Als dat is wat jou gelukkig maakt,' zei ze tegen Solenn, 'dan willen we het glas op jullie beiden heffen.'

Alleen de glazen klonken, terwijl iedereen bleef zwijgen. Bijna niemand keek ervan op dat de twee vrouwen een paar waren geworden. Maar dat Solenn in alle ernst het eiland wilde verlaten, vond niet alleen Maël betreurenswaardig.

'Waar woont tante Aaltje?' informeerde Noah, die daarmee de bedrukte stemming doorbrak.

'In Nederland, m'n jongen,' legde Aaltje dankbaar uit. Ze straalde echt van geluk en Sylvia had een verdrietig gevoel, ook al was ze blij voor hen tweeën. 'Ik hoop dat je een keer samen met Sylvie en Maël bij ons komt logeren.'

'Is daar ook een zee?'

'Ja, ik woon aan de Noordzee.'

'Dan kom ik graag een keer langs,' zei Noah genereus, zodat ze allemaal in de lach schoten.

Toen Elise het enorme bakblik met in de oven gegratineerde *coquilles Saint-Jacques* op tafel zetten, die al snel een heerlijke geur verspreidden, werd Sylvia ineens krijtwit. Snel sprong ze op en ze rende naar de badkamer.

'Wat heeft ze toch aldoor?' hoorde ze Maël vragen. 'Behalve galette smaakt niets haar tegenwoordig meer. Ik hoop dat ze niet ziek is.'

'Ik had hetzelfde toen...'

Veronika stopte midden in de zin. Meteen schoot ze overeind en rende haar achterna. Ze rukte de deur naar de badkamer open. Sylvia spoelde net haar mond, daarna ging ze uitgeput op de rand van de badkuip zitten.

Zachtjes deed Veronika de deur dicht. 'Klopt het wat ik denk?'

Ze pakte Sylvia's hand vast. 'Je moet gaan liggen, dan komt je bloedsomloop tot rust.'

'Het is niks,' probeerde Sylvia het te relativeren. 'Ik heb in Parijs kennelijk iets verkeerds gegeten. Toen had ik dat ook al.'

Veronika nam haar aandachtig op. 'Iets verkeerds gegeten... mmm... Zou het niet kunnen dat je zwanger bent?'

Sylvia vertrok haar gezicht tot een vermoeide glimlach.

'Dat heb ik al zo vaak gedacht,' legde ze berustend uit. 'Ik heb vast alleen maar een zwakke maag.'

Ze ging staan en bekeek zichzelf kritisch in de spiegel, stiftte haar lippen bij en wilde daarna weer naar de anderen.

Veronika hield haar tegen. 'Je zou een zwangerschapstest moeten doen,' adviseerde ze. 'Zijn er verder nog veranderingen, ik bedoel lichamelijk?'

'Nee... Ik ben alleen wat aangekomen,' gaf ze toe. 'Ik weet ook niet hoe dat kan, gezien alle stress die we hebben gehad.'

'Doe een test, echt hoor!'

Sylvia rolde met haar ogen.

'Doe het dan voor mij!'

'Goed dan,' gaf ze toe. 'Voor jou. Maar achteraf dan niet klagen dat je me voor de honderdste keer moet troosten, omdat het weer vals alarm was.'

Ze hield haar woord. Toen ze twee dagen later Noah en Maël naar het vliegveld in Quimper had gebracht en afscheid had genomen, stopte ze bij een apotheek en kocht een zwangerschapstest. Ze wist dat het anders het onderwerp van de dag was geweest als ze dat had gedaan in het havenstadje waar iedereen haar kende.

Daarna vergat ze de test in haar handtas en pas drie dagen later, toen ze haar man afhaalde, hield ze het doosje weer in handen.

Ze aarzelde. Sinds het feestje was ze niet meer misselijk geweest. Haar misselijkheid had vast een andere oorzaak gehad.

Ze dacht erover na wanneer ze voor het laatst ongesteld was geweest en kwam tot de slotsom dat het niet de moeite waard was om een test te verspillen. Verbaasd stelde ze vast dat de teleurstelling lang niet zo pijnlijk was als nog maar een paar maanden geleden.

Nu hebben we Noah, dacht ze, en ze voelde de tederheid voor de jongen in zichzelf opvlammen. Ze vond het jammer dat ze hem alleen in de vakanties kon zien. Wie wist hoelang hij die bij hen wilde doorbrengen.

Door Solenns voorbereidingen voor haar verhuizing bleef er de volgende dagen geen ruimte over voor welke andere gedachte ook. Nog steeds kon niemand van hen zich goed voorstellen dat Solenn hen verliet. Zelfs niet toen er een stapel verhuisdozen werd bezorgd.

'Wil je echt meteen alles meenemen?' informeerde ze voorzichtig, terwijl ze Solenn hielp met het inpakken van haar persoonlijke spullen. 'Is het niet verstandiger om eerst met een of twee koffers naar Nederland te gaan en dan te beslissen of het je wel bevalt?'

'Ik heb niet voor het land gekozen, maar voor Aaltje. En daarom maakt het me niet uit waar ik ga wonen. Zo was het toch ook voor jou? Een leven op een eiland was toch ook niet waar jij altijd van had gedroomd, *n'est-ce pas?*'

'Dat klopt. Alleen kende ik het leven hier voordat ik besloot er definitief te gaan wonen,' bracht ze ertegen in. 'Was het geen optie dat Aaltje bij ons zou komen wonen?'

'Een eiland is voor Aaltje op den duur niet het juiste,' legde Solenn uit, terwijl ze een paar fotoalbums inpakte. 'Ze kreeg na een tijdje iets van paniek hier. Ze houdt van de zee, maar wil die liever niet overal om zich heen hebben.' Ze lachte. 'Zo verschillend zijn mensen nu eenmaal.'

Sylvia keek haar vriendin weemoedig aan. 'Het is alleen zo,' zei ze zacht, 'dat ik me het camelia-eiland helemaal niet zonder jou kan voorstellen.'

'Niemand is onvervangbaar,' legde Solenn fijntjes glimlachend uit. 'De kerkhoven van de wereld liggen vol mensen die dat van zichzelf dachten. Dat heeft een verstandig iemand ooit gezegd.' Ze legde een fotoboek over camelia's aan de kant en pakte Sylvia's beide handen vast. 'Als jullie me echt nodig hebben, dan kom ik, Sylvie. Ik laat jullie niet in de steek. Maar... ik ben sinds lange tijd eindelijk weer echt gelukkig.'

'Dat weet ik,' zei ze weemoedig en ze beantwoordde Solenns handdruk. 'Dat weet ik. En dat gun ik je van harte.'

's Avonds belde Veronika.

'En? Heb je de test gedaan?' viel ze meteen met de deur in huis.

'Ik heb er één gekocht,' probeerde Sylvia zich eruit te kletsen. 'Maar ik hoef hem niet te doen, ik ben namelijk niet zwanger.'

'Ben je ongesteld geworden?'

'Dat niet, Vero...' Ze haperde. Het klopte. Eigenlijk had ze al een tijdje geleden ongesteld moeten worden. 'Maar sindsdien ben ik niet meer misselijk geweest. En sowieso...'

'Doe die stomme test nou,' hield Veronika voet bij stuk. 'Je hebt het me beloofd. Doe hem nu meteen. Ik bel je over een half uur weer op. Geen gemaar.' En daarna hing ze simpelweg op.

Sylvia kreunde. Haar vriendin kon echt vasthoudend zijn. Goed, dan zou ze haar dat plezier doen.

Een kwartier later staarde ze naar het buisje. De kleur was niet mis te verstaan. De test was... positief.

Eerst was ze als verdoofd. Ze moest gaan zitten en wachten tot haar hart dat hevig tekeerging weer rustig werd. Daarna ging er een ongelooflijk gevoel van geluk door haar heen. Was het echt waar? Was ze eindelijk zwanger?

Toen de telefoon opnieuw ging, nam ze meteen op.

'En?'

'Positief!'

Aan het andere eind van de lijn klonken vreugdekreten. 'Ik wist het toch!'

'Maar nu even rustig, Vero. Weet je hoe vaak die dingen ernaast zitten?'

'Die dingen zitten er nooit naast,' juichte Veronika. 'Voor de zekerheid moet je morgen meteen even naar een dokter gaan.'

'Morgen?' herhaalde ze, en ze keek op haar horloge. 'Nee, vandaag nog. Ik moet zekerheid hebben, vóór die tijd vind ik geen rust. Wist ik maar waar hier in de buurt een gynaecoloog is!'

'Betekent dat,' vroeg Veronika sprakeloos, 'dat je de afgelopen twee jaar niet bij een vrouwenarts bent geweest?'

'Jawel, één keer, in Parijs. Niet boos zijn dat ik nu ophang. Ik heb haast. Je hoort nog van me.'

Ze vroeg het aan Solenn die meteen met haar naar haar eigen gynaecologe reed. De Bretonse negeerde de volle wachtkamer, wisselde een paar vastberaden woorden met de assistente en toen lag Sylvia al op de onderzoeksstoel. Ze probeerde te ontspannen. Het was onmogelijk. Waarom zei de vrouwelijke arts niets?

'Gefeliciteerd,' zei ze eindelijk. 'U bent dertien weken zwanger. En het ziet er allemaal prima uit. De kritieke drie maanden hebt u immers al achter u. Hebt u tot nog toe dan helemaal niets gemerkt?'

Sprakeloos schudde ze haar hoofd. 'Nee,' zei ze. 'Ik ben zelfs eh… eh zes weken geleden nog ongesteld geweest.'

'Dat gebeurt vaker dan mensen denken,' merkte de arts op.

Ze rekende terug. Dat moest half augustus zijn geweest…

'Op jullie trouwdag waarschijnlijk,' zei Solenn opgetogen. 'Meisje toch, wat ben ik hier blij mee!'

Op de terugrit zat Solenn een tijdje zwijgend te broeden. Daarna zei ze: 'Ik kan jullie echt niet alleen laten met het kind.'

'Nee, nee, Solenn. Je hebt nu besloten om te gaan. je hebt gezegd dat het je hartenwens is. Ik wil niet dat je je plannen overhoophaalt, omdat wij toevallig een kind krijgen.'

'Maar...'

'Je moet het doen. Denk nu eens een keer aan jezelf. Wij redden ons wel. En jij komt toch vast wel logeren?'

'Natuurlijk kom ik logeren. Maar...'

'Anders zou ik me schuldig voelen.'

'Nee, ík zou me schuldig voelen. Dat jij me begrijpt, dat weet ik. Maar Maël...'

'Hij went er wel aan. Mijn hemel, zo ver weg is het toch niet. Er is zelfs een rechtstreekse vliegverbinding tussen Amsterdam en Quimper.'

Solenn wierp haar een verbaasde blik toe. 'Echt?'

'Ik heb het nagezocht. Meteen nadat je het ons had verteld. Dat maakte het gemakkelijker voor me. Want we zullen je allemaal verschrikkelijk missen, dat staat vast.'

Ze liet Solenn beloven dat ze het nieuws nog aan niemand zou vertellen. 's Avonds toen ze eindelijk alleen was met Maël, vroeg ze hem of hij er zin in had om nog even een wandelingetje te maken.

Ze namen de route langs de klippen, naar de plek waar ze de boot had ontdekt, waarmee Noah hulpeloos naar open zee was gedreven. Was dat nog maar een paar weken geleden geweest? Het leek haar een eeuwigheid toe. Ze realiseerde zich dat ze toen al een minuscule levenskiem in zich had gedragen.

'We krijgen nog een kind,' zei ze tegen hem. 'Ik ben in verwachting.'

Het wolkendek scheurde open. In het zilveren licht van de maan zag ze dat Maël helemaal ontroerd was van geluk. Hij sloot haar in zijn armen en hield haar lang vast.

'Ik wist het,' fluisterde hij. 'Ik wist het de hele tijd al.'

En terwijl hij haar vasthield en zacht tegen zich aan drukte, zijn hand op haar buik legde en wilde weten of ze al iets voelde, werd haar duidelijk dat de dingen die echt belangrijk zijn simpelweg tijd nodig hadden. Zoals haar lichaam kennelijk tijd nodig had gehad om dit nieuwe leven simpelweg op te nemen. Zoals het embryo tijd nodig had om te rijpen en zich gereed te maken om de wereld binnen te gaan. Precies zo was haar liefde voor Maël een levend wezen, dat gekoesterd en verzorgd moest worden en door moeilijkheden groeide.

'Wat denk je,' vroeg hij vurig. 'Is het een meisje of een jongen?'

'Ik heb geen idee,' lachte ze.

'Ik weet het. Het is een meisje. En we noemen haar Lucie.'

'Of Lucinde? Wat vind je daarvan?'

'Lucinde,' zei hij aandachtig bij zichzelf. 'Klinkt goed. Zo zal de kleine meid heten.'

'En als het een jongen is?'

'Dat is het niet.'

'Hoezo weet je dat?'

Teder streelde hij haar rug, haar buik en haar borst.

'Dat voel ik gewoon,' zei hij zacht en hij kuste haar zo dat ze niet wist hoe ze het had. 'Kom,' fluisterde hij, 'laten we naar huis gaan. Ik wil je tegen me aan voelen, tegen mijn hele lichaam. Ik bedoel, jullie. Jou en Lucinde. Zo dichtbij als maar kan.'

Woord van dank

Weer hebben allerlei mensen me geholpen alle details van dit verhaal zo waarheidsgetrouw mogelijk weer te geven.

Mijn grote dank gaat vooral uit naar Agnes Werner, die zelf het stuurmansdiploma heeft en vele jaren op zee heeft gevaren. Ze heeft me geadviseerd bij alle vragen die ik had rond de redding van Noah op zee.

Hoe verpak je een cameliaboom? Annegret Bühler heeft heel vriendelijk alle vragen over dat onderwerp beantwoord, mijn hartelijke dank.

Mijn agente Petra Hermanns wil ik bedanken voor haar steun, evenals mijn redactrice Melanie Blank-Schröder van Bastei Lübbe voor haar buitengewone inzet. Margit von Cossart heeft erover gewaakt dat er geen fouten of onnauwkeurigheden in de tekst konden sluipen. Ook wil ik mijn dierbaarste en enige testlezeres, mijn zus Bruni, bedanken, die me de bladzijden zo ongeveer uit mijn handen rukte.

Een liefdesroman is natuurlijk niets zonder liefde – en daarom gaat mijn allerhartelijkste dank uit naar mijn geweldige man Daniel. Maël lijkt niet voor niets zo veel op jou!

Het derde deel van *Het bloemeneiland* verschijnt najaar 2023

ISBN 9789046830161

In dit derde deel van de Bloemeneiland-serie verwachten Sylvia en Maël hun vurig gewenste kind. Maar dan haalt het verleden hen in. De moeder van Maël, met wie hij al dertig jaar geen contact heeft, is ernstig ziek. Hoewel Sylvia er geen goed gevoel bij heeft, verlaat Maël het eiland om zijn moeder te bezoeken. Niet lang daarna breekt er een heftige storm los aan de Bretonse kust. De bloemenkwekerij wordt zwaar beschadigd en Sylvia krijgt een gevaarlijk ongeluk...

Meer over deze serie vind je op
oceaanboeken.nl/het-bloemeneiland/

Lees ook de andere boeken van uitgeverij Oceaan

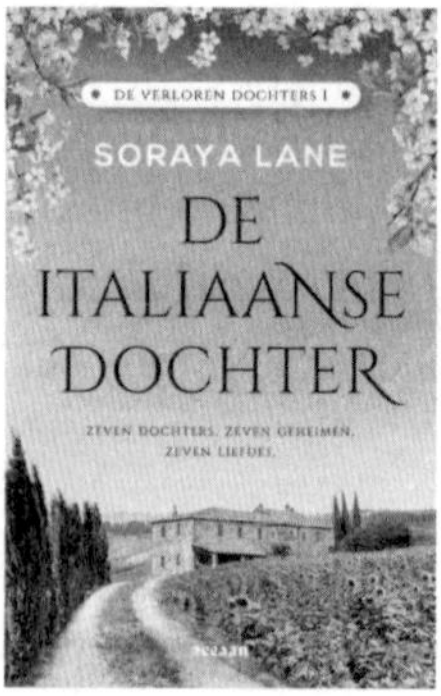

ISBN 9789046830536

Lily, een jonge Engelse wijnmaker, reist naar een wijngaard aan het Comomeer om van de legendarische familie Martinelli meer te leren over het maken van wijn. Ze voelt zich gelijk thuis, en dat ligt niet alleen aan de aantrekkingskracht die ze voelt voor de knappe oudste zoon Antonio. Lily gaat op zoek naar de waarheid over haar grootmoeder en overgrootmoeder en ze ontdekt het meeslepende en hartverscheurende verhaal van twee jonge geliefden die moeten kiezen tussen familie en liefde: Estee, een prima ballerina, en Felix, de jonge erfgenaam van zijn families bakkerij-imperium.

Meer over deze serie vind je op
oceaanboeken.nl/de-verloren-dochters

ISBN 9789046830260

Engeland, 1948. Jonge oorlogsweduwe Clara is de nieuwe huismoeder van het weeshuis Shilling Grange. De kinderen zijn stil en bang en Clara lijkt alles verkeerd te doen. Gelukkig hebben de kinderen steun aan Ivor, de buurman van het weeshuis en oorlogsheld. Langzaam maar zeker begint Clara echter haar plek te veroveren. Maar vindt ze ook de kracht om te vechten voor de kinderen als niemand anders dat doet?

Meer over deze serie vind je op
oceaanboeken.nl/weeshuis